OEUVRES

DE

F.-B. HOFFMAN.

TOME IX.

IMPRIMERIE DE LEFEBVRE,
rue de Lille, n. 11.

ŒUVRES

DE

F.-B. HOFFMAN.

CRITIQUE.

TOME VI.

Seconde Édition.

A PARIS,

CHEZ LEFEBVRE, IMPRIMEUR-LIBRAIRE,

RUE DE LILLE, N° 11.

M. DCCC. XXXI.

LITTÉRATURE

FRANÇAISE.

MÉMOIRES ET CORRESPONDANCE

LITTÉRAIRE, DRAMATIQUES ET ANECDOTIQUES,

DE C.-S. FAVART,

Précédés d'une Notice historique, rédigée sur pièces authentiques et originales:

Les auteurs devraient être moins vains d'un succès quand ils reconnaissent que tout est spéculation en librairie, et que le prompt débit d'un ouvrage dépend presque toujours de la mode ou du caprice du moment. Un libraire s'apercevant, il y a quelques années, que les ouvrages de poésie prenaient faveur, dit un jour à l'un de ses confrères qu'il rencontra : Eh bien! *le vers donne.* Cette expression burlesque mérite cependant qu'on y réfléchisse. Ce libraire ne voulait pas dire qu'on avait repris le goût de la bonne poésie, qu'on lisait les bons poètes, mais seulement que les vers étaient à la mode.; *le vers donne.* Les Normands disent : les pommes ont donné cette année ; les vignes n'ont pas donné, répondent les Bourguignons ; et moi, qui ne veux pas laisser perdre une locution si élégante, je dis à mon tour que les *Mémoires secrets, littéraires et anecdotiques donnent* prodigieusement depuis quelques années.

Autrefois ces Mémoires paraissaient plus rarement, parce qu'on n'imprimait que ceux des hommes très-célèbres ; on n'y insérait que les anecdotes les plus piquantes et les moins connues : le style y comptait aussi pour quelque chose, et l'on aurait eu honte de recueillir cette foule de lettres familières qui ne contiennent que des détails communs, insipides, quelquefois indécens, sur des événemens sans intérêt. Aujourd'hui, je conseille à tous les auteurs, même aux plus médiocres, de brûler soigneusement toutes les lettres qu'ils recevront, et de n'en écrire que de très-académiques, fût-ce à leurs cordonniers ; car, après leur mort, leurs chers parens ne manqueront pas de spéculer sur toutes les paperasses du défunt, et ils mettront à profit jusqu'au mémoire du tailleur et de la blanchisseuse, voire même jusqu'à la carte du restaurateur.

Il m'en coûte beaucoup d'appliquer cette critique aux Mémoires de Favart ; mais je suis certain que cet auteur si honnête et si agréable, cet homme qui avait des mœurs si douces, et une âme si désintéressée, aurait frémi s'il avait pu prévoir que l'on ferait un jour trois gros volumes de ses lettres, de celles qu'on lui écrivait, et de tous les écrits insignifians que son goût pur et sévère avait si justement condamnés à ne jamais voir le jour.

La moitié de ce gros Recueil contient la correspondance de Favart et d'un comte de Durazzo, intendant des spectacles à la cour de Vienne. Je souhaite grand plaisir aux lecteurs, lorsqu'ils y apprendront que Favart était chargé de recruter la troupe des comédiens dont le comte de Durazzo avait la surintendance ; que telle actrice a de la taille, les cheveux blonds, un grand nez et une grande voix ; que telle autre est petite et danse bien ; que celle-ci veut 3000 francs, que l'on pourrait avoir celle-là pour 2000 ; qu'il faut se hâter de répondre, parce qu'elles trouvent un engagement en province ; qu'il faut se presser d'accaparer les danseuses, parce qu'après le moindre succès elles trouvent à Paris 50 mille livres de rente *de casuel*. Ils y verront aussi que pour avoir fait quelques vers, Favart a reçu de deux grands seigneurs une pièce de toile de Hollande et des manchettes de dentelle ; qu'il a oublié de compter les ports de lettres dans une commission dont il était chargé. Tels sont les importans détails contenus dans des pièces si nombreuses, qu'elles occupent plus de 550 pages, qu'il faut avoir le courage de lire pour y trouver, par-ci par-là, quelques traits moins communs, quelques lambeaux moins désagréables.

Ce n'est pas que les Mémoires de Favart n'eussent mérité l'attention du public, si ce poète élégant et ingénieux avait eu le dessein d'en laisser

après lui. Quoique cet auteur se soit spécialement
adonné à un genre subalterne, on peut dire qu'il
y a mis toute la pureté, toute la grâce, toute la
perfection que l'on pouvait y exiger. Favart ne se
contentait pas de faire un couplet avec sept mauvais vers qui en amenassent un huitième armé d'un
trait, d'une pointe ou d'une équivoque : il travail-
lait en conscience ; et tous les vers d'une pièce
devant également être offerts au public, l'auteur
se croyait obligé à les soigner tous. Il nous a laissé
plusieurs morceaux qui peuvent passer pour de
petits chefs-d'œuvre : poésie, élégance, correction,
raison, tout s'y trouve ; et le lecteur ne s'aperçoit
jamais de la contrainte et du tourment que lui
faisaient souffrir le rhythme bizarre des airs qu'il
parodiait, ou le mètre difficile que le poète s'imposait à lui-même. Mais il n'a jamais eu le projet
d'écrire des Mémoires, et ses héritiers auraient dû,
par respect pour un homme aussi estimable, laisser
dans l'obscurité ce que Favart avait cru devoir y
cacher, ou du moins n'imprimer que ce qui pouvait lui faire quelque honneur.

La Vie de Favart, qui est à la tête de ces Mémoires, est beaucoup plus intéressante que les
lettres qui la suivent : c'est dans cette Vie que je
puiserai quelques particularités.

Favart était fils d'un honnête artisan qui avait
le droit de se nommer artiste, car il faisait des
pâtés et des chansons. Le jeune Favart hérita du
double talent de son père ; et dès ses premières

années, il mettait alternativement la main à la pâte et à la plume. Les grands seigneurs qui, dans la suite, mirent si souvent sa Muse à contribution, paraissaient n'avoir point oublié son origine, car ils lui commandaient des fêtes, des bouquets et des couplets, comme on commande des petits pâtés. Nous verrons plus bas que les vers n'étaient pas payés aussi exactement que la pâtisserie, et que Favart, caressé par les grands quand on avait besoin de lui, négligé quand il avait rendu service, a eu plus d'une fois l'occasion de regretter son premier métier. Il ne faut pas omettre ici une circonstance remarquable : c'est que le père de notre auteur est l'inventeur des *échaudés*; et l'éditeur a grand soin de nous faire observer que l'esprit léger des Français l'emporte sur celui des autres nations, comme la légèreté de l'*échaudé* sur celle de tous les autres gâteaux.

L'invention des échaudés suffirait pour éterniser la gloire d'un homme ; mais elle me fait faire une réflexion bien triste et bien affligeante pour les faiseurs d'opéras comiques, de vaudevilles et de couplets. Quoique Favart soit leur coryphée, et même leur maître ; quoique ses ouvrages soient pleins d'esprit, de grâce, d'élégance et de pureté, j'ai le cœur navré quand je pense que les échaudés du père vivront encore plus long-temps que les opéras du fils. C'est une vérité dure, mais c'est une vérité.

Favart eut une jolie femme, remplie de grâce, d'esprit et de talent. Le maréchal de Saxe eut l'idée

de former une troupe de comédiens ambulans
dans la Flandre ; ce grand général écrivait à Favart :
« Ne croyez pas que je regarde ma comédie comme
» un simple amusement ; *elle entre dans mes vues*
» *politiques et dans le plan de mes opérations mi-*
» *litaires.* » Le lecteur aura sans doute beaucoup
de peine à deviner cette énigme : je me garderai
bien de la lui expliquer, et je le renvoie à l'ouvrage :
car il faut bien que l'honnête libraire qui s'en est
chargé puisse en vendre quelques exemplaires.
Favart fut nommé directeur et auteur de cette
troupe ambulante. Il ne tarda pas à sentir qu'il
ne faut pas avoir une jolie femme quand on se met
au service des grands seigneurs, ou qu'il ne faut
pas se mettre au service des grands quand on
veut avoir une jolie femme en toute propriété. Les
tracasseries, les malheurs qu'il éprouva pour cette
cause, sont très-bien et très-amplement narrés
dans la notice ; je me contenterai de dire que
l'honnêteté de madame Favart valut au mari une
lettre de cachet et un long exil, et que l'honnêteté
du mari fit enfermer la femme dans plusieurs cou-
vens. Un maréchal de France qui commande une
armée victorieuse est un terrible rival pour un
pauvre poète ; et quoique tous deux se couronnent
de lauriers, ceux du second ne le préservent pas
de la foudre. Quoi qu'il en soit, après de longues
angoisses, on trouva le moyen d'apaiser le maréchal, et Favart put vivre en paix avec son estimable
moitié.

Comme il était le bon faiseur, sa Muse avait de nombreuses et d'illustres *pratiques*. Il n'est prince, princesse, comte, marquis, fermier-général et correspondant des cours étrangères, qui ne lui ait demandé des vers, des scènes, des pièces entières pour des fêtes ou des solennités.

Dans une lettre qu'il écrit à madame de Monconseil, on apprend quelle a été la récompense de cet infatigable auteur qui a eu la faiblesse de croire à la générosité des grands qu'il obligeait, et qui a poussé le rigorisme de la délicatesse jusqu'au point de ne pas demander ce qui lui était dû, et de ne pas même réclamer le prix des avances qu'il avait faites. On ne voudra pas croire (mais moi, je le crois) qu'on ne lui ait jamais tenu compte de ses voyages, de son séjour dans les divers endroits où il vivait à ses dépens, des gravures qu'il faisait faire, des frais de poste, etc. etc.

Son désintéressement et sa complaisance l'avaient enfin réduit à un état de détresse, lorsqu'il reçut du maréchal de Richelieu une *commande* de vers, pour lesquels on le pressait comme un homme qui les vendrait au millier. Cette fois, la constance de Favart se démentit, il exhala doucement sa mauvaise humeur dans une lettre dont je ne puis extraire que quelques phrases ; les voici : « J'ai soixante- » quatre ans, il y en a plus de quarante que je » travaille ; il n'est point d'événement intéressant » pour la nation que je n'aie célébré. » Il cite ensuite les divers ouvrages qui lui ont été comman-

dés, et qu'il a faits avec tout le zèle possible : pour
la bataille de Fontenoy, pour la convalescence du
roi, pour la prise de Mahon, pour la naissance
du duc de Bourgogne, pour la paix, etc.....
Puis il ajoute : « Qu'ai-je eu pour cela? Rien; et
» mon voyage à Fontainebleau était à mes dépens.
» Dans la jeunesse de nos princes, je fus chargé
» pour eux d'un divertissement qui fut exécuté à
» Versailles ; qu'en ai-je eu? Des complimens, et
» rien de plus. » Suit encore une longue liste d'ouvrages qu'il a faits par ordre, et qui n'ont même pas
toujours été payés par des complimens; car souvent
on lui renvoyait ses vers avec une pressante injonc-
tion d'en faire d'autres. Il termine sa lettre par ce
paragraphe, sur lequel je ne me permettrai de
faire aucune réflexion :

   » Madame, je ne résiste point aux volontés de
» M. le maréchal de Richelieu ; s'il exige que je
» perde encore mon temps, qu'il m'accorde au
» moins un terme pour réfléchir. Je suis mainte-
» nant occupé de l'opéra de M. Gluck; il faut que
» je vive, en attendant, moi et mes enfans. On ôte
» le bâton à un vieillard qui devient aveugle ; on
» le réduit à manger des croûtes quand il n'a plus
» de dents. Si monsieur le maréchal est inflexible,
» priez-le de grâce d'avoir la charité de me faire
» pendre, parce que c'est tout d'un coup fait, et
» qu'on languit plus long-temps quand on meurt
» de faim. »

   Tel est le fruit que Favart a recueilli pour avoir eu

l'honneur d'amuser pendant quarante ans la bonne compagnie, et pour avoir été l'auteur à la mode.

Quand j'ai dit que Favart n'avait éprouvé que des dégoûts et des chagrins dans son commerce avec les grands seigneurs qui mettaient sa Muse trop facile à contribution, il ne faut point en conclure qu'il n'ait pas été très-considéré et très-estimé de ceux même qui lui faisaient l'honneur de le ruiner en lui faisant perdre et son temps et ses peines. Il recevait toujours beaucoup de complimens, et rien de plus. Une lettre de Dancourt, écrite de Berlin, nous apprend que le comte de Durazzo, dont Favart était le factotum à Paris, recevait de l'impératrice Marie-Thérèse une somme annuelle assez forte, destinée au poète français. Mais le surintendant autrichien avait une telle estime pour Favart, qui ne lui parla jamais de ce vil métal; de sorte qu'il garda tout l'argent de l'impératrice, et ne transmit au poète que ce qu'il y avait de plus noble et de plus pur, c'est-à-dire l'honneur, la gloire et les complimens. Moyennant ce partage, qui a duré dix longues années, il a existé entre le grand seigneur et le poète, une liaison si intime qu'on la prendrait pour de l'amitié. « Vous serez mon ami, lui écrivait M. de Durazzo, puisque je vois que vous pensez à mon égard comme je ne cesserai de penser sur votre compte. *Qu'il ne soit donc plus question de complimens entre nous, supprimez tous les titres et les cérémonies.* » On s'attend, d'après une permission aussi formelle, que Favart

va le nommer mon cher comte, ou mon cher ami ;
point du tout : il lui donne avec plus de soin encore *le monseigneur* et *l'excellence,* et il fait bien.
Il n'y a qu'un sot qui se laisse séduire par ces
apparences de familiarité, et le protocole est une
règle dont on ne s'écarte jamais impunément. Pou-
vait-on d'ailleurs témoigner trop de respect à un
homme qui, en affaires, avait la générosité d'abandonner tout l'honneur, et qui se contentait du
profit ? Il paraît que la troupe des comédiens français à Vienne était fort mauvaise, car M. le surintendant voulait avoir ce qu'il y avait de mieux en
France, et le payer comme ce qu'il y avait de pis.
On pouvait dire alors à Vienne ce que Sedaine a
dit depuis à Fontainebleau : *On ne m'a donné ni*
habits, ni comparses, ni décorations pour ma
pièce ; mais le roi ne les paiera pas moins : vérité
qui causa un grand scandale, car elle était dite à
la cour, et qui fit passer Sedaine pour un homme
dangereux, un boute-feu, un conspirateur. Tous les
souverains qui voudront se composer des troupes
de comédiens, doivent s'attendre à recevoir quelquefois des mémoires comme Gorthusen en présenta un à Charles XII : *Cinquante mille écus*
employés au service de sa majesté, et cinquante
mille écus mangés par moi. Mais je me trompe,
on aura rarement cette franchise.

Il faut bien s'entendre quand on dit que le *mé-*
tier de poète était méprisé autrefois : tout ce qu'il
y a de vrai dans cette assertion, c'est que l'état de

poète à toujours été un pauvre métier, et c'est sans doute dans ce sens qu'on le méprisait : car les hommes, en général, n'estiment guère que ce qui conduit à la fortune. Un zéro, posé adroitement, produit beaucoup plus que vingt succès au théâtre ; c'est pour cela que ceux qui savent compter ont tant de mépris pour ceux qui ne savent qu'écrire ; c'est pour cela aussi que les bonnes gens défendent à leurs enfans de se faire poètes. Un cordonnier surprit son fils lorsqu'il lisait la tragédie de *Mahomet*, au lieu de travailler ; dans sa fureur, il saisit l'arme de son métier, en frappe rudement le lecteur, et lui crie : Tu fais des Mahomets, coquin ; fais des souliers.

Mais si nous ne considérons que l'honneur attaché à une profession quelconque, le poète a reçu dans tous les temps, et très-amplement, les éloges les plus flatteurs : il a été l'objet des égards les plus marqués, et l'on a eu pour lui, autrefois, une considération qui est bien tombée en désuétude. Tout le monde sait comment Auguste honora Virgile, et répandit ses faveurs sur Horace : l'empereur du monde ne dédaigna pas de faire des vers à la louange du premier poète latin, et il prit soin de ses funérailles. Dans des temps plus rapprochés, Léon X admettait à sa familiarité tous ceux qui se distinguaient dans les lettres ou dans les arts. On sait aussi que le Tasse, qui vécut toujours dans la misère, eut le malheur de mourir la veille du jour où il devait monter en triomphe au Capitole. Enfin,

si l'on trouve dans Vigneul-Marville une longue
liste des hommes célèbres qui sont morts de faim
dans un hôpital, on trouve ailleurs des détails non
moins longs des honneurs qu'ils avaient reçus pendant leur vie.

En France, une reine accorda publiquement à
un poète une faveur bien singulière, et voulut,
disait-elle, *baiser la bouche d'où sortaient de si
jolies choses.* Puisque aujourd'hui une pareille démarche nous paraîtrait le comble du ridicule, et
qu'elle ne choqua pas autrefois, nous devons rester convaincus que *le métier de poète* n'était pas
alors si méprisé qu'on a l'air de le croire.

Ce ne sont pas même les plus grands génies qui
ont été les plus considérés de leur vivant. La médiocrité a été souvent plus honorée que le vrai
mérite. La faction qui s'éleva contre Corneille n'é-
tait point composée d'hommes obscurs; et tandis
que les bonnes gens de Paris avaient le bon instinct
d'estimer et d'admirer Racine, les gens du bon
ton, les talons rouges et les bureaux d'esprits se
déclaraient pour Pradon. Cela n'est pas étonnant:
le vrai talent a un langage que tout le monde n'entend pas; tandis que la bassesse, la souplesse et
l'intrigue s'insinuent presque partout. Un coq fait
de vains efforts pour voler au haut d'un arbre,
quand un limaçon arrive, en rampant, jusqu'au
bout de la dernière branche. Cet apologue nous
donne le secret de certaines prospérités littéraires,
qui, aujourd'hui, nous paraissent fort étranges.

Ronsard, qui n'est plus à nos yeux qu'un pédant fort instruit et fort ridicule, fut, dans son temps, comblé de tant de gloire, que le Tasse lui-même en fut la dupe, et dit, en quittant Paris, que Ronsard était le seul grand homme qu'il eût vu en France. Charles IX fit pour ce Ronsard des vers qui valent mieux que tous ceux du poète, puisqu'on les lit encore avec plaisir aujourd'hui. L'histoire fourmille de ces exemples où les grandeurs humaines ont daigné s'abaisser jusqu'à de pauvres poètes que ces honneurs enrichissaient rarement. Je suis entré dans cette digression, parce que, depuis quelque temps, on veut prouver que les auteurs étaient méprisés autrefois, pour pouvoir mépriser légitimement ceux qui vivent. Il faut cependant diviser la proposition, et dire : Le talent des poètes, même médiocres, a toujours été considéré par les princes et par les hommes puissans : donc, ce n'était pas *un métier* méprisé; le talent des plus grands poètes les a rarement garantis de la misère, et c'est en cela qu'on méprisait le métier.

Favart n'a pas été assez malheureux pour avoir le droit d'être inscrit sur la liste de Vigneul-Marville; mais à la fin de sa carrière, il a pu dire comme Maynard :

Las d'espérer et de me plaindre
Des Muses, des grands et du sort,
C'est ici que j'attends la mort
Sans la désirer ni la craindre.

Quand on a dévoré la longue et ennuyeuse correspondance avec le comte de Durazzo, on trouve quelques anecdotes qui dédommagent un peu le lecteur. C'est à l'ouvrage même que je le renvoie, s'il est curieux de savoir l'histoire de mademoiselle Piccinelli, qui était fille de quatre mères, ni plus ni moins; celles d'un mari et d'une femme qui accouchèrent en même temps; des réflexions plaisantes sur les magistrats qui défendaient aux comédiens français de jouer les *Mérope*, les *Athalie*, pendant la semaine de Pâques, tandis qu'ils permettaient aux acteurs du Boulevard de représenter *Arlequin cochon par amour.* On y trouvera des détails circonstanciés sur le premier incendie de l'Opéra, sur celui de la Foire Saint-Germain, sur M. de la Ribardière, qui jouait fort bien les pères nobles, les grimes et les jenbroches. On y apprendra avec étonnement que la première partition de Gluck, qui ait été gravée en France, c'est-à-dire celle d'*Orphée*, n'avait eu que six exemplaires vendus en deux années. Le troisième volume contient ce qu'il y a de mieux dans le recueil, je veux dire les lettres de l'abbé de Voisenon : elles sont assez agréables et assez piquantes pour faire regretter qu'elles ne remplissent pas les trois volumes.

Je finirai en citant et en abrégeant beaucoup une anecdote qui pourra paraître plaisante à plusieurs personnes, mais fort déplacée à quelques autres. « M. Thierri, célèbre docteur, fut mandé pour soulager un homme travaillé d'une pituite violente. Après la confession de tout ce que ressentait le malade, le docteur le considère quelque temps en silence; puis, tout-à-coup il s'écrie. Ah, monsieur, que je suis content! L'heureuse découverte! C'est la pituite vitrée, maladie perdue depuis des siècles, et que j'ai le bonheur de retrouver : rien n'égale ma joie. Ah, monsieur le docteur, lui dit le malade, votre air satisfait me rend la confiance! Vous trouvez donc que ma maladie est.... mortelle, monsieur, reprit le médecin : vous êtes au plus mal; faites votre testament; mais concevez-vous mon bonheur d'avoir retrouvé la pituite vitrée! A ces mots, il sort en répétant : La pituite vitrée! Quelle découverte! »

Enfin, ce recueil est terminé par des poésies fugitives de Favart. On trouve dans quelques-unes ce talent agréable et facile, et cette élégance qui a placé Favart parmi les poètes les plus aimables du second ordre ; mais il faut avouer que la plupart de ces pièces méritaient l'obscurité à laquelle l'auteur les avait sagement condamnées : j'en excepte cependant une chanson charmante et fort longue sur l'abbé de Voisenon, elle est pleine de gaieté, de sel et d'esprit. Ce poète avait une modestie qui étonne d'autant plus qu'elle contraste avec l'orgueil de certains petits auteurs qui sont fort loin de lui. Il s'accusait d'avoir corrompu le goût en faisant des opéras comiques, et il se reprochait les succès qu'il y avait obtenus. « On me flatte, disait-il, que j'aurai une pension pour avoir été, en France, le créateur de ce mauvais genre, mais *inter nos*, je mériterais plutôt les étrivières. » Heureusement nous ne le jugeons pas avec tant de rigueur ; ses héritiers auraient dû respecter assez sa mémoire pour ne publier de lui que ce qui peut démentir la mauvaise opinion qu'il avait de lui-même ; mais ils ont mis si peu de soin dans cette compilation qu'ils répètent la même lettre, mot pour mot, dans deux endroits différens, et qu'ils prennent, dans une note, M. Lans de Boissi, pour Boissy, l'auteur de l'*Homme du jour*, et de tant d'autres comédies.

POÉSIES NATIONALES ;

Par M. C.-J.-L. d'AVRIGNY, (de la Martinique), officier d'administration, chef du bureau des colonies occidentales au ministère de la marine et des colonies.

LES critiques les plus estimés se plaignent sans cesse de l'état de décadence où se trouve notre littérature actuelle, et surtout notre poésie. Pour l'honneur de mes contemporains, je voudrais bien pouvoir combattre et réfuter les raisonnemens de ces critiques ; mais les bons vers sont si rares, et les mauvais pleuvent sur nous avec une telle abondancé, que je ne me sens pas la force d'élever la voix, et j'abandonne une cause déjà perdue dans l'opinion des véritables littérateurs. Cependant, sans oser nier cette décadence, ne m'est-il pas permis d'en rechercher la cause, et d'examiner si elle est tout entière dans la médiocrité de nos poètes? Je ne le crois pas. Je ne m'imaginerai jamais que la nature se plaise à jeter en masse tous les hommes de génie dans un siècle, et tous les petits esprits dans un autre; la grande loi des compensations, qui se manifeste au physique comme au moral, dans toutes les parties de l'univers, me fait penser que les élémens sont les mêmes dans tous les siècles, et que les circonstances seules modifient les résultats, et portent sur une partie la perfection qui existait autrefois dans une autre; je crois qu'il ne suffit pas d'avoir le génie d'un Virgile ou d'un Racine pour produire des chefs-d'œuvre égaux aux leurs, mais qu'il faut encore se trouver dans une même situation et sous la même influence; je crois que nous aurions plus souvent de grands et beaux ouvrages, si tout ce qui nous environne concourait à les faire naître; je crois enfin qu'il ne suffit pas d'un germe pour faire éclore une plante délicate, il faut encore une terre féconde, un ciel propice et les soins d'un cultivateur.

Il est plus simple et plus court d'attribuer la pauvreté de notre poésie au peu de talent de nos poètes; mais ce reproche est-il aussi juste qu'il est facile à faire? S'il est vrai que la poésie soit négligée aujourd'hui, est-ce aux poètes seuls qu'il faut s'en prendre, et le public n'est-il pour rien dans cette décadence? Si les écrivains ont des torts, les lecteurs n'en ont-ils aucun?

Un art, une science se perfectionne en raison de l'intérêt qu'on y attache, et de la gloire que l'on espère, en y consacrant ses talens et ses veilles. Dans un pays où la poésie serait méprisée, il ne faudrait pas s'attendre à trouver de grands poètes; il n'est pas naturel aux hommes de s'adonner avec chaleur à un genre de travail dont le produit doit être reçu froidement; et conséquemment, partout où le goût de la poésie diminuera, le nombre des bons vers doit nécessairement diminuer. Ce n'est point assez d'avoir des auteurs qui puissent faire, il faut encore une génération d'hommes amis des lettres, susceptibles d'enthousiasme, qui aiment les vers, qui sachent les lire et les juger, et dont le suffrage ambitionné excite puissamment la verve des poètes. Un peuple insensible aux charmes de la musique ne verrait éclore chez lui aucun grand musicien.

Si je ne me suis pas trompé dans le principe, l'application s'en fera naturellement. En effet, il est évident que le goût de la poésie et de la littérature proprement dite a bien diminué depuis un demi-siècle. Des causes nombreuses que je pourrais accuser de cette révolution, et que nos lecteurs connaissent ou devinent, je ne citerai que cette tendance générale vers les sciences exactes, et cet esprit *mathématique* qui est très-utile et très-louable en lui-même, mais qui est en même temps le poison le plus funeste pour les arts d'imagination. Cette espèce de fureur didactique s'est emparée de tous les hommes capables d'application, et a séduit jusqu'à la jeunesse, qui, par ses passions mêmes, devrait céder encore au charme de l'illusion. Paris fourmille de philosophes imberbes et de docteurs adolescens. Le froid calcul, la sèche analyse, et une métaphysique audacieuse, voilà tout ce qu'ils connaissent : ils sourient de pitié quand on leur parle des filles de mémoire, des nymphe du Permesse et des enfans d'Apollon. Déjà plusieurs genres de poésie semblent exclus de notre littérature, et le temps n'est pas loin où l'ode sera aussi abandonnée que la ballade ou le sonnet. Et qu'on ne dise pas que les vers ne sont pas lus parce qu'on a cessé de les faire bons ; les meilleurs ne sont guère plus lus que les autres : à l'exception du théâtre, qui offre un amusement, et où tout le monde est convenu d'aller, la poésie est négligée par le plus grand nombre des lecteurs. Insérez une ode, une tirade de vers héroïques dans un journal, sur cent lecteurs vous en verrez quatre-vingt-dix tourner le feuillet et courir à la prose. Cette indifférence doit nécessairement influer sur les écrivains ; ceux que leur impulsion naturelle aurait jetés dans la carrière poétique, y courent sans ardeur, parce que les spectateurs leur manquent, ou la quittent bientôt pour celle qui étale

2.

à leurs yeux des palmes, des couronnes, des encouragemens, et où la foule des spectateurs les appelle.

Il est cependant encore des hommes courageux qui ont résisté au torrent du mauvais exemple ; il est encore de vrais amis des Muses qui entretiennent le feu sacré, et qui, fidèles aux vieux et bons principes, adressent aux chastes sœurs des cantiques avoués par elles, et agréables au dieu du goût. Il me serait facile de les citer ; leur nombre n'a rien d'effrayant pour la mémoire : *Apparent rari....* Je n'ose achever ce vers, qui est trop vrai pour ne pas paraître impertinent.

M. d'Avrigny peut être compté parmi les écrivains qui, fidèles aux bons préceptes, et fermes dans la bonne route, ne se sont point laissé séduire par l'appât d'une fausse gloire, par l'ambition des faux succès. On a remarqué la force, le coloris, la belle facture, l'harmonie soutenue de ses vers.

Pour prouver ce que j'avance, je ne suis embarrassé que du choix, et je m'arrête cependant de préférence sur quelques vers qui perdent moins à être tirés du cadre où l'auteur les a placés. Dans le morceau suivant, il retrace les découvertes de quelques voyageurs, et les dangers auxquels ils s'exposent pour illustrer leurs noms. C'est Lapérouse qui parle à son équipage :

. . . .

Les monts se sont courbés, les flots se sont ouverts,

Et la borne est posée où finit l'univers.
Mais quels lauriers nouveaux encor pour héritage !
C'est à nous d'accomplir ce magnifique ouvrage.
Voyez-vous, entraînés d'un sublime transport,
Ces rivaux des succès que nous promet le sort,
Du double continent pénétrer l'étendue,
Et loin dans les déserts atteindre de leur vue,
Sillonner de leurs pas les plus sauvages lieux,
De leurs savans efforts théâtre glorieux !
Du Midi jusqu'au Nord qui peut nombrer leurs courses?
Le Nil mystérieux a révélé ses sources,
Ses tombeaux, seuls debout au milieu des débris,
Ses temples renversés, et ses canaux taris,
Mais qui semblent toujours dans leur grandeur déchue,
D'un autre Sésostris attendre la venue.
L'Euphrate, humble marais perdu dans les déserts,
Aux Chardins de nos jours raconte ses revers ;
De l'ombrageux Cathai le voile enfin s'entrouvre,
Et du Thibet sacré le parvis se découvre.

Comme chacun des objets que présente l'auteur est bien caractérisé par un seul mot aussi juste qu'expressif ! Le morceau suivant me paraît encore mieux :

Où s'avance, enfoncé dans l'inculte Lybie,
Ce voyageur encore au printemps de sa vie?
Sous l'astre étincelant dont il brave l'ardeur,
Il ose du Zarah percer la profondeur !
. . . .
Le désert, où déjà la fatigue l'accable,
Devant lui se prolonge, immense, impénétrable;
Tous les feux de la soif ont desséché ses flancs;
Faible, épuisé d'efforts, il se traîne à pas lents;
De son sein déchiré sort une aride haleine;

Son œil en vain parcourt et la brûlante plaine,
Et le morne horizon qui s'éloigne, qui fuit ;
Nul arbre ! nul ruisseau ! nul vestige ! nul bruit !
Rien, dont le charme heureux vienne calmer son âme !
Un Océan de sable, et des cieux tout de flamme !
C'est là que seul, rempli d'un noir pressentiment,
Il voit la sombre nuit descendre tristement ;
Tout dort : et le sommeil fuit encor sa paupière.
Nuit terrible ! ah, pour lui, seras-tu la dernière ?

J'estime trop mes lecteurs, pour chercher à leur faire sentir la vérité, la force, la couleur de ce morceau. Tout ce poëme, trop court, offre la même verve, et fait preuve du même talent.

JEANNE D'ARC A ROUEN,

TRAGÉDIE EN CINQ ACTES ET EN VERS ;

Par M. C.-J.-L. D'AVRIGNY.

APRÈS un petit nombre de représentations, cette tragédie est déjà si connue, qu'il serait ridicule d'en offrir l'analyse. Je me garderai bien d'en citer quelques beaux vers, comme on le fait à l'égard des ouvrages médiocres pour lesquels on a de l'indulgence ; alors, plus les beautés sont rares, plus elles se font remarquer. Dans *Jeanne d'Arc,* les beaux vers se présentent en foule ; ils forment de longues tirades, des scènes entières ; ils tiennent tellement à l'action, ils dépendent tellement l'un de l'autre, ils sont si égaux en mérite, qu'ils paraissent être sortis en masse du cerveau de l'auteur, et ne peuvent être isolés sans perdre de leur élégance et de leur éclat. J'ai entendu dire souvent d'autres tragédies qu'il y avait de beaux vers ; on peut dire de celle-ci qu'elle est écrite en beaux vers : ce qui est fort différent. Je sais que le vulgaire des spectateurs, confondant l'expression avec la pensée, regarde toujours comme bien écrite la scène dont l'action est vive ou intéressante, ne distingue pas la chose dite de la manière de la dire, et ne se doute pas qu'il puisse y avoir un grand mérite de style dans les détails les plus simples et les plus communs.

Les hommes lettrés pensent et jugent bien différemment : ils savent que les situations entraînantes, les coups de théâtre brillans, et surtout l'intérêt du sujet, captivent l'attention du spectateur au point de lui faire négliger les incorrections, les redondances, les termes impropres, et jusqu'aux fautes de langage ; mais, dans ce cas, la faiblesse du poète se montre tout entière, et choque le goût le moins délicat aussitôt que l'auteur n'est plus soutenu par la chaleur de l'action, et qu'il n'a plus pour auxiliaire l'intérêt puissant de la scène. C'est dans l'ouvrage entier qu'il faut juger le style, et c'est dans les détails les moins atta-

chans que l'art du poète se fait remarquer. Tout
le monde admire la magnifique et longue scène du
troisième acte de *Jeanne d'Arc*, le discours de
Talbot dans le conseil, au premier acte, et son
refus de combattre, dans le quatrième; en général,
tout ce que dit l'héroïne, tout ce que dit Talbot,
paraît aux spectateurs illettrés beaucoup mieux
écrit que tout le reste; le jugement sur le style est
une erreur : c'est confondre le talent du poète
avec l'importance du personnage, et prendre l'intérêt de la chose pour l'art de l'exprimer; c'est
oublier d'ailleurs que, pour comparer les différens
rôles d'une tragédie, il faut examiner d'abord s'ils
ont été bien rendus.

Il est vrai que plusieurs parties de cet ouvrage
ont été plus vivement applaudies que certaines
scènes; il est vrai que le troisième acte surtout a
excité l'enthousiasme, tandis que d'autres scènes
ont obtenu moins de faveur; mais la lecture a
beaucoup diminué cette différence, elle a révélé le
secret de l'inégalité, et fait reconnaître des beautés
dans les passages mêmes où une cause étrangère à
l'auteur n'avait fait voir que du remplissage. Je
n'insisterai pas sur ce qui est approuvé de tout le
monde; mais si un lecteur attentif veut examiner
l'exposition de cette tragédie, s'il apprécie la difficulté qu'elle opposait à l'auteur, s'il lit sans prévention la scène où la duchesse....... la duchesse,
va-t-on dire! oui, la scène où la duchesse de
Bedford raconte qu'elle a été voir Jeanne d'Arc

dans sa prison ; s'il considère combien cette même
duchesse peut mettre de chaleur dans la scène du
cinquième acte où les gardes traînent Jeanne d'Arc
au supplice ; s'il réfléchit au talent qu'il fallait dé-
ployer pour ennoblir les détails d'échange, de
rançon et d'otages, dans l'entrevue du comte de
Dunois avec le duc de Bedford ; s'il reconnaît
enfin combien il était difficile de conserver de la
dignité au duc de Bedford, et de faire supporter le
comte de Beauvais, personnage aussi odieux que
nécessaire, il sentira que mes éloges, auxquels
peut-être il reproche de l'exagération, sont rigoureusement justes et complètement mérités.

Mais tandis que les spectateurs s'accordaient
unanimement sur les beautés de style qui se font
admirer dans cette tragédie, de nombreuses critiques s'élevaient sur le sujet, sur la conduite et
sur l'effet dramatique de la pièce. Heureusement
pour l'auteur, la plupart de ces critiques étaient
contradictoires et se détruisaient mutuellement.
D'autres résultaient de ce faux jugement que l'on
porte presque nécessairement à une première représentation ; quelques-unes enfin étaient justes,
et subsistent encore aujourd'hui. Le temps et la
réflexion ont fait justice de toutes celles qui n'é-
taient point fondées sur un goût éclairé et sur la
connaissance de l'art : je ne m'en occuperai que
pour consigner ici une observation dont j'ai depuis
long-temps reconnu l'exactitude, et qui cependant
paraîtra fort étrange aux habitués des spectacles.

C'est aux premières représentations que l'on se porte en foule ; c'est d'après une première représentation que l'on veut décider du mérite d'un ouvrage, que l'on énonce les critiques les plus absolues ; et cependant c'est après une première représentation que l'on porte les jugemens les plus faux, que l'on fait les critiques les plus déraisonnables. L'expérience et le raisonnement concourent à démontrer cette vérité. On me dispensera sans doute de citer des exemples, si l'on se rappelle que des chefs-d'œuvre de Molière et de Racine ont été méconnus, tandis que des ouvrages plus que médiocres ont été portés aux nues à la première représentation. On voudra bien reconnaître aussi qu'une première représentation est plutôt une réunion d'apparat, une source de distractions et de causeries, qu'une assemblée consacrée à l'étude de l'art et à la discussion des principes ; on voudra bien enfin peser la considération suivante : S'il est difficile, même à un homme de lettres, de faire une bonne critique de l'ouvrage qu'il a vu plusieurs fois et qu'il a lu avec toute l'attention possible, comment des personnes auxquelles les secrets de l'art sont inconnus, prétendent-elles juger sainement et en dernier ressort la pièce qu'elles entendent pour la première fois, qu'elles n'écoutent jamais avec l'attention suffisante, et qui, comme la plupart des tragédies, les transporte dans un monde dont les personnages, dont les mœurs, dont les faits historiques ne leur sont pas assez connus pour éclairer leur goût et motiver leur critique? On me répond que l'on juge par sentiment, et que le vrai beau se fait toujours reconnaître. Je pourrais bien répliquer que Britannicus, par exemple, était aussi beau à la première représentation qu'à la dixième, et que le beau ne fut pas reconnu; que la Phèdre de Racine était admirable, et que celle de Pradon était médiocre, la première fois qu'elles parurent, comme elles le sont aujourd'hui; le sentiment ne juge donc pas toujours bien. Je pourrais multiplier les citations de ce genre qui ne feraient pas prévaloir les impulsions du sentiment sur les jugemens de l'instruction et du goût; mais j'aime mieux faire une concession bien ample, et admettre que le seul sentiment suffise pour faire apprécier les ouvrages de l'art. Eh bien! cette supposition même ne prouverait rien contre mon observation, puisque de toutes les représentations d'une tragédie, la première est celle où l'on se livre le moins au sentiment : et pourquoi? c'est que nous sommes simples *auditeurs* aux représentations d'une pièce connue, tandis que nous siégeons comme *juges* à la première. Des préventions de toute espèce; un secret désir de trouver des défauts, ne fût-ce que pour faire briller notre sagacité; le préjugé qu'un talent supérieur ne peut être le partage d'un homme vivant; la crainte de nous compromettre en nous pressant d'approuver; l'opinion très-fausse qu'une critique maligne est la preuve d'un

goût sévère, tout cela nous pousse à la recherche
des défauts, nous rend défians sur des beautés
dont nous ne sommes pas bien sûrs; et tandis que
nous faisons une observation critique sur un hémistiche, sur une expression, sur une rime, des
vers s'écoulent qui, pour n'avoir pas été entendus,
jettent de la confusion dans toute une scène, et
nous font paraître obscur et froid ce qui nous
aurait vivement touché si, au lieu de la roideur
d'un juge, nous n'avions apporté que l'impartiale
attention d'un auteur. A toutes ces raisons voulez-
vous ajouter les preuves de l'expérience ? notez
exactement toutes les observations que vous en-
tendez faire après une première représentation;
revenez à la dixième; prenez le même soin et
comparez. Le résultat de cet essai n'est pas seulement curieux, il peut encore être fort utile à
l'exercice de la critique et au progrès de l'art.

En appliquant à Jeanne d'Arc ce que je viens
de dire de toutes les tragédies, je remarque d'abord
que le temps et la réflexion ont singulièrement
abrégé ma tâche, et me dispensent de discuter des
reproches que l'on ne fait plus à l'auteur. Je les
lui indiquerai néanmoins comme de nouvelles
preuves en faveur de mon opinion sur les jugemens que l'on porte aux premières représentations
des ouvrages.

La politique et l'esprit de parti qui apparemment ne trouvent pas assez de motifs de haine et
de discorde dans les événemens récens, ont voulu

remonter jusqu'au moyen âge et appeler Jeanne d'Arc à leur secours. L'héroïne qui a sauvé la France et fait sacrer son roi était nécessairement une *ultra*; mais d'un autre côté, celle qui a battu les Anglais était évidemment une *libérale*: ces deux reproches ont été faits à l'auteur; on en rit aujourd'hui et demain on n'y pensera plus.

Une critique un peu plus sérieuse est celle du sujet: on ne lui trouvait pas assez de variété; l'héroïne, disait-on, y est constamment dans la même situation; selon les uns, ce n'était qu'une longue agonie; selon d'autres, un procès à la Cour d'assises. On ajoutait que tout étant prévu d'avance, il n'y avait pas d'intérêt dans l'ouvrage. Si ces remarques étaient justes, elles feraient trop d'honneur à M. d'Avrigny. Supposez, en effet, qu'une tragédie dépourvue d'intérêt, n'offrant qu'une même situation sans cesse reproduite, attirât une foule immense de spectateurs, excitât souvent l'enthousiasme, et se fît d'autant mieux estimer qu'elle serait mieux connue, n'en conclurions-nous pas que le style de cet ouvrage doit être au-dessus de tout ce qui existe, puisqu'il produit un effet inconnu dans les fastes du théâtre? mais non, M. d'Avrigny n'a point fait un prodige que Racine même ne pourrait opérer. Il n'est point de style qui rachète entièrement la nullité de l'action et le défaut d'intérêt; il y a donc, au moins, dans sa tragédie, l'action que comporte le sujet, le noble intérêt qui s'attache aux vertus de l'héroïne, au

malheur de sa situation, et l'alternative de crainte
et d'espérance qui résulte de l'opposition des caractères. J'avoue cependant que si l'auteur avait
fait de *Jeanne d'Arc* un mélodrame, s'il avait fait
tuer quelques centaines d'Anglais sur le théâtre,
s'il avait placé une procession après une bataille,
et une danse près du bûcher, les partisans du romantique reconnaîtraient dans son ouvrage beaucoup de chaleur et de mouvement.

Dirai-je qu'on a conseillé à l'auteur de rendre
Jeanne amoureuse de Dunois? Cette niaiserie ultra-
romantique était un argument après la première
représentation.

Un homme de beaucoup d'esprit a demandé si,
dans cette tragédie, Jeanne d'Arc était réellement
inspirée. Je réponds qu'il n'y a pas de doute. Si l'on
peut attribuer le songe qu'elle raconte à une erreur
des sens, il est impossible de méconnaître une véritable inspiration dans les vers suivans :

> Mais de mes sens émus quel feu divin s'empare?
> Le ciel parle; le ciel, pour la dernière fois,
> Par ma bouche aujourd'hui vous révèle ses lois.
> Écoutez.....

Si elle n'était pas inspirée prédirait-elle avec autant
de précision pour les lieux et pour les temps la
mort du duc de Bedford et la place de son tombeau? Oserait-elle ajouter :

> Vous ne reverrez plus le palais de vos pères?

Je ne dirai qu'un mot du cinquième acte : il est sans doute le moins brillant ; il paraît faible quand on le compare à la fin du quatrième, et très-faible si on l'oppose à l'admirable scène qui remplit presque tout le troisième, et au-dessus de laquelle le poète ne pouvait plus s'élever. N'exagérons cependant pas cette faiblesse, et convenons que cet acte ne paraîtrait pas si peu digne des autres, si l'exécution..... mais respectons les puissances du théâtre, et bornons-nous à parler des auteurs dont on peut dire ce qu'on veut. Laissons donc tout le tort à M. d'Avrigny ; pour l'en consoler cependant, ajoutons que Racine a un cinquième acte bien faible dans son *Britannicus*, et qu'il a eu le tort le plus inexcusable de faire débiter cent cinquante-cinq vers après la mort de son héros.

CHARLEMAGNE,

OU LA DÉFAITE DES LOMBARDS,

POEME HÉROÏQUE EN DIX CHANTS ;

PAR CH. MILLEVOYE.

En me vantant les vers élégans de M. Millevoye, on m'avait dit que le plan de son poëme était défectueux, et que le titre surtout n'était point convenable. Il y a quelques vérités dans ces reproches, et c'est par là que je vais commencer l'examen du poëme, pour me débarrasser promptement de ce qu'il y a de désagréable dans ma tâche.

Le grand nom de Charlemagne promet plus aux lecteurs qu'il n'a été permis au poète de leur offrir, en suivant le plan qu'il s'était tracé. Il me semble cependant que d'après les principes les plus rigoureux, il serait facile de justifier l'auteur. Un poëme n'est point la vie d'un héros ; ce serait même une grossière faute que d'envisager l'épopée sous ce point de vue. Cet Achille dont le nom a tant d'éclat, ne fait qu'un seul exploit dans l'Iliade ; il venge Patrocle en triomphant d'Hector : tout le reste du poëme ne peint que sa colère, c'est-à-dire son repos. Il suffisait donc que M. Millevoye retraçât l'une des grandes actions de Charlemagne ; et alors il avait le droit de prendre pour titre le nom de ce monarque. La conquête de la Lombardie est cette action ; certainement elle est assez importante par elle-même pour devenir le sujet d'un poëme héroïque. Ce n'est donc pas dans le titre qu'il faut chercher un véritable défaut ; mais la critique doit examiner si le ton, la marche et l'intérêt du poëme répondent à ce titre si magnifique, et par là même si dangereux.

Selon le poète, Charlemagne a refusé la main de sa sœur à l'héritier du trône des Lombards, et il a préféré au royal amant un simple chevalier de sa cour, nommé Angilbert. Le fils de Didier décide le roi à le venger de cet affront ; la guerre s'allume ; et le royaume des Lombards est détruit. Cet Angilbert est donc la cause de cette guerre funeste ; le lecteur s'attend donc à l'y voir figurer en première ligne ; et puisqu'il a été préféré à ses rivaux par un aussi grand homme que Charlemagne, on doit croire que ses actions vont justifier un aussi noble choix. Malheureusement l'espoir du lecteur est trompé : Angilbert n'a guère, dans ce poëme, d'autre mérite que d'être le beau-frère de Charlemagne ; il n'y joue qu'un rôle très-subalterne ; et l'auteur lui-même paraît l'avoir oublié.

Charlemagne s'y montre sans doute d'une manière plus éclatante, mais il y est quelquefois éclipsé par des acteurs secondaires ; et une faible femme, Ophélie, y est le personnage le plus intéressant.

Pour répandre du merveilleux sur son action, le poëte a imaginé une fée Morgane, faible copie des Alcine et des Armide. Aussi impuissante dans sa haine que dans son amour, elle menace sans cesse, elle produit des enchantemens, elle fait des évocations qui se bornent à donner de l'amour à une jeune fille (on n'a pas besoin de sorcière pour cela), et à empoisonner un poignard qui frappe une auguste victime, et ne la fait pas mourir.

Voilà les défauts qu'une attention scrupuleuse et dépouillée de toute bienveillance m'a fait apercevoir dans ce poëme. Ils sont graves sans doute ; mais à quels ouvrages de ce genre ne trouverait-on

pas de pareils reproches à faire ; si, fermant le
cœur et l'oreille au charme de la poésie, on sou-
mettait aux calculs d'une raison froide ce qui est le
produit d'une vive imagination ?

Quoi qu'en disent les doctes commentateurs,
le premier mérite d'un poète est de faire d'excellens vers ; c'est par les beaux vers, et non par un
plan régulier, qu'il passe à la postérité la plus reculée. Cet avantage de la poésie n'est pas un motif
pour présenter une action déraisonnable ; mais
les grandes beautés de style font excuser bien des
défauts : les beaux vers volent de bouche en bouche,
et portent au loin la gloire de l'auteur ; tandis que
le critique censure fort inutilement la marche du
poëme, dans le silence du cabinet.

Si un talent très-distingué pour la poésie noble
et gracieuse, si un goût pur et délicat, si un style
toujours élégant et toujours poétique sont des qualités plus que suffisantes pour faire pardonner
quelques irrégularités dans la conduite d'un poëme,
M. Millevoye doit être absous par tous ses lecteurs,
et classé parmi ceux de nos écrivains qui soutien-
nent avec éclat l'ancienne réputation de notre
poésie. Je ne dirai pas que l'on trouve dans son
ouvrage quelques vers remarquables, quelques
morceaux saillans ; mais je ne crains pas d'affirmer
que tous les chants, sans exception, sont écrits
avec un soin, une élégance et une pureté qui
étonnent le lecteur le plus sévère : jamais l'affectation, jamais le mauvais goût ne prêtent à ses

vers le faux éclat que l'on appelle si improprement de l'esprit; jamais une expression parasite, un adverbe inutile n'y sont appelés pour y compléter la mesure ; jamais une épithète oiseuse n'y vient au secours de la rime qui est toujours belle et très-souvent riche, sans laisser apercevoir qu'on ait eu besoin de la chercher.

Cette égalité de talent m'embarrasserait beaucoup, si mon intention était de favoriser M. Millevoye, et de choisir les meilleurs vers de son poëme pour les présenter au lecteur. Quoique tous les passages n'offrent pas le même degré d'intérêt, il n'en est aucun que je ne pusse citer avec éloge ; et le moyen de justifier cette assertion, qui sans doute étonne un peu, est de donner aux citations assez d'ordre et assez d'étendue pour exclure toute idée de partialité et de faveur.

Dès son début, le poète retrace les grands ouvrages dont Charlemagne a embelli la capitale de son Empire : je ne transcrirai pas les beaux vers qui ont déjà paru dans les journaux, et je passe à la guerre de Lombardie. Ogier le Danois servait dans l'armée de Charlemagne, et l'amitié l'unissait à Isambart, qui était le nouveau Pylade de ce nouvel Oreste ; mais, dans un accès de dépit, Ogier quitte son prince et son ami, et va offrir son épée au roi des Lombards. Ici le poète continue :

> Pourtant, hélas ! par d'invincibles nœuds,
> L'honneur jadis les enchaîna tous deux.

3.

Avant le jour où le fier Scandinave
Fut entraîné par son dépit hautain,
Les deux héros unissant leur destin,
Laissaient douter quel était le plus brave.
Tels on nous peint ces gémeaux radieux
Qui, sur la terre, amis toujours fidèles,
N'eurent qu'un sort, et jusque dans les cieux
Ont confondu leurs clartés fraternelles.
Ce temps heureux sans retour s'est enfui;
Ogier troublé d'Isambart craint l'approche;
Il se détourne, et, désormais, pour lui,
De son ami la vue est un reproche.
Ainsi Marseille, au pied de son rempart,
Quand les combats s'allumaient autour d'elle,
A vu depuis, soupirant à l'écart,
Ce connétable, à son maître infidèle,
Qui rougissait en regardant Bayard.

Mais les deux partis se préparent à la guerre :

De toutes parts brillent les boucliers;
De toutes parts les nobles chevaliers,
Rêvant déjà leurs hautes aventures,
L'œil enflammé, polissent leurs armures.
Pour les combats, l'un exerce en champ clos
Son destrier fatigué du repos;
L'autre, aux caveaux des vieilles basiliques,
De ses aïeux vient toucher les reliques,
Ou visiter la tombe des héros.
Loin des regards, beautés mélancoliques,
Vous achevez, en les baignant de pleurs,
Les tendres nœuds de rubans et de fleurs,
De nœuds plus doux images symboliques.
Plus d'une aussi, pour l'ami de son cœur,
Porte une offrande à la sainte chapelle,

Priant tout haut qu'il revienne vainqueur,
Priant tout bas qu'il revienne fidèle.

Dans le cinquième chant les armées sont en présence :

Pour le combat cependant tout s'apprête.
Les fiers Lombards, Adalgise à leur tête,
Pour arrêter l'armée aux larges flancs,
Ont déployé leurs formidables rangs.
Ils gardent tous un farouche silence ;
Mais les Français, en agitant la lance,
D'un chant de gloire entonnent le refrain.
Charles, monté sur l'ardent *Fulgurin*,
Parcourt les rangs ; sa parole enflammée,
Qui garantit le succès du combat,
Fait un héros du plus obscur soldat,
Et d'un regard il double son armée.

Le poète peint ainsi la fin de ce combat terrible :

Le cimeterre, et la lance et les dards,
La double hache et les tranchans poignards
Ont varié les coups et les blessures ;
En pétillant, le feu sort des armures,
Le sang jaillit ; plus d'ordre, plus de rangs,
Vainqueurs, vaincus, chefs, soldats, morts, mourans,
Tout se confond ; la vue épouvantée
N'aperçoit plus qu'une masse agitée ;
L'oreille au loin n'entend plus dans les airs
Qu'un cri formé de mille cris divers.
. . . .

Mais je vois avec regret que je ne puis présenter

au lecteur qu'une faible partie de ce que j'aurais voulu lui faire connaître. Si cependant les vers que je viens de citer, et qui offrent des tableaux dont le fonds se trouve partout, suffisent pour faire apprécier le talent de M. Millevoye, que sera-ce quand une action intéressante doublera le charme d'une poésie aussi franche et aussi agréable? Ces avantages se trouvent réunis dans le bel épisode d'Edmond, et dans le tableau de l'amour malheureux, et de la mort d'Ophélie, qui est, à proprement parler, l'héroïne du poëme.

Il ne manque donc à M. Millevoye qu'un sujet plus heureux; l'intérêt qu'il a su répandre sur celui-ci est entièrement dû à son talent; mais il ne faut pas qu'il s'en rapporte toujours à lui-même : quand il travaillera sur son fonds déjà riche et bien ordonné, son talent paraîtra s'agrandir lorsqu'il n'aura reçu qu'une plus heureuse direction; et les gens du monde ne pourront lui refuser une estime que les gens de lettres lui accordent dès à présent. On convient généralement qu'il possède l'art des vers; plusieurs chants de son Charlemagne, et surtout le dernier, m'ont prouvé qu'il possède aussi l'art du poëme.

HECTOR,

TRAGÉDIE EN CINQ ACTES,

SUIVIE DE PLUSIEURS FRAGMENS IMITÉS DE L'ILIADE;

PAR J.-CH. LUCE DE LANCIVAL.

CETTE tragédie est tellement connue, qu'il serait ridicule d'en donner une analyse. Sévèrement jugée d'une part, vivement défendue de l'autre, elle a partagé les amateurs du théâtre, et les critiques n'ont pas moins contribué que les éloges à lui donner de la célébrité. Ce n'est pas un petit mérite que d'être le sujet d'une longue et sérieuse discussion dans un genre où nous possédons tant de chefs-d'œuvre, et d'intéresser un public habitué à entendre les Corneille et les Racine. L'espèce d'incertitude qui règne pendant les premières représentations d'une pièce de théâtre, nous prouve combien le goût est rare, combien l'art de juger est difficile. Quand on songe à notre richesse dramatique, aux nombreuses théories que l'on nous a données sur cette belle partie de la littérature, aux innombrables discussions, dissertations, critiques, remarques, sur la tragédie ancienne et moderne, qui composent notre poétique théâtrale, il semble que rien ne soit plus facile que d'apprécier le mérite d'un ouvrage dès sa première représentation; je dirai plus, il semble qu'il soit impossible de se tromper. Et cependant, depuis Corneille jusqu'à nous, on ne voit qu'erreur, que faux jugemens, que méprises : telle pièce, regardée par les uns comme un chef-d'œuvre, paraît détestable aux yeux des autres; et ce n'est qu'à la longue que le public se forme une opinion raisonnable, et que l'ouvrage si diversement jugé est placé à son véritable rang.

Quand on sait que nos plus belles productions dramatiques ont eu besoin de lutter contre la prévention, l'ignorance ou la mauvaise foi, et d'arracher, pour ainsi dire, la portion d'estime qui leur est due; quand on apprend que presque toute une génération a douté du génie de Racine; quand on entend les opinions se porter aux deux extrêmes; quand on a besoin de se demander si telle pièce est sublime ou détestable, quoiqu'elle ait été représentée dix fois, on est obligé de convenir que les règles de cet art sont bien incertaines et bien vagues, ou qu'il faut un goût bien sûr, une sagacité bien rare pour en faire l'application. Tant qu'une belle tragédie pourra long-temps paraître mauvaise, tant qu'une pièce médiocre pourra jouir d'un long et bruyant succès, comme on l'a vu trop souvent, j'aurai le droit de me défier du jugement du public aux premières représentations.

De quel œil devons-nous donc considérer ces
jeunes-gens, ces jolies femmes, ces oisifs qui n'ont
que le jargon du beau monde, lorsqu'à une lecture fugitive, à une représentation pleine de distractions, de préventions, de tumulte, ils jugent
en dernier ressort, et décident souverainement
dans un art dont ils ne connaissent pas même les
premiers élémens? Les gens qui ont le plus d'esprit, les critiques les plus éclairés se sont trompés
souvent sur les pièces de théâtre, sur celles mêmes
dont les auteurs sont morts depuis long-temps :
nous sommes loin d'adopter tous les jugemens de
M. de La Harpe, à qui certainement nous ne pouvons refuser un goût excellent et une instruction
profonde ; nous disputons encore sur les tragédies
de Voltaire ; et lorsque tant de recherches, tant
d'études, tant d'années écoulées, n'ont pu nous
éclairer suffisamment, que devons-nous penser de
ces hommes qui, sans étude, sans connaissances,
décident hardiment sur une pièce qu'ils ont à peine
entendue, et la classent, sans hésiter, parmi les
chefs-d'œuvre, ou parmi les productions les plus
misérables? Le public est le seul juge, dit-on : oui
sans doute ; mais c'est le public de plusieurs années, et non pas celui des premières représentations ; on peut même ajouter que le véritable juge
est le temps.

Je n'ai point vu représenter la tragédie de M. Luce,
je n'ai fait que la lire, et je dois naturellement me
trouver en opposition avec quelques critiques qui

l'ont jugée au théâtre : si, d'un côté, j'ai perdu le
charme qui résulte du prestige théâtral et du talent
des acteurs, j'ai du moins eu le temps d'examiner
la conduite, les situations, l'accord plus ou moins
parfait qui existe entre le caractère des personnages
et leurs discours et leurs actions ; j'ai pu comparer,
à loisir, des scènes que le spectateur ne juge qu'isolément, parce que la rapidité du débit l'empêche
de les rapprocher.

D'après l'étude que j'ai faite de cette tragédie,
je m'en suis formé une opinion que je présente avec
défiance, parce qu'elle est contraire à celle d'un
critique justement célèbre : je l'exposerai néanmoins avec franchise, parce qu'il m'est très-permis
de me tromper, tandis qu'il m'est défendu d'écrire
autrement que je ne pense. Je crois donc que,
bien loin d'avoir altéré les mœurs antiques, et
d'avoir dénaturé les héros d'Homère, M. Luce a
trop scrupuleusement suivi l'Iliade, et que, par une
exactitude trop rigoureuse, il a donné à sa tragédie cette physionomie sévère et cette simplicité
un peu trop nue qui passaient autrefois pour un
mérite, mais qui sont presque devenues des défauts depuis que nous sommes habitués aux grands
mouvemens dramatiques, aux situations extraordinaires, aux héros gigantesques, aux processions
théâtrales, et au pathétique le plus outré. Examinons les principaux personnages de cette tragédie,
et voyons si nous trouvons dans Homère de quoi
justifier M. Luce.

Quelques littérateurs ont pensé qu'Hector n'est point un personnage tragique, parce qu'Homère l'a fait trop sage, trop calme, et nous l'a présenté plutôt comme un honnête homme que comme un héros digne de la scène; on a trouvé qu'il ressemble plus au pieux Énée qu'à nos personnages dramatiques, et que s'il est bien placé en seconde ligne dans un poëme épique, il ne peut se montrer au premier rang dans la tragédie.

Je ne vois rien dans Homère qui justifie cette critique : partout, dans l'Iliade, Hector est nommé *le grand, le sage, l'illustre, l'impétueux, le terrible, l'homicide, le divin Hector;* et si le poète le présente comme l'égal de Jupiter pour la sagesse, il le montre aussi comme l'égal de Mars pour la valeur. (Liv. XIII, vers 802). Les Grecs n'en parlent qu'avec respect ou avec crainte; Achille lui-même le nomme tantôt l'homicide, tantôt le terrible, tantôt le divin Hector. (Liv. IX, vers 351 et suivans.) Dans le livre onzième, il est comparé à un vent impétueux qui pousse et bouleverse les nuées, accumule les flots les uns sur les autres, élève des montagnes blanchies d'écume, et les dissipe ensuite par la violence de ses coups; dans le douzième, il est si terrible, que les dieux immortels pourraient seuls l'arrêter; dans le treizième, c'est un énorme rocher qui roule du haut d'une montagne et entraîne tout ce qui s'oppose à sa chute; dans le quinzième, c'est un lion qui se jette au milieu d'un troupeau de bœufs, dévore le plus

gras, et met tous les autres en fuite ; dans le même
livre, les Grecs, poussés par Hector, se pressent
près de leurs tentes, et n'osent s'en écarter ; *car la
honte et la crainte les retenaient, et ils se répro-
chaient mutuellement leur frayeur.* (Vers 655, et
suivans.) Le fougueux Diomède, qui ose combattre
et blesser les dieux mêmes, se sent, à l'aspect
d'Hector, *saisi de frayeur, comme un homme sans
expérience qui sort pour la première fois de son
pays*, etc. (Liv. V, vers 596 et suivans.) Le grand
Ajax, à la vue d'Hector, s'arrête tout étonné, *et se
retire le cœur serré de douleur et de tristesse* (Livre
XI, vers 555); et lorsque Ménélas conçoit le projet téméraire de combattre Hector, Agamemnon
lui dit : Quelle imprudence! où courez-vous? Hector est la terreur des guerriers les plus redoutables ;
Achille même a souvent craint de le rencontrer.
(Liv. VII, vers 113 et 114.)

En voilà plus qu'il n'en faut, je pense, pour
prouver qu'Hector n'était pas seulement un homme
sage, un honnête homme, mais aussi l'un des plus
intrépides guerriers, l'un des personnages les plus
éclatans qui ait jamais brillé dans les siècles héroïques. S'il a succombé sous les coups d'Achille,
est-ce une raison pour lui ravir sa gloire? Annibal
et Pompée sont-ils des hommes médiocres pour
avoir été vaincus, l'un par Scipion et l'autre par
César? On reproche au héros de M. Luce de n'a-
voir point de passions : quoi! l'amour de la gloire,
l'amour de la patrie, poussés jusqu'au merveilleux,

ne sont-ils pas des passions dignes du cothurne?
Faut-il qu'Hector soit amoureux pour être un héros tragique? L'amour ne serait-il pas ridicule
dans un pareil sujet? Les Grecs n'admettaient cette
passion au théâtre, que quand elle produisait les
effets les plus funestes et les plus extraordinaires,
et Phèdre est la seule tragédie ancienne dont l'a-
mour soit le ressort.

Le personnage de Pâris a fourni aux critiques
des observations plus raisonnables, et a fait faire
à l'auteur des reproches mieux fondés. Il est cependant facile de démontrer que cette critique spécieuse ne repose que sur un dicton populaire, sur
une erreur accréditée. Le prince berger que le vulgaire appelle le beau Pâris, ne ressemble point
au Pâris de l'Iliade. A la vérité, Homère le représente comme un prince efféminé, amoureux jusqu'à la faiblesse, toujours occupé de sa belle figure
et du soin de se parer; mais ces défauts, que le
poète lui donne, n'excluent point la générosité,
le courage, et quelquefois la plus brillante valeur.
Si cette valeur n'est point constante, il n'en ressemble que mieux aux héros d'Homère; car ce
grand poète a peint les hommes tels qu'ils sont, et
il n'y a rien de constant dans la nature humaine.
On voit en effet dans l'Iliade, Hector craindre Ajax,
qui le lendemain redoute Hector; les plus braves
des guerriers délibèrent souvent s'ils fuiront ou
s'ils ne fuiront pas; Achille même a craint quelquefois de rencontrer le héros des Troyens, et l'on

voit deux guerriers se réunir pour en attaquer
un seul qu'ils trouvent trop redoutable. Je sais que
ces idées ne sont point les nôtres, et que nous ne
regardons point comme héros celui dont on peut
dire : Il fut brave tel jour. Mais quand on traite
un sujet tiré de l'Iliade, faut-il peindre les hommes
qu'Homère a chantés, ou ceux que nous nous figu-
rons dans les salons de Paris? Si l'on fait un crime
à M. Luce d'avoir introduit dans sa tragédie le personnage de Pâris tel qu'il existe dans l'Iliade, et
si ce reproche est fondé, n'ai-je pas eu raison de
dire que bien loin de dénaturer l'antiquité, il en
avait été un trop scrupuleux imitateur? Voltaire
a célébré dans la Henriade, des guerriers parés
comme des femmelettes, portant avec orgueil le
chiffre de leurs maîtresses, combattant avec intré-
pidité, et mourant glorieusement au lit d'honneur;
ce tableau n'a pas paru indigne de l'épopée. Le
Pâris d'Homère a une grande ressemblance avec
ces héros de la Henriade. Hector lui dit avec raison : On ne peut vous reprocher de manquer de
courage, car vous êtes valeureux, ἐπεί ἀλκιμός ἐσσί.
(Liv. VI, vers 522.) Ce compliment n'est point
dû à l'indulgence fraternelle. Pâris combat avec
courage et ôte la vie au brave Ménestius. (Liv. VII.)
Ailleurs, il blesse le terrible Diomède et le sage
Machaon. (Liv. XI.) Plus loin, il blesse le vaillant
Eurypile. (Même livre.) Homère, enfin, lui fait
faire plusieurs autres exploits qui suffisent pour
l'absoudre du reproche de lâcheté, et le ranger

parmi les guerriers qui ont combattu avec le plus
de valeur. Nous avons donc grand tort de regarder
le beau Pâris comme un homme sans cœur et sans
courage ; et si le préjugé populaire triomphe à cet
égard de la vérité, le tort de M. Luce a encore été
de trop bien connaître Homère, et d'avoir été un
trop fidèle observateur des mœurs de l'antiquité.

On a dit aussi qu'Andromaque pleurant son
mari mort, était plus intéressante que quand elle
tremble pour son mari vivant. Je ne le crois pas. Il
n'y a aucun remède à la mort ; l'intérêt qu'elle
nous cause nous fatigue et ne peut durer long-
temps ; mais le danger imminent et sans cesse re-
naissant d'une personne qui nous est chère, me
paraît être une véritable source d'intérêt, d'autant
plus dramatique, que cet intérêt peut se varier sans
cesse, et nous laisser l'espoir, sans lequel une action, un événement, un récit, cessent bientôt de
nous attacher. Si l'Andromaque de Racine est plus
intéressante, c'est que le génie de Racine n'a point
d'égal dans l'art d'émouvoir et de toucher ; mais
il ne faut pas attribuer à la situation du personnage le charme qui résulte du talent du poète.

Il ne m'appartient pas de parler du style et de la
conduite de cette tragédie ; des hommes habiles ont
fixé leur mérite, et le public, par une estime constante, me semble avoir assez justifié le succès des
premières représentations. Mon seul dessein a été
de parler des personnages, parce que c'est sur eux
sur-tout que la critique s'est appesantie : cette tâche

m'a paru facile, car j'ai pour moi une grande autorité ; j'ai cru d'ailleurs qu'il serait utile de détruire une erreur d'autant plus dangereuse, qu'elle
avait été adoptée par un homme de beaucoup d'esprit.

THÉATRE COMPLET

ET POÉSIES FUGITIVES

De J.-F. Collin-d'Harleville, Membre de l'Institut
et de la Légion-d'Honneur.

C'est un égal désavantage pour un critique,
d'avoir à parler d'un auteur trop obscur ou d'un
écrivain trop connu. Dans le premier cas, on n'excite aucun intérêt, parce que le lecteur cherche
bien moins à apprendre qu'il existe un auteur de
plus, qu'à savoir ce qu'on pense de l'auteur qu'il
connaît ; dans le second, le critique n'a presque
rien à dire, à moins qu'il n'entreprenne de relever
une réputation trop peu appréciée, ou de rabaisser une réputation usurpée, ce qui arrive bien
plus souvent. Aucune de ces deux tâches ne m'est
imposée : Collin-d'Harleville a été si généralement
aimé et estimé, que l'envie lui a pardonné ses suc-

cès, ou du moins a été contrainte au silence ; et ce littérateur a été si modeste, que ses amis mêmes n'ont osé le flatter. Il est donc du petit nombre des auteurs qui sont appréciés à leur valeur réelle ; on ne lui accorde ni trop ni trop peu, et l'opinion publique est, sur ce point, la même que celle des gens de lettres. Cette unanimité, à laquelle je ne connais guère que deux exceptions, rend ici mon rôle fort inutile. Que dirais-je des comédies de Collin-d'Harleville? Le public les connaît toutes; la plupart de ces ouvrages restent encore au théâtre avec honneur, et y seront estimés tant qu'un style pur, facile, élégant et naturel, comptera pour quelque chose dans une production dramatique. Une seule de ces comédies n'a point encore été représentée, et je pourrais m'en permettre l'examen, si je ne savais pas combien il est difficile de préjuger à la lecture le succès que doit avoir une comédie à la représentation. Je sais que les juges ne sont pas rares dans le monde; il en est même qui, à les en croire, ne se trompent jamais : qu'une pièce tombe ou réussisse, ils l'ont toujours deviné; ils ont même donné à l'auteur des conseils qui lui ont valu un succès, ou des avis qu'il n'a pas voulu suivre; obstination qui a décidé sa chute. Voilà ce que j'entends dire tous les jours à ces juges de salons, qui assistent à toutes les lectures. Je n'ai point cette pénétration, je l'avoue, et moins encore cette infaillibilité. Il m'arrive souvent de me tromper à une lecture, parce que l'opinion de ceux qui font réussir ou tomber les pièces, ne m'est jamais connue, et parce que je ne sais pas deviner à quel point les acteurs, qui sont pour beaucoup dans un succès ou dans une chute, diminueront ou augmenteront les défauts et les beautés de l'ouvrage. Cette comédie est intitulée *les Riches;* je la crois inférieure aux bons ouvrages de l'auteur; les personnages qu'il y met en scène ne me paraissent avoir rien de neuf; de nouveaux riches qui méprisent d'abord l'homme qu'ils croient pauvre, et le flattent bassement quand ils connaissent sa fortune, et quand ils ont perdu la leur, me semblent un sujet usé : la pièce d'ailleurs a, si je ne me trompe, la marche un peu lente, et la conduite trop sage, ce qui me fait croire qu'elle serait un peu froide; et quoique j'y reconnaisse assez souvent le talent distingué de l'auteur, quoique les détails agréables, et les vers bien tournés n'y soient pas plus rares que dans les autres ouvrages de Collin-d'Harleville, je crains que le succès n'en soit pas aussi vif à la représentation.

Dans ce Théâtre complet, je trouve une préface générale, destinée à remplacer toutes les préfaces particulières qui ont été supprimées par l'auteur. Collin-d'Harleville y parle de tous ses ouvrages avec une modestie qui, dans un critique, passerait pour une injuste sévérité. Cette modestie ne ressemble point du tout à celle de certains auteurs, car elle est très-franche; et ce qui prouve qu'elle n'a rien d'affecté, c'est qu'elle a fait faire à Collin des suppressions que le goût le plus difficile n'aurait osé lui prescrire. Il prétend, par exemple, que l'*Inconstant*, réduit à trois actes, produit un meilleur effet au théâtre : cela peut être, et cependant je n'approuve pas cette réduction. Quel est le mérite de l'*Inconstant?* C'est un style charmant, plein de fraîcheur, de coloris, d'élégance : on ne peut donc que perdre à y supprimer quoi que ce soit. La pièce, réduite en trois actes, en est-elle devenue une meilleure comédie? Non ; le vice du sujet n'en subsiste pas moins. L'unité d'action et le titre d'*Inconstant* sont deux choses incompatibles ; ainsi ce défaut existe dans trois actes comme dans cinq. Dans l'un et dans l'autre cas, on peut citer contre le sujet un vers de la pièce même :

Il n'est pas de raison pour que cela finisse.

Il fallait donc renoncer à rendre régulière une comédie qui ne pouvait le devenir ; mais il fallait y conserver tout ce qui rachète ce défaut; je veux dire les vers, les détails, qui sont pleins d'agrément, et qui ont fait oublier au public toutes les imperfections de la comédie.

Je crois devoir inviter tous les auteurs irascibles à lire la partie de cette préface où Collin parle de la critique plus qu'amère que l'on a faite de son *Optimiste*. On y attaquait le but moral de cet ouvrage ; et, ce qu'il y a de plus étrange, ce chaud défenseur de la morale, était.... Mais imitons la

4.

modération de Collin-d'Harleville, qui ne nomme
pas cet ennemi, et qui se contente de dire avec
autant de douceur que de générosité : « Maintenant
» que l'auteur de cette critique ne vit plus, on juge
» bien que je m'interdirai plus que jamais toute
» réplique qui lui serait personnelle ; je ne veux
» me ressouvenir que de son talent, qui était mâle,
» énergique, et dont il nous reste entr'autres un
» gage distingué. »

Le premier volume de cette collection contient,
outre la préface dont je parle, l'Inconstant, l'Optimiste, les Châteaux en Espagne, avec des variantes
et des notes ; le second renferme le Vieux Célibataire, M. de Crac, les Artistes, et les Mœurs du
Jour ; dans le troisième, on trouve le Vieillard et
les Jeunes Gens, Malice pour Malice, Il veut tout
faire, et les Riches ; dans le quatrième, enfin, sont
recueillies toutes les poésies fugitives de l'auteur,
et la Querelle des deux Frères.

Le nom de Collin-d'Harleville assure le succès
de cette édition, qui sans doute ne sera pas la dernière : il n'est pas du nombre des auteurs qu'on
ne peut entendre qu'au théâtre ; l'épreuve la plus
difficile, je veux dire la lecture, lui est plus favorable encore que la représentation, où le jeu des
acteurs et le goût du public influent si puissamment sur le succès. Collin n'a pas ce talent mâle et
énergique qu'il avait la bonté de louer complaisamment dans un ennemi ; d'autres ont mieux su
que lui nouer une intrigue, et amener des situa-

tions théâtrales, que le public confond toujours
avec les situations dramatiques ; mais personne,
de nos jours, ne l'emporte sur lui par le style, qui,
quoi qu'on en dise, est et sera toujours ce qui fait
vivre les ouvrages. L'action du Misantrope se réduirait facilement à un acte, si l'action était tout
au théâtre ; et Tartufe même, qui est peut-être le
nec plus ultrà de notre gloire théâtrale, est aussi
admirable par la simplicité de sa conception que
par les traits de génie dont il fourmille. Le dialogue
est donc la partie principale du drame ; et quoique
Racine n'ait pas dans ses tragédies d'intrigues compliquées, quoiqu'Euripide et Sophocle composent
ce que nous nommons des actes avec une ou deux
scènes, quoique Molière n'ait guère dans ses comédies qu'un seul bon dénoûment, comme ces
grands hommes ont été admirables dans le dialogue,
ils seront toujours les maîtres de l'art. Si je n'ai pas
cité Corneille, c'est qu'une de ses tragédies passe
pour un modèle d'intrigue ; mais je ferai observer
que Cinna, qui passe aussi pour son chef-d'œuvre,
est d'une simplicité qui approche de celle qu'on
admire dans Racine.

Le style n'est pas tout, sans doute, mais il est
un mérite bien plus rare que l'art de tracer des
plans. L'abbé d'Aubignac a composé une *Pratique
du Théâtre* où il donne les principes les plus sûrs
et les règles les plus infaillibles pour ourdir la
trame d'une pièce dramatique, et il a fait une tragédie conformément à sa méthode. Personne ne

lui a contesté la gloire d'avoir prescrit de bonnes lois; mais personne ne se souvient de sa *Zénobie*; qui tomba tout à plat, quoiqu'elle fût posée sur une base aussi solide. Le grand Condé, qui vraisemblablement comptait le style pour quelque chose, dit avec autant d'esprit que de justesse : « Je » sais bon gré à l'abbé d'Aubignac d'avoir fidèle- » ment suivi les règles; mais je ne pardonne pas » aux règles d'avoir fait faire à l'abbé d'Aubignac » une si mauvaise tragédie. »

Laissons donc déclamer tous ceux qui, fiers d'avoir tissu quelque trame bien serrée, d'avoir accumulé les incidens, ou d'avoir introduit au Théâtre Français le mouvement tumultueux du mélodrame, regardent l'action comme tout, et le style comme rien, parce qu'ils ignorent ce que c'est que le style; et ne craignons pas d'affirmer que les ouvrages de Collin-d'Harleville seront toujours estimés des gens de goût, comme faisant partie de cette comédie que je nomme littéraire; parce que les littérateurs seuls peuvent y réussir; de cette comédie à laquelle les génies du Boulevard ne pourront jamais atteindre; de cette comédie qui paraissait oubliée, et que Collin a soutenue dans nos troubles politiques; de cette comédie qui occupera toujours une place honorable dans les bibliothèques, que les jeunes gens pourront étudier sans corrompre leurs mœurs ou leur goût; de cette comédie, enfin, qui subsistera tant que la langue française sera parlée, et quand les niaiseries sentimentales et les pièces à fracas ne cesseront d'être méprisées que parce qu'on en aura perdu le souvenir.

Je n'ai parlé ici que des ouvrages de Collin-d'Harleville ; s'il avait été question de sa personne, j'en aurais fait un plus bel éloge, et personne ne m'aurait contredit.

LES PROMETTEURS,

OU L'EAU BÉNITE DE COUR,

COMÉDIE EN TROIS ACTES ET EN PROSE ;

PAR M. PICARD.

Si cette pièce était l'ouvrage d'un auteur médiocre, je dirais qu'elle a faiblement réussi : pour les petits talens, c'est déjà un succès que de ne pas tomber tout à plat ; mais, pour M. Picard, c'est une véritable chute que de ne pas réussir d'une manière brillante : je considérerai donc les Prometteurs comme une pièce tombée, et je tâcherai de découvrir les causes de sa chute.

Quoique M. Picard occupe une place très-distinguée sur le Parnasse dramatique ; quoique sa réputation soit répandue sur toute la surface de

l'Empire français, et que ses ouvrages soient mis
à contribution par les étrangers, il me semble que
l'on ne rend pas à cet auteur toute la justice qui
lui est due. On fait trop d'attention à quelques qualités qui lui manquent, comme si le même homme
pouvait posséder toutes les parties d'un art aussi
difficile, et l'on n'apprécie pas entièrement son
mérite. Il est presque le seul qui ait constamment
conservé à la comédie son véritable caractère, lorsque tant d'autres auteurs s'efforçaient à le dénaturer. Il a su se préserver de la contagion qui avait
frappé tous les théâtres; les succès de la Thalie
pleureuse ne le rendirent point infidèle à l'aimable
Thalie; jamais il n'est sorti de sa plume une comédie en madrigaux, en idylles, et encore moins
en élégies; jamais l'affectation, le faux brillant, la
déclamation, l'afféterie n'ont enluminé, enflé ou
affadi son dialogue. Toutes ses pièces ont le mouvement et la vivacité des comédies d'intrigues,
et presque toutes ont l'intérêt et le mérite des comédies de caractères : il présente, même dans les
plus faibles, une foule d'originaux ridicules ou vicieux dont les figures sont presque toujours plaisantes, et sont toujours d'une grande vérité. Dans
un temps où l'on se plaignait que la série des
caractères était épuisée, M. Picard a su retrouver
des caractères comiques dont l'image reste dans
notre souvenir, et dont les noms sont devenus
proverbes. Son style, quelquefois un peu négligé,
se ressent un peu trop, je l'avoue, de la précipi-

tation que l'auteur a mise dans son travail; mais il offre continuellement une facilité, un naturel, et je ne sais quelle grâce que l'on ne rencontre pas toujours dans des ouvrages plus soignés et plus littéraires. Si, malgré toutes ces qualités, bien des personnes n'accordent qu'une certaine portion d'estime à l'auteur de tant de jolies comédies, j'en trouve la raison dans une réflexion pleine de sens, qui a été faite par un homme de lettres très-compétent en pareille matière : « Les gens du commun, dit-il, ne s'amusent pas de ce qui est naturel et vrai; ils ne trouvent aucun mérite aux choses quand ils s'imaginent qu'ils auraient pu les penser et les dire eux-mêmes. Il y a plus : les gens du monde, les gens comme il faut, quand ils n'ont pas l'esprit cultivé, ne peuvent se persuader que la comédie est faite pour représenter les vices et les ridicules. » Et plus loin : « Les honnêtes gens qui ont de l'esprit et du sens, qui aiment la nature et la vérité, marquent si peu dans le monde, et forment un si petit troupeau, que les autres genres ont une immense majorité d'amateurs. »

On demandera maintenant comment il peut se faire qu'avec tant d'expérience, et après tant de succès, M. Picard se soit complètement trompé sur l'effet d'une comédie, et se soit exposé à une chute, tandis qu'un novice réussit quelquefois dès son début. Voici tout ce que les bornes d'un article me permettent de répondre à cette question.

Pour le vulgaire des spectateurs, toute pièce qui

tombe est mauvaise; dès qu'une partie leur déplaît dans une œuvre dramatique, toutes les parties en sont également blâmées. Le public mécontent n'examine pas si l'auteur a péché seulement par le choix du sujet, par la manière de le présenter, par un ou plusieurs caractères, par la marche, par l'action, par des situations brusquées ou par le défaut de mouvement; chacun de ces vices pouvant déterminer la chute d'une pièce, dès qu'elle tombe pour l'une de ces causes, elle est blâmée comme si elle réunissait toutes les imperfections; et le style même qui doit toujours être relatif au sujet et aux personnages, choquera d'autant plus qu'il conviendra mieux à un sujet et à des personnages qui auront déplu.

Les personnes, au contraire, qui connaissent l'art dramatique, savent qu'entre la pièce qui réussit et la pièce qui tombe, il n'y a souvent qu'une légère différence; quelquefois même l'ouvrage, repoussé par le public, prouve un plus grand talent que celui qui enlève d'abord tous les suffrages. Un caractère trop affaibli ou présenté sous des couleurs trop vives, un effet mal préparé, une situation peu motivée, une action qui ne suit pas la route ordinaire, toutes ces choses et chacune d'elles suffisent pour indisposer le spectateur; dès qu'il ne prend plus d'intérêt à l'ouvrage, il dédaigne d'en suivre la marche; l'humeur succède bientôt au dégoût; il blame tout ce qu'il entend, parce qu'il n'écoute rien dans le sens qu'a présenté l'auteur, et il finit par siffler impitoyablement des phrases qu'il aurait applaudies s'il avait adopté le sujet, le plan et la nature de l'action.

Les auteurs, effrayés par les murmures ou les sifflets, se trompent presque toujours en corrigeant à la hâte les pièces qui ont éprouvé alternativement la faveur ou la rigueur du public. Ils s'empressent de supprimer ou de changer les passages qui ont été l'objet du blâme, et ils conservent soigneusement ce que le spectateur n'a point improuvé. Mais la douleur d'un échec, ou la nécessité de se presser, les empêche souvent de réfléchir sur les corrections à faire. La scène qui a excité le plus de rumeur est souvent la meilleure et la plus originale de l'ouvrage : ce n'est donc pas à celle-là qu'il faut toucher, mais à celles qui doivent la préparer, et disposer le public à la juger dans son véritable sens ; telles expressions qui ont paru de mauvais goût, quand elles appartenaient à un personnage mal présenté, deviennent des traits de caractère quand elles sont précédées de tout ce qui peut les offrir sous un jour convenable.

Il ne faut donc pas juger la pièce de l'homme d'esprit qui tombe, comme celle d'un écolier, et les chutes des auteurs distingués sont peut-être un sujet de méditation aussi utile que l'étude des meilleurs ouvrages.

Appliquons ces observations aux Prometteurs de M. Picard. Le sujet de cette pièce est-il vicieux? Je ne le crois pas. Un maître de poste des envi-

rons de Nevers a fait fortune; dès-lors il se croit
au-dessus de son état; il vient à Paris pour y solliciter une place plus relevée. Confiant dans les
promesses qu'on lui fait, plus confiant peut-être
dans son propre mérite, il prend les simples poli-
tesses pour des marques d'intérêt ou de considération; il croit à la simple parole des grands dont il
aborde l'antichambre, quoiqu'il soit près lui-même
de manquer aux promesses qu'il a faites; et il renonce étourdiment à tout ce qu'il possède, avant
d'obtenir ce qu'on lui a fait espérer. Les prometteurs qui le trompent sont des personnages riches
et en crédit, et les caractères subalternes qui figurent dans l'ouvrage, ne manquent ni de comique
ni d'originalité. Il me semble qu'il y avait bien là
de quoi faire une comédie.

La conduite de la pièce est très-régulière; les
scènes s'y développent sans embarras, et elles dépendent toutes l'une de l'autre. Le style y est naturel
comme dans tous les ouvrages de M. Picard; et si,
dans cette pièce, il n'a pas paru aussi plaisant,
c'est uniquement parce que le sujet ne s'est pas présenté aux yeux du public, tel qu'il s'était montré
à l'imagination de l'auteur.

Quelles sont donc les causes qui ont fait recevoir froidement une comédie à laquelle on ne peut
reprocher ni le sujet, ni les caractères, ni la marche,
ni le style? Je crois les avoir entrevues plutôt que
découvertes; si je prétendais offrir des certitudes,
je ressemblerais trop aux prometteurs de la pièce:

je présenterai donc de simples conjectures; et puisque je suis chargé de rendre compte de l'ouvrage, il faut bien, dussé-je me tromper, que j'expose les observations bonnes ou mauvaises que m'a suggérées une lecture attentive et répétée.

Le sujet n'est point dans les *Prometteurs,* mais dans le personnage qui, par confiance et par présomption, est dupe de toutes les promesses. Un homme riche et puissant qui se joue de sa parole, et qui abuse de la crédulité de ses inférieurs, est plus désagréable que plaisant; mais celui qui, par amour-propre, est dupe de toutes les promesses, parce qu'il ne croit pas qu'on puisse lui manquer, est un personnage de comédie. C'est donc cette dupe plaisante qui est le premier rôle.

De deux choses l'une : il fallait que ce personnage, nommé Franchard, fût intéressant ou comique. Dans le premier cas, il serait devenu la victime de sa franchise et de son inexpérience; les prometteurs qui en auraient abusé pour consommer sa ruine auraient été extrêmement odieux; la pièce aurait tourné au drame, et aurait peut-être réussi; mais M. Picard, qui n'a jamais chagriné Thalie, a mieux aimé s'exposer à tomber dans la bonne route, que de triompher dans une comédie, au milieu des pleurs et des sanglots des spectateurs.

Il a donc voulu que le personnage de Franchard fût comique, et c'est ici que je crois remarquer le premier défaut de l'ouvrage, défaut capital qui l'a empêché de réussir. Pour que Franchard fût comique, il fallait lui donner un vice, ou au moins un très-grand ridicule; il eût alors été dupe de son orgueil et non pas de sa confiance, il eût lui-même fait de fausses promesses dans le moment où il se fût confié à celles qu'on lui faisait; le public aurait ri de l'embarras où il se serait jeté par une sotte présomption, et aurait pardonné aux fourbes qui se seraient joués d'une pareille dupe. Il paraît que M. Picard a craint d'outrer ce caractère, et il l'a trop affaibli. Son Franchard est un si bon homme, sa petite vanité est si excusable, qu'on n'excuse point ceux qui en abusent; on rit peu des sottises qu'il fait, et l'on ne rit pas du tout de ceux qui les lui font faire.

Un autre défaut moins grave, mais bien réel, est d'avoir donné le même caractère aux deux prometteurs, dont l'un est une femme. L'auteur n'a pas même assez marqué la nuance qui distingue un même vice dans les deux sexes : cette uniformité produit une répétition des mêmes scènes, et jette beaucoup de froid sur l'action.

Il me semble aussi que M. Picard n'a pas tiré tout le parti possible des personnages de Courbin et de Souplet, qui sont neufs et comiques, mais qui ne sont qu'ébauchés.

On a sévèrement reproché à l'auteur d'avoir rendu vicieux un personnage qui a du crédit et de la fortune : je crois qu'on s'est mépris sur l'expression. On a voulu dire sans doute que le Varicour des Prometteurs descend jusqu'à la bassesse quand il

abuse de la sottise de Franchard, et quand il le
trompe pour se faire prêter 10,000 francs, somme
misérable pour un homme qui vit dans l'opulence;
j'adopte cette partie de la critique; mais si l'on
veut en conclure qu'il ne faut jamais supposer de
vices aux personnes riches et puissantes, je répondrai que tous les rangs sont justiciables du théâtre,
et que les vices sont de tous les rangs. La tragédie
nous expose les crimes et les passions honteuses
des princes et des grands; et si la comédie reléguait
les vices chez les valets et dans la lie du peuple, il
résulterait de là que la censure dramatique ne por-
terait que sur les deux extrémités de la chaîne so-
ciale, et que toutes les classes intermédiaires en
seraient affranchies, ce qui n'est pas proposable.
J'avoue cependant qu'au théâtre, le motif d'une
mauvaise action doit toujours être proportionné
au rang de celui qui la commet, et c'est en ce sens
seulement que je blâme le prometteur Varicour.

On me reprochera sans doute d'avoir si long-
temps entretenu le public d'une pièce *tombée;* mais
M. Picard ne tombe guère, et ne donne pas souvent lieu à des discussions de ce genre. Je crois
d'ailleurs que cet examen n'est pas tout-à-fait inutile : il peut apprendre à ces jeunes gens qui jugent
si lestement les ouvrages, que telle pièce dont ils
ont précipité la chute, offre des observations fines,
des idées ingénieuses, et des preuves d'un beau
talent.

Quant à M. Picard, je lui conseille de ne pas

renoncer aux Prometteurs; il a plus de talent qu'il n'en faut pour en faire une comédie agréable, et la rendre digne de tant d'autres dont il a enrichi le théâtre. J'apprends qu'il va publier le recueil de ses ouvrages dramatiques; cette édition, dont le succès est déjà certain, était attendue de tous les amateurs de la franche comédie, et le libraire qui l'acquerra fera une meilleure spéculation que le Franchard des Prometteurs.

ŒUVRES

DE F.-G.-J.-S. ANDRIEUX,

Membre de l'Académie française.

Les comédies de M. Andrieux sont *Anaximandre*, *les Étourdis*, *Helvétius*, *la Suite du Menteur*, *Molière avec ses Amis*, *le Trésor*; *le Vieux Fat* ou *les Deux Vieillards*, et *la Comédienne*; ces huit pièces occupent les deux premiers volumes, sont accompagnées de préfaces, de deux prologues, suivies de variantes, de scènes impromptu et d'un autre prologue pour la comédie posthume de Collin-d'Harleville, intitulée: *la Querelle des Deux Frères*. Le troisième volume contient *le Jeune Créole*, comédie en cinq actes et en prose, imitée de l'anglais, et reçue à la Comédie Française. Cette pièce est suivie des fables, contes, anecdotes et poésies fugitives de l'auteur ; les soixante dernières pages offrent des mélanges en prose. Après ce procès-verbal du livre, osons présenter quelques considérations littéraires. Je n'en attends aucun effet, j'ai à peine le courage de les rassembler, et si quelque chose peut vaincre ma répugnance, c'est le secret espoir de n'être pas lu jusqu'au bout.

Remarquables par une grande pureté de style, par une élégance continue, par un dialogue facile et naturel, par la sagesse du plan et l'unité d'action, les comédies de M. Andrieux n'ont pas, en général, cette vivacité, cette chaleur, ce conflit d'incidens, cette multiplicité de situations et ces coups de théâtre qui plaisent au public de tous les temps, et qui aujourd'hui sont exigés plus impérieusement que jamais. Sous ce dernier rapport, *les Etourdis* sont le chef-d'œuvre de l'auteur ; ses autres pièces, autant et plus estimables peut-être comme ouvrages littéraires, ont paru un peu trop calmes, d'une marche trop lente, dépourvues de *chaleur* et de *mouvement*, deux mots qui dans le siècle dernier étaient pris au figuré, mais que nous prenons au propre et dans l'acception la plus matérielle. On croyait autrefois que le jeu des passions, le contraste des caractères, l'opposition des intérêts, suffisaient pour donner à une œuvre dramatique tout le mouvement que le spectateur eût le droit

d'exiger. La comédie d'intrigue suivait modestement la comédie de caractère, et quoiqu'elle usur-
pât la plus grande part des succès, elle n'osait
prétendre au même degré d'estime. Alors on avait
des règles non-seulement pour composer des pièces
de théâtre, mais même pour les écouter; le parterre se remplissait d'un peuple tout différent de
celui qui l'occupe aujourd'hui; tout ce qui était
marqué au coin du bon goût, de la raison et de
la grâce était écouté sans ennui par des gens qui
savaient entendre; avec des succès médiocres, tel
auteur a laissé un nom illustre, tandis que de nouveaux Scudéry sont à peine connus quoiqu'ils aient
compté par centaines les représentations de leurs
ouvrages. Avec un seul caractère, encore fort équivoque, peu ou point de situations et une marche
fort lente, *le Méchant* de Gresset a survécu à
toutes les révolutions du mauvais goût: il a vu
mourir une foule de comédies à grands fracas; il
occupe au théâtre et dans les bibliothèques une
place honorable qu'il conservera tant qu'il y aura
des acteurs qui sachent dire les beaux vers, tant
qu'il y aura des hommes capables de les apprécier.

Nous croyons avoir échappé à la contagion du
genre romantique, parce que nous nous moquons
des professeurs de cette école; c'est une erreur: il
nous corrompt malgré nous, et il nous fait porter
un faux jugement sur les productions les plus estimables. Il en est du mauvais goût comme des
mauvaises mœurs; on le blâme, on ne le hait pas.

Par devoir, par pudeur, par amour-propre, nous vantons la comédie classique et littéraire, mais nous voudrions y trouver une plus grande variété de tableaux, des surprises plus inattendues, des incidens plus nombreux, des événemens plus multipliés, une marche plus rapide, des situations plus extraordinaires. Le mélodrame est détestable, disons-nous ; mais il offre une foule de distractions, il éblouit, il étonne, il amuse par son extravagance même, et surtout il n'occupe pas trop l'esprit. Il faudrait que la bonne comédie lui empruntât un peu de sa vivacité, de son mouvement et de sa folie. C'est-à-dire que nous ne voulons plus de comédies, mais des romans dialogués ; c'est-à-dire que nous voulons trouver dans le commerce d'une honnête femme, toute la séduction, tout le piquant d'une courtisane, et dans un état bien gouverné, tout le tumulte de l'anarchie. Cette alliance est absurde : il existera toujours, non pas une ligne de démarcation, mais un immense espace entre les deux genres ; et, sans entrer dans une discussion déjà trop rebattue, sans étaler une suite de raisonnemens auxquels le mauvais goût trouverait toujours à répondre, je vais employer, en faveur de la bonne cause, un argument qu'on ne sera point tenté de rétorquer. Qu'un homme de bonne foi prenne la peine de parcourir la longue nomenclature des ouvrages qui ont été représentés sur notre premier théâtre, depuis *le Menteur* de Corneille ; qu'il compare le mérite de ces différentes pièces

5.

avec le degré d'estime dont elles jouissent dans ce
moment, voici très-certainement les observations
qu'il sera forcé de faire : 1° Parmi les ouvrages
tombés ou totalement oubliés, il verra de ces situations extraordinaires, de ces coups de théâtre inat-
tendus, de ces intrigues embrouillées, de ces choses
neuves enfin que l'on paraît désirer aujourd'hui,
que l'on applaudit complaisamment sur un théâtre
subalterne, mais que l'on sifflerait encore très-
justement à la Comédie Française ; 2° parmi les
pièces qui ont réussi dans un temps, et qui n'ont
pu se soutenir dans un autre, il trouvera souvent
cette chaleur, cette vivacité, ce romanesque, ce
bizarre, qui étonnent d'abord ; mais qui, dépour-
vus de raison, de style et de méthode, n'ont pu
résister à l'épreuve dangereuse de la lecture ; 3°
enfin, s'il examine les ouvrages dramatiques sur
lesquels se fonde la gloire de notre théâtre, et qui,
malgré toutes les variations du goût public, brillent toujours du même éclat et nous servent de
modèles, il y reconnaîtra une intrigue simple, des
situations vraisemblables, une marche facile, des
développemens naturels, et dans tous, plus ou
moins, un style élégant ou pur, énergique ou gracieux, simple ou élevé, selon le genre du drame,
la différence des caractères et la qualité des personnages. Appliquons maintenant aux auteurs l'é-
preuve que nous venons de faire sur leurs ouvrages, nous verrons les bons écrivains former un
très-petit groupe, et chacun d'eux présentant un

petit nombre de chefs-d'œuvre, tandis que les innombrables auteurs qui se partagent le domaine romantique, comptent les chefs-d'œuvre par centaines, et les représentations par milliers. Que conclure de cette double observation? Faut-il dire que la faulx du Temps n'a épargné que les ouvrages médiocres, tandis qu'elle a moissonné les plus belles conceptions de l'esprit humain? Faut-il dire que les petits esprits sont fort rares aujourd'hui, et que les hommes de génie pullulent sur nos boulevards? Faut-il nommer *mauvais genre* celui qui exige du goût, de l'instruction, une connaissance profonde des hommes, de l'art et de la langue, et *bon genre* celui où l'auteur, libre de toute entrave, peut impunément braver ou méconnaître les lois de la grammaire, du goût, des convenances, et même celles du sens commun, pourvu qu'il amuse des gens qui ne l'en estiment pas davantage?

Les hommes qui regardent le style comme la moindre partie d'une œuvre dramatique, doivent être fort étonnés de ne voir survivre que les ouvrages bien écrits, quand des drames forts de situation et des chefs-d'œuvre d'intrigue dorment si paisiblement dans le vaste tombeau du répertoire délaissé. Mais, sans tirer avantage de cette vérité de fait, n'est-il pas évident que si le style n'est pas le premier mérite, il est au moins la première condition. Sans doute on n'est pas un grand homme pour cela seul que l'on sait bien sa langue; mais plus sûrement encore, l'homme qui écrit mal ne sera jamais un bon écrivain. D'ailleurs, que veut dire le mot style? Le vulgaire des auteurs n'y voit que l'arrangement symétrique des mots et l'exactitude grammaticale; mais il comprend encore le choix des pensées, le choix des expressions, l'élégance, l'harmonie, la pureté, le naturel, la précision, la noblesse ou la simplicité, la force ou la grâce, et une foule de petits accessoires fort négligés depuis quelque temps; pour tout dire, en un mot, c'est le style seul qui fait que Racine n'est pas un Pradon, et que Pradon n'est pas un Racine.

Mais si cette qualité précieuse et rare est une condition nécessaire, elle ne suffit pas seule pour constituer une œuvre dramatique, et une suite de dialogues, quelque brillans qu'ils soient, ne formeront jamais une comédie, s'ils ne concourent pas à une action vraiment comique, si le sujet de ces jolies conversations n'est pas intéressant par lui-même. Sous ce dernier rapport, M. Andrieux n'a pas été aussi complètement heureux que sous le premier. Homme de lettres dans toute la légitimité de l'acception, il est très-justement assis au nombre des quarante; et si l'Académie Française n'avait fait que de pareils choix, si elle n'avait pas eu trop souvent l'indulgence de considérer des succès numériques comme un mérite littéraire, on ne lui reprocherait pas de s'être un peu trop écartée du but de son institution.

Quelque estime que m'inspire le talent très-réel de M. Andrieux, je ne puis dissimuler qu'en

lisant la plupart de ses comédies, un peu de lan-
gueur, quelquefois même un peu d'impatience
était la fâcheuse compensation du plaisir que me
causait une versification toujours élégante, naturelle et correcte ; et cependant la lecture doit être
plus favorable que la représentation au talent de
M. Andrieux. *Anaximandre* est moins une comédie qu'une allégorie ingénieuse ; on l'applaudit
avec justice, on en retient de jolis vers : mais cette
pièce conviendrait beaucoup mieux à la scène lyrique qu'au théâtre de Molière. *Helvétius* est peut-
être encore moins comique. Une action éminemment généreuse ne peut pas être le ressort d'une
comédie ; ce n'est qu'indirectement que Thalie doit
faire l'éloge des vertus. Que le philosophe Helvétius pardonne à un calomniateur, à un méprisable
libelliste, c'est là de la vraie philosophie ; qu'il le
comble de bienfaits, cela est chrétien, mais cela
n'est point comique. Sans doute nous sommes toujours fort honnêtes gens au théâtre, fort justes et
grands admirateurs de la vertu ; mais il y a toujours
un peu de malice dans notre équité même : nous
aimons à voir le vice puni, ou tout au moins tourné
en ridicule ; et puisque Helvétius est si généreux,
ne vaudrait-il pas mieux que ces bienfaits s'adres-
sassent à un honnête homme ? Au reste, le genre
admiratif appartient de droit à Melpomène, et la
comédie ne doit pas l'usurper.

Les éloges que Voltaire a donnés à la *Suite du
Menteur* ont engagé M. Andrieux à rajeunir cette

pièce; il en a fait une étude, et ce travail, tout
ingrat qu'il est, n'a point refroidi sa verve ni ral-
lenti son ardeur. L'ouvrage, retouché et considérablement changé, fut joué sur le théâtre de Lou-
vois, et accueilli *assez favorablement*. Mais cet
assez n'était pas suffisant pour le nouvel auteur :
il se remit au travail, et, imaginant une intrigue
toute différente, il ne conserva de la pièce de Corneille qu'une grande partie du premier acte, et des
vers épars dans les autres. La peine, l'esprit et le
zèle de M. Andrieux furent faiblement récompen-
sés; le succès fut médiocre, et je n'en suis point
étonné. L'édifice pèche par la base : la constance
héroïque, l'acte magnanime que l'auteur prête à
son Dorante, sont incompatibles avec un tel caractère. L'habitude incorrigible du mensonge ne
s'allie point à tant de vertu. On veut admirer
l'homme capable de s'exposer à l'échafaud pour
garder sa foi, et cependant il faut le mépriser
comme menteur : on veut rire du menteur; mais
comment rire d'un homme aussi noble et aussi généreux? Dans l'impossibilité de concilier le mépris
avec l'admiration, le public dit que cela n'est pas
vraisemblable, et je suis complètement de son avis.

Molière avec ses Amis n'est point encore une
pièce véritablement comique, mais un tableau fort
agréable, quoiqu'il ne convienne pas trop peut-
être de présenter les grands hommes en goguettes.

Je ne puis m'empêcher de reconnaître dans *le
Trésor* un ouvrage très-estimable, parfaitement

écrit, d'excellentes scènes, deux caractères bien tracés, bien en opposition, et une foule de traits pleins d'esprit et de finesse ; et cependant la critique se fait entendre malgré moi, et me montre des défauts trop essentiels pour qu'il soit possible de les dissimuler. Ce trésor que l'on suppose, par pure *mystification*, dans la maison où il se trouve un trésor réel, n'est pas, ce me semble, une conception heureuse. C'est ici que la vérité même ne serait point vraisemblable. D'ailleurs, les cent mille écus qui appartiennent à Cécile, ne tiennent point à l'action ; qu'ils existent ou n'existent pas, l'avarice de Jaquinot n'en serait pas moins punie ; et si l'on dit que la supposition du trésor sert à faire pousser l'enchère de la maison, je demanderai si l'on peut craindre que l'honnête Latour profite de la cupidité de son frère ?

Je ne parlerai du *Vieux Fat* que pour dire que l'auteur l'a très-bien jugé dans le prologue même de la pièce.

La Comédienne n'appartient point à la critique, puisque *l'opinion* s'en est emparée fort ridiculement. Je pense avec l'auteur que le sujet de cette pièce a plus humilié que flatté les actrices. Au reste, entre plusieurs jolies scènes, il y en a une surtout très-vive et très-plaisante : c'est celle où la jeune Cléofile prend M. de Gouvignac pour un directeur de comédie, et lui fait des complimens sur sa belle basse-taille.

Le jeune Créole est une pièce anglaise. Le sujet

en est piquant; un jeune homme fort riche, élevé dans les colonies, habitué à parler à des nègres, se trouve tout à coup transporté chez un peuple qui se croit libre, et veut se conduire avec les fiers Anglais comme il le faisait au milieu de ses esclaves. L'idée est originale, et l'on sent combien mon jeune créole doit être *désappointé*. Mais la pièce est si romanesque, si peu régulière, malgré les nombreuses corrections de l'imitateur, que je n'ose lui promettre du succès. Je ne sais même si l'on doit le désirer. Le pur et l'élégant auteur des *Étourdis* et du *Trésor* serait-il atteint de la contagion ? Si, par malheur, *le jeune Créole* faisait plus rire que les autres comédies de M. Andrieux, quel triomphe pour nos romantiques !

Je ne dirai rien des fables, contes, poésies et mélanges en prose qui sont contenus dans ce recueil; la plupart de ces morceaux sont connus de tous ceux qui ont conservé le goût des bons vers, et mes éloges n'ajouteraient rien à la réputation de l'auteur. Dans les mélanges en prose, l'anecdote intitulée : *les Fausses Conjectures*, pourrait devenir le sujet d'une jolie petite comédie.

WALSTEIN,

TRAGÉDIE EN CINQ ACTES ET EN VERS,

Précédée de quelques Réflexions sur le théâtre allemand , et suivie de Notes historiques ;

PAR M. BENJAMIN CONSTANT DE REBECQUE.

AVANT de parler de cette tragédie et des singulières réflexions qui la précèdent, je crois devoir présenter une notice sur le héros que Schiller et M. B. Constant ont célébré dans leurs ouvrages.

Walstein fit ses premières armes sous l'archiduc Ferdinand ; il se distingua en Frioul, au siége de Gradiska et dans les guerres de Bohême. Il épousa la fille du comte de Harach qui avait la confiance de Ferdinand. Cette alliance ouvrit une vaste carrière à l'ambition de Walstein ; de simple colonel il devint duc de Fridland , prince de l'Empire et général des armées impériales , avec une autorité absolue : il justifia les faveurs de la cour et celles de la fortune. Il réunissait toutes les qualités qui font un grand capitaine ; mais il eut un orgueil et une ambition supérieurs encore à ses

talens. Ses succès furent brillans et nombreux : il
dissipa les troupes de l'union protestante ; il vain-
quit Mansfeld, si fameux par son activité, par son
courage, et si redoutable encore après ses dé-
faites ; rendit à Ferdinand, devenu empereur,
tous ses États héréditaires menacés ou envahis ;
força la Saxe à l'inaction, fit fuir le roi de Danemarck, s'empara du duché de Mecklembourg, et
fit exécuter le fameux édit de Restitution. Malgré
ces exploits, ou peut-être à cause de ces exploits,
tout l'Empire demanda sa déposition, et Ferdinand II l'accorda aux sollicitations du duc de Bavière, qui haïssait Walstein, et de la cour d'Espagne, qui s'en défiait. Le fier duc de Fridland
quitte l'armée et se retire en Bohême, sans murmurer de l'ingratitude de Ferdinand ; mais on put
dire de lui : *Manet altâ mente repostum.....*

En effet, le héros du Nord, Gustave-Adolphe,
débarque à l'embouchure de l'Oder, s'empare de
toute la Poméranie, rend le Mecklembourg à son
duc légitime ; s'avance en vainqueur dans la Saxe,
où il défait Tilly à la bataille de Leipsick ; traverse
toute l'Allemagne, comme un torrent auquel rien
ne peut résister ; passe le Lech malgré ce même
Tilly, qui est encore vaincu et qui meurt après sa
défaite ; fait la conquête de la Bavière, entre en
triomphant dans la capitale, et menace l'Autriche,
qui n'a plus rien à lui opposer. Dans cette détresse,
Ferdinand se voit forcé de recourir à ce même
Walstein dont il a blessé l'orgueil. Il lui offre le

titre de général, et ne reçoit qu'un refus ; le prince
descend jusqu'à faire solliciter Walstein par un
de ses parens ; il s'abaisse jusqu'à prier, et le duc
de Fridland cède enfin, mais à des conditions si
humiliantes pour la majesté impériale, qu'il devait
dès-lors s'attendre à la vengeance d'un monarque
irrité. Cependant il fait savoir qu'il a repris le
commandement, et ce bruit seul rassemble une
armée autour de lui : tant il inspirait de confiance,
tant son nom avait d'empire sur l'esprit des soldats !
Gustave s'aperçut bientôt qu'il avait un rival digne
de lui : le héros du Nord évacue la Bavière, attaque
plusieurs fois inutilement Walstein à Nuremberg,
et se voit lui-même affamé dans son camp. Il rentre
en Saxe et y livre la bataille de Lutzen, où il perd
la vie au milieu de sa victoire. Walstein, délivré
du seul homme qui pût le vaincre, ne tarde pas
à songer à la vengeance. Il cherche à se rendre indépendant de l'empereur son maître : il fait jurer
à son armée une obéissance entière aux ordres du
général, quelque chose qui puisse arriver ; et il
négocie même, dit-on, avec les ennemis de l'empereur, qui, effrayé du danger, fait assassiner un
sujet trop puissant pour être attaqué à force ou-
verte, un rebelle trop redoutable pour être puni
légalement. Tel est le héros qui a fourni à Schiller
trois tragédies allemandes, et une tragédie française à M. B. Constant.

Les trois pièces de Schiller n'en font véritablement qu'une seule. Les Allemands ne sont point

choqués de voir morceler un sujet en plusieurs
tragédies, dont les premières n'offrent qu'une
action incomplète. Cet usage, dit l'auteur français,
était adopté par les Grecs : il aurait pu ajouter
que, chez les modernes, Goldoni en a donné un
exemple dans la comédie. Quoi qu'il en soit,
M. B. Constant a très-bien fait de se réduire à
l'unité, et de ne point offrir à des lecteurs français
une action en trois pièces, dont la première n'est
qu'une exposition sans nœud et sans dénoûment;
la seconde, un nœud sans dénoûment et sans exposition, et la troisième, un dénoûment sans exposition et sans nœud.

Quand un auteur sans génie, sans verve, sans
talent, ose publier une tragédie, quelques lignes
de critique suffisent pour annoncer une malheureuse tentative, et pour punir l'audace de la médiocrité. S'il arrive, au contraire, qu'un homme
d'esprit, mais d'un goût faux; qu'un écrivain instruit, mais sans talent tragique ; qu'un auteur
adroit, mais armé de sophismes et d'argumens
captieux, attaque l'art par sa base, et veuille par
le raisonnement nous faire abandonner la bonne
route, et altérer les règles invariables du beau et
du vrai, la réfutation de ses erreurs nous force à
nous étendre davantage, et exige toute notre application. Il ne s'agit plus alors de critiquer un
ouvrage, un auteur, mais de venger le bon goût,
et de rétablir les véritables principes.

Ce n'est pas que M. B. Constant ait osé attaquer

directement notre théâtre, et lui préférer le théâtre
allemand; il avoue, au contraire, que le nôtre est
plus parfait : il loue notre attachement à l'unité,
il nous pardonne la sévérité de notre législation
dramatique ; mais il le fait avec tant de réticences,
il nous reproche si amèrement de manquer d'originalité et de naturel, il se tourne de si mauvaise
grâce du côté de la Melpomène divine, il jette des
regards si tendres sur la Melpomène bourgeoise,
il regrette si franchement le naturel, l'originalité,
la variété, l'intérêt, l'*individualité*, la *familiarité*
et l'abondance de moyens, d'incidens, de personnages qui animent, embellissent, remplissent les
tragédies allemandes, que je suis en droit de regarder ses éloges de notre théâtre comme des
aveux forcés, et ses regrets pour le théâtre allemand comme la naïve expression de sa pensée et
de son goût particulier. Le mauvais goût n'a fait
que trop de progrès, nos jeunes auteurs ne sont
que trop entraînés vers le facile mélodrame, sans
qu'on vienne encore leur vanter les charmes de
la familiarité allemande, et tous les prestiges avec
lesquels les auteurs anglais et germains fascinent
les yeux de la multitude.

Il est évident que M. B. Constant voudrait établir au théâtre un *mezzo termine* entre la tragédie
allemande et la française : qu'il y renonce ; son
Walstein n'est pas assez fort pour nous faire re-
culer à ce point. Mais quand il aurait dans sa tragédie toute la grandeur et toute l'adresse que lui

accorde l'histoire, il ne serait point assez puissant pour nous dicter de nouvelles lois; il ne nous séduirait point assez pour nous faire renoncer à la belle et noble simplicité de notre théâtre. Il n'y a aucun pacte, aucune transaction à faire entre notre tragédie et celle des Allemands. Nos beautés sont d'un genre qui n'admet pas celles de nos rivaux : le mérite des tragédies allemandes serait un défaut dans les nôtres. Si nous pouvions descendre à une concession, je dirais presque à une mésalliance, nous ne pourrions nous approprier les qualités du théâtre germanique, et nous perdrions les qualités qui brillent dans le nôtre. J'ai connu, dans mes études, un jeune Allemand que ses parens avaient envoyé en France pour y apprendre notre langue: ce pauvre gentilhomme avait si peu de mémoire et d'intelligence, qu'en trois longues années il ne put apprendre à parler français; mais il réussit parfaitement bien à oublier l'allemand; de sorte qu'il ne parlait plus du tout. Voilà ce qui arriverait à notre théâtre, si nous avions assez peu de souvenir des bons modèles, et assez peu d'intelligence pour vouloir nous composer une Melpomène gallo-germanique.

Les reproches que nous fait M. B. Constant sont fondés sur les idées les plus fausses. En voici une preuve : dans une tragédie de Goëthe, un guerrier allemand est assiégé dans son château par l'armée impériale. Il donne à ses soldats un dernier repas, pour les encourager : il demande du vin à sa femme ; mais elle lui répond *qu'il n'en reste plus qu'une seule cruche,* qu'elle a réservée pour lui. Ce trait plaît singulièrement à l'imitateur de Schiller. Ce sont, dit-il, des circonstances qui répandent dans le tableau *beaucoup de vie et de vérité ; l'emphase des paroles ne ferait que gâter le naturel de la situation.* Il lui semble que le trait de la cruche *est plus propre que la description la plus pathétique à faire ressortir la situation du héros de la pièce, d'un vieux guerrier autrefois heureux et opulent, et maintenant luttant avec quelques amis contre les horreurs de la disette.* M. B. Constant ajoute, avec beaucoup de justesse et beaucoup de regret, qu'*aucune tournure poétique ne permettrait de transporter ce détail sur notre théâtre, et que ce qui est touchant en allemand, ne serait en français que ridicule.* Je conçois qu'une foule de soldats allemands qui n'auraient qu'une cruche de vin à se partager, feraient une figure fort triste et fort dramatique dans une comédie du Boulevard ; mais que M. B. Constant cesse de s'appitoyer sur le mépris que nous avons pour de pareilles richesses, et qu'il ne dise pas surtout que ce trait ne peut pas se transporter sur notre théâtre. Il y a manière de tout dire noblement, de tout présenter dignement. Qu'est-ce que Goëthe a voulu exprimer par cette cruche solitaire dans une cave qui aurait pu contenir la tonne de Heidelberg ? Il a voulu montrer le passage du bonheur à la détresse, de l'opulence à la pauvreté. Eh bien ! l'histoire nous offre cent fois cette image sous des couleurs nobles et dignes de notre tragédie.

Que Néron, par exemple, naguère maître du monde, soit réduit à fuir et à se cacher pour éviter la haine du peuple et la proscription du sénat; qu'il n'ose entrer par la porte dans l'humble maison qui est son dernier asile, qu'il se traîne à travers des buissons qui le déchirent, que la soif le force à se désaltérer dans une mare fangeuse, et qu'il s'écrie : *Voilà donc les liqueurs de Néron!* n'est-ce pas là la moralité de la cruche? et cette image n'est-elle pas plus vraie, plus frappante, et surtout plus digne de la tragédie? Si maintenant vous substituez à Néron un personnage vertueux, injustement proscrit, et luttant contre un malheur qu'il n'a point mérité, quel intérêt n'ajouterez-vous pas à la situation? Il n'est donc pas vrai qu'il faille être ignoble et descendre à des détails aussi bas pour donner de la vie et de la vérité aux tableaux dramatiques.

En parlant des tragédies de Shakespeare, Voltaire s'exprime ainsi : « Quand je commençais à » apprendre la langue anglaise, je ne pouvais com- » prendre comment une nation si éclairée pouvait » admirer un auteur si extravagant; mais dès que » j'eus une plus grande connaissance de la langue, » je m'aperçus que les Anglais avaient raison, et » qu'il est impossible que toute une nation se » trompe *en fait de sentiment, et ait tort d'avoir* » *du plaisir.* » Ces derniers mots, que j'ai soulignés, empêcheront, j'espère, les jeunes gens de se méprendre sur l'opinion que Voltaire émet dans ce paragraphe. Il ne dit pas : il est impossible que toute une nation se trompe en matière de goût, ou sur les principes des arts ; car alors le théâtre chinois serait plus parfait que le théâtre grec, puisque les Chinois sont plus nombreux que n'ont été les Athéniens ; et toutes les écoles de musique, de sculpture, de peinture, pourraient également prétendre à la prééminence, en se fondant sur ce principe, qu'une nation ne peut pas se tromper. Mais Voltaire a dit seulement que toute une nation ne peut pas se tromper *en fait de sentiment, et ne peut avoir tort d'avoir du plaisir.* J'ai cru devoir faire observer cette différence, qui donne à l'opinion de Voltaire sa véritable interprétation, et que n'ont point remarquée ceux qui s'appuient sur l'autorité des grands écrivains sans avoir bien compris le sens de leurs paroles.

Je prie donc M. B. Contant de se bien persuader que mon intention n'est point ici de faire des reproches aux spectateurs allemands sur la manière dont ils considèrent la tragédie ; et moi aussi, je pense qu'ils ne se trompent point *en fait de sentiment;* et loin de croire *qu'ils aient tort d'avoir du plaisir,* je leur en souhaite encore cent fois davantage. Je serais d'autant plus ridicule de les chicaner sur ce point, que je partage moi-même, non pas leur opinion sur ce que doit être la tragédie, mais le plaisir que leur font éprouver les tragédies allemandes.

Je me plais à y reconnaître beaucoup de naturel, et même trop; une grande, et trop grande
vérité; des détails touchans, agréables, pleins de
franchise, quoique souvent minutieux et ignobles;
je n'y suis pas même trop choqué de la multitude
des incidens, qui jettent de la variété dans l'action,
et m'empêchent de m'apercevoir de la lenteur avec
laquelle elle se traîne jusqu'au dénoûment. Des
pensées profondes, des maximes nobles, des traits
sublimes brillent assez souvent dans ces productions pour en faire estimer les auteurs, et pour ne
pas blâmer le public qui les applaudit. Ces drames
allemands, enfin, seront, si l'on veut, des pièces
amusantes, touchantes, faites pour plaire aux honnêtes gens et pour les émouvoir; mais ce ne sont
point des tragédies.

Que l'on cesse donc de vouloir entraîner dans
une fausse route notre goût, qui n'est déjà que
trop chancelant. Je rétorque, contre les partisans
de la tragédie allemande, l'argument par lequel ils
pensent nous terrasser. Si j'allais dire aux Allemands : Vous devez penser, agir, vous amuser
comme des Français, je passerais pour un fou;
que faut-il donc dire de ceux qui nous crient :
Vous devez penser et agir comme les Allemands?

Le tort de M. B. Constant n'est pas de trouver
touchans et agréables des détails familiers qui pa-
raîtraient ignobles sur notre théâtre : les choses les
plus communes peuvent plaire et intéresser; et
d'ailleurs, le terme qui est bas ou trivial dans une

langue, peut-être de fort bon goût dans une autre ;
mais il se trompe étrangement, du moins à mon
avis, s'il pense que cette familiarité bourgeoise soit
la véritable cause du charme et de l'intérêt qu'on
éprouve. C'est la situation, c'est la pensée qui
touche, et non pas la petitesse des détails et la tri-
vialité de l'expression. En voici une preuve tirée
d'une tragédie allemande : Dans *Otto de Wittels-
bach*, il y a une fort belle scène entre le guerrier
Otto et l'empereur Philippe de Souabe. L'empereur qui doit le trône et peut-être la vie à la valeur
d'Otto, lui a fait de belles promesses, et manque
à sa parole. Le guerrier, qui n'a rien d'un courtisan, lui reproche d'une manière brusque son ingratitude et son manque de foi ; puis il ajoute cette
étrange raillerie : « Puisque vous faites la paix, je
» veux changer mes armes en batterie de cuisine,
» Voyez-vous ! ce casque me fera une belle casse-
» role..... Ah ! ah ! je ne pensais pas à ces trous-là ;
» un, deux, trois, quatre..... N'importe ! on a bien
» pu raccommoder ma tête ! Ma petite maison ne
» sera pas mal fournie, car votre Majesté a pris
» soin de la pièce la plus intéressante. » Je conçois
que dans une langue où les mots *cuisine* et *casserole* n'ont rien d'ignoble, cette raillerie amère d'un
brave soldat n'ait rien de choquant pour les spectateurs ; mais ce n'est point dans la cuisine et la
casserole qu'il faut aller chercher l'intérêt de cette
scène originale. Que veut dire Otto ? J'ai sacrifié
pour vous ma fortune et mon sang ; irai-je dans

mes foyers? J'ai tout perdu à votre service ; il ne
me reste que l'armure qui me couvre ; mais que
dis-je? elle est toute percée des coups que j'ai reçus
en combattant pour vous. N'est-ce pas là le sens
de l'auteur allemand? Eh bien! exprimé de cette
manière, il serait noble et touchant dans toutes les
langues et chez tous les peuples ; mais on ne me
persuadera jamais que notre tragédie ne sera point
parfaite tant qu'on n'y verra pas la casserole d'Otto,
ou la cruche de vin qui plaît tant à M. Benjamin
Constant.

Les adorateurs de la Melpomène germanique se
fondent sur ce qu'ils sont plus près de la nature,
et sur ce principe, que *ce qui est plus naturel doit
être plus beau*. Ce mot *nature* a fait dire presque
autant de sottises que le mot *liberté :* il présente
une idée si vague, que chacun en use et en abuse
ad libitum, et l'interprète à sa manière pour s'en
faire une autorité. Combien de fois encore faudra-t-il répéter que la nature des peuples civilisés
n'est plus la *nature*, et que la nature des héros
épiques et tragiques n'est pas celle de nos citadins?
Le théâtre, poussé au point d'élévation où il est
arrivé chez nous, suppose le dernier période de
la civilisation, je dirais presque de la corruption :
il ne s'agit donc plus de la nature prise dans un sens
étroit, mais de la nature que nous nous sommes
formée par nos mœurs, nos habitudes, nos goûts
factices et notre industrie. Sans doute les passions
sont naturelles, mais il faut les exprimer en homme

poli et civilisé, et non pas en sauvage. S'il était
vrai que toute chose *plus naturelle* fût préférable
à celle qui l'est moins, le Salon de Curtius ren-
fermerait plus de chefs-d'œuvre que le Muséum :
en effet, le coloris des chairs, la couleur des yeux,
des cheveux, des vêtemens de ces figures en cire,
se rapprochent bien plus de la nature, et font bien
plus d'illusion que l'Apollon du Belvédère et la Vénus de Médicis; cependant ceux-ci sont des œuvres
de génie, tandis que les autres sont le produit d'un
procédé qui mérite à peine d'occuper un artiste.

M. B. Constant nous reproche de manquer d'o-
riginalité, et il débite, à cette occasion, des espèces
d'axiomes aussi singuliers que singulièrement exprimés; les voici : *L'originalité est le résultat de*
l'indépendance. A mesure que l'autorité se con-
centre, les individus s'effacent. L'individualité dis-
paraît dans l'homme en raison de ce qu'il cesse
d'être un but, et de ce qu'il devient un moyen.
Cependant l'individualité peut seule inspirer de
l'intérêt, surtout aux nations étrangères; car les
Français se passent d'individualité dans les per-
sonnages de leurs tragédies, plus facilement que
les Allemands et les Anglais. Ces pensées sont si
profondes, ces phrases sont si nouvelles, ces expressions sont si savantes, que je ne suis pas bien
sûr de les avoir comprises : je répondrai donc, au
risque de me tromper, que les individus ne s'effacent pas toujours quand l'autorité se concentre,
et que l'histoire nous montre sans cesse à côté des

souverains des figures aussi saillantes ; et quelquefois plus éclatantes que les souverains mêmes. Si
l'on applique cette maxime aux arts et au génie, on
peut comparer les ouvrages que la France a produits sous une *autorité concentrée*, à ceux dont
nous avons eu à rougir quand un génie malfaisant
individualisait les Français. Les Français se passent
d'individualité, dit M. B. Constant : je réponds
qu'ils font bien de s'en passer, si par individualité
l'on entend une originalité bizarre ; mais si l'on
veut dire que chez nous l'intérêt ne se porte pas
sur les individus, on se trompe grossièrement.
C'est surtout dans la tragédie française que l'intérêt *s'individualise;* nous y sommes froids pour les
intérêts d'un peuple, d'un gouvernement, d'une
corporation, mais très-chauds pour l'individu qui
est le héros de la pièce. Cela est si vrai, que nous
nous intéressons plus à Manlius, conspirateur et
coupable, qu'à tout le sénat romain, et nous l'ab-
soudrions volontiers, quand on le conduit à la
mort. Si j'ai mal compris l'*individualité* de l'auteur,
pourquoi son style est-il si métaphysique? Qu'il
me donne plus d'intelligence, ou qu'il écrive plus
clairement.

Je trouve ailleurs cet impertinent reproche :
C'est en France, dit M. B. Constant, qu'*a été in-
ventée cette maxime, qu'il valait mieux frapper
fort que juste.* Eh quoi! l'homme qui fait de si
belles phrases, et dont la métaphysique est si subtile, n'a pas senti l'ironie renfermée dans la maxime

qu'il nous attribue ! Comment n'a-t-il pas vu dans cette phrase une épigramme amère contre les oreilles dures et les esprits faux? Faut-il donc frapper moins fort pour des Allemands que pour des Français ? Et quand, on nous a reproché notre froide exactitude et notre morale rigoureuse, comment peut-on se contredire au point de nous accuser de ne pas frapper juste, nous à qui l'on fait un crime de cette justesse symétrique et sévère? En vérité, je regrette fort que la politesse m'empêche de frapper fort, car ce n'est point ici le cas de frapper juste.

Autre assertion tout aussi vraie : *Les Français,* dit l'auteur, *suppriment de la vie antérieure de leurs héros tout ce qui ne s'enchaîne pas nécessairement au fait qu'ils ont choisi.* Les Français font très-bien de se renfermer dans l'unité d'action, sans laquelle l'intérêt ne sait où se reposer; mais ils ne suppriment pas pour cela les faits antérieurs qui servent à faire connaître leurs héros. Mithridate, par exemple, qui ne joue dans la tragédie de ce nom que le rôle d'un tuteur jaloux, devient grand et même gigantesque par *les faits de sa vie antérieure,* que Racine a présentés avec une force et une poésie admirables.

Encore une erreur du même genre : *Nous n'envisageons guère en France la superstition que de son côté ridicule.* M. B. Constant, qui nous fait ce reproche, aime beaucoup les héros qui croient à l'*astrologie,* aux *pressentimens,* même aux *sorciers.* Tout ce qu'il dit à cet égard est faux. Nous ne sommes jamais plus superstitieux qu'au théâtre ; nous adoptons là toutes les rêveries, toutes les fables des autres religions. Rions-nous du monstre envoyé par Neptune pour faire périr Hippolyte, du char de Médée, du spectre même qui effraie Sémiramis? Bien loin de les tourner en ridicule, nous devenons païens avec les Grecs, juifs avec les juifs, et aussi faibles, aussi crédules que les plus superstitieux idolâtres. M. B. Constant s'est donc trompé en cela comme en beaucoup d'autres choses.

Cet auteur n'est pas plus heureux quand il veut généraliser ses idées : ses décisions, ses observations sont quelquefois si contraires à la vérité, qu'elles en deviennent choquantes. *Les héroïnes de Voltaire*, dit-il, *luttent contre les obstacles; celles de Racine leur cèdent, parce que les unes et les autres sont de la même nature que tout ce qui les entoure.* Oh! pour cette fois, cela est trop fort. Je demande au plus petit écolier si Hermione, Roxane, Clytemnestre, Phèdre, Agrippine et Athalie sont des femmes qui cèdent si facilement. Il semble que M. B. Constant n'ait vu dans Racine que Bérénice, Athalide et Aricie.

Les principes de M. Benjamin Constant sur la tragédie, m'avaient fait craindre de trouver dans son Wálstein un peu trop de cette *vérité* et de ce *naturel* que l'auteur regarde comme la véritable source de l'intérêt dramatique. Je m'étais trompé; M. B. Constant n'a pas osé admettre, dans la pra-

tique, tout ce qu'il expose dans sa théorie ; et si sa
tragédie offre de nombreux défauts, on peut au
moins assurer qu'elle ne pèche pas par un excès
de vérité et de naturel. Je me contenterai d'en
tracer la marche, en mêlant à l'analyse quelques
citations qui mettront mes lecteurs en état de juger le style de cette production.

Acte Ier. L'exposition se fait par les principaux
officiers de l'armée de Walstein, qui se plaignent
amèrement de la cour de Vienne, et de l'ingratitude de leur souverain. Gallas seul ne se permet
aucune plainte, et dès-lors on devine qu'il reste
fidèle à l'empereur. On voit entrer Géraldin, commissaire impérial, envoyé par Ferdinand pour
surveiller la conduite de Walstein ; Gallas confirme
ses soupçons, et lui dit qu'il faut se hâter d'arrêter
la rébellion avant que le rebelle ne soit devenu
trop redoutable. Géraldin s'écrie :

> Ah ! malheur à l'État qui, dans son imprudence,
> Au bras armé pour lui, remet sa confiance !

Ce qui veut dire, en bon français, qu'il ne faut
confier des armées qu'aux généraux dont on se
défie. Si l'auteur avait dit *trop de confiance, une
aveugle confiance*, ces vers auraient un autre sens ;
mais il a supposé que les lecteurs devineraient. Ce
même Géraldin explique ensuite comment Ferdinand a été obligé de recourir à ce Walstein qu'il
avait offensé, quoiqu'il sentît le danger de re-
mettre la puissance aux mains de l'ambition :

Mais Tilly n'était plus. Ses compagnons blessés,
Par Gustave aussitôt nos bataillons pressés;
La Saxe contre nous, avec lui conjurée;
Munich pris, la Bavière à la flamme livrée:
En ce péril affreux, qui pouvait hésiter?
Nous reçûmes la loi qu'il voulut nous dicter.

Je laisse au lecteur le plaisir d'apprécier l'harmonie qui résulte des six consonnances finales de cette tirade, et le soin de chercher le nominatif du dernier verbe. Quoi qu'il en soit, Gallas et Géraldin sortent pour laisser entrer Alfred et Thécla. Alfred est fils de Gallas; mais Thécla est fille de Walstein. Ces jeunes gens sont unis par l'amour; ainsi les enfans se rapprochent autant que les pères se divisent, comme on le voit dans *Roméo et Juliette*, et dans cent autres pièces. Voici comment Alfred exprime son amour:

Dans ce triste univers, sans desseins, sans plaisirs,
Isolé, sombre, en proie à de vagues désirs,
Je m'agitais en vain dans une nuit profonde.
Inquiet, tourmenté, je demandais au monde
Dans quel but, à quoi bon sur la terre jeté,
L'homme errait dans le trouble et dans l'obscurité,
Vous êtes mon espoir, mon bonheur et ma gloire, etc.

Si l'on excepte l'*à quoi bon*, on conviendra que l'auteur a bien su éviter l'écueil du naturel, et le dernier vers prouve combien les transitions l'embarrassent peu. Walstein paraît, caresse sa fille, et fait des complimens à Alfred. Le général reste

enfin seul avec son confident, qui le presse de
mettre la couronne sur sa tête, et lui dit :

> Dans la splendeur habile où votre rang s'étale,
> Vous marchez entouré d'une pompe royale.

Ainsi il n'y a plus à hésiter; il est bien fâcheux
qu'on ne puisse dire : il n'y a plus à *barguigner*,
car *barguigner* serait bien le mot le plus naturel ;
mais comment l'associer à *un rang qui s'étale
dans une splendeur habile ?* En vérité, la noblesse
est une sotte chose au théâtre. Géraldin vient ensuite tâter Walstein ; mais en ministre adroit, il
commence par lui faire une longue énumération
de ses victoires, et il l'ennuie tellement, que Walstein l'interrompt et lui dit :

> Pourquoi nous parler tant de nos travaux passés?
> Ce que nous avons fait nous le savons assez.

Cette scène, énormément longue, finit sans rien
conclure ; et Walstein, décidé à la révolte ou-
verte, et comptant sur ses soldats, dit à l'un de
ses officiers :

> Que chacun, par écrit, embrassant ma querelle,
> S'engage par serment à me rester fidèle.

ACTE II. Walstein apprend que le courrier qu'il
avait envoyé secrètement au général ennemi, vient
d'être arrêté, chargé de fers, et conduit vers l'empereur ; ainsi la conspiration est découverte. Cette

nouvelle jette le conspirateur dans le plus grand trouble ; et après bien des lieux communs et des regrets inutiles, il sort sans rien déterminer. Géraldin apprend à Gallas qu'il a déjà séduit l'un des officiers de Walstein, et qu'il veut gagner les autres: Gallas lui dit d'éviter Buttler, qui de tous les rebelles est le plus attaché au général; mais l'adroit ministre répond avec plus de naïveté que de dignité, que si les factieux s'attachent à Walstein par intérêt, ils suivront celui qui leur donnera davantage : effectivement, Buttler arrive fort à propos, et il se laisse séduire en une seule conversation. Vient ensuite une longue scène entre Gallas et son fils Alfred.: celui-ci, qui aime Thécla et qui admire Walstein, refuse de croire à la conspiration ; et lorsque son père lui dit qu'il vient d'être désigné par l'empereur pour succéder à Walstein, ce fils, peu respectueux, lui répond :

Qu'as-tu dit? qu'as-tu fait? ô trop coupable père!
Tu nous as tous perdus!..... Et moi, que dois-je faire?
. . . .
Nature, estime, amour, tout est perdu pour moi.....
Dieu! quel soupçon nouveau s'élève contre toi!
Le pouvoir de Walstein sera ton héritage!
Si cet indigne espoir.... tu pâlis.... ton visage....
Malheureux que je suis! tout mon être est changé.

Après cette scène, Alfred va criant partout que son père est un traître. Ainsi un officier de l'empereur outrage son père, qui est resté fidèle à l'empereur; et parce qu'il croit son général trop ver-

tueux pour trahir, il croit son père assez vil pour
n'accuser Walstein que dans l'espoir de lui succéder. L'acte finit par des lamentations de Thécla.

ACTE III. Walstein reparaît, et reproduit les
mêmes lieux communs; ce qui prouve que l'action
n'a pas fait un pas. Voici cependant ce qu'il dit de
nouveau :

> Je voyais près de moi le sentier du devoir
> Encore ouvert! Soudain un mur d'airain s'élève;
> Ce projet si confus, il faut que je l'achève.

On trouve dans ces vers la grâce de *l'enjambement;* voici celle de l'inversion :

> *Terski.* L'envoyé suédois vous demande audience.
> *Walstein.* Ah! combien l'écouter me fait de violence !

La scène finit par ce vers de même fabrique :

> Ah! sévère est l'aspect de la nécessité.

L'envoyé suédois vient pour s'assurer si Walstein persiste dans sa rébellion, et pour lui offrir,
dans ce cas, l'appui de la Suède. Cet envoyé est
encore plus souple et plus fin que celui de l'empereur; il conseille tout simplement à Walstein
de se faire roi ; mais il commence à le complimen-
ter sur son talent et sa bravoure. Walstein lui rend
politesse pour politesse, et en parlant de la bataille de Lutzen, où ils ont combattu l'un contre
l'autre, il dit :

> Vous me surprîtes seul; l'attaque était soudaine :
> A vos guerriers nombreux j'échappai, mais à peine.

L'envoyé répond :

> Je suis fier d'avoir vu, par un sort glorieux,
> Reculer un instant un guerrier si fameux.

Walstein réplique :

> Votre main fit tomber mon casque de ma tête.

L'envoyé riposte :

> Pour vous, par cette main la couronne s'apprête.

On a fait tomber un casque, on offre une couronne ; il est difficile de mieux réparer une impolitesse. Alfred vient ensuite dire à Thécla qu'il veut aller mourir ; et l'acte finit, comme le précédent, par des lamentations de Thécla.

ACTE IV. Thécla, qui s'est lamentée à la fin des deux actes précédens, se lamente encore en ouvrant le quatrième ; mais dans cette nouvelle complainte se trouvent quatre vers remarquables ; les voici :

> De l'âpre ambition les décrets redoutables,
> Sur nos cœurs innocens, frappent impitoyables.
> Son pouvoir ennemi se nourrit de nos pleurs.
> Le monde est sans amour, et sans pitié les cœurs.

Nous avons vu l'enjambement et l'inversion, voilà maintenant l'ellipse dans toute sa force : *Et sans pitié les cœurs.* Thécla, comme son amant Alfred, sait éviter l'écueil du naturel ; et ils font bien voir qu'ils ne sont pas ici des Allemands.

Vient ensuite une scène fort singulière. On se rappelle qu'Alfred a maltraité son père quand celui-ci avait osé soupçonner Walstein. Maintenant Walstein avoue clairement sa révolte; il dit franchement *qu'il marche au trône*, et ce même Alfred se contente de lui faire des remontrances très-sages et très-modérées. Ce qu'il y a d'étonnant, il persiste à dire que *son père est coupable, que son crime est honteux*, comme s'il y avait honte ou crime à déjouer les projets d'un traître. Il refuse cependant de partager la rébellion de Walstein : il le quitte ; et, ce qui est presque incroyable, en détestant la conspiration, il fait jurer à un officier qu'il versera tout son sang pour défendre le conspirateur. Après ces héroïques folies, il sort encore pour mourir ; mais, cette fois, il tient parole.

AᴄᴛE V. Dans une scène entre Walstein et Thécla, il est question d'Alfred : le père pense qu'il est allé rejoindre Gallas; mais la fille n'en croit rien, et dit naïvement :

Que servirait ici que je le justifie?

Ici Thécla est redevenue allemande, car elle ne parle pas français. Un officier vient annoncer la mort d'un jeune guerrier, qui ne peut être autre qu'Alfred; Thécla chancelle, puis tombe évanouie : cependant elle veut ensuite que le même officier rentre et lui recommence son récit avec toutes ses

circonstances. On annonce donc une seconde fois
la mort d'Alfred ; Thécla chancelle encore, mais
elle n'est que *prête à tomber.* Enfin, quand elle
est bien sûre de n'avoir plus d'amant, elle veut
sortir pour aller voir son tombeau ; mais sa con-
fidente lui fait cette réflexion :

A travers nos soldats, comment sortir des portes?

L'héroïne répond :

Un peu d'or aisément séduira ces cohortes.

Cependant elle ne sort pas, parce qu'il faut qu'elle
se trouve au dénoûment. Vient ensuite Walstein,
qui a une scène de *pressentimens ;* puis il va se
coucher, et, quelque temps après, on annonce
qu'il a été assassiné par ceux mêmes en qui il avait
mis toute sa confiance. Thécla, qui est destinée à
n'entendre parler que de mort, s'évanouit de nouveau ; mais quand elle reprend ses esprits, elle
apprend à Gallas la mort de son fils ; de sorte que
le public ne peut douter de cette mort, qui est
annoncée trois fois.

Je n'ose dire tout ce que je pense de cette étrange
tragédie ; mais je voudrais qu'elle fût connue de tous
mes lecteurs, afin qu'ils pussent juger si M. Benjamin Constant est appelé à réunir la tragédie allemande et française, ou à les gâter toutes les deux.
Si dans cet extrait j'avais fait usage de toutes mes
notes sur ce Walstein gallo-germanique, je paraî-

trais bien méchant; et ma modération, quelque grande qu'elle soit, ne me sauvera vraisemblablement pas de ce reproche.

CLOVIS,

TRAGÉDIE EN CINQ ACTES;

Par M. Viennet.

M. Viennet a, dans une longue préface, tâché de justifier le plan et la marche de sa tragédie. Son *Clovis* ayant été parfaitement analysé et jugé lors de la représentation, il ne me reste à examiner que la préface, et c'est encore assez d'ouvrage, car l'auteur a plaidé la cause de son héros avec beaucoup d'esprit et d'adresse; il l'aurait même gagnée complètement si la tragédie était telle que la préface la présente. Remarquons d'abord que l'auteur ne parle pas de son style, mais seulement de la conduite de sa pièce; en cela, il ressemble aux ingénieurs habiles qui donnent toute leur attention au côté faible de la place. Observons encore qu'il abandonne son cinquième acte à toute la sévérité de la critique, concession bien modeste et bien libérale, car en blâmant justement la fai-

7.

blesse de cet acte, il faut reconnaître qu'il n'est pas défectueux en lui-même, mais que les défauts qu'on y remarque y sont produits par des dispositions antécédentes qui en ont détruit l'effet. C'est souvent dans un premier ou dans un second acte qu'il faut corriger le cinquième ; mais les juges vulgaires attaquent toujours l'endroit où ils sentent le défaut, sans remonter à la cause, qui est quelquefois très-éloignée. J'établirai cette vérité en reprenant tous les chefs d'accusation dans l'ordre que l'auteur a suivi pour y répondre.

M. Viennet a voulu représenter, dit-il, « un conquérant environné d'obstacles. Je les groupai autour de lui, ajoute-t-il, je les personnifiai. L'ambition de Byzance devint le personnage de Césaire ; Sinorix représenta l'indépendance des Gaulois, et Clodéric la féroce indiscipline des Sicambres. Je créai ce caractère pour l'opposer à Clovis, pour montrer que mon héros était réellement au-dessus de son siècle et de ses guerriers, et je donnai à Clodéric cette physionomie âpre et sauvage qui devait caractériser un peuple sorti tout armé des forêts de la Germanie. » Rien de mieux que ce plan, s'il eût été suivi, mais il est aisé de voir qu'il a été fait après la pièce ; il en est l'apologie, mais il ne la met pas à l'abri de la critique. On observe d'abord que l'auteur n'y parle point de Syagrius, qui est néanmoins le personnage le plus important après Clovis. Par cette omission, M. Viennet avoue indirectement que l'amour réciproque de Syagrius et d'Eudomire, sœur de Clovis, est purement épisodique : nous verrons, en effet, qu'il n'influe pas sur la marche de l'ouvrage, et nous devinons déjà que la scène d'amour du cinquième acte, scène qui a lieu pendant que Clovis combat les Gaulois révoltés, doit être nécessairement froide, et même importune. L'auteur a voulu, dit-il, opposer des obstacles à son conquérant ; il a dû le vouloir, puisque, sans cela, il n'y avait pas de tragédie ; mais il fallait que les obstacles fussent proportionnés à la grandeur du héros, et c'est en quoi il ne me semble pas avoir complètement réussi. Sinorix, qui doit représenter l'*indépendance des Gaulois*, est trop secondaire pour mettre en balance la fortune et le génie de Clovis ; or, si je ne doute pas, je m'intéresse peu : Césaire, qui doit figurer l'*ambition de Byzance*, me montre bien l'esprit, la politique et la finesse d'un Grec, mais je ne vois pas en lui le caractère de l'ambition ; elle n'est pas au moins de nature à m'inquiéter sur les succès de Clovis. Sa scène avec le conquérant est très-adroite, artificieuse même et bien écrite ; mais la hache du Sicambre me rassure trop contre le talent du diplomate, et je sens que Clovis ne périra pas par là. Reste donc Syagrius, en qui les Gaulois mettent tout leur espoir, et en qui le roi des Francs pourrait trouver un digne rival ; mais l'amour l'attache au parti du vainqueur, et cet amour, trop faible pour lui faire trahir sa patrie, est cependant assez fort pour l'empêcher de conspirer contre le frère de sa maîtresse. Laissons ici parler M. Viennet : « On me reproche, dit-il, de n'avoir pas animé Syagrius d'une passion plus vive, de n'avoir pas développé cette passion avec plus de force et d'énergie. J'avoue que j'ai craint ce mélange de sentimens tendres et de grands intérêts politiques ; et je n'ai fait qu'indiquer ce que j'ai redouté d'approfondir. On a répété pour la centième fois que l'amour ne devait paraître qu'en première ligne. Il est en tout des préjugés qui finissent par devenir des lois, etc. » L'auteur cite ensuite l'exemple de Corneille pour se justifier. Si je ne me trompe, il y a dans ce paragraphe une erreur et une méprise. L'erreur consiste à regarder comme un préjugé la loi dont se plaint l'auteur. Un amour passionné est tragique, non pas parce qu'il est de l'amour, mais parce qu'il produit de grands effets, parce qu'il cause des crimes, parce qu'il amène des catastrophes ; et l'amour faible intéresse peu, parce qu'on n'en attend que de faibles résultats : la loi est donc fondée sur l'expérience, et non pas sur un préjugé. Il y a aussi une méprise dans le motif que l'auteur suppose aux spectateurs qui ont critiqué l'amour un peu tiède de Syagrius. Le reproche ne tombe pas sur la faiblesse de sa passion, mais sur ce que cette passion faible en fait un personnage absolument inutile à l'action de cette tragédie. Cet amour, en effet, le laisse dans une incertitude, une fluctuation continuelle, sans que jamais il prenne un parti. Voyez comme il peint lui-même son indécision, et j'ose dire sa nullité ; Césaire veut réveiller en lui l'amour de la patrie, et l'entraîner dans le parti des Gaulois, et Syagrius répond :

Pour me perdre avec vous mon destin vous ramène.
J'abhorre les complots où votre voix m'entraîne ;
Je dois vous résister ; je le veux, je ne puis.
Où sont vos conjurés? sont-ils prêts, je vous suis.
D'Eudomire pour moi redoutez la présence ;
Son nom seul, son image, ébranlent ma constance, etc.

Tout justement Eudomire paraît après cette tirade, et voilà mon héros qui lui fait des protestations d'amour, et ne songe plus à suivre Césaire. Il y a une fatalité attachée à ce personnage ; ne faisant jamais rien, il est accusé de tout ce qui se fait ; un billet intercepté fait croire qu'il est le chef de la révolte, et certes, il en est fort innocent. Il s'échappe du palais ; il rejoint les Gaulois, non pour se mettre à leur tête, mais pour leur faire mettre bas les armes ; il ne réussit pas même en cela, et il revient près de Clovis, sans avoir pris part à la conspiration, sans avoir pu l'empêcher d'éclater, et sans pouvoir combattre ni pour Clovis ni pour les Gaulois. C'est donc son amour qui cause son inaction ; car supprimons cet amour, il combattra et mourra à la tête des Gaulois ; rendons cet amour plus véhément : comme le fils de Brutus, il trahira sa patrie, et, dans les deux cas, il sera personnage agissant, et conséquemment tragique. N'en doutons pas ; c'est dans cet amour de Syagrius qu'est le défaut capital de cet ouvrage estimable sous tant d'autres rapports.

Je pourrais bien aussi chicaner Clovis sur ce qu'il n'agit pas toujours selon son caractère. Je vois, en effet, qu'il avait ordonné la mort de Syagrius lorsqu'il n'avait rien à lui reprocher, et par cela seul qu'il pouvait être dangereux. Cependant, lorsque les apparences font croire que ce Romain est coupable, lorsqu'un billet intercepté le désigne comme un rebelle et comme un traître, Clovis, ce prince si terrible, si prompt à punir, discute encore avec sa sœur au lieu de frapper, et suspend sa vengeance jusqu'après le combat. Cette patience m'étonne un peu dans un homme qui s'est peint lui-même en disant :

J'écrase qui me gêne, et poursuis mes desseins.

Il devrait, à plus forte raison, se hâter d'écraser celui qu'il regarde comme un perfide ; et puisqu'il le laisse vivre au moment du danger, pourquoi, après le combat et la victoire, le magnanime Clovis massacre-t-il cet homme qui n'est plus dangereux? Mais ce héros tragique a des qualités si brillantes, il est si classique, je lui sais si bon gré de n'être point tartufe, que je lui pardonnerais des inconséquences beaucoup plus graves.

Un autre reproche auquel, sans doute, l'auteur ne s'attend guère, et que je me crois cependant en droit de lui adresser, est celui d'avoir fait parler un de ses personnages avec beaucoup trop d'élégance, et d'avoir prêté à son langage des tournures trop ingénieuses. Ce défaut, dont nous avons rarement à nous plaindre, et dont les mauvais écrivains seront toujours exempts, est pourtant un défaut bien réel, puisque l'auteur ne doit jamais se cacher sous le masque d'un personnage, et lui prêter son esprit. Nous avons vu que Clodéric devait représenter *la féroce indiscipline des Sicambres*, et qu'en conséquence M. Viennet lui a donné, c'est-à-dire a voulu lui donner *cette physionomie âpre et sauvage qui caractérise un peuple sorti tout armé des forêts de la Germanie*. Un tel caractère doit se manifester jusque dans le langage ; cependant, lorsque Clovis lui dit :

> Clodéric, je vous dois une part de ma gloire,
> Votre exemple a conduit mes Francs à la victoire.
> Partagez aujourd'hui le prix que j'en reçois,
> Et l'hommage éclatant qu'on rend à mes exploits.

Le farouche Sicambre lui répond :

> Vos Francs ont combattu sous les yeux de leur maître.
> Les soldats d'un héros aspirent tous à l'être.
> Leur vaillance en tous lieux eût triomphé sans moi ;
> J'ai moi-même suivi l'exemple de leur roi ;
> Et, fier de l'amitié dont un héros m'honore,
> Mon plus ardent désir est de le suivre encore
> Partout où sa valeur voudra me présenter
> Des États à soumettre ou des rois à dompter.

Le courtisan le plus habile ne ferait pas un éloge plus adroit, ne tournerait pas mieux un compliment; et dans tout son rôle, ce Clodéric, dont la physionomie est si âpre et si sauvage, ne se distingue par son langage d'aucun autre interlocuteur, quoiqu'il en diffère beaucoup par le caractère et par les sentimens. On peut faire la même observation sur Clovis; mais ce prince étant supérieur à son siècle, l'auteur a eu raison de le placer plus avant sur le chemin de la perfectibilité.

Une observation qui n'a échappé à personne, c'est qu'il existe entre les doctrines littéraires et les doctrines politiques une concordance parfaite et une dépendance réciproque. L'époque où l'esprit philosophique a voulu analyser le pacte social est celle où les petits esprits ont voulu réformer le code littéraire, et établir des principes plus favorables à la médiocrité. Les règles du goût étaient aussi gênantes pour les mauvais écrivains que les lois de l'État pour les anarchistes; et dès que l'on osait attaquer l'autorité légitime, la religion et la morale, on n'était pas assez inconséquent pour respecter Aristote et Horace qu'on ne lisait point, et Boileau qu'on ne lisait guère. La foule révolutionnaire s'étant déclarée souveraine, elle proclama que le génie et les lumières étaient le partage du grand nombre, et que la suprême sagesse était le résultat de la pluralité des voix. Les petits auteurs raisonnèrent par analogie; les mots *pluralité* et *majorité* leur parurent synonymes; réunis en assemblée législative, ils donnèrent une nouvelle constitution à la république des lettres, et ils dé-

cidèrent que le talent étant un don de nature, l'é-
tude était inutile; que la liberté étant l'apanage de
l'homme et le plus incontestablement encore celui
de l'esprit humain, toute règle était une servitude,
et toute doctrine littéraire une superstition. C'est
à ce beau raisonnement que nous devons l'admis-
sion du genre romantique, et l'institution du mélodrame.

Les novateurs séduisirent d'abord la multitude.
Les spectateurs illettrés ou sans goût, prenant au
propre les expressions figurées dont se sert le législateur du Parnasse, trouvèrent plus de *mouvement* dans les nouvelles pièces, parce qu'en effet
il y a beaucoup plus d'allées, de venues, d'entrées
et de sorties; ils virent plus d'*action* dans l'agita-
tion des bras, dans les processions, dans les marches de troupes et dans les coups de sabre. L'art
dramatique avait fait une immense conquête,
puisque le *lieu de la scène* pouvait occuper une
province entière, plusieurs royaumes et même les
quatre parties du monde; le théâtre était devenu
infiniment plus riche, puisqu'il pouvait accumuler
dans une seule pièce les événemens de plusieurs
jours et même de plusieurs mois. Il ne manquait
plus aux partisans du genre que de lui trouver plus
de *chaleur*, parce qu'il faisait un fréquent usage
des incendies; l'argument eût été digne de la
doctrine.

Le goût était perdu sans ressource, si des hommes d'un grand talent, si des écrivains élégans et

corrects n'avaient revêtu des charmes du style les ca-
névas informes de l'école romantique. Mais on ne
tarda pas à s'apercevoir que les novateurs les plus
zélés étaient en même temps les plus pitoyables écrivains, des hommes sans instruction, sans goût, incapables de peindre les passions et les caractères,
plus incapables encore de leur prêter un langage
convenable, ignorant les principes de l'art, et
même ceux de la langue. Les mélodramaturges,
quelque fiers qu'ils fussent de leurs succès populaires, sentaient cependant leur infériorité sous le
rapport du style ; ils s'indignaient de n'être pas
comptés au nombre des gens de lettres, quoiqu'un
seul d'entre eux eût obtenu plus de représentations
que l'école classique tout entière, et ils tentèrent
de dissimuler leur impuissance en soutenant que
*le style est la moindre partie d'une œuvre drama-
tique*, et que l'appareil théâtral, les *effets* et les
coups de théâtre sont les signes auxquels on reconnaît les hommes de génie.

Le dirai-je? des hommes d'esprit, de véritables
hommes de lettres ont adopté ce principe absurde
que le style est la moindre partie du drame, et j'ai
trouvé cette proposition mal sonnante dans des
livres d'ailleurs fort estimables. Oh! sans doute si
la question est mal posée, si l'on suppose un sujet
mal choisi, une pièce sans action, sans intérêt,
une marche vicieuse, et d'une invraisemblance
choquante, je sens très-bien que le style le plus
parfait ne pourrait obtenir grâce pour tant de dé-

fauts ; mais je nie la supposition ; je nie qu'un style parfait puisse se trouver réuni à une conception aussi monstrueuse ; et je ne crains pas d'affirmer que l'action la plus simple, d'un intérêt médiocre, totalement dépourvue de prestige théâtral, mais écrite d'une manière supérieure, vivra plus long-temps dans la mémoire des hommes que la pièce remplie de situations, de grands effets et de coups de théâtre ; mais écrite en vers plats ou barbares. *On ne vit que par le style ;* cette proposition sera toujours un axiome du Parnasse. Mais écoutons Voltaire, qui ne doit pas être suspect dans cette discussion, puisqu'il avait intérêt à rabaisser la prodigieuse supériorité que le mérite du style donnait à Racine. Après avoir lu vingt fois *Athalie*, il entend réciter une tirade de ce chef-d'œuvre, et il s'écrie avec transport : « Quel style ! quelle poésie ! et toute la pièce est écrite de même. Ah ! monsieur, quel homme que Racine ! » Le même Voltaire a écrit un commentaire sur *Bérénice*, et là il avait une belle occasion de faire prévaloir la conception du drame sur le charme des vers, puisque *Bérénice*, qui est à peine une tragédie, produit assez peu d'effet au théâtre ; et cependant voici la réflexion que lui suggère la lecture de cette pièce si froide et si nulle aux yeux des romantiques : « Comment peut-il se faire que personne, depuis Racine, n'ait approché de ce style enchanteur ? Est-ce un don de la nature ? est-ce le fruit d'un travail assidu ? c'est l'effet de l'un et de l'autre. Il n'est pas étonnant que personne ne soit arrivé à ce point de perfection; mais il l'est que le public ait depuis applaudi à des pièces qui étaient à peine écrites en français, dans lesquelles il n'y avait ni connaissance du cœur humain, ni bon sens, ni poésie : *c'est que les situations séduisent, c'est que le goût est très-rare.* » L'opinion de Voltaire est certainement décisive quand elle est contraire aux intérêts de son amour-propre ; car si le prestige théâtral lui avait paru le premier mérite d'un drame, il n'aurait pas manqué de faire prévaloir la partie qui lui donnait quelque supériorité sur Racine. Mais avons-nous besoin de son autorité? la raison et l'expérience n'ont-elles pas décidé la question? *Athalie, Iphigénie* et *Phèdre* ne sont-elles pas des chefs-d'œuvre immortels? et cependant dépouillez-les de ce style enchanteur et sublime dont Racine avait le secret, supposez-les écrites, je ne dis pas en vers barbares, mais seulement en vers médiocres, et vous les verrez disparaître pour jamais du théâtre. Que de pièces à fracas, que d'ouvrages à succès bruyant sont tombés dans le mépris depuis que les ouvrages simples, purs et corrects ont fixé notre goût, et assuré notre gloire littéraire! Que nous reste-t-il de l'immense répertoire de deux siècles? Un petit nombre de pièces recommandables par le style.

Ce long préambule ne m'a pas tant éloigné qu'on pourrait le croire du *Clovis* de M. Viennet, et cette tragédie, ainsi que quelques-unes qui ont paru dans ces derniers temps, me fournit une nouvelle preuve, d'autant plus sensible qu'elle est plus récente. Une tragédie dont le cinquième acte est d'une extrême faiblesse, dont un amour sans intérêt entrave sans cesse la marche et refroidit l'action, une pièce dont presque toutes les scènes sont remplies de discussions politiques, a cependant été écoutée avec attention, avec plaisir même, a été justement applaudie, a recommandé l'auteur à l'estime des gens de goût, et a fait concevoir les plus heureuses espérances pour les ouvrages qu'on a droit d'attendre de lui. N'est-ce pas au mérite du style qu'il doit ce succès? Et cette espèce de succès n'a-t-elle pas plus de prix aux yeux d'un homme de lettres que s'il la devait à ce que Sedaine nommait *la charpente* du drame? Supposons que M. Viennet eût fait de son *Clovis* une pièce aussi fortement intriguée, aussi bien conduite qu'un bon roman, mais qu'il l'eût écrite sans goût, sans noblesse, sans correction, ce qui n'était pas incompatible avec le nom de Clovis, un pareil début lui aurait-il procuré une réputation égale à celle qu'il vient d'acquérir? serait-il d'un aussi heureux augure pour l'avenir? désirerait-on même que l'auteur rentrât dans la carrière? Non, sans doute, quelle qu'eût été l'affluence du public aux représentations de la pièce bien charpentée. Une tragédie faiblement conduite n'exclut pas l'espoir d'un bel ouvrage; une pièce dépourvue de style ne laisse rien espérer.

On m'objectera peut-être que le *Clovis* de
M. Viennet ne s'élève pas à la hauteur de nos
chefs-d'œuvre, et j'avouerai que, dans sa poésie,
l'auteur est un peu trop sobre d'images, qu'il emploie trop rarement les expressions figurées, les
heureuses alliances de mots, et les métaphores
hardies qui nous étonnent dans les tragédies du
premier ordre; mais le style se compose de tant de
qualités différentes, que la réunion d'un grand
nombre de ces parties suppose encore un grand
talent. D'abord, le style de M. Viennet est entièrement exempt de mauvais goût, ce qui n'a jamais
été un faible mérite, et ce qui en est un rare aujourd'hui : il a toujours de la clarté, de la précision, très-souvent de l'élégance, presque toujours
de la correction et de la pureté, de l'élévation sans
enflure, et de la noblesse dans l'expression comme
dans la pensée. Cette dernière qualité est celle à
laquelle j'attribue la meilleure part de ce succès. Il
n'est jamais facile de faire parler un héros d'une
manière convenable, et le Clovis de M. Viennet
ne dit rien qui ne soit digne du fondateur d'une
grande monarchie. Ajoutons surtout que l'auteur,
doué d'assez de talent pour aspirer à une gloire
classique, a respecté les règles si gênantes pour la
médiocrité, suivi l'exemple des bons modèles, et
méprisé le prestige de la nouvelle école.

Je terminerai par une observation dont le déve-
loppement mériterait un article tout entier, tant
elle est importante à la conservation de l'art dra-

matique. On sait que les comédiens sont les juges des auteurs relativement à la réception des pièces, qu'ils ont le droit d'admettre, de refuser ou de faire corriger les ouvrages, quels que soient le talent, la réputation et les succès antérieurs de l'auteur qui les présente. Si Racine et Voltaire vivaient encore, ils recevraient des leçons de goût de la part du jeune premier, du valet ou de la soubrette qui leur indiqueraient des corrections ; et la petite fille, qui ne sait pas l'orthographe, ferait changer ou supprimer des vers de *Mérope* ou d'*Iphigénie*. Mais ce qui n'est pas aussi connu, c'est le despotisme des comédiens sur les ouvrages mêmes qu'ils ont reçus, et auxquels dès-lors il ne devrait plus leur être permis de toucher. Les répétitions d'une pièce de théâtre sont un rude noviciat pour le malheureux auteur. Que d'observations, que de chicanes ! Chacun des acteurs ne voyant que son rôle, et s'inquiétant peu de l'effet général de l'ouvrage, veut briller isolément, la pièce dût-elle tomber à plat, et menace de quitter son rôle si l'on ne suit pas servilement les conseils souvent absurdes qu'il donne, dans l'intérêt de son amour-propre, et nullement dans celui de l'auteur. A mesure que les répétitions se multiplient, ils découvrent des *longueurs* dans les scènes et dans les tirades ; *longueurs* est leur mot favori, c'est leur cri de guerre contre les auteurs, c'est le fond de la langue des coulisses. Ces messieurs paraissent ignorer que l'art théâtral et l'art dramatique sont deux choses tout-à-fait différentes, et que l'on peut jouer la comédie pendant trente ans sans se douter de ce qui entre dans la composition du drame.

Le *Clovis* de M. Viennet a été soumis au scalpel des acteurs : cent vers ont été retranchés de l'ouvrage, et ceux qui ont exigé ce sacrifice n'ont pas senti que des comédiens, toujours blasés par des répétitions fréquentes, sont toujours tentés d'abréger des scènes qui ne leur offrent plus aucun attrait : ils ne font pas la réflexion que si ces vers n'ont pas été superflus à une première lecture, ils ne le seront pas à une première représentation ; et que le public n'ayant éprouvé ni l'ennui de l'étude, ni la fatigue des répétitions, écoutera ces mêmes vers avec une attention fraîche, si je puis m'exprimer ainsi, et ne les rejettera que quand ils seront évidemment inutiles ou mal écrits.

Qu'ont produit les retranchemens exigés par les acteurs du *Clovis* de M. Viennet? Trois absurdités choquantes. La dernière scène du second acte est occupée par une querelle entre deux rivaux d'amour, Clodéric et Syagrius, et l'on voit que cette scène finira par un duel. Mais cette rivalité n'est qu'épisodique dans l'ouvrage, dont le véritable sujet est l'établissement de la monarchie française. L'auteur avait donc ajouté quatre vers récités par Sinorix, qui veut empêcher le combat, ramener Syagrius ;

Et le rendre aux amis qu'il est prêt à trahir.

Ce dernier vers faisait rentrer le spectateur dans l'action principale ; il conservait la liaison entre le second et le troisième actes, il était donc nécessaire ; mais *il faisait longueur,* et il a été supprimé avec les trois qui le précédaient.

Voici une plus forte preuve du goût et de la sagacité des correcteurs : au quatrième acte, Syagrius est accusé de favoriser les rebelles, devant Clovis qui, comme on sait, n'est ni tendre ni patient ; il fallait donc que le pauvre Syagrius prouvât son innocence de la manière la plus péremptoire, car Clovis voulait le tuer même quand il le croyait innocent. En effet, M. Viennet lui avait fait dire douze vers où sa justification était évidente ; en voici le sens : « Si j'avais voulu exciter une révolte, j'aurais profité du moment où, absent avec votre armée, vous étiez occupé à combattre, et je n'aurais pas attendu, pour soulever les Gaulois, que vous revinssiez vainqueur avec tous vos soldats. » Les vers, qui valent mieux que ma prose, étaient nécessaires ; mais *ils faisaient longueur :* ils ont été supprimés, et on en a conservé d'autres où Syagrius débite des lieux communs d'honneur et de reconnaissance.

Dans le cinquième acte enfin, le malheureux Syagrius s'échappe du palais, va trouver les rebelles, veut les faire rentrer dans l'obéissance, et, ne pouvant y réussir, il revient près de Clovis, qui croit avoir la preuve de sa trahison, et il lui dit quatre vers, dont celui-ci est le premier :

8.

Je reviens à vos pieds dégager mon serment, etc....

Ces vers étaient indispensables pour que Syagrius expliquât et ennoblît sa fuite du palais ; mais *ils faisaient longueur*, ils ont été supprimés. Que d'inconséquences, que de défauts de liaison, que d'actions non motivées, on reproche souvent aux auteurs, et qui sont dus à l'expérience et à la sagacité de MM. les comédiens ! que de choses j'aurais à dire sur l'*utilité* de leurs conseils ! Mais l'espace me manque, et je leur en fais mon compliment.

ANNIBAL,

TRAGÉDIE EN CINQ ACTES;

Par M. Firmin Didot.

Dans les seizième et dix-septième siècles, plusieurs imprimeurs ont été en même temps des hommes de lettres très-distingués ; mais c'est surtout comme érudits qu'ils se sont rendus célèbres. C'est à leurs travaux que nous avons dû les bonnes éditions des classiques avec de savans commentaires, des recherches sur l'histoire, sur la numismatique, sur l'antiquité ; des notes, des remarques, des discussions, et tout l'attirail de la philologie. Sous le rapport du savoir, je crois que M. Firmin Didot ne le cède à aucun de ses prédécesseurs ; n'eussé-je pour preuve de cette opinion que les notes attachées à sa tragédie d'*Annibal*, elles suffiraient pour me faire considérer l'auteur comme un des hommes les plus versés dans l'histoire, dans les langues savantes et dans l'étude de l'antiquité.

Malheureusement l'érudition ne fait pas faire une tragédie ; elle doit même influer d'une manière fâcheuse sur l'imagination du savant qui devient poète, et lui inspirer des ouvrages sans chaleur, sans élévation, sans intérêt, mais très-exacts, très-corrects, et beaucoup trop raisonnables. Je sens que l'on va crier au préjugé : quelle folie, dira-t-on, de supposer qu'un auteur pourra moins, parce qu'il sait davantage ! Ici les preuves de fait ne me manqueraient point, et je pourrais citer bon nombre d'érudits, d'ailleurs fort estimables, qui écrivent sans élégance, sans grâce, souvent même sans esprit, en prenant ce dernier mot dans l'acception littéraire ; mais le simple raisonnement me dispensera de nommer des hommes qui, fiers de leur savoir et de leur aptitude à la patience, n'ont pas pour cela renoncé à tous les autres titres. D'abord le genre d'étude auquel un écrivain se consacre de prédilection, indique déjà l'espèce de talent que la nature lui a départi ; un homme né poète ne pâlira pas sur les œuvres des Vossius, des Casaubon et des Scaliger ; il les dédaignera même,

comme un commentateur dédaigne un bel esprit.
L'érudition et l'imagination sont deux facultés an-
tipathiques ; et s'il était possible qu'elles fussent
logées dans le même cerveau, la première étouf-
ferait la seconde, ou l'empêcherait au moins de se
développer. Supposons qu'un érudit ait l'ambition
de cueillir d'autres palmes littéraires ; jamais il ne
pourra se résoudre à dissimuler son savoir : qu'il
compose un poëme, une tragédie, une ode, il
voudra toujours prouver qu'il sait faire autre chose,
et son sujet ne sera qu'un prétexte pour étaler ses
connaissances. Que dis-je ? il voudra dénaturer tous
les genres sur le territoire desquels il fera des in-
cursions, pour les faire ressembler à celui qu'il
estime au-dessus de tous les autres. Je n'ai pas
l'honneur de connaître M. F. Didot ; mais on va
juger si je me suis trompé dans les réflexions que
sa préface m'a suggérées. J'ai deviné ce que serait
sa tragédie, quand j'ai lu les phrases suivantes :

« J'ai cru que la tragédie pouvait être considérée
» sous un point de vue en quelque façon nouveau ;
» qu'un poète tragique, surtout à une époque où
» les grands peintres de l'école française nous ont
» accoutumés, dans leurs tableaux, à une vérité
» locale très-sévère, devait, en présentant un
» personnage fameux dans l'histoire, faire con-
» naître les mœurs, les usages, les hommes cé-
» lèbres du temps, la situation et la politique des
» peuples qui ont joué quelque rôle à cette épo-
» que..... Il me semble que si diverses époques de

» l'histoire d'un peuple étaient représentées avec
» fidélité, le théâtre deviendrait réellement une
» école sous le rapport de l'instruction historique. »

Voilà donc notre pauvre tragédie attaquée en
même temps par les fous et par les sages de la littérature! Tandis que les romantiques veulent l'envoyer aux Petites-Maisons, les érudits cabalent
pour lui obtenir une place à l'Académie des ins-
criptions et belles-lettres. Quoi! lorsqu'on possède
Corneille, Racine et Voltaire, on parle de considérer la tragédie sous un point de vue nouveau!
Parce que nos peintres ne placent plus des moines
et des Suisses près du berceau de l'Enfant-Jésus,
Cinna, Phèdre et Mérope ne sont plus des modèles
à suivre! Eh! quel est donc *ce point de vue nouveau*
qui doit faire créer des chefs-d'œuvre? Dans une
action tragique, il faudra faire connaître les mœurs,
les usages, la situation et la politique des peuples!
Ce n'est pas tout encore, il faudra y faire entrer
de gré ou de force *les hommes célèbres du temps*,
qu'ils aient ou qu'ils n'aient pas un rapport quelconque avec le sujet de la pièce. Ainsi, qu'un de
nos auteurs s'avise de prendre Gustave-Adolphe
pour le héros d'une tragédie, nous aurons la guerre
de Trente Ans, en cinq actes et en vers; nous y
verrons groupés autour de Gustave, les Walstein,
les Tilly, les Bucquoy, les Mansfeld, les Banier,
les Vrangel, les Horn et les Tortstenson; outre le
monarque suédois, nous y connaîtrons l'empereur
Ferdinand II, Charles Ier, Christian IV, Louis XIII,

le cardinal de Richelieu, et peut-être même le capucin P. Joseph, qui n'a pas été le personnage le moins actif de cette tragédie politique.

Racine savait parfaitement le grec, le latin, et il n'écrivait pas mal en français; mais combien sa réputation va baisser quand le *point de vue nouveau* nous aura fait faire des tragédies savantes! Quel est celui de ses chefs-d'œuvre qui pourra se soutenir au théâtre, quand nous verrons la célèbre *Introduction* de Robertson servir d'exposition à une tragédie de Charles-Quint? Quand l'auteur tragique sera professeur d'histoire, un échappé de collége aura le droit de siffler *Britannicus*. Quoi! dira l'écolier, un empereur qui n'a pas quinze ans, et son compétiteur qui n'en a pas quatorze, peuvent-ils être deux personnages tragiques? Quel est ce Burrhus qu'on me montre si honnête homme, quand je sais qu'il s'est chargé de justifier, dans le sénat, le parricide de Néron; et quand Tacite m'apprend que cet honnête homme savait cependant bien à qui il devait sa place et sa faveur, et se conduisait en conséquence? Je plains surtout, ajoutera-t-il, ce pauvre Narcisse, qu'on me présente comme l'empoisonneur du prince, tandis qu'il est mort deux ans avant Britannicus. C'était un méchant valet, j'en conviens; mais l'histoire m'apprend qu'il a toujours été fidèle à son maître, qu'il aurait donné sa vie pour lui. Bien loin d'en faire un empoisonneur, Tacite nous le montre serrant Britannicus dans ses bras, et lui disant, les larmes aux yeux : « Cher enfant, ils veulent t'assassiner ; mais, puissent les dieux immortels te mettre bientôt en état de triompher de tes ennemis, dusses-tu me punir moi-même pour avoir exécuté l'ordre de faire mourir ta mère Messaline! »

Par ce petit échantillon d'histoire ancienne, on voit qu'aucune de nos tragédies ne serait supportable, considérée sous le point de vue nouveau : mais est-ce au théâtre qu'on étudie l'histoire? Est-il un seul événement dans les annales du genre humain qui puisse, sans altération, recevoir les formes tragiques? Dans la théorie de M. Didot il n'y a qu'une erreur, mais elle est grave : il a pris les *conditions* pour le *but* de la tragédie. Il est très-vrai qu'un auteur dramatique ne doit rien présenter de contraire aux mœurs du temps et aux usages des peuples, mais ce n'est pas pour faire connaître ces usages que l'on compose une pièce de théâtre. Avant tout, il faut que l'auteur cherche à plaire, à intéresser, à émouvoir ; s'il est dans la fâcheuse alternative d'ennuyer, ou d'altérer les faits historiques, qu'il prenne le dernier parti. Bien loin de faire connaître *tous les hommes célèbres* du siècle où il place ses personnages, il ne doit y appeler que les hommes célèbres ou non, qui lui sont strictement nécessaires. La tragédie enfin n'est pas la vie d'un grand homme, mais seulement une de ses actions.

Fidèle à ses principes, M. Didot, aussi exact que Tite-Live, n'a voulu négliger aucune des circonstancés de la vie de son héros; il a eu l'art, ou plutôt il s'est donné la peine d'encadrer dans plusieurs récits tous les faits et gestes d'Annibal : on y trouve le serment que son père lui fit prêter à l'âge de dix ans, sa guerre d'Espagne, le siége de Sagonte, les rocs calcinés au passage des Alpes, le Tésin, la Trébie, Trasymène, Canne, la faute de ne pas attaquer Rome après cette dernière victoire, les boisseaux remplis des anneaux des chevaliers romains, les délices de Capoue, la bataille de Zama, sa retraite et sa mort chez Prusias. Ainsi, quand on s'obstinerait à refuser le titre de tragédie à la pièce de M. Didot, il faudrait au moins la considérer comme un excellent article de biographie. L'auteur n'a pas été aussi heureux dans l'exposition de la politique romaine. C'est Annibal qu'il charge de tracer ce tableau, et il en résulte, ce me semble, un grand contre-sens. Le héros carthaginois n'a plus qu'une espérance, c'est d'engager Prusias et son fils Nicomède à faire la guerre aux Romains. Comment donc Annibal est-il assez maladroit pour dire au jeune prince que la politique de Rome est *l'effort du génie et de l'art; que, soit par la force, soit par la ruse, les peuples et les rois tombent à ses pieds?* Croit-il inspirer beaucoup de confiance au fils de Prusias en lui montrant *Antiochus détruit, Philippe désarmé?* Doit-il dire que la Grèce ne peut sauver l'Asie du joug des Romains, qu'il ne faut rien attendre ni des Grecs, ni des Étoliens, ni de Philippe, ni d'Antiochus, ni de Carthage; que ces lâches deviendront *d'alliés, vils sujets; de sujets, vils esclaves?* Il ajoute qu'il n'y a plus qu'un seul homme capable de se liguer avec lui contre Rome; cet homme est Philopœmen : mais cela suffit-il? Ce discours sur la puissance romaine et sur la faiblesse de ses ennemis est-il bien propre à faire résoudre une guerre contre ces mêmes Romains, si forts, si adroits et si terribles? N'importe! d'après le *point de vue nouveau* il fallait faire connaître la politique de Rome; M. Didot n'avait que cette occasion, et il s'est tiré d'affaire en fort bon publiciste.

Le grand nom d'Annibal ne sert dans cette tragédie qu'à la rendre plus froide et plus languissante. Ce héros y est dans une situation absolument passive; il n'est question dans toute la pièce que de savoir si Annibal sera chassé de la cour de Prusias, ou s'il commandera une armée. La victoire qu'il remporte sur mer, au moyen des crampons d'airain qui accrochent les galères de l'ennemi, n'ajoute pas une feuille au laurier de Canne et de Trasymène; elle a, de plus, le défaut de ne rien changer à la situation du vainqueur, puisque c'est dans ce moment même que Prusias le congédie. L'ambassadeur Flaminius n'est qu'un intrigant qui complote avec le courtisan Arbate, pour escamoter Annibal, et l'amener pieds et poings liés au sénat romain. Ce qu'il dit est digne de ce qu'il fait., en voici la preuve :

Je vais contre Annibal, contre le prince même (Nicomède.)

Irriter dans un roi l'orgueil du rang suprême ;
Pour qu'il bannisse enfin ou livre ce proscrit,
Je saurai, s'il le faut, tenter sur son esprit
De la séduction et l'art et la souplesse.

Il y a sans doute des ambassadeurs de cette trempe,
mais ce ne sont pas des ambassadeurs tragiques.
Prusias est ici ce qu'il est dans l'histoire, un fan-
faron qui tremble, un homme fier qui fait des bassesses. Nicomède est le seul personnage qui montre
de l'énergie, de la chaleur, de l'activité. La mort
même d'Annibal ne produit pas l'effet qu'on en
attend : cette catastrophe est encore affaiblie par
l'exactitude historique ; le poison renfermé dans le
chaton d'une bague, n'est ni tragique, ni romantique, ni théâtral.

M. Didot, qui connaît si bien l'histoire et l'antiquité, paraît ignorer entièrement l'art de conduire une pièce de théâtre. La scène qui termine
son second acte, se reproduit au commencement
du troisième avec les mêmes idées, la même situation et les mêmes interlocuteurs. Au second acte,
Nicomède brave l'ambassadeur romain, et Prusias, qui a toujours peur, lui dit : *Prince, ou res-
pectez Rome ou gardez le silence.* Nicomède recommence, et Prusias de dire : *Modérez-vous du
moins ;* Nicomède insiste, et Prusias : *Un tel excès
vous deviendrait fatal.* Au troisième acte, nos trois
personnages se retrouvent ensemble pour continuer la même conversation ; le colérique Nicomède
revient à la charge ; Prusias s'écrie : *Un ambas-*

sadeur ! *apprenez que la terre révéra de tout temps ce sacré caractère.* Nicomède va toujours son train, et Prusias redit : *Craignez prince, craignez qu'une seconde offense d'un monarque irrité provoquant la vengeance.....* Nicomède lance encore un brocard au pauvre ambassadeur, et Prusias, qui ne finit jamais ses phrases, lui répète : *Si vous dites un mot, vous apprendrez de moi qu'un roi.....* Je m'arrête, et j'avoue que M. Didot a considéré la tragédie sous un nouveau point de vue.

On a sans doute remarqué, dans les dernières citations, que je n'ai point séparé les vers, et que je les ai écrits comme des lignes de prose ; je ne l'ai pas fait sans intention : c'est tout ce que je dirai du style de cette tragédie.

LES MARTYRS,

OU LE TRIOMPHE DE LA RELIGION CHRETIENNE;

Par M. F.-A. DE CHATEAUBRIAND.

Ce livre était célèbre avant d'être connu ; on l'annonçait comme devant augmenter les richesses de notre littérature, raffermir la religion ébranlée par les attaques d'une fausse philosophie, et décider cette grande question : s'il peut exister des poëmes en prose? Cette dernière victoire était d'autant plus difficile à obtenir, que l'on refusait même le titre de poëme au *poëme descriptif*, quoiqu'il fût écrit en vers.

Tel est le privilége des grands talens : tout ce qu'ils produisent excite un vif intérêt, fait une grande impression sur les esprits, et, par cela même, peut éclairer l'opinion comme l'égarer, épurer le goût comme le corrompre. M. de Chateaubriand est du petit nombre des auteurs qui, de leur vivant, font déjà autorité dans la littérature; et il faut avouer qu'il mérite, à bien des égards, cette distinction, que si peu d'écrivains partagent avec lui. Il a poussé bien loin le charme, je dirais presque la séduction de style. Ce mot exprime en effet, mieux qu'aucun autre, l'espèce de sensation qu'on éprouve quand on lit les ouvrages de M. de Chateaubriand. Personne n'a su mieux que lui embellir le désert, peupler de fantômes les vastes solitudes, exprimer la voix des grandes eaux, développer à nos yeux les immenses draperies qui couvrent les montagnes, unir l'amour à la religion, le roman à la vérité, les images poétiques aux exhortations chrétiennes, et peindre enfin la mort et le tombeau.

Mais cette espèce de tyrannie qu'exerce sur notre esprit le talent de l'auteur, nous avertit, par sa violence même, de lui opposer toute notre raison pour ne pas nous laisser entraîner dans les fausses routes où s'égare quelquefois l'imagination de l'écrivain, et qu'il sème des fleurs les plus aimables, comme pour nous inviter à nous y perdre avec lui. Je ne puis donc m'armer de trop de défiance, de sang-froid, et même de stoïcisme, pour résister au charme : précautions qui seront peut-être inutiles ; car en osant chercher des défauts dans un auteur que l'on place déjà entre le Tasse et Fénélon, je crains bien de succomber sous le poids d'une réputation un peu trop précoce, mais assez bien justifiée pour effrayer la critique.

Je ne m'occuperai d'abord que de la préface, qui, quoique très-courte, tend à établir des principes qui me paraissent être des erreurs dangereuses, et contre lesquelles on ne peut trop prémunir des lecteurs déjà séduits par les prestiges brillans dont l'auteur a su les environner. Voici le début de cette préface : « J'ai avancé, dans un » premier ouvrage, que la religion chrétienne me » paraissait plus favorable que le paganisme au dé- » veloppement des caractères et au jeu des pas- » sions, dans l'épopée ; j'ai dit encore que le » merveilleux de cette religion pouvait peut-être » lutter contre le merveilleux emprunté de la my- » thologie : ce sont ces opinions, plus ou moins » combattues, que je cherche à appuyer par un » exemple. »

Si l'auteur s'était contenté d'avancer ces propositions, sans vouloir les confirmer par des ou-

vrages écrits selon ce système ; si même ses ouvrages et son talent n'étaient pas de nature à tenter
les imitateurs, toujours nombreux en littérature,
je ne m'élèverais pas ici contre son opinion ; mais
comme le nom et le mérite de l'écrivain n'auront
que trop d'influence sur l'imagination et le goût
des jeunes gens, on ne peut trop se hâter d'attaquer et de détruire des principes qui peuvent avoir
les plus fâcheuses conséquences.

D'ailleurs, il est bon de remarquer ici que M. de
Chateaubriand n'affirme que l'une de ces propositions ; et relativement à l'autre, il a cru seulement
que le merveilleux de notre religion pouvait *peut-
être* lutter contre le merveilleux de la mythologie.
Ce *peut-être* me donne un grand avantage ; car si
l'un de ces principes n'est pas sûr, l'autre risque
d'être fort douteux ; et j'ai conséquemment le droit
de dire à l'auteur, que *peut-être* il s'est trompé,
et que *peut-être*, dans la suite, il reconnaîtra son
erreur.

M. de Chateaubriand n'a sûrement pas eu l'intention de corrompre notre goût en littérature ; il
connaît trop bien les bons et anciens modèles,
pour qu'on puisse lui supposer ce travers ; il a eu
moins encore le dessein d'affaiblir notre respect
pour la religion ; il y aurait une insigne mauvaise
foi à l'en soupçonner ; il est très-certainement un
homme pieux et honnête ; la religion a été jusqu'ici
sa Muse favorite, et elle a payé ses hommages d'une
assez belle somme de gloire, pour qu'on puisse

craindre qu'il devienne jamais ingrat. Comment se fait-il donc qu'avec des intentions aussi louables, il ait pu composer deux volumes pour étayer des principes qui nuiraient également à la religion et à la littérature? C'est ce que je crois pouvoir lui démontrer; car tel est l'ascendant de la raison, que, sans le secours du talent et le charme du style, elle finit toujours par triompher même de l'esprit le plus brillant.

La religion chrétienne, dit l'auteur, me semble plus favorable que le paganisme au jeu des passions, dans l'épopée. Comment n'a-t-il pas senti que cette opinion est une véritable hérésie? Rien ne favorise moins le jeu des passions que la religion chrétienne; elle ne se présente jamais que pour les combattre, ou pour tâcher de nous en préserver. Dans le paganisme, au contraire, tout est passion, sensation vive, désordre et mouvement tumultueux, qualités essentielles à la poésie. Le ciel des païens est rempli de vertus, de passions, et même de vices; nous y trouvons des couleurs pour tout peindre. Le nôtre n'offre qu'une perfection absolue, sévère, inaltérable, et il ne nous permet d'autre sentiment que le respect, le recueillement et l'humilité. La mythologie païenne a cela d'admirable; qu'elle nous donne la faculté de personnifier tous les êtres métaphysiques, qui seraient si froids s'ils ne prenaient un corps, et s'ils ne parlaient à nos sens. Mais quels sont les habitans du ciel chrétien que vous substituerez aux êtres mytho-

logiques? Quel est celui de nos anges, de nos saints,
que vous chargerez de la balance de Thémis, du
glaive de Mars, du bandeau de l'Amour, de l'olivier de la Paix, du marteau de Vulcain, et des
outres d'Eole? A qui ferez-vous jouer le rôle des
Grâces, cortége si nécessaire à la beauté, et qui,
enfin, oserez-vous parer de la ceinture de Vénus?
Vous réformerez tout cela, me direz-vous? Alors je
me tais, et je laisse parler Boileau, que vous recon-
naissez sans doute pour une autorité respectable :

> Bientôt ils défendront de peindre la Prudence,
> De donner à Thémis ni bandeau, ni balance;
> De figurer aux yeux la Guerre au front d'airain,
> Ou le Temps qui s'enfuit une horloge à la main;
> Et partout des discours, comme une idolâtrie,
> Dans leur faux zèle iront chasser l'Allégorie.

Si, au contraire, vous offrez un mélange de la religion païenne et de la nôtre, outre que ce procédé
n'a rien d'édifiant, il nous ramène à ces siècles de
barbarie, où l'on faisait assister Junon Lucine aux
couches de la Vierge, où l'on osait donner le nom
d'Apollon à Jésus-Christ, et où un pape souffrait
qu'on le nommât Jupiter.

Le merveilleux de la religion chrétienne pourra
peut-être lutter, dites-vous, avec le merveilleux
emprunté de la mythologie. Je suis d'abord fort
étonné qu'un homme aussi religieux n'ait pas senti
combien cette expression est peu convenable : sans
doute le christianisme est tout plein de *merveilleux;*

mais ce mot ne devient-il pas une injure quand on le met en parallèle avec le *merveilleux* de la fable? Si quelqu'un osait comparer les deux religions en se servant du mot de mythologie, ne l'accuserait-on pas de blasphême? Il est cependant bien certain que le mot *merveilleux* présente la même idée quand on l'applique en même temps à la fable et au christianisme.

L'auteur nous apprend ensuite qu'il a cherché *un sujet qui renfermât dans un même cadre le tableau des deux religions...; un sujet où le langage de la Genèse pût se faire entendre après celui de l'Odyssée; où le Jupiter d'Homère vînt se placer à côté du Jéhova de Milton*, etc... Mais ce Jéhova de Milton est-il autre chose que notre Dieu? Est-il bien décent de le faire asseoir près de Jupiter? Il faut faire tout cela, ajoute l'auteur, *sans blesser la piété.* Cela se peut-il? N'est-elle pas déjà blessée d'une telle alliance? Jéhova, dira-t-il, l'emportera sur le paganisme. N'est-ce pas déjà trop de les comparer, de les mettre en opposition, et n'est-ce pas une bien triste victoire que celle du vrai Dieu sur Jupiter!

Mais passons sur ce que cette idée peut avoir de choquant pour un esprit religieux; ne doit-on pas craindre les suites d'un pareil mélange? Assez d'auteurs, tels que les Boullenger, les Freret, les Diderot, etc., ont tâché de rompre ce premier lien de la société, et de persuader aux peuples que notre religion est une imitation du paganisme. N'est-ce pas favoriser ce système qui peut avoir, comme il a déjà eu, les conséquences les plus funestes, que de mêler sans cesse les objets de notre culte avec les folies des païens? A force de montrer ensemble Jéhova et Jupiter, la vérité et l'erreur, le sacré et le profane, n'habituera-t-on pas le peuple à les confondre? Après avoir vu les deux espèces de merveilleux se disputer l'honneur de plaire à son imagination, le lecteur ne sera-t-il pas tenté de leur donner le nom commun de mythologie? Que de choses ne pourrais-je pas ajouter à ces réflexions...! L'obligation où je suis de m'arrêter, est elle-même une preuve du danger de ce système.

Je ne dirai plus qu'un mot relatif à la poésie. La fable est la source féconde où puisent tous les poètes; c'est elle qui nous présente, sous un voile agréable, les vérités austères, dont la nudité effraierait notre faiblesse : il faut même qu'elle soit fable, car une vérité ne peut pas servir d'emblème à une autre. Sans la fable, plus de magie, plus de prestige, plus d'allégorie, plus rien pour l'imagination! Est-ce dans le paradis chrétien que les poètes iront la chercher? ou oseront-ils l'y introduire, s'ils l'empruntent au paganisme?

Sans doute M. de Chateaubriand ne croit pas que son goût particulier et son opinion littéraire puissent entraîner des conséquences absolument contraires à ses intentions ; et quand je me trouve en opposition avec un homme de ce mérite, je dois dire, à mon tour, que je me trompe *peut-être*;

mais ma conviction sur ce point est si forte, elle a
été tellement confirmée par la lecture de l'ouvrage,
que j'ai regardé comme un devoir la franchise la
plus absolue dans cette discussion. L'auteur lui-
même doit me savoir gré de mes remarques, si
elles sont justes, comme je le crois. Dans ce cas,
il ne manquera sûrement pas d'en convenir, et
d'abandonner une route où il égarerait ses nombreux admirateurs. Il serait affligeant pour un écrivain aussi estimable et aussi religieux, de s'entendre
reprocher d'avoir corrompu le goût, ou de se voir
accusé de n'avoir été qu'un philosophe adroit.

Les bruits étranges que l'on répand sur cet ouvrage m'imposent plus impérieusement encore
l'obligation d'exposer librement ce que j'en pense.
Des hommes plus intéressés au succès de l'auteur
qu'à sa véritable gloire, voudraient persuader au
public que des ennemis de M. de Chateaubriand
ont exercé une certaine influence sur la critique.
Si cela était vrai, l'influence aurait été bien peu
puissante, puisque des journalistes se sont extasiés
devant les Martyrs, tandis que d'autres ont osé les
critiquer. La contradiction qui existe, à cet égard,
dans les feuilles publiques, prouve au contraire
que la véritable influence a été celle de l'estime et
de l'amitié que l'on porte à l'auteur; car les journaux qui l'ont critiqué lui ont en même temps payé
un ample tribut d'éloges, tandis que ceux qui ont
approuvé son ouvrage ont tout loué, tout admiré,
tout vanté, sans la moindre restriction, sans la

plus légère observation critique. Si ces derniers ont
eu raison, je suis bien coupable ou bien sot de
trouver de nombreux et de dangereux défauts dans
une œuvre qui serait la perfection même ; qualité
dont Virgile, Racine et Fénélon se croyaient si
éloignés.

Au reste, j'espère donner d'assez bonnes raisons pour que mes lecteurs soient entièrement
convaincus que j'ai dit au moins ce que je pense ;
mais comme j'apprends tous les jours qu'il faut
prendre ses précautions, je veux, avant tout, détruire jusqu'à la possibilité de me supposer des
intentions indignes de moi, et repousser d'avance
les accusations odieuses qu'on ne manque pas d'in-
tenter au critique, quand il n'est pas le lâche complaisant des auteurs, ou leur admirateur banal.

M. de Chateaubriand m'a toujours paru l'un de
nos littérateurs les plus estimables et les plus instruits. Son goût et son respect pour les bons modèles éclatent, même lorsqu'il abuse des richesses
qu'il leur emprunte. Doué d'une imagination vive,
brillante et profondément mélancolique, il répand
un grand charme sur tous les objets qu'il décrit ;
et sur ce point, la sobriété est peut-être la seule
qualité qui lui manque. Jugeant de nos goûts d'a-
près son goût propre, et nous croyant capables
de supporter aussi long-temps que lui les émotions
qu'il éprouve, il ne sait plus s'arrêter quand il
nous offre des tableaux conformes à ses affections.
Toujours élégant, et souvent trop; il semble, dans

chaque page ; vouloir montrer tout ce qu'il sait et tout ce qu'il peut. Son style est charmant, quelquefois admirable, partout où il ne dédaigne pas la simplicité. Son estime, bien louable pour les écrivains de l'antiquité, lui a inspiré l'ambition dangereuse de transporter les beautés des langues hardies et poétiques dans notre langue si sage, si régulière et si timide : ses défauts mêmes découlent donc d'une belle source, et nous offrent encore des beautés. Telle est mon opinion sur cet auteur, et telle est, je pense, celle de tous les hommes qu'une amitié aveugle ou qu'une injuste inimitié n'égarent point dans leur jugement.

Maintenant, si j'applique ce que je viens dire à l'ouvrage que j'annonce, je trouve, ou du moins je crois que M. de Chateaubriand y a exagéré et multiplié les brillans défauts auxquels il a dû une grande vogue, qui n'est pas toujours la célébrité la plus désirable. Je ne reconnais pas souvent dans les Martyrs, l'auteur qui a comparé une croix posée sur la tombe d'une jeune vierge, au mât d'un vaisseau naufragé, mais celui qui s'est étonné de la quantité de larmes que contiennent les yeux des rois, et qui s'est écrié : *orage du cœur, est-ce une goutte de votre pluie?*

Je dois aussi prémunir mes lecteurs contre une accusation plus grave qu'ils seraient tentés de me faire, d'après le compte que je vais leur rendre : comme M. de Chateaubriand a confondu le *merveilleux* des païens et le *merveilleux* du christia-

nisme; je n'aurai peut-être pas pour son dieu et
ses anges, tout le respect que ces noms semblent
devoir m'inspirer. Mais le dieu que l'on montre
comme le rival de Jupiter, le dieu qui assemble
les anges pour discuter devant eux des considérations politiques, le dieu qui envoie, pêle-mêle, les
anges et les diables au sénat de Rome pour y entendre plaider pour et contre Jésus-Christ; le dieu
enfin qui joue un rôle dans un roman, n'est point
celui que les chrétiens adorent, et je suis dispensé
envers lui de tout hommage et de tout respect. C'est
ainsi que l'une de nos églises, lorsqu'elle cesse
d'être destinée au culte, et qu'elle sert à des usages
profanes, n'est plus à nos yeux qu'un bâtiment ordinaire, et ne commande plus à ceux qui y entrent,
le silence et le recueillement. J'espère qu'on me
pardonnera cette comparaison, quand je parle d'un
auteur qui prodigue les comparaisons, et qui en
fait de charmantes qui ne sont pas toujours justes.

Je vais essayer de tracer une analyse de ce prétendu poëme, auquel l'auteur a eu le bon esprit
de ne pas donner ce titre; elle confirmera, je n'en
doute point, les observations que je viens de faire.
C'est envers un écrivain de ce mérite que la critique doit se servir de toutes ses armes, parce que
l'exemple est dangereux en proportion de ce que
le talent est recommandable. Quand nous prenons une fausse route, le talent ne nous sert qu'à
nous enfoncer plus avant dans l'erreur, et à y entraîner les jeunes gens, toujours disposés à prendre

le délire de leur imagination pour de la verve ; et ses plus grands écarts pour les élans du génie.

Pour introduire un grand nombre de person-nages dans son roman, M. de Chateaubriand a pris dans l'antiquité une portion de temps considé-rable ; depuis la druïdesse Velleda, que Tacite fait contemporaine de Vespasien et de Civilis, jusqu'à Clodion et Mérouée, c'est-à-dire, depuis le pre-mier siècle jusqu'au cinquième de notre ère. L'ana-chronisme consiste en ce qu'il place tous ces per-sonnages sous le règne de Dioclétien ; et l'on ne peut plus lui en faire un reproche, puisqu'il l'avoue lui-même, en se fondant sur ce que Virgile a fait trouver ensemble Énée et Didon, que plusieurs siè-cles ont séparés. Reste à savoir si l'anachronisme des *Martyrs* est aussi agréablement justifié par le plaisir que causent dans cet ouvrage Jamblique, Porphire, Velleda et saint Jérôme, que celui de l'Énéide, par l'épisode de Didon.

Dans l'invocation, où le poète en prose appelle à son secours la Muse chrétienne, il adresse aussi cette phrase à la muse qui inspira Homère : « O » riante divinité de la Fable, toi qui n'as pu faire » de la mort et du malheur même une chose sé-» rieuse, viens, Muse des mensonges, viens lutter » avec la Muse des vérités ! » Est-ce un reproche que l'auteur prétend lui faire ? N'est-ce pas un des plus beaux attributs des Muses, que de répandre des fleurs sur la vie de l'homme, et même sur son tombeau ? Tout notre esprit, tout notre art doit-il

être employé à rendre plus amers des maux inévitables? Ici la Muse des mensonges a un avantage
incontestable. Passons au récit.

Cymodocée, fille d'un pontife païen, s'égare
pendant la nuit après s'être séparée de sa nourrice : elle voit un jeune homme couché sur l'herbe;
elle le prend pour Endymion que Diane venait de
visiter, et elle se reproche d'avoir *troublé le mystère;* ce qui prouve que la jeune fille était fort ins-
truite dans sa religion. Le jeune homme se réveille,
et il s'établit entre les deux personnages le dialogue
le plus extraordinaire que l'on puisse imaginer. La
païenne parle sans cesse de mythologie, ce qui est
naturel; mais le jeune homme répond toujours en
chrétien, sans s'inquiéter si l'on pourra le comprendre. Cymodocée ressemble un peu à l'auteur :
elle ne néglige jamais de montrer son érudition.
« Si tu n'es pas, dit-elle au chrétien, un dieu caché
» sous la forme d'un mortel, tu es sans doute un
» étranger que les Satyres ont égaré comme moi
» dans les bois. Dans quel port est entré ton vais-
» seau? Viens-tu de Tyr, si célèbre par la richesse
» de ses marchands? Viens-tu de la charmante Co-
» rinthe, où tes hôtes t'ont fait de riches présens?
» Es-tu de ceux qui trafiquent sur les mers jus-
» qu'aux colonnes d'Hercule? Suis-tu le cruel Mars
» dans les combats, ou plutôt n'es-tu pas le fils
» d'un de ces mortels, jadis décorés du sceptre,
» qui régnaient sur un pays fertile en troupeaux,
» et chéri des dieux? »

Il faut avouer que voilà bien des questions pour une fille qui se trouve seule pendant la nuit avec un jeune homme qu'elle voit pour la première fois : cela paraît plus singulier encore quand on sait que chez les Grecs, les femmes, et surtout les jeunes filles, étaient toujours soigneusement séparées des hommes : *Nam neque in convivium adhibentur, nisi propinquorum; nec sedent, nisi in interiore parte œdium, quæ gynæconitis appellatur.* Cette manière de les élever devait les rendre un peu moins causeuses, quand elles se trouvaient pour la première fois en tête-à-tête avec un homme, sous la seule inspection des étoiles. Quoi qu'il en soit, elle ajoute : « Je suis fille d'Homère aux chants immortels. » L'inconnu lui répond : « Je connais un plus beau livre que le sien; » ce qui est plus chrétien que poli. La jeune vierge, un peu honteuse de cette apostrophe, hasarde cependant *quelques mots sur les charmes de la Nuit sacrée, épouse de l'Érèbe, et mère des Hespérides et de l'Amour :* ce qui était assez engageant; mais l'inflexible Eudore lui ferme une seconde fois la bouche, en lui disant : « Je ne vois que des astres qui racontent la gloire du Très-Haut. » Tout le dialogue est dans ce genre; et voilà comment les deux héros de ce roman poétique font connaissance, et finissent bientôt après par devenir amoureux l'un de l'autre.

Je ne sais si c'est ainsi que se parlaient jadis les garçons et les filles qui ne s'étaient pas encore vus, ou si le poëme en prose dispense de tout naturel;

mais ce n'est pas la seule occasion où cet Eudore prononce des phrases chrétiennes, au risque de n'être pas entendu; car on verra, au livre treizième, qu'en parlant à un prêtre païen, il lui cite la montagne de Nébo, le prophète Jérémie et les profanations de Babylone; et je suis étonné que le Grec ne lui ait pas répondu : c'est de l'hébreu que vous me dites là.

Après cet entretien nocturne, Eudore conduit Cymodocée chez le pontife son père, et refuse lui-même d'y entrer. La jeune vierge raconte au vieillard comment elle s'est égarée, et comment elle a été remise dans son chemin. Démodocus la serre dans ses bras, « et pendant quelques momens, on » n'entendit que des sanglots entrecoupés : *tels* » *sont les cris dont retentit le nid des oiseaux,* » *lorsque la mère apporte la nourriture à ses pe-* » *tits.* » Comme si les cris du besoin physique devaient être comparés aux accens qui sortent du cœur d'un père quand il revoit l'enfant qu'il croyait avoir perdu ! Démodocus, cependant, s'imagine que sa fille a négligé d'inviter le jeune homme à entrer dans la maison, et il est près de se fâcher; mais Cymodocée lui dit : « Calme, je t'en supplie, les transports de ta colère : *la colère, comme la faim, est mère des mauvais conseils.* » La douce persuasion rentre au cœur du père, et il se décide à aller remercier celui qui lui a rendu sa fille.

Avant de poursuivre l'examen de cet ouvrage,

je crois devoir faire observer qu'en trouvant un
peu d'affectation dans les expressions et les tournures de style de M. de Chateaubriand, je n'ai pas
prétendu l'accuser de cet abus d'esprit qui passe
aujourd'hui pour du talent.

L'auteur des Martyrs est exempt de ce défaut,
si général chez les modernes, et que l'on trouve
même dans quelques bons écrivains de l'antiquité.
Mais l'abus de l'esprit, la recherche des pointes
brillantes et des jeux de mots ne sont pas ce qui
constitue *l'affectation.* Il peut y avoir affectation
dans l'expression, dans le choix des idées, dans
les images, dans les comparaisons, dans la pompe
du style, dans sa simplicité même, et surtout dans
l'abus immodéré de l'érudition. Il y a, tour-à-tour,
de tout cela dans *les Martyrs,* et le dernier de ces
défauts y domine depuis la première page jusqu'à
la dernière. Dans les nombreux voyages que l'auteur vous fait faire, il ne rencontre pas une montagne, un rocher, une ruine, une vallée, une
rivière, un ruisseau, sans rattacher à tous ces
objets le souvenir d'un trait de mythologie, d'histoire sacrée ou profane, de philosophie, de morale
ou d'antiquité. Il affecte souvent de chercher les
plus obscurs et les plus inconnus, et ce flux d'é-
rudition ne s'arrête pas même lorsque l'intérêt de
son roman demande une action rapide, et quand
le lecteur est plus impatient d'apprendre le sort
des personnages, que de connaître les qualités et
propriétés des objets matériels qui les entourent.

L'auteur d'Anacharsis nous a fait voir toute la Grèce en détail; mais c'était là son but réel et son unique intention : le récit, dans son ouvrage, n'est qu'un lien qui sert à réunir tant d'objets épars; dans *les Martyrs*, au contraire, le récit est le but principal de l'auteur; et les petits détails d'érudition devraient y être répandus avec d'autant plus de sobriété, que l'écrivain s'y présente comme poète et non pas comme antiquaire. Cependant l'abus que j'attaque a du moins cet avantage, que si *les Martyrs* ne peuvent pas passer pour un poëme, on peut au moins les considérer comme un itinéraire fort agréable. Reprenons maintenant le fil de la narration.

Démodocus conduit chez Eudore sa fille Cymodocée. Ici l'auteur nous fait un tableau charmant de l'intérieur d'une famille chrétienne. La situation est piquante par le constraste des deux religions, et du prêtre païen qui veut toujours faire des libations à Hercule, tandis que ses hôtes ne lui parlent que du Dieu des chrétiens. Cymodocée prend sa lyre et chante le merveilleux de la mythologie, tandis qu'Eudore chante à son tour les merveilles du Dieu d'Israël. Dans ce livre, M. de Chateaubriand se montre avec tout son talent, c'est-à-dire qu'il y en a beaucoup. Arrive ensuite saint Cyrille, qui vient demander à Eudore le récit de ses aventures; et le livre se termine par la prière du saint personnage.

Au livre suivant, le poète nous transporte en

paradis. Malgré le Dante, malgré Milton, auxquels M. de Chateaubriand a des obligations sans nombre, je persiste à croire que la Trinité, l'Apocalypse, les mystères de la religion chrétienne sont des choses qu'il faut laisser dans les livres sacrés, et ne point mêler à des actions romanesques. La Trinité *causant ensemble*, et ici je suis plus exact que je ne le parais, me semble une bizarrerie très-contraire au respect que nous devons à ce mystère. Il y a, selon moi, de la témérité à faire parler l'éternelle sagesse. Homère a pu, comme ses imitateurs, faire discourir les dieux du paganisme, qui avaient toutes les passions et tous les vices des hommes ; ces dieux, à proprement parler, n'étaient que des hommes renforcés, et Homère leur faisait honneur en leur prêtant son beau langage : il n'en est pas de même de notre Dieu ; et je n'appuierai ceci d'aucune raison, parce que j'en ai de trop bonnes à dire.

L'auteur nous fait une magnifique description du paradis : on y remarque surtout *cent degrés de rubis, d'escarboucles et d'émeraudes, qui conduisent de la demeure de Marie au sanctuaire du Sauveur des hommes.* Le dieu de M. de Chateaubriand, qui prêche le mépris du faste et des richesses, ne nous prêche pas d'exemple. Cent degrés de rubis et d'escarboucles qui sont encore des rubis ! Il me semble lire, dans Ovide, la description de la cour du soleil :

Clara micante auro, flammas imitante pyropo.

D'ailleurs, cent degrés forment un terrible escalier. Si les bienheureux marchent, que de pas, que de bruit dans le ciel! et s'ils volent, ils n'ont pas besoin d'escalier.

Quoi qu'il en soit, le père Éternel *fait un signe de son sourcil redoutable, et les temps rassurés reprennent leur cours.* Le sourcil de Jupiter fait trembler les sphères célestes: M. de Chateaubriand emploie le sourcil de Jéhova pour les calmer; n'est-ce pas là une variante à la Bartholo, qui, pour avoir substitué Rosinette à Fanchonnette, croit avoir composé une chanson?

La prière de saint Cyrille se présente devant le trône de l'Éternel, qui la reçoit avec bonté. L'auteur a très-bien fait de ne pas rendre cette prière boîteuse, comme celles d'Homère, car elle aurait fait une mauvaise figure sur les cent degrés d'escarboucles. Ensuite le *père* adresse un beau discours au *fils*, qui le salue, et qui fait trembler, par cette révérence, *tout ce qui n'est pas le marche-pied de Dieu.* Le discours du dieu de M. de Chateaubriand est celui d'un excellent politique: il dit qu'il ne veut pas accepter le sacrifice de la vie de saint Cyrille, parce qu'il a déjà souffert le martyre, et qu'il lui faut une victime entière; il ne veut pas non plus du prince Constantin, parce qu'on attribuerait son dévoûment *aux effets des passions des cours, aux calculs de l'ambition et de la politique.* Voilà donc Jéhova qui a peur du qu'en dira-t-on! Il me semble qu'il s'écrie : Que diraient les puis-

sances étrangères, si je faisais une pareille faute?
Est-ce par ces moyens qu'on prétend faire lutter
le *merveilleux* de la religion chrétienne avec celui
du paganisme? Après une mûre délibération, Jéhova décide que Cymodocée et Eudore obtien-
dront la couronne des martyrs; décision qui ôte
tout intérêt au poëme, puisque, dès le troisième
chant, le destin des héros est irrévocablement fixé.
Qu'on ne m'oppose pas ici les poëmes mytholo-
giques : dans le paganisme, le décret d'un dieu
peut être cassé par un dieu supérieur, ou par
le destin ; les oracles, toujours obscurs, peuvent
être diversement interprétés : ainsi l'espérance et
la curiosité subsistent toujours malgré les arrêts
célestes. Mais quand le vrai Dieu a parlé, rien ne
peut changer l'ordre des événemens : ainsi le lecteur sait d'avance que les héros de l'action mourront martyrs, quelque chose qui puisse arriver.

Le récit d'Eudore contient plusieurs livres. Il
nous apprend que, dans sa jeunesse, ce chrétien
a mené une vie peu exemplaire; que le séjour de
Rome avait altéré ses mœurs et sa foi. Son voyage
du Péloponèse à Rome, nous prouve la profonde
érudition de l'auteur : en Italie, il ne décrit pas
moins savamment, et dans la capitale il décrit encore avec plus de science. Il se trompe cependant
quelquefois, comme, par exemple, quand il fait
arriver au *Forum* un paysan volsque avec des
bœufs du *Clitumnus*. Il faut que le bon homme les
ait achetés à quelque foire ; car le Clitumnus était

au nord de Rome, chez les Falisques, tandis que les Volsques étaient au midi, au-delà de la montagne de Circé.

Eudore se brouille avec un certain Hiéroclès, sophiste et proconsul d'Achaïe. Ce sophiste est un vilain et méchant homme ; *son front étroit et comprimé*, dit l'auteur, *annonce l'obstination et l'esprit de système :* excellente observation crânologique ! Le jeune chrétien est banni de la cour, et envoyé dans les Gaules, à l'armée de Constance.

Non-seulement je regarde comme une justice, mais je me fais un véritable plaisir de reconnaître ici que M. de Chateaubriand a répandu sur le séjour d'Eudore à Rome, un charme qui y attache le lecteur, et que dans cette partie de l'ouvrage son style est doux, agréable, noble ou sévère, comme l'exigent les diverses situations où se trouve son héros ; mais le talent de l'écrivain devient encore plus brillant dans la description de l'armée romaine, de celle des Francs, et surtout dans le combat terrible que se livrent ces deux peuples. Exactitude, connaissances précises, mouvement, chaleur, force, élégance, tout se trouve dans son style, et l'on ignore souvent si on lit de la poésie ou de la prose. Cette étrange disparate que l'on remarque dans les différens livres de ce poëme, me prouve que la plupart des défauts qui le défigurent appartiennent au sujet plus qu'à l'auteur ; si M. de Chateaubriand n'avait pas eu la malheureuse prétention d'établir un système nouveau de poétique, il aurait fait un ouvrage digne de sa réputation. Maintenant même, s'il supprimait son Apocalypse, ses anges, ses démons, et les trois quarts de sa science, son livre deviendrait d'autant plus précieux qu'il le réduirait à un plus petit volume.

Eudore devient l'esclave de Pharamond, à qui l'auteur donne pour femme cette chrétienne Clotilde que l'histoire fait épouse de Clovis. Les princes francs vont faire une chasse dans le Nord, et leur promenade est assez belle; car des bords du Rhin ils marchent jusqu'au rivage de la mer Noire. Eudore, qui les accompagne, dit qu'étant arrivé presqu'au bord de l'*Ister*, il y a trouvé le tombeau d'Ovide : autre petite inexactitude; car, en venant du Nord, pour arriver au tombeau d'Ovide, il ne fallait pas seulement aller *presque* jusqu'au Danube, mais il fallait le passer. Le chrétien rend ensuite un service à Mérouée, et sa liberté en est la récompense. Devenu libre, il est chargé par les Francs d'aller demander la paix à Constance, et il arrive dans la Gaule.

Le poète, après nous avoir poussés en paradis, nous fait descendre dans les enfers. Le Dante et Milton se retrouvent à chaque instant dans cette partie de l'ouvrage, avec des variantes qui sont rarement à l'avantage du nouveau poëme. Il serait cependant injuste de ne pas faire remarquer ce qui distingue M. de Chateaubriand de ses prédécesseurs. Dans cette description de l'abîme in-

fernal, on trouve des morceaux d'une véritable
éloquence, et les couleurs y sont aussi terribles
qu'elles sont riantes et agréables dans d'autres
parties de ce roman poétique : Satan même, dans
sa fureur, y donne d'excellentes leçons de morale;
et les différens démons qui représentent les passions humaines, ont chacun un caractère et une
physionomie qui les distinguent, et en font autant
d'êtres particuliers. On est frappé surtout d'un
tableau effrayant, quand tous les démons assemblés en conseil comme chez Milton, ont négligé
la garde des enfers, et lorsque les damnés s'échappent de leurs cachots, traînant après eux une partie
de leurs supplices, et se placent à demi mutilés
et brûlés dans les tribunes ardentes du sénat in-
fernal. Mais, malgré ces traits hardis et vigoureux,
l'Enfer de M. de Chateaubriand ne pourra jamais
se comparer à celui du Dante, où une immense
spirale renferme, dans chacune de ses révolutions,
un genre de crimes et de supplices qui décrois-
sent en nombre, comme ils croissent en atrocité
et en rigueur, et au fond de laquelle rugit éternellement l'esprit immonde, fixé à l'extrémité de cet
affreux cône, comme le point central, comme la
pierre angulaire de l'enfer.

Après avoir visité l'Enfer du Dante et de Milton,
repeint en prose par M. de Châteaubriand, le lecteur revient sur la terre pour reprendre le fil du
récit d'Eudore. Ce héros chrétien est envoyé dans
l'île des Bretons où il se signale par son courage,

et il obtient les honneurs du triomphe ; je dis les
honneurs, car s'il triomphait réellement, cette
pompe mondaine, ces chants païens, ces sacrifices
aux divinités de Rome, conviendraient mal à la
modestie et à la piété du christianisme. Il est nommé commandant de l'Armorique, c'est-à-dire de
la Bretagne. Ici, nouvelle description des Gaules
en général, et de l'Armorique en particulier. C'est
dans cette province qu'il arrive à notre héros une
aventure bien romanesque, et où il succombe à
une tentation si attrayante et si naturelle que je ne
me sens pas le courage de le gronder. Qui de nous
serait assez barbare pour repousser une jeune vierge,
belle comme l'Amour, et de plus, druïdesse, prophétesse, prêtresse, et se croyant sorcière ! Les
soldats d'Eudore viennent l'avertir que, depuis
quelques jours, une femme sortait des bois, *à l'entrée de la nuit*, notez cette circonstance, montait
seule dans une barque, traversait le lac et dispa-
raissait. *Vers le soir*, Eudore se revêt de ses armes,
les couvre d'une saie, et va se mettre à l'affût dans
l'endroit que les soldats lui avaient indiqué. *Il attendit quelque temps sans voir rien paraître*, ainsi
la nuit était déjà sombre ; cependant, quand il
s'agit d'une jeune femme, on a l'œil bon : aussi
vit-il distinctement un esquif qu'une femme conduisait ; *elle chantait en luttant contre la tempête,
et semblait se jouer dans les vents. Tour-à-tour
elle jetait dans le lac des pièces de toile, des toisons
de brebis, des pains de cire, et de petites meules*

d'or et d'argent. Bientôt elle touche à la rive, s'enfonce dans le bois, et passe près d'Eudore qui, malgré la nuit, remarqua très-bien *sa tunique noire, courte et sans manches, une faucille d'or suspendue à une ceinture d'airain, la blancheur de son teint et de ses bras, ses yeux bleus, ses lèvres de rose et ses longs cheveux blonds, qui contrastaient par leur douceur, avec sa démarche fière et sauvage.* Cette jeune fille ne fit que passer : ainsi il faut avouer qu'Eudore avait d'aussi bons yeux que ce Strabon, qui, du cap Lilibée, voyait sortir les vaisseaux du port de Carthage. Pour abréger, je dirai seulement que la druïdesse devient amoureuse d'Eudore, qui fait d'abord le cruel, mais qui songe un peu trop tard à fuir le danger. Quand il veut prendre un parti sérieux, il n'est plus temps ; car, dit l'auteur, *lorsque Dieu va nous punir, il tourne contre nous notre propre sagesse :* maxime peu rassurante pour tout homme qui n'est pas un saint. Enfin, la bonne intention du chrétien fut inutile ; il se trouva par hasard sur les bords de la mer, avec l'amoureuse prêtresse. Cette amante désolée résolut ou feignit de se précipiter dans les flots ; Eudore la retint par son voile, et s'écria : *Non, je ne suis pas assez fort pour être chrétien.* Si le lecteur trop curieux veut en savoir davantage, je lui dirai qu'il arriva au chaste Eudore ce qui arriva au pieux Enée dans la grotte de Didon, et ce qui arrivera toujours, quand un homme tant soit peu poli se trouvera, pendant la nuit, dans un

lieu solitaire, avec une jeune et jolie femme qui a
des bontés pour lui. Mais pour la gloire de ce martyr, je dois ajouter qu'il se repentit et pleura de
cette aventure, tandis que parmi nous autres pécheurs, il est tant de gens qui n'en pleureraient pas.
Je demande bien pardon à mes lecteurs de leur
mettre sous les yeux un tableau qu'ils trouveront
peut-être trop gai ; mais pourraient-ils me faire un
crime d'une gaieté que je puise à une source aussi
pure que celle des *Martyrs* ou *le Triomphe de la
Religion chrétienne?* C'est ici vraiment que l'auteur lutte agréablement avec le merveilleux du
paganisme.

. Après s'être soumis à une pénitence publique,
Eudore se décide à quitter le service, parce qu'il
pense apparemment que les militaires sont plus
sujets que les autres hommes à l'espèce d'accident
qui vient de lui arriver. Cependant, comme l'empereur seul peut lui accorder sa retraite, et que
Dioclétien est dans ce moment en Egypte, le pénitent Eudore s'embarque pour ce pays. Sa contrition ne l'empêche pas d'observer tous les caps
et toutes les sinuosités des côtes ; et comme il est
aussi savant que M. de Chateaubriand, il cite toujours fort à propos quelque joli trait de l'histoire
ancienne. Une fois entré dans le Nil, il nous donne
encore une description ; mais celle-ci n'est bonne
que pour les gens qui n'ont rien vu ni rien lu de
l'Egypte. Il obtient sa retraite de Dioclétien, qu'il
trouve dans la Thébaïde ; puis il retourne chez lui

en passant par l'isthme de Suez. Pour arriver à l'Arabie pétrée, il traverse le désert qui sépare le Nil de la mer Rouge : il y rencontre des grillons *qui demandent en vain dans le sable inculte le foyer du laboureur,* et ensuite un lion qui est bien la meilleure bête du monde, car c'était celui de Paul l'ermite, son seul compagnon dans le désert, et cet animal officieux creusa la fosse du solitaire le jour même où Eudore arriva. Notre pénitent, comme l'auteur le nomme, assista au dernier moment du saint anachorète, qui pendant cent années n'avait vu que deux hommes ; et une seule fois chacun : c'étaient Eudore, et Antoine, ce saint éprouvé par tant de combats que lui livra l'enfer.

Dans le livre XII, Eudore a terminé son récit, et Cymodocée est devenue amoureuse du chrétien qui a fait de si jolies fautes, qui s'en est si bien repenti, qui a fait de si beaux voyages, et qui les raconte si bien. Mais malheureusement Dioclétien ordonne qu'on recherche les serviteurs du Christ, qu'on en fasse le dénombrement, et le méchant Hiéroclès part pour l'Achaïe. Démodocus n'est pas trop effrayé de l'amour de sa fille pour un chrétien : il consent même à leur union ; mais Eudore ne veut pour épouse qu'une chrétienne, et Cymodocée est très-empressée de se marier pour se convertir, ou de se convertir pour se marier.

Je m'arrête à regret dans cet endroit intéressant, pour confirmer ce que j'ai avancé en parlant de la préface. On prétend que j'ai eu tort de dire que M. de Chateaubriand confondait la mythologie avec le merveilleux du christianisme ; et l'on ajoute que l'auteur, en plaçant son action dans un temps où les deux religions existaient ensemble, il fallait bien qu'il prêtât à ses personnages le langage qui convenait à leur croyance.

Ce ne sont point ses personnages que j'accuse ; aucun d'eux ne me conduit en paradis, en enfer, en purgatoire, ni dans le panthéon des païens ; aucun d'eux ne prête son langage et son style au père, au fils et au saint-esprit ; c'est à l'auteur même que je reproche de confondre les deux merveilleux, comme s'il en voulait faire une mythologie commune. Ici, par exemple, le démon de la volupté veut inspirer à Eudore, pour Cymodocée, le même amour qu'il a ressenti pour Velléda. Le poète dit : « Il prend à la main une torche odorante, et tra- » verse les bois de l'Arcadie. Les zéphirs agitent » doucement la lumière du flambeau : tels au mi- » lieu des bocages d'Amathonte, *ils se jouent dans* » *la chevelure parfumée de la mère des Grâces.* » Il y a donc une Vénus? Cette déesse n'est donc pas le démon de la volupté, car on ne le comparerait pas à lui-même. Il y a donc mélange des deux merveilleux, puisqu'ici c'est le poète qui parle.

Ce passage me fournit une autre réflexion. Voyons ce que la poésie gagnerait si l'on substituait le démon Astarté à Vénus, et d'autres diables aux Bacchus, aux Mars, etc. Lisons ce qui suit la phrase

que je viens de citer : « Le fantôme magique (le
» démon) fait naître sur ses pas une foule de pres-
» tiges ; la nature semble se ranimer à sa présence ;
» la colombe gémit, le rossignol soupire, le cerf
» suit en bramant sa légère compagne. » Quoi! c'est
par le diable que la nature semble se ranimer, c'est
pour le diable que la colombe roucoule, c'est le
diable qui fait chanter le rossignol, c'est le diable
que nous devons remercier des charmes du printemps et des douces émotions qu'il fait naître !
Quel aimable merveilleux! La belle invention !
Combien la déesse d'Amathonte, combien le dieu
de Paphos et de Gnide sont tristes et désagréables
en comparaison! Qu'on est heureux d'avoir trouvé
que quand le rossignol chante, c'est qu'il a le
diable au corps! Quels jolis vers nous ferons avec
des idées si riantes!

La jeune Cymodocée, décidée à se faire chrétienne, fait ses adieux aux Muses ; mais comme
elle est petite-fille d'Homère, elle regrette ses ingénieuses fictions. « La chrétienne désignée, dit l'au-
» teur, se sentait, en dépit d'elle-même, domptée
» par le génie du père des fables. Ainsi, lorsqu'un
» serpent d'or et d'azur roule au sein d'un pré ses
» écailles changeantes...., la colombe qui l'aperçoit
» du haut des airs, fascinée par le brillant reptile,
» abaisse peu à peu son vol, s'abat sur un arbre
» voisin, et, descendant de branche en branche,
» se livre au pouvoir magique qui la fait tomber
» des voûtes du ciel. » A qui donc a-t-il pu venir

en tête de comparer une jeune fille qui regrette les aimables fictions d'Homère, à une colombe qui se laisse dévorer par un serpent? La fille à la colombe, passe; mais Homère à un *brillant reptile !* Il n'y a que dans un poëme en prose que l'on peut trouver de pareilles comparaisons.

Enfin, nous sommes arrivés au nœud de l'action. Cet Hiéroclès qui a *le front étroit*, et qui conséquemment n'a qu'un méchant caractère, va persécuter les futurs époux. Un diable lui a inspiré de l'amour pour Cymodocée; un autre diable lui a soufflé la jalousie contre Eudore; il envoie des soldats disperser les fidèles, au moment où les fiançailles allaient se faire. Eudore seul, appuyé au tombeau de Léonidas, défend Cymodocée contre toute la troupe, et parvient à la repousser. Cependant il est appelé à Rome, et les parens de Cymodocée, redoutant pour elle une nouvelle violence, se décident à l'envoyer à Jérusalem : de là, nouveau voyage, nouvelle description. Il faut cependant remarquer que cette demi-chrétienne, conduite par le chrétien Dorothée, entend, en côtoyant l'île de Chypre, un hymne à Vénus, dont elle ne perd pas une syllabe, et elle ressent je ne sais quel trouble aimable et dangereux, qui ne s'apaise qu'à la vue du Mont-Carmel et des côtes de la Terre-Sainte.

Voici le moment de parler de l'ange des mers, que l'on regarde comme l'une des plus belles fictions de ce roman. M. de Chateaubriand en a fait une peinture fort agréable, et je me plais à lui rendre justice sur le talent qu'il a pour la description. Je ne lui reproche, en ce genre, qu'une profusion effrayante : elle nuit considérablement à l'intérêt de ses récits, parce qu'elle trompe sans cesse la curiosité du lecteur, parce qu'à chaque pas elle arrête et refroidit l'action. Il semble que l'auteur ait pris pour un précepte du goût, ce vers d'un nouvel Art poétique :

Décrivez, décrivez; peignez, peignez sans cesse.

Il semble d'ailleurs oublier que la plus belle prose n'a pas le charme des beaux vers, et qu'elle a plus besoin d'action et d'intérêt pour produire une sensation vive, et faire supporter une longue lecture.

Cependant cet *ange des mers*, que l'on a vanté avec quelque justice, va me fournir le moyen de réfuter l'opinion de M. de Chateaubriand sur le *merveilleux* du christianisme. On ne m'accusera pas, cette fois, de choisir un passage faible pour combattre l'auteur, puisque dans un journal que j'ai sous les yeux, on a dit de cet *ange des mers* : « *Que de mouvement! quelle magie de style! Et* » *la fiction? Certes; elle ne le cède à aucune* » *autre!* » Je dirai à mon tour : *Certes, les amis de l'auteur ont dû être contens!*

Les dieux d'Homère, comme je l'ai déjà dit, agissent par passions, par affections, par des considérations purement humaines; ce qui jette un grand mouvement dans la poésie, parce que les êtres surnaturels y sont plus étroitement liés avec les hommes. Ils ont d'ailleurs cet avantage inappréciable, d'avoir tous une physionomie distincte, des attributs et un caractère particuliers, et, ce qui est plus important encore, une volonté et un pouvoir indépendant sur la partie de la nature soumise à leur empire. Si Vénus veut procurer à son fils Énée une navigation heureuse, ce n'est point assez qu'elle désire, toute déesse qu'elle est ; ce n'est même pas assez que Jupiter y consente : il faut encore que Neptune lui soit favorable, car il règne sur les mers, comme son frère dans le ciel ; et cependant, malgré ces trois puissans protecteurs, Éole, excité par Junon, peut encore soulever les flots et exciter une tempête qui met en danger le héros troyen, et qui fait périr plusieurs de ses compagnons d'infortune. Maintenant, si nous consultons l'Iliade, nous y trouverons bien plus de mouvement encore et plus d'intérêt, puisque les dieux, dans ce beau poëme, ne se contentent pas de protéger, mais qu'ils vont jusqu'à combattre eux-mêmes, et à se faire blesser pour la cause des mortels qu'ils favorisent. L'opposition, le choc de toutes ces puissances divines et contraires, produisent sur le lecteur cette alternative constante de crainte et d'espérance, qui est le secret de l'art, et le plus grand charme des récits.

Quelle différence dans le merveilleux du christianisme ! Un seul Dieu, une seule volonté, une volonté immuable ! Les anges, les saints, tout ce qui peuple notre ciel, est éternellement soumis à un seul maître, et ne peut avoir de volonté, d'action, de pensée qui lui soit contraire. Il n'y a donc qu'une seule source de pouvoir, qu'une seule cause d'action à laquelle tout obéit dans la nature : idée sublime, sans doute, relativement à la religion, mais froide et monotone relativement à la poésie. Il est indifférent qu'il n'y ait qu'un seul ange, ou qu'il en existe des millions, puisqu'ils ont tous le même désir, la même volonté, puisqu'ils obéissent tous à la même impulsion.

Il y a un autre vice dans le système de M. de Chateaubriand ; il diminue l'idée que nous avons de la grandeur et de la puissance de notre Dieu. N'est-il pas ridicule, par exemple, que celui qui d'un mot a fait jaillir la lumière du sein du chaos, et a éclairé l'univers jusque dans ses immenses profondeurs, envoie un ange en ambassade à un autre ange, pour pousser une frêle barque, et lui faire faire le trajet du Péloponèse à la côte de Syrie ? Que Jupiter fasse galoper Mercure, ou fasse trotter Iris, cela est tout simple, puisque, tout dieu qu'il est, il ne peut rien sur d'autres dieux tels que Pluton et Neptune ; mais attribuer ces petits moyens au suprême ordonnateur des mondes ; mais faire jouer le rôle de Jupiter à celui qui, d'un souffle, peut tout créer et tout détruire, n'est-ce pas nuire en même temps à la poésie et à la religion, puisqu'on prive l'une de ses fables charmantes, et que l'on diminue notre respect pour l'autre en l'assimilant à la mythologie ?

On ne manquera pas de me supposer des intentions odieuses ; on l'a déjà fait : on a été même
jusqu'à m'accuser de n'écrire dans ce sens que par
un motif d'envie, moi, écrivain obscur, qui n'ai
rien produit de remarquable, qui ne puis conséquemment avoir la prétention de lutter contre un
auteur célèbre et estimable, malgré les écarts de
son imagination et les défauts de son style ; moi,
qui n'ai qu'un peu de bon sens et de logique,
dont je ne suis pas toujours bien sûr ; moi, enfin,
qui voudrais avoir fait le roman des Martyrs, tout
vicieux qu'il me paraît, parce que le talent que
suppose cet ouvrage donne les moyens d'en produire d'excellens. Quand mes adversaires m'ont
fait ce reproche, il fallait qu'ils n'eussent absolument rien de bon à me dire ; aussi n'y revien-
dront-ils plus : ils s'y prendront autrement. Ils
diront que je n'ai ni goût, ni esprit, ni sentiment
du vrai beau ; et comme il pourrait y avoir dans
ceci quelque chose de vrai, je me retrancherai sur
le droit incontestable que j'ai de dire ce que je
pense, dussé-je me tromper. Ces messieurs, d'ailleurs, ne se trompent-ils jamais ? Je les invite à
détruire, s'ils le peuvent, les objections que je
viens de faire. Qu'ils me prouvent que je me suis
trompé dans le parallèle que j'ai établi entre le
merveilleux du paganisme et celui de notre religion. Je crois avoir donné des raisons, qu'ils m'opposent des raisons ; surtout qu'il ne soit pas question de ma personne : le public s'en inquiète fort

peu : j'ai respecté celle de M. de Chateaubriand, et en lui donnant des éloges, j'ai sans doute été plus sincère que ses amis qui admirent tout. Qu'on attaque mon opinion, et non pas l'intention qu'on me suppose si généreusement. Quand je serais un envieux, je n'aurais pas moins raison si j'ai dit vrai, et l'auteur n'y gagnerait rien.

Je vais donc continuer à suivre la marche de l'auteur dans son roman historico-poétique : j'y rirai franchement de ce qui me paraîtra ridicule, permettant la revanche à ceux qui me trouveront tel ; et je ne prendrai un ton plus sérieux que dans les choses qui intéressent ou la religion ou la littérature.

Le seizième livre nous ouvre le sénat romain ; Dioclétien et Galère le président : on doit y plaider la cause du christianisme, et Dieu a permis aux anges et aux diables d'assister à cette séance, et d'animer les orateurs pour ou contre Jésus-Christ. Cette idée, qui n'aurait rien de choquant dans une fiction païenne, me semble fort ridicule dans un auteur chrétien. Quel rôle fait-il jouer aux anges ? Dieu ne leur a-t-il pas dit, dans le troisième livre, qu'il y aurait des martyrs ? N'a-t-il pas assez désigné Eudore ? Les anges ne savent-ils pas qu'il y aura persécution contre l'Eglise, puisque Dieu fait déjà le choix des victimes ? Or, les décrets de Dieu sont immuables. Que peuvent donc faire les anges dans le sénat quand ils savent que les plus beaux discours ne sauveront pas les chrétiens ? Est-il bien noble d'ailleurs et bien décent de transformer les anges et les diables en solliciteurs, formant deux cabales opposées? Milton change ses démons en pygmées, pour qu'ils puissent tous tenir dans la salle du conseil; mais il n'a pas eu l'idée de les entasser pêle-mêle avec les anges pour leur faire écouter un plaidoyer.

Le discours que prononce le grand-prêtre de Jupiter est un modèle de douceur et de modération. L'auteur, opposant aux chrétiens deux orateurs, a eu le bon esprit de donner à ceux-ci deux caractères et deux genres d'éloquence très-différens. Le discours d'Eudore, pour le christianisme, m'a paru parfaitement beau : point de mauvais goût, point de déclamation, beaucoup de simplicité, de raison, de modestie ; c'est un bel exemple d'éloquence chrétienne. Celui d'Hiéroclès n'est pas moins remarquable par la tournure et l'art que M. de Chateaubriand a su prêter à cet ennemi des chrétiens ; mais il me semble bien extraordinaire et bien invraisemblable. Est-il bien vrai qu'un orateur ait jamais osé prêcher l'athéisme au milieu du sénat de Rome, devant des empereurs qui passaient pour des dieux, et à qui l'on donnait le titre d'*éternité?* Ces princes, me dira-t-on, ne croyaient pas à leur divinité : sans doute ; mais ils désiraient au moins que le peuple y crût ; et comme les Romains n'ont jamais été aussi philosophes que nous l'étions en 1793, je doute qu'il ait jamais été permis de prêcher devant les ministres des dieux le mépris de tous les dieux. Aristote disait plaisamment : O mes amis ! il n'y a point d'amis ! Hiéroclès semble dire à Auguste : O mes dieux ! il n'y a point de dieux !

Malgré le beau discours d'Eudore et l'intercession des anges, le diable l'emporte, et l'édit de persécution est promulgué. Cependant Cymodocée, qui a été baptisée dans le Jourdain par saint Jérôme, s'embarque pour la Grèce ; mais l'ange des mers reçoit de Dieu l'ordre d'exciter une tempête : le vaisseau qui porte la nouvelle chrétienne est près d'échouer sur les côtes d'Italie ; Cymodocée se met en prière, un miracle la sauve du naufrage ; mais à peine est-elle à terre, qu'elle se voit arrêtée par les satellites d'Hiéroclès : elle est conduite à ce monstre, qui lui fait la proposition que le colonel Kirke a faite, il y a deux siècles, à Jenny Lille. La résistance de la chrétienne ne fait qu'irriter l'athée païen ; il s'apprête à violer la jeune fille, lorsqu'une émeute populaire la sauve de sa fureur. Un peu déconcerté devant le peuple, il ne perd pas cependant la présence d'esprit ; et se souvenant sans doute de l'expédient employé par Appius-Claudius contre Virginie, il réclame Cymodocée comme son esclave. L'empereur paraît : Cymodocée est reconnue pour fille de Démodocus, et conséquemment arrachée à Hiéroclès ; mais comme chrétienne, elle est livrée au préfet de Rome, et conduite en prison. Tous les événemens que je viens de retracer sont extrêmement romanesques, et liés avec bien moins d'art qu'on n'en remarque dans un grand nombre· de romans ; il n'y a aucune situation qu'on ne se rappelle avoir vue quelque part ; le style y est constamment un mélange de précieux et de naturel, d'affectation et de simplicité, de bizarrerie et d'élégance, et de morceaux ridicules, au milieu desquels on trouve de très-belles pages, des idées justes, et quelquefois admirables.

Le pénitent Eudore reçoit enfin l'absolution de saint Cyrille, et bientôt après, il est traduit devant le tribunal chargé de la recherche des chrétiens. L'amant de Cymodocée est conduit dans une salle dont les meubles ne sont pas fort agréables : ce sont des entraves, un chevalet, un bûcher, une chaise de fer, mille instrumens de supplice, et de nombreux bourreaux. Les tourmens qu'on lui fait souffrir ne peuvent l'ébranler, et, au milieu des tortures, il dit au juge : « Remarquez bien mon » visage, afin de le reconnaître à ce jour terrible » où tous les hommes seront jugés. » Je ne sais si cette phrase, où perce un certain désir de vengeance, est bien conforme à l'esprit du christianisme, qui nous ordonne de prier Dieu, même pour nos ennemis. Quoi qu'il en soit, le confesseur est condamné à être livré aux bêtes dans l'amphithéâtre ; puis il est reporté, tout mutilé, tout déchiré dans sa prison.

Ici le poète nous ramène pour un moment en Paradis. Marie se lève de son trône, et monte vers

11

son fils; elle a vu les tortures d'Eudore, et elle demande à Jésus si le sang déjà répandu par ce martyr ne suffit pas pour le racheter et le faire entrer dans le ciel. Le fils répond qu'il compatit aux larmes des hommes, mais il faut que les décrets du père s'accomplissent : ainsi, celui qui vient d'être déchiré par des bourreaux, doit encore être dévoré par un tigre. Sans doute le dieu de M. de Chateaubriand est bien le maître d'ordonner ce qui lui plaît; mais je me permettrai une humble remontrance sur ce double supplice infligé à un chrétien aussi vertueux, et qui vient de montrer tant de courage. Eudore a été appliqué à la torture immédiatement après son absolution; s'il était mort dans les tourmens, on ne pouvait sans injustice lui refuser le ciel : il me semble donc qu'on aurait pu supprimer ou le tigre ou le chevalet; des ongles de fer et une chaise de fer toute rouge, sont, je pense, une honnête correction pour un chrétien en état de grâce; et j'espère que le vrai Dieu, qui ne fait pas des discours académiques, ne sera pas aussi sévère que le dieu de ce roman.

Marie ne peut obtenir la suppression du tigre; mais, pour la consoler, on lui permet de descendre en Purgatoire, et d'en tirer la mère d'Eudore, dont les prophètes ont déclaré la béatitude.

Après nous avoir promenés en Paradis et en Enfer, l'auteur aurait eu quelque chose à se reprocher, si, dans sa lanterne magique, il ne nous avait pas montré le Purgatoire. Je lui dois cette

justice d'avouer qu'il y a fait des changemens no-
tables, et qu'il l'a fort joliment arrangé. Ce lieu
d'expiation n'est pas un lieu de supplices, et les
pécheurs n'y ont que la peur du mal ; ils entendent
claquer des fouets qui ne les touchent pas, réson-
ner des chaînes qu'ils ne portent pas, et ils voient
un fleuve brûlant qui ne les brûle pas. Ceci n'est
que le premier étage du Purgatoire ; en s'élevant
dans ces lieux d'épreuve, les peines deviennent
plus douces et moins durables. *De limpides ruisseaux, des bocages enchantés, d'agréables concerts formés par le chant de mille oiseaux, une
lumière semblable à une perpétuelle aurore, annoncent la solitude de ces sages qui ont pratiqué
toutes les vertus morales.* Dieu soit loué ! Voilà un
assez joli Purgatoire ; cependant, je ne sais pas si
le Jéhova de M. de Chateaubriand a été un fort
bon politique ; car les hommes qui n'aiment ni le
tigre, ni le chevalet, seront gens à se contenter
des limpides ruisseaux, des bosquets enchantés, et
ils renonceront à un Paradis qu'il faut payer si
cher. Mais si cette peinture riante d'un lieu d'expiation ne satisfait pas les sévères chrétiens, elle
plaira beaucoup aux philosophes, qui ne savaient
où placer Titus, Antonin et Marc-Aurèle, pour
qui ils ont une tendresse inexprimable : ces bons
et vertueux empereurs auront du moins des bosquets et des ruisseaux ; c'est toujours quelque
chose : dans l'Élysée de Virgile, ils ne seraient
pas mieux.

Tel est ce Purgatoire, que les admirateurs de M. de Chateaubriand citent comme une des plus belles choses de son poëme; poëme qui, selon moi, a besoin de passer quelques milliers d'années dans le purgatoire du Parnasse, pour mériter une petite place dans la bibliothèque de Jéhova.

Après quelques événemens dont je me lasse de suivre le fil, le dénoûment arrive, et il se fait dans l'amphithéâtre de Vespasien. Eudore est seul dans l'arène, et il demande au peuple la permission de s'asseoir par terre, en attendant le tigre qui doit le dévorer : on lui accorde cette grâce. L'empereur paraît; Eudore se lève et le salue fort poliment. Ce salut me rappelle un trait rapporté par Suétone, dans la vie de Claude. Dix-neuf mille misérables étaient condamnés à combattre et à périr dans une naumachie; quand l'empereur parut pour jouir de ce beau divertissement, ils s'écrièrent : *Ave imperator; morituri te salutant.* M. de Chateaubriand a sans doute songé à ce passage; mais quelle différence entre le froid salut d'Eudore et le *morituri salutant* des malheureux dont parle Suétone! Cette imitation de l'histoire est cependant plus heureuse qu'une autre dont j'ai oublié de parler. Quand on conduisait Eudore à l'amphithéâtre, le peuple voulait se jeter sur lui et le déchirer; les prétoriens pouvaient à peine réprimer cette fureur populaire; et le chrétien leur dit : « Laissez-les faire, c'est ainsi » qu'ils ont souvent traité leurs empereurs. Mais » vous ne serez point obligés d'employer la pointe

» de vos épées pour me forcer à lever la tête. »
Pour goûter cette allusion, il faut supposer que
les soldats du quatrième siècle avaient lu Suétone,
et savaient très-bien l'histoire de Vitellius.

Enfin, une porte de l'arène s'ouvre, et Cymodocée s'y précipite pour partager le sort de son
époux, quoiqu'elle ne soit pas comprise dans la
proscription. Eudore veut d'abord la détourner de
ce cruel sacrifice ; mais la voyant inébranlable :
« Je ne m'oppose plus à vos desseins, lui dit-il ;
» je ne puis vouloir vous ravir plus long-temps
» une couronne que vous recherchez avec tant de
» courage. » Après quelques altercations au sujet
de cette jeune fille, le peuple s'écrie : Qu'on donne
le signal ! les bêtes ! les chrétiens aux bêtes ! La trompette sonne, on ouvre la loge du tigre, qui s'élance
en rugissant dans l'arène, *enfonce ses ongles dans
les flancs* d'Eudore, *déchire avec ses dents les
épaules* de ce martyr, et *rompt le cou d'ivoire* de
la belle Cymodocée.

Cette catastrophe, qui termine le roman, assure
sans doute à Eudore une belle place dans le ciel ;
car l'auteur nous fait voir au-dessus de l'amphithéâtre des légions d'anges et de saints qui célè-
brent déjà le triomphe de ce martyr ; et cependant
j'ai le malheur de douter encore de son salut. Une
réflexion de l'auteur me fait trembler pour le pauvre
Eudore. Quand il a vu le tigre s'avancer, il s'est
hâté de couvrir Cymodocée de son manteau, pour
dérober tant de charmes aux yeux des spectateurs.

Ce mouvement n'a rien que de louable : la pudeur d'Eudore me rappelle celle de Thisbé, qui,
en se donnant la mort, a soin de ranger ses vêtemens :

Dernier trait de pudeur en ses derniers momens.

Mais malheureusement le poète des Martyrs ajoute
cette phrase inconcevable : « Peut-être aussi était-ce
» un dernier instinct de la nature, *un mouvement*
» *de cette jalousie* qui accompagne le véritable
» amour jusqu'au tombeau. » Quoi ! lorsque le
tigre s'avance, les griffes ouvertes et la gueule
béante, le chrétien qui a été mutilé sur le chevalet,
et qui va être mis en pièces avec la femme qu'il
adore, éprouve encore un mouvement de jalousie,
conçoit des idées terrestres et charnelles ! En vérité, cette réflexion est un peu trop philosophique.
Si elle est juste, je vois le pauvre Eudore en Purgatoire pour quelques millions d'années ; car le
dieu de M. de Chateaubriand ne badine pas ; et s'il
veut livrer aux tigres un chrétien en état de grâce,
que ne doit-il pas prononcer contre un homme
qui s'avise d'avoir de pareilles idées dans un pareil moment ?

J'ai dit que je ne me croyais pas obligé au respect envers un dieu et des saints que l'on me présente comme des héros de roman, comme des
rivaux malheureux des dieux du paganisme ; et le
droit que l'auteur me donne de plaisanter sur tant
d'objets qui devraient être respectables, n'est pas

la moindre critique que l'on peut faire de son ouvrage. Il est des choses dont on ne doit jamais rire ; c'est pourquoi il ne faudrait pas les rendre ridicules. Quand on se moque d'un portrait dont on respecte l'original, c'est la faute du peintre, et non pas celle du rieur.

Je n'aurai pas ici la prétention de vouloir donner une conclusion en forme : mon opinion est trop peu importante en littérature pour qu'il me soit permis de rien décider ; mais en récapitulant tout ce que j'ai dit sur les Martyrs, on trouve que ce prétendu poëme est *le mauvais ouvrage d'un homme qui a un grand talent.* Si je me trompe sur la première partie de cette opinion, il est donc possible que je me trompe sur la seconde ; car il serait bien étonnant que j'eusse toujours un goût excellent quand je fais l'éloge de l'auteur, et toujours un mauvais goût quand je le critique. Aujourd'hui je parle avec d'autant moins de défiance, que mon sentiment est plus d'accord avec le sentiment général. Les admirateurs des Martyrs sont devenus plus rares et plus modestes ; ils ne menacent plus d'une révolution en littérature et en poésie ; la désertion a beaucoup éclairci leurs rangs ; et le temps n'est pas loin où ils auront quelque honte de leur ridicule enthousiasme. La conception de cet ouvrage est une grande folie ; et le mélange du sacré et du profane y est un grand scandale. Je ne serais pas étonné que quelques prélats, quelques pasteurs, ou autres personnages bien pieux, s'élevassent fortement contre une production dont l'effet est si contraire à l'intention de l'auteur. En revanche, les Martyrs plairont beaucoup aux philosophes et aux amateurs de la mythologie païenne, à laquelle M. de Chateaubriand a donné, sans le vouloir, une si grande supériorité.

A ne le considérer que sous le rapport de l'art, l'ouvrage est froid et d'un intérêt très-médiocre. Les Cyrille, les Jérôme, Augustin, Dorothée, Paul l'hermite, Antoine, Porphire, Jamblique, sont des figures de plâtre, sans mouvement et sans chaleur; Dioclétien, prince sans volonté, sans énergie, est un fort triste personnage; c'est bien le *cereus in vitium flecti*, et l'homme le moins propre à figurer dans un poëme; Galère et Hiéroclès sont dégoûtans; Lasthénès est un honnête homme assez ennuyeux; Eudore, un peu pédant; Cymodocée serait assez gentille si elle n'était pas tour à tour trop ignorante et trop savante; mais rien n'approche de la pauvreté, de la nullité du papa Démodocus : c'est un homme sans physionomie, sans caractère, un véritable père Anchise, que le lecteur, à l'exemple d'Énée, porte sans cesse sur les épaules.

Le style de cet ouvrage produit deux sensations bien différentes. Partout où l'auteur est simple, il offre des morceaux du plus grand mérite : des pages, des livres entiers sont écrits avec une rare élégance; les descriptions mêmes, qui par leur multitude fatiguent et rebutent le lecteur, sont pour la plupart

extrêmement agréables, à ne les considérer qu'isolément; mais partout où l'auteur se livre à la fougue
de son imagination, son style devient, comme ses
idées, affecté, bizarre, extravagant, et quelquefois
ridicule : il semble avoir fait la gageure de ne rien
dire comme un autre, et de faire entrer de force
dans la langue française, les idées, les métaphores
et les tournures hébraïques, grecques et romaines.
Enfin ce roman, tel qu'il est, mérite d'être conservé comme un modèle à fuir, et d'être montré
aux jeunes littérateurs comme un exemple des folies dont les grands talens sont capables, lorsque
leur imagination n'est pas guidée par le bon goût
et par le bon sens.

LES MARTYRS.

SECONDE ÉDITION.

QUAND on aura lu la longue et nouvelle préface des Martyrs, quand on aura examiné les neuf
cent neuf remarques apologétiques dont l'auteur a
grossi son ouvrage, il sera bien démontré que j'ai
manqué de goût, de raison, d'esprit, d'instruction,
de justice, et que mes critiques ne sont que de plates
bouffonneries, dictées par la haine, l'envie, le

désir de nuire, ou peut-être même payées par la grande et puissante cabale qui, selon l'expression de M. de Chateaubriand, a monté une odieuse intrigue contre les Martyrs.

Cependant, le lecteur pénétré d'admiration pour ce prétendu poëme, et de mépris pour ses critiques, fera sans doute une réflexion bien simple et bien naturelle sur l'excès même des torts qu'on me reproche : Comment donc, dira-t-il, un homme d'un aussi grand génie que l'auteur d'Atala ; comment un écrivain qui a été persécuté comme Fénélon, critiqué comme Racine ; qui n'a écrit que sous la dictée d'Homère, de Virgile, d'Horace et des pères de l'Église ; comment l'auteur, enfin, qui est autant au-dessus du Tasse que la prose poétique est au-dessus des beaux vers, a-t-il cru devoir répondre si longuement à des critiques si misérables ? Comment a-t-il compromis l'honneur de son poëme, jusqu'à le défendre contre de plates bouffonneries, contre des observations dépourvues d'esprit, et marquées au coin de l'ignorance ? On réfute un Aristarque ; mais on ne fait pas un livre contre un Zoïle. Ici le lecteur commence à douter.

Mais quel sera son étonnement, quand il verra que cet auteur si parfait, si infaillible, si élevé au-dessus de la critique, a cependant corrigé ou retranché la plupart des passages sur lesquels j'avais fait de si sottes, de si ridicules observations ? Que dira ce lecteur, lorsqu'à la fin de la préface il verra

ces mots tracés en gros caractères : CHANGEMENS
FAITS A CETTE ÉDITION ? Que pensera-t-il quand
il lira ces aveux de l'auteur : « Dans le troisième
» livre , les discours des puissances sont retran-
» chés.... Cymodocée n'est plus demandée comme
» victime immédiate..... Les passages de l'Apoca-
» lypse , qui avaient servi de prétexte aux plaisan-
» teries bonnes ou mauvaises d'un journal ont
» disparu... Dans le livre de Velléda, on ne trou-
» vera plus les imprécations d'Eudore ; les cou-
» leurs trop vives sont adoucies... etc., etc. ? » Ici
le lecteur ne doutera plus, et une justice commandée par l'évidence lui fera faire ce dilemme :
Si le critique n'a dit que des sottises, l'auteur est
bien faible de lui obéir ; si le critique n'avait pas
tort, l'auteur est bien ingrat de le traiter si durement en profitant de ses conseils. M. de Chateaubriand a beaucoup trop d'esprit pour moi : sous
ce rapport la lutte est inégale ; mais j'ai toujours
vu que la logique désespérait l'esprit, et je serai
assez malin pour faire usage de la seule arme qui
me reste contre un athlète aussi redoutable. Un
enfant armé d'un caillou peut triompher d'un géant
superbe , M. de Chateaubriand est trop bon chrétien pour en douter ; mon caillou sera la raison ,
et le géant des Martyrs ne m'effraiera pas.

Quittons le style figuré, dont il est permis d'a-
buser dans un poëme en prose, mais qui convient
mal à l'humble prose d'un critique tel que moi.
Dans l'examen d'un ouvrage, il y a trois choses

à considérer : 1° la personne de l'auteur, sur laquelle la critique n'a, ne peut avoir aucune prise, et qui doit toujours être respectée, à moins que cet auteur, se respectant peu lui-même, ne réponde par des personnalités aux critiques qui ne sont tombées que sur son ouvrage ; 2° le talent habituel de l'écrivain, talent qu'il faut toujours distinguer de celui qu'il a développé dans l'ouvrage qu'on examine. On peut dire, par exemple, que le grand Corneille a fait quelques tragédies bien faibles ; mais ce serait une impertinence que de l'appeler un faible auteur tragique, quand il aurait fait vingt pièces comme Pertharite et Suréna ; 3° enfin, l'ouvrage même qu'on se propose d'examiner indépendamment de la personne de l'auteur, et du mérite plus ou moins considérable de ses autres écrits.

Si mes articles sur les Martyrs ont laissé quelques traces dans la mémoire de mes lecteurs, on saura très-bien que je n'ai parlé qu'avec estime de M. de Chateaubriand, et que j'ai rendu à son talent très-réel, un hommage que bien des personnes ont trouvé trop magnifique. Dans ce dernier ouvrage même, j'ai loué autant et aussi bien que je l'ai pu, un grand nombre de passages, et jusqu'à des livres entiers. M. de Chateaubriand a grand soin de remarquer ces éloges, et il ne m'en blâme point ; car il faut observer que je cesse d'être un sot chaque fois que je dis du bien. A la vérité, j'ai cru voir d'énormes et de nombreux défauts dans ce roman, qu'il m'est impossible d'appeler

un poëme : j'ai soutenu que le mélange du merveilleux sacré et du merveilleux mythologique était
contraire à l'art et à la religion ; j'ai osé nommer une *mosaïque* cet amas confus de passages
tirés ou imités d'Homère et de Moïse, de Virgile
et des saints Pères, de la *Vie des Saints* et des
fables du paganisme ; j'ai critiqué sérieusement
les fautes sérieuses, et un peu cavalièrement, je
l'avoue, celles qui m'ont semblé ridicules ; mais,
dans mes plus grands accès de gaieté, j'ai toujours
respecté, comme je le dois, et la personne de
l'auteur, et le talent très-distingué qui brille dans
les Martyrs même, que j'ai nommés *le mauvais
ouvrage d'un homme de beaucoup d'esprit*. Mes
critiques étaient-elles absurdes, pleines d'ignorance, de mauvais goût ? Il fallait ou les réfuter ou
les mépriser, mais non pas les tourner en ridicule,
pour faire ensuite les corrections qu'elles indi-
quaient ; il fallait surtout se renfermer, en me ré-
futant, dans ces limites de la critique littéraire qui
exclut toute personnalité.

Nous verrons bientôt si l'auteur des Martyrs a
eu pour les autres ces égards qu'il exige pour lui-
même, cette bonne foi dont il m'accuse de manquer, cette modération qui était un devoir pour
un homme aussi religieux. J'ai critiqué son ouvrage, il répond à ma personne ; mes observations
s'adressaient aux Martyrs, ses répliques sont di-
rigées contre mon caractère. Voilà mes griefs, voici
mes preuves.

« Je demanderais si des gens pleins de bonne
» foi et de droiture ne se sont point assemblés
» pour délibérer sur le sort qu'on ferait aux Mar-
» tyrs? Je demanderais si, dans l'incroyable cha-
» leur de la haine, on n'est point allé jusqu'à
» proposer d'insulter ma personne autant que mon
» ouvrage? Ceux qui connaissent l'odieuse intrigue
» montée contre les Martyrs, verront bien que je
» ne dis pas tout. »

Cette *intrigue* prétendue me force à parler de
moi; mais que le lecteur ne s'effraie pas, j'aurai
bientôt fini. Je vis au milieu de Paris, plus retiré,
plus solitaire que M. de Chateaubriand; ceux qui
me représentent comme *un ours* approchent beaucoup plus de la vérité que ceux qui font de moi un
coureur de coteries; malade pendant tout l'hiver
dernier, je ne suis pas sorti une seule fois de mon
très-modeste appartement, et je n'y ai vu personne. J'ai dit ce que je pensais des Martyrs, et
l'on m'accuse de mauvaise foi : si j'avais menti à
ma conscience, les gens qui font de moi un suppôt
de cabale, vanteraient aujourd'hui ma franchise et
ma probité.

Je ne suis point nommé dans la préface de
M. de Chateaubriand, mais on cite mes phrases,
on combat mes objections : il est donc clair que je
suis généreusement compris dans l'*odieuse intrigue*
dont se plaint l'auteur; comme j'ai été le critique
le moins complaisant, j'ai nécessairement la meilleure part des injures, et je prends mon bien où

je le trouve : voilà pourquoi j'ai parlé de moi.

La phrase que j'ai citée ci-dessus n'est-elle pas celle de tous les auteurs dont on refuse d'admirer les ouvrages? Ils ont toujours une foule d'ennemis, de grandes cabales s'opposent à leurs succès ; leur gloire est trop éclatante ; elle blesse les yeux vulgaires ; on machine, on complote, on se coalise pour rabaisser le grand homme : dès-lors il est méconnu comme le Tasse, outragé comme Racine, persécuté comme Fénélon, et la méchanceté des critiques lui laisse au moins la douceur de se comparer à tous les illustres infortunés de l'histoire ancienne et moderne.

M. de Chateaubriand a-t-il bien réfléchi à tous les droits qu'il me donne, lorsqu'il me suppose des intentions aussi basses, des motifs aussi odieux? Il parle sans cesse de ma mauvaise foi ; ses critiques ne sont pas chrétiens, dit-il ailleurs; plus loin, il les *tient pour habiles, l'impiété leur restera* : or, on sait de quelle valeur est l'accusation d'impiété dans des bouches si pieuses. Je vais donc user du droit de représailles, et prouver que cette préface, d'un homme religieux, est pleine d'une humilité très-fausse et d'un orgueil très-franc. Ici l'auteur parle des *faibles ressources de son esprit;* là, il dit modestement que ce qui a fait l'objet de mes critiques devait être celui de mes éloges. A la page 47, son talent est *fort peu digne de louange;* à la page 79, *on va tous les jours à la postérité avec moins de titres;* à la page 84, les Martyrs sont, si l'on veut, *le moins faible de ses très-faibles écrits*; à la page 89, il est amplement dédommagé par *le suffrage des hommes supérieurs, par le jugement favorable de cette société polie que recherchaient surtout Boileau, Racine et Voltaire.* Attaque-t-on quelques passages de son Purgatoire ? C'est l'un Jes meilleurs livres, et pour lequel *il n'a eu aucun secours*; celui de l'Enfer a été loué par ses plus grands ennemis. Critique-t-on celui du Ciel ? *Si j'ai jamais écrit quelques pages dignes d'être lues, il faut les chercher dans ce livre.* Ose-t-on lui faire quelque reproche ? Il y a une conformité incroyable entre ces reproches *et ceux qu'on fit à l'archevêque de Cambrai.* L'episode de Velléda paraît-il déplacé ? il répond : *Velléda est-elle autre chose que Circé, Didon, Armide, Eucharis, Gabrielle ?* Ailleurs : *Observons que Velléda ne détruit pas l'intérêt pour Cymodocée, comme Didon pour Lavinie*; ailleurs encore : L'épisode de Velléda *n'est pas oiseux comme celui de Didon.* Le blâme-t-on d'avoir fait prononcer un discours au Dieu des chrétiens, il cite les vers du Tasse sur le même sujet, et il ajoute : « Si j'avais écrit quelque chose d'aussi sec, si j'avais » fait parler Dieu si froidement, si longuement, si » peu noblement pour si peu de chose, comme » j'aurais été traité ! » Quelques comparaisons ont-elles paru peu justes ? C'est peut-être, dit-il, *la partie la plus soignée de l'ouvrage.* N'est-ce pas là l'auteur dont parle Boileau, et qui répond à toutes les critiques : *C'est le plus bel endroit ?* Mais peut-

être ne fait-il son apologie que lorsqu'il est attaqué? Alors, dira-t-on, elle est très-légitime.
Point du tout : dans les endroits dont on a fait le
plus grand éloge, il fait remarquer des beautés
et des finesses qui avaient échappé à l'œil même
de l'amitié. Si l'on me conteste la vérité de cette
assertion, j'ai mes citations prêtes, et je les
écrirai.

On se souvient sans doute des cris qui se sont élevés contre M. Delrieu quand il publia son Artaxerce
avec des notes apologétiques; et cependant M. Delrieu avait été attaqué dans les journaux, et M. Delrieu
n'affecte pas l'humilité chrétienne, et il n'est pas
prouvé qu'il ait écrit lui-même les notes où il est
loué; et il pouvait justement se plaindre d'une
cabale; puisqu'on avait eu l'infamie de vendre sous
son nom le libelle même où il était déchiré. Si aujourd'hui encore on ne veut pas excuser M. Delrieu,
que pensera-t-on des neuf cent neuf remarques
et de la préface humble et fière de M. de Chateaubriand? Il avait le droit de se défendre, sans doute?
Oui, le droit de défendre son ouvrage, et non sa
personne que l'on a respectée. Il avait le droit d'attaquer? Oui, la critique; mais non pas le critique,
qui n'attaquait ni sa personne ni son talent.

On avait depuis long-temps oublié mes critiques
sur les Martyrs; l'auteur les a fait revivre; si elles
nuisent à son ouvrage, ce sera sa faute : en m'ac-
cusant d'envie, de haine, de basse intrigue, il
m'appelle à une nouvelle lutte. Elle sera courte;

et telle est la force de la vérité, qu'avec un peu de bon sens je vais faire crouler un édifice élevé par une imagination brillante, un talent distingué et un savoir très-étendu.

M. de Chateaubriand s'appuie sur Homère, le Tasse, Fénélon et Voltaire pour me combattre : il n'en fallait pas tant pour me pulvériser ; mais ces grandes puissances ne font point cause commune avec le *poète* des Martyrs. On a trouvé, dit-il, dans mon ouvrage, *un combat qui n'est point effacé par les plus beaux combats d'Homère;* je réponds : Il fallait dire *par les traductions en prose des combats d'Homère;* car enfin les vers sont pour quelque chose dans l'Iliade. Si j'ai tort, ajoute-t-il, *j'ai tort avec le Tasse et Voltaire;* il fallait dire : comme *auraient eu tort* le Tasse et Voltaire s'ils avaient fait des *poëmes en prose.* Ailleurs, il cite Milton comme autorité ; je réponds que les fictions bizarres et sublimes du Paradis perdu auraient paru bien ridicules si elles n'avaient pas été revêtues des charmes de la poésie, qui a d'autres droits que la prose. A la page 80 de la préface, l'auteur dit : *Je ne suis pas poète;* à la page 93 du deuxième volume je trouve ces mots : *Aucun poète avant moi n'avait songé,* etc. Il fallait dire : *Aucun auteur de poëmes en prose;* car, encore une fois, la différence est énorme.

Selon l'auteur, il faut bien examiner si les censeurs scrupuleux des Martyrs ne sont pas *des hommes connus par leur mépris ou leur indiffé-*

rence pour la religion. Cette phrase n'est pas polie ; mais supposons-la vraie ; que répondrait le *modeste et religieux* auteur, si l'un de ces impies lui disait : Que vous importe cette indifférence ou ce mépris, que vous supposez avec une *charité si chrétienne ?* Puisque vous dites que vos critiques ne sont pas des chrétiens, ils ne sont pas obligés à une dévotion si exemplaire ; il suffit qu'ils ne scandalisent personne, et qu'ils respectent au moins ce qu'ils n'ont pas le bonheur d'admirer. Mais vous, homme pieux, vous dont *toute la force* est dans le christianisme, vous qui êtes nourri de la lecture des saints pères, et qui mettez votre gloire dans la dévotion, avez-vous bien pu faire asseoir Jupiter près de Jéhova, Homère près de Moïse, mêler la Vie des Saints aux hymnes de Bacchus et de Vénus, et les actes des martyrs aux chants profanes du paganisme ?

Un anonyme de Lyon, qui a pris la peine de faire contre moi un livre que je n'ai pas lu, est souvent cité par M. de Chateaubriand : cet apologiste des Martyrs prétend que l'auteur a *mêlé* les deux merveilleux, mais qu'il ne les a pas *confondus.* C'était bien la peine de me donner un démenti pour en recevoir un de M. de Chateaubriand lui-même. Plus franc que ses admirateurs, il dit, à la page 82 de la préface : « *J'avais quelquefois* » *parlé moi-même, comme poète, le langage de* » *la mythologie ; j'ai fait disparaître ces légères* » *inadvertances.* » Légères, soit ; mais fallait-il tant crier contre moi quand l'auteur même avoue ses inadvertances?

J'ai plaisanté, j'en conviens, sur le *dieu* de M. de Chateaubriand, et sur les beaux discours de sa *trinité*; je ne croyais pas que le dieu d'un roman pût jamais être le Dieu des chrétiens. J'ai eu tort, sans doute; mais ces discours n'existent plus: on me blâme, et l'on efface; on m'accuse, et l'on m'obéit. J'ai ri indécemment du grand escalier de rubis et d'escarboucles; M. de Chateaubriand dit à ce sujet: « *Il est triste de voir la critique descendre » si bas.* » Et cependant il supprime ce que cette basse critique a condamné. J'ai dit qu'on ne devait pas parler de Jérémie et du Nébo à un prêtre païen: l'auteur prouve que je suis un ignorant; mais il supprime le Nébo. J'ai relevé des fautes de géographie: on se moque de ma critique *doctorale*; mais on corrige ce que le *docteur* a blâmé. Cependant, d'autres critiques pleins de goût, de politesse et d'érudition, ont fait à M. de Chateaubriand des observations auxquelles il n'a pas cru, dit-il, devoir se soumettre; et les passages condamnés par eux subsistent dans leur intégrité. Il est donc bien reconnu que l'auteur obéit humblement à la critique basse, injurieuse et ignorante, tandis qu'il ne tient aucun compte de celle qui est polie et éclairée. Passons à des objections d'un intérêt général.

Rollin, cité par l'auteur, admet le merveilleux chrétien dans un poëme, et il trace même un plan

d'après ce principe. Cela est vrai : mais, dans ce
plan, Rollin écarte toute mythologie, et ne mêle
pas les fables des païens aux vérités du christianisme.

On passe bien à Fénélon l'épisode de Calypso,
pourquoi ne passerait-on pas celui de Velléda à
M. de Chateaubriand ? Je réponds : On passe ; on
approuve même un épisode païen dans un ouvrage
où *tous les personnages sont païens* ; mais si l'archevêque de Cambrai avait placé Calypso dans un
livre intitulé *le Triomphe de la Religion chrétienne*,
il aurait mérité tous les reproches que je fais à M. de
Chateaubriand.

Mais le Tasse et Voltaire ont mêlé le merveilleux du paganisme à celui de notre religion ; pourquoi admirer chez eux ce que l'on blâme dans un
autre ? J'ai ici plusieurs réponses à faire : 1° Ils ont
fait de véritables poëmes, écrits en beaux vers :
genre d'ouvrages qui donne à l'imagination du
poète d'autres droits et d'autres libertés. N'est-il
pas reconnu que la véritable poésie a ses licences,
interdites à la prose ? 2° Ils n'ont pas dit qu'ils
composaient ces poëmes pour prouver que le merveilleux du christianisme peut lutter contre celui
des païens : une licence et un précepte sont deux
choses fort différentes. 3° Enfin, le Tasse est si
éloigné d'en faire un précepte, qu'il s'en excuse
dans une préface, où il dit que tout son poëme
n'est qu'une allégorie : les armées, selon lui, y
représentent le corps et l'âme, Armide et Ismène
sont les tentations, etc..... Voltaire qui plaisante

sur cette explication, se sert d'une pareille excuse :
« La Discorde, dit-il, le Fanatisme, le temple de
l'Amour, ne sont dans la Henriade que des allé-
gories. Or, je demande si M. de Chateaubriand peut
regarder comme des fictions, et ces anges auxquels
tout chrétien doit croire, et ces démons de l'Enfer
chrétien, dont il fait des dieux du paganisme? Et
si ce sont des fables, le lecteur ne sera-t-il pas entraîné à regarder tout le reste comme une fiction?
Je terminerai ce paragraphe par une question à
laquelle tous mes lecteurs vont répondre : Si Voltaire, qui certainement n'était pas un dévot, avait
fait un poëme intitulé *Triomphe de la Religion
chrétienne*; s'il avait pris ses matériaux chez les
pères de l'Eglise et dans les livres saints, y aurait-
il placé le temple de l'Amour et les bosquets d'I-
dalie ?

L'auteur a très-bien réfuté les critiques que je
n'ai pas faites : mais il se tait prudemment sur
celles qu'il ne peut combattre. J'ai dit que le merveilleux des anges chrétiens ne pourrait jamais
remplacer celui que nous fournisent les dieux du
paganisme. Chez les païens, les *grands dieux* ont
un pouvoir indépendant de Jupiter : ainsi, la protection d'une divinité ne rassure pas le lecteur
contre le courroux d'une autre ; ce qui jette de la
variété dans l'action, de l'intérêt dans le récit. Les
anges, au contraire, n'ayant par eux-mêmes aucun pouvoir, ne pouvant avoir d'autre volonté
que celle de Dieu, sont tous soumis à la même

-puissance, sont tous mus par la même impulsion ;
ils sont donc tous moralement les mêmes, et leur
grand nombre n'offre qu'une grande uniformité,
puisqu'il est égal qu'il y en ait des millions ou
qu'il n'en existe qu'un seul. Il est aisé de voir
pourquoi l'on n'a pas répondu à ce raisonnement;
mais au lieu de le combattre, l'auteur prend la
peine de m'apprendre qu'un ange n'est qu'un *envoyé* : il en donne l'étymologie grecque, et il me
prouve, par une foule de citations saintes, que
Dieu s'est servi d'anges ou d'*envoyés* pour com-
muniquer ses volontés aux hommes. Je le remercie
de cette érudition ; mais si Dieu a dû ou voulu envoyer des anges aux hommes, je ne crois pas qu'il
ait jamais adressé des *envoyés* à des *envoyés*, ni des
messagers à des messagers. M. de Chateaubriand,
pour mettre sans doute plus de promptitude dans
l'exécution des ordres divins, envoie un ange à
l'ange des mers, c'est-à-dire *un messager vers un
messager;* et c'est absolument comme si Jupiter
envoyait Mercure à Iris, ou Iris à Mercure. Je ne
demande ici que le simple bon sens : qu'on me
juge d'après sa règle, et que l'on décide, si mes
critiques étaient aussi injustes et aussi absurdes
que le prétendent les admirateurs des Martyrs.

Toutes les autorités dont l'auteur s'appuie, et
qui, à la vérité, sont innombrables, prouvent,
bien mieux que je ne l'ai fait, que son roman est
une véritable *mosaïque*. Ai-je blâmé une comparaison? elle est dans Homère ; ai-je critiqué une

répartie? c'est celle de sainte Perpétue. Ceci fait allusion à Virgile; cela, à sainte Monique, mère de
saint Augustin; ce trait est pris d'Horace, celui-là
se trouve dans l'Apocalypse; et c'est avec l'Apocalypse et Homère, avec le *Pervigilium Veneris* et
la Vie des Saints, que l'on prétend avoir fait un
véritable poëme, et je n'ai pas le droit de le nommer une mosaïque!

Il est bien temps d'en finir; mon dernier trait
sera celui-ci : J'avais blâmé la comparaison d'Homère avec un serpent; une jeune Grecque qui regrette, en se faisant chrétienne, les fables charmantes du chantre d'Ilion, ne devait pas, disais-je,
être assimilée à une colombe qu'un serpent veut
dévorer. M. de Chateaubriand répond que le serpent, chez les poètes, est un animal fort noble;
qu'il était mêlé à toutes les choses sacrées; qu'il
était l'emblême du génie. Mais l'auteur ne dit pas
tout; il se sert du mot *reptile;* Homère est donc
comparé à un reptile, et si le mot serpent est
noble, celui de reptile ne l'est certainement pas.
Voilà ce que c'est que de vouloir dissimuler une
faute : quelque esprit que l'on ait, on ne peut jamais tout justifier.

Au reste, M. de Chateaubriand ne doit point
m'en vouloir; je lui ai fourni l'occasion de faire
le plus pompeux éloge de toutes les parties de son
ouvrage; grâces à mes critiques, les Martyrs ont
acquis un volume de plus; ses notes apologétiques
sont en même temps si édifiantes, qu'elles ont tou-

ché les cœurs les plus durs, et converti à la foi les esprits les plus incrédules ; les journaux *les plus philosophiques* canonisent aujourd'hui l'auteur qu'ils attaquaient il y a quelques années ; un écrivain du plus grand mérite a fait en honneur des Martyrs des stances où il y a plus de poésie que dans les Martyrs même ; eh bien! que M. de Chateaubriand prie son ami de mettre les Martyrs en vers : alors ils seront incontestablement un poëme, et la critique examinera ensuite s'ils sont une épopée.

SAINT-GÉRAN,

OU LA NOUVELLE LANGUE FRANÇAISE,

ANECDOTE RÉCENTE;

Suivie de l'Itinéraire de Lutèce au Mont-Valérien, en suivant le fleuve Séquanien et revenant par le mont des Martyrs, petite parodie d'un grand voyage.

> . . . . *Ridiculum acri*
> *Fortiùs ac meliùs magnas plerumque secat res.*
> HORACE; sat. X, liv. I.
> Souvent une raison vaut moins qu'une saillie.
> *Traduction de M. Daru.*

Quoi qu'en ait dit Boileau, il est bien des degrés du médiocre au pire; le mauvais goût, comme le bon, a son plus et son moins ; il a ses succès, ses triomphes, ses partisans. Le législateur du Parnasse a reconnu cette vérité quand il a dit :

Un sot trouve toujours un plus sot qui l'admire ;

vers qui prouve évidemment qu'entre le pire et le médiocre il y a des degrés infinis.

Mais, sans vouloir apprécier toutes les nuances du mauvais goût, on peut, ce me semble, le diviser en deux espèces distinctes qui comprennent toutes les variétés. Je nommerai ces deux espèces le mauvais goût *par excès*, et le mauvais goût *par défaut*. Le dernier n'a aucune influence sur la littérature, parce qu'il suppose dans un auteur l'absence du génie, un esprit faux ou médiocre, une grande ignorance des bons principes, et une presque nullité de talent. Vingt écrivains de cette trempe n'obscurcissent pas plus la gloire littéraire d'une nation, que vingt lâches n'affaiblissent la réputation d'un peuple guerrier. Les ouvrages où domine cette espèce de mauvais goût n'égareront jamais les jeunes gens, parce que les écoliers mêmes ont assez de discernement pour les juger ; et la critique n'emploie guère contre de pareils auteurs que l'arme du ridicule.

Le mauvais goût *par excès* est d'une toute autre importance. Il n'est pas incompatible avec une sorte de génie, même avec un véritable talent ; et il consiste dans le mauvais emploi des bonnes qualités. Remarquable surtout par l'abus de ce que nous nommons esprit, il éblouit le vulgaire des lecteurs par une foule de traits fins et subtils, ou les étonne par une grandeur apparente dans les images et dans les pensées. Il fait des enthousiastes; il usurpe en un moment le succès que la belle simplicité n'obtient que du temps et de la réflexion; il est dangereux : c'est contre lui que la critique doit s'armer de toute sa rigueur.

C'est ce mauvais goût que, dès le seizième siècle, Montaigne reprochait à quelques auteurs de son temps, quand il disait : Je n'y vois *qu'une misérable affectation d'étrangeté.... Pour saisir le nouveau mot, ils quittent l'ordinaire, plus nerveux et plus juste.* C'est ce mauvais goût, enfin, que l'auteur de la brochure que j'annonce signale encore mieux dans le paragraphe suivant :

« Parmi les écrivains que ce petit ouvrage censure, il en est un surtout qui provoque d'autant mieux la critique, qu'il semble prendre plaisir à corrompre la langue française. Il serait très-injuste de lui refuser toute espèce de talent ; mais il est absurde de lui accorder une admiration illimitée, de louer comme l'honneur du siècle et de la patrie des tirades déclamatoires dénuées de fond (quoiqu'elles aient souvent un but), des phrases boursouflées, des alliances de mots barbares, des détails ridicules, des images burlesques présentées, avec une prétention, un ton d'autorité qui en impose aux lecteurs inattentifs, au point de leur faire prendre des mots pour des idées, et du galimatias pour de l'éloquence..... Les éditions de ses ouvrages se sont multipliées en peu de temps, la plupart des journaux ont longuement retenti des éloges donnés à ses talens, ses partisans ont manifesté plus d'engouement que ceux de Pradon dans le siècle de Racine ; enfin, beaucoup d'écrivains, jaloux d'obtenir des triomphes aussi faciles, se sont appliqués à l'imiter : il est bientôt devenu le chef d'une école, ou plutôt d'une secte ; car ses admirateurs crient au blasphème dès qu'on ose faire remarquer ses défauts. »

Cette critique est sévère ; est-elle juste ? Je n'ose prononcer : j'ai assez prouvé que je pensais comme l'anonyme, et il serait trop naïf d'affirmer qu'il a raison. Je ne discuterai donc pas le jugement qu'il porte sur cet écrivain célèbre et sur ceux qu'il lui associe ; je me contenterai d'exposer son plan ; j'ai déjà indiqué son but.

Il a rassemblé les ouvrages auxquels le faux esprit, le faux goût, la fausse éloquence ont donné une certaine vogue, ou, si l'on veut, de la célébrité. Dans ces ouvrages il a choisi les traits les plus saillans, je veux dire les plus ridicules ; il les a réunis dans deux narrations imaginaires, et il a composé une espèce de centon de tout ce que le mauvais goût a de plus fin, de plus délicat et de plus subtil. Il fallait beaucoup d'esprit, et surtout beaucoup d'adresse, pour former un corps de tous ces membres épars, pour soumettre à la loi de l'unité tant de fragmens si différens entre eux, pour faire entrer dans un récit passablement raisonnable des phrases où la raison et le sens commun sont cruellement outragés. L'art de l'anonyme paraît cependant moins étonnant quand on réfléchit qu'il n'a presque pas eu besoin de transitions ; tous ces morceaux pris de côté et d'autre, quoique bien différens entre eux, ont cependant un certain air de famille qui les fait reconnaître pour de très-proches parens ; on pourrait croire qu'ils appartiennent au même père ; ils ont au moins le cachet de la compagnie, la couleur de la secte, la tournure de l'école. Si un seul auteur les avait produits tous, il serait trop célèbre ; les presses ne gémiraient que pour lui, on ne trouverait plus d'expressions pour le louer, il serait l'Hercule du mauvais goût, il terrasserait Despréaux et Racine, la révolution serait faite, et nous parlerions la *nouvelle langue française.*

Je n'examinerai pas ce que nous perdrions au change, mais nous gagnerions au moins un avantage incontestable, celui d'exprimer toutes les belles idées avec un très-petit nombre de mots. Quinault, dit-on, n'en a employé que trois cents pour faire tous ses opéras ; il n'y en a pas autant dans la Nouvelle Langue française : quand j'aurai dit sentir, sensation, désert, solitude, tombe, mort, larmes, orage du cœur, noir océan, sauvage, célibataire des mondes, vieux chênes, la physionomie du ciel, l'abîme de soi-même, le fracas des questions, le tonnerre tremblant, la magie, le silence, les balayures du monde, les ruisseaux de

fleurs, la mélodie des sphères, la fraîche continence de la lune et les épouvantemens de la mort,
j'aurai cité la moitié à peu près du nouveau dictionnaire. Mais tel est le génie des novateurs,
qu'avec ce petit nombre d'expressions élémentaires
ils ont su créer un nouveau monde, élever un nouveau Parnasse, composer une nouvelle poétique,
faire des romans qui ont tout le *grandiose* du
poëme épique, et des poëmes qui ont tout le mérite du roman.

Il y a, dit-on, de la perfidie à mutiler un ouvrage pour en juger les parties isolément; c'est
dans son ensemble qu'il faut le considérer; et tel
passage, excellent en lui-même, peut devenir fort
ridicule par le nouvel entourage qu'on lui donne.

Ces trois propositions sont extrêmement spé-
cieuses; elles ont même un certain air d'évidence
qui séduit au premier aperçu; mais la plupart des
hommes *nient* ou *accordent* inconsidérément des
propositions qu'il faudrait *distinguer*, et qui ne
sont absolument ni vraies ni fausses. Appliquons
ce principe au procédé de l'anonyme qui a composé un ouvrage critique avec des phrases extraites
de vingt ouvrages différens.

On ne doit point juger isolément des phrases
qui ont une liaison nécessaire entre elles, on ne
doit point leur prêter un sens différent de celui que
leur a donné l'auteur, on pousse la critique jusqu'à
la perfidie, si l'on altère ces phrases en les citant;
voilà ce qui est reconnu de tout le monde. Mais

quand une idée est complète, quand la pensée se présente avec tous ses accessoires, quand la phrase est réduite en maxime, ou quand elle contient une proposition entière et intelligible, elle doit rester claire et complète, même lorsqu'elle est isolée. Si alors elle paraît ridicule, c'est parce qu'elle l'est en effet ; si elle est bonne en elle-même et qu'elle forme disparate avec le nouvel entourage, ce sera l'entourage qui sera ridicule, et la phrase restera bonne. Des auteurs d'opéras ont emprunté des vers à Racine et les ont mêlés à leurs vers prétendus lyriques ; osera-t-on soutenir que les vers de Racine soient devenus mauvais par ce mélange ? Non ; ils ont fait paraître les autres plus mauvais qu'ils n'étaient réellement. Il est faux qu'on ne puisse juger un ouvrage que dans son ensemble, puisque l'on critique souvent une mauvaise scène dans une bonne comédie, et une expression de mauvais goût dans une bonne scène. Ces défauts, que l'on blâme isolément, n'en sont pas moins des défauts dans l'ensemble. Si l'anonyme a cité des phrases incomplètes, s'il les a mutilées, altérées, s'il leur a donné un sens contraire à l'intention de l'auteur, tout le ridicule retombera sur lui ; mais s'il a transcrit fidèlement et cité complètement les passages en leur laissant leur force et leur valeur primitives, ces passages seront des échantillons très-propres à faire juger du mérite des pièces auxquelles ils appartiennent. Un auteur célèbre a parlé d'*un désert qui semble respirer les épouvantemens de la mort;* dans quel poëme, dans quel roman, dans quel ouvrage cette phrase serait-elle supportable? Si elle est ridicule partout, elle n'a rien perdu à être isolée; et j'en citerai un grand nombre de ce genre, qui sont extraites d'un ouvrage très-célèbre.

L'autre objection n'est pas moins fausse, quoiqu'elle soit également spécieuse; la voici: Parmi les passages que l'anonyme rapporte, et qu'il livre aux sarcasmes des plaisans, il en est quelques-uns qui sont une imitation des anciens, de l'Iliade, de l'Odyssée, de la Bible même. L'auteur va crier au blasphême: quelle ignorance, dira-t-il! Cette expression est d'Euripide, cette image se trouve dans la Bible, cette comparaison est d'Homère, et l'ignorant critique les tourne en ridicule!

Mais à quels hommes faut-il encore apprendre que la différence des temps, des peuples et des mœurs, en apporte une grande dans le goût et dans le style? Non-seulement tout ce qu'a dit Homère ne conviendrait pas à un ouvrage français du dix-neuvième siècle, mais nous n'osons même emprunter indistinctement les expressions et les tournures des Italiens et des Anglais nos contemporains. Tout ce qui est dans la Bible est fort respectable; mais il s'y trouve une foule de passages que je ne pourrais citer ici. Tout ce qui était bon chez les anciens, reste bon, soit isolé, soit dans son ensemble; mais il ne faut pas en conclure que tout cela soit bon en français; et j'ai quelque honte du soin que je prends d'établir une vérité qui est devenue niaise à force d'être évidente. S'il est cependant quelque lecteur à qui il faille tout prouver, je lui proposerai l'exemple suivant :

Un de nos guerriers s'est jeté témérairement au milieu d'un groupe d'ennemis ; seul il combat contre tous ; il s'aperçoit enfin qu'il doit céder au nombre, mais il se retire lentement, sans cesser de combattre, et il prouve à ses adversaires que sa retraite n'est point une fuite. Que dirait-on d'un de nos poètes s'il comparait ce héros à un âne qui entre dans un champ de blé, et qui, malgré une grêle de pierres et de coups de bâton, se retire lentement en moissonnant à droite et à gauche les épis qu'il trouve sur son chemin ? Vainement il dirait que cette comparaison se trouve dans Homère, vainement il citerait les vers du poète grec, on ne s'en moquerait pas moins de sa comparaison ; on lui répondrait que si les Grecs pouvaient comparer un âne à un héros, les Français ne comparent à l'âne que les écrivains de mauvais goût, qui sont irascibles et entêtés comme l'animal à longues oreilles.

Il ne me reste plus qu'à tracer les aventures de M. de Saint-Géran, le pèlerinage de M. de Maisonterne, et l'entrevue de ce dernier avec madame la comtesse de Mascarillis.

Depuis plusieurs années Saint-Géran était à Saint-Domingue, où il s'occupait des moyens de réaliser sa fortune pour repasser en Europe. Les

13.

troubles qui agitaient alors la France, l'avaient empêché de recevoir des nouvelles de son fils Adolphe et de sa fille Virginie ; mais il les avait laissés en bonnes mains, leur éducation devait être parfaite. L'inquiétude cependant l'emportait sur l'espérance, et le bon père allait s'embarquer ; lorsqu'il vit arriver la flotte française destinée à soumettre Saint-Domingue. Parmi les officiers qui débarquent, Saint-Géran reconnaît un ami de son fils ; il court à lui et l'accable de questions : Mon cher Belval, parlez-moi d'Adolphe ; donnez-moi des détails sur sa santé, ses goûts, ses études, ses plaisirs ; son instituteur lui a sans doute indiqué les bons modèles, il a formé son jugement et son style, et certainement mon fils a bien profité des leçons ? N'en doutez pas, répond Belval ; il est tout entier aux sciences et aux lettres ; personne ne connaît comme lui la mnémonique, la mégalantropo-génésie, la stentorotechnie, la pasylasie, la fantas-magorie, la psycologie, l'archéologie, l'idéologie, l'uranographie, l'encyclologie, le système de Kant et celui de Gall. Au reste, vous aurez une lettre de lui quand mes effets seront débarqués. Saint-Géran fut un peu étonné du discours de Belval ; mais enfin il tient une lettre de son fils, il va juger du goût et de l'esprit du jeune homme.

Avant de transcrire quelques passages de cette lettre éloquente ; je dois prévenir mes lecteurs que les caractères italiques vont leur indiquer des phrases fidèlement extraites de quelques ouvrages

très-vantés, même dans les journaux, et qui ornent les bibliothèques élégantes; j'ajoute qu'il leur
est ordonné d'admirer ces phrases, sous peine de
passer pour des ignorans, des gens sans goût, des
calomniateurs et des impies. J'ai reçu toutes ces
qualifications qui n'étaient pas des injures, car je
les avais bien méritées en refusant mon encens aux
nouvelles idoles, et en raillant les Muses du nouveau Parnasse. Je donne cet avis au lecteur, afin
qu'il ne s'expose pas au même danger. Voyons
maintenant une partie de la lettre d'Adolphe; je la
resserre considérablement : « Mon tendre père,
nous avons appris tes malheurs; *il y a des larmes
au fond de ton histoire; le cœur de l'homme est
comme l'éponge du fleuve qui tantôt boit une onde
pure, tantôt s'enfle d'une eau bourbeuse. L'éponge
a-t-elle le droit de dire : Je croyais qu'il n'y aurait jamais eu d'orages, et que le soleil n'aurait
jamais été brûlant.* » La question que fait Adolphe
me paraît fort embarrassante ; *l'éponge a-t-elle le
droit?* il y a là de quoi réfléchir long-temps. On
nous a bien donné la déclaration des droits de
l'homme, mais les droits de l'éponge ne sont pas
encore bien connus. Poursuivons : « *Ne sommes-
nous pas suspendus dans le présent, entre le passé
et l'avenir, comme sur un rocher entre deux
gouffres?* » Ce qui nous rassure un peu, c'est que
le gouffre du passé ne peut plus nous ressaisir : il
ne serait pas facile d'y tomber. « *L'homme est-il
autre chose qu'un songe douloureux? il n'existe*

que par le malheur, il ne devient quelque chose que par la tristesse de son âme et l'éternelle mélancolie de sa pensée. » Ainsi l'homme gai et joyeux n'est rien du tout; voilà sans doute pourquoi les auteurs n'osent plus nous faire rire dans les comédies. « ...... O mon père, que tu es heureux! tu vis près de *l'Indien qui montre dans toute sa laideur l'homme primitif dégradé par sa chute*, et tu sens que *rien ne prouve davantage la dégénération humaine que la* PETITESSE *du sauvage dans la* GRANDEUR *du désert*. Pour me faire illusion, je dirige quelquefois mes promenades vers la forêt de Sénars; j'y cherche *ces époux de la solitude, ces enfans du torrent et du rocher dont l'antique vêtement retrace à ma mémoire d'autres mœurs et d'autres siècles*. Un seul l'habite encore; *les rides de son front montrent les belles cicatrices des passions guéries par la vertu. Son nez aquilin, sa longue barbe ont quelque chose de sublime dans leur quiétude, et comme d'aspirant à la tombe, par leur direction naturelle vers la terre*. » Malheur aux nez aquilins! ils aspirent à la tombe; ceux qui les portent mourront tôt ou tard; mais vivent les nez retroussés, ils aspirent au ciel; et Soliman avait un bon goût quand il a choisi Roxelane. Mais achevons la lettre d'Adolphe. « *La science au plus haut degré est l'ignorance*. » Voilà du Montaigne tout pur. « *Les arts les plus parfaits sont la nature. L'homme n'est qu'un édifice tombé, un débris du péché et de la mort*. » Voici encore du

Montaigne; car le philosophe du Périgord est alternativement matérialiste et capucin. « *Les ruines naturelles n'ont rien de désagréable, parce que la nature travaille auprès des ans, et que les mousses emballent d'inégaux décombres dans leur bourre élastique.* Nous restons souvent en contemplation, *jusqu'à ce que la lune répande dans le bois ce grand secret de la mélancolie, qu'elle aime à raconter aux vieux chênes.....* Je t'embrasse avec la plus vive tendresse. *Ton fils*, Adolphe. »

On voit que le jeune homme avait étudié les bons modèles; il s'était surtout pénétré du Génie du Christianisme. Mais Saint-Géran ne connaissait que la langue de Racine et de Boileau; il crut que son fils était devenu fou, et dans la crainte qu'on ne le traitât trop mal à Charenton, il se décida à revenir en Europe. A peine est-il entré dans un port de France, il reçoit une lettre de sa chère Virginie. Oh! celle-ci du moins a résisté à la contagion du mauvais goût; sans doute elle écrit d'une manière plus simple et plus naturelle : voilà ce que devait supposer Saint-Géran, et ce qu'il espérait en effet, lorsqu'il lut les lignes suivantes :

» Mon digne et vertueux père, quelle joie pour votre heureuse famille! vous êtes en France! *Hier je regardais le ciel, j'ai senti le beau temps, et je porte la vie légèrement; car le ciel a une véritable physionomie, tantôt paternelle, tantôt irritée;* mais hier il n'avait que des traits de bonté; il m'annonçait votre retour. Avant cette heureuse nouvelle nous ménions la vie la plus triste; *nous avions beau contempler la nature, son aspect qui enseigne la résignation ne peut rien sur l'incertitude; et nous disions, ma mère et moi, le désert est inexorable; la goutte d'eau comme la rivière* SONT TARIES, *et le bonheur d'un jour est aussi difficile que la destinée de la vie entière.* » Mademoiselle Virginie (que nous devrions nommer Corinne, et pour cause) est, comme on le voit, la digne sœur de M. Adolphe; quoique les beautés de son style soient puisées à une autre source, elles ont la même *physionomie*, et sortent de la même école. Il faut avouer cependant que M. Adolphe n'aurait pas dit *la goutte* d'eau, comme la rivière, *sont taries;* mais une femme n'y regarde pas de si près. Dans ce qui suit, nous reconnaîtrons encore mieux la *fraternité* de leur style.

. « Adolphe est bon, sensible, généreux; mais il est ardent, enthousiaste. *Dans la première jeunesse, on se jette en avant de la vie, et l'on a je ne sais quelle fièvre d'idées qui ne nous permet pas de conformer notre conduite à nos raisonnemens... Je ne suis pas éloignée d'approuver sa manière de traiter la vie. La légèreté spirituelle en impose à l'esprit méditatif, et celui qui se dit heureux, semble plus sage que celui qui souffre..... Nul ne peut sortir de la région intellectuelle qui lui a été assignée, et les qualités sont plus indomptables que les défauts....* En vous donnant ici mon opinion sur mon frère, je le juge peut-être tout différemment qu'il ne se juge lui-même ; car chacun conçoit sa vie intérieurement tout autre qu'elle ne paraît. *Les âmes capables de réflexion se plongent sans cesse dans l'abîme d'elles-mêmes, et n'en trouvent jamais la fin.* »

Je plains sincèrement la femme qui se plonge sans cesse dans l'abîme d'elle-même, parce qu'elle ne trouve personne qui l'aide à traiter la vie, et cependant je devrais peut-être l'en féliciter, puisqu'elle ajoute que « *dans ce qui s'appelle la science diplomatique de la vie privée, on réussit plus souvent par les qualités qu'on n'a pas que par celles qu'on possède....* Pour moi, continue-t-elle, je cherche par les arts à échapper à ces réflexions embarrassantes. Je préfère les peintres aux sculpteurs : *Je trouve que la sculpture ne saurait présenter aux regards qu'une existence énergique et simple, tandis que la peinture indique les mystères du recueillement et de la résignation. Cependant j'éprouve un certain charme à voir des monumens d'architecture. Le Panthéon surtout me charme par sa noblesse. C'est comme une musique fixée qui vous attend pour vous faire du bien quand vous en approchez.... Ce que nous connaissons est aussi inexplicable que l'inconnu ; mais nous, nous avons pratiqué notre obscurité habituelle, tandis que de nouveaux mystères nous épouvantent et mettent le trouble dans nos facultés.* » Plus loin elle parle de Belval, l'ami de son frère : « *Sa conversation ne vient ni du dehors ni du dedans ; elle*

passe entre la réflexion et l'imagination.... Le ton
de Belval me plaisait ; *là où l'existence est exté-*
rieure, il peut y avoir des mystères dans les cir-
constances, comme il y a des secrets dans les sen-
timens. Un pressentiment me disait que Belval
m'aimait, et *quoiqu'il parût timide envers la des-*
tinée, je prévoyais le moment où il cesserait de
l'être avec moi. Ah ! mon père, que cette situation
est délicieuse ! *avant que le souvenir entre en par-*
tage avec l'espérance, avant que les paroles aient
exprimé les sentimens, il y a dans ces premiers
instans je ne sais quel vague, je ne sais quel mys-
tère d'imagination, plus passager que le bonheur
même, mais plus céleste encore que lui..... »

Saint-Géran ne put en lire davantage, il crut
voir du galimatias dans ce style si naturel et surtout si intelligible. Les vieillards sont un peu entêtés ; celui-ci tenait à la vieille école ; il s'empressa
de rejoindre ceux qu'il nommait ses intéressans
malades, et il crut les avoir guéris quand il les eut
ramenés sur l'ancienne route.

On a sans doute remarqué l'analogie qui existe
entre le style du frère et celui de la sœur ; il y a
presque identité, quoique chacun porte le cachet
du sexe ; mais on n'aura peut-être pas fait attention aux deux mots qui font le charme de ces deux
lettres, et qui, si j'ose le dire, en sont les pivots.
Le frère ne pense qu'à la mort, la sœur ne pense
qu'à la vie. Le premier de ces monosyllabes se reproduit sans cesse dans les phrases d'Adolphe, qui

est très-bon chrétien ; le second se présente continuellement à l'imagination de la demoiselle, qui aime beaucoup *l'existence extérieure*; à cela près, il y a une ressemblance parfaite dans les idées, dans les expressions et dans les tournures.

Cette anecdote, que je n'ai fait qu'esquisser, contient encore un dialogue fort curieux entre un abbé et un curé. Les deux écrivains qui ont fourni la matière des deux lettres précitées, ont aussi contribué à ce petit colloque. Je ne puis malheureusement en transcrire qu'une faible partie. Le curé demande : Qu'est-ce que Dieu? L'abbé répond : *C'est le célibataire des mondes, le grand esprit, le vieillard des foudres, le grand secret de la nature.* Le curé : Qu'est-ce que l'innocence? L'abbé : *Le plus ineffable des mystères.* Le curé : Que sont les vierges ? L'abbé : *Des fleurs mystérieuses qu'on trouve dans les lieux solitaires.* Le curé : Qu'est-ce que la prière? L'abbé : *Une communication secrète avec Dieu ; elle fait deux amies d'une seule âme.*

La famille de Saint-Géran était réunie à Paris ; ses enfans étaient mariés ; ils avaient oublié *la nouvelle langue française,* et ils s'étaient résignés à parler comme tout le monde. Le père et les enfans se disposaient à parcourir les environs de la capitale pour y acheter une maison de campagne, lorsqu'on leur présente un personnage célèbre que l'anonyme désigne comme un chef de secte, chef d'école, comme l'inventeur et le protecteur de la nouvelle langue française. Je ne vois

jamais dans une caricature que la caricature même;
ainsi je ne recherche pas si le héros de ce petit roman ressemble à tel ou tel homme de lettres qu'on
a voulu tourner en ridicule ; je ne veux y reconnaître qu'un personnage imaginaire, un don Qui-
chotte de dévotion, qui ne ressemble précisément
à personne, mais qui offre les traits de plusieurs
originaux. Celui d'entre eux qui se fâchera, qui
criera à la calomnie et à la persécution, se trahira,
et donnera son nom à la caricature.

Quoi qu'il en soit, ce nouveau venu est présenté comme un homme de lettres qui portait
encore le *tribonium* il y a quelques années, mais
qui a troqué ce manteau de philosophe contre une
cape de pélerin, quand il a vu que la dévotion
était à la mode : il se propose d'accomplir le pé-
lerinage de Lutèce au Mont-Valérien. La famille
de Saint-Géran se promet un grand plaisir de la
société de cet original, et veut l'accompagner dans
son pieux voyage. Elle paraît n'avoir d'autre intention que celle de s'en amuser; mais je soup-
çonne qu'Adolphe et Virginie regrettent les douceurs du pathos, de l'amphigouri et du galimatias,
et conservent une secrète estime pour leur premier
maître de goût.

On s'embarque sur la *Sequana*, et l'on fait voile
pour Suresne. Virginie s'adresse au pélerin : *Sans
vous faire un fracas de questions*, lui dit-elle,
puis-je vous demander vers quel saint lieu vous
comptez diriger vos pas? — Je vais au plus saint de

tous, au Calvaire. — Mais, monsieur, que pourrez-vous dire qu'on ne sache déjà? Les historiens......
— Je les copierai sans doute, mais on ne s'en apercevra presque pas; je dirai les choses les plus communes d'une manière si extraordinaire, qu'elles paraîtront toutes nouvelles.

Le bateau descendait tranquillement la Seine, lorsqu'on aperçoit le Louvre, ou plutôt le palais des arts et des sciences : *Honneur au sanctuaire des érudits*, s'écrie le pélerin, *au vrai chalet des abeilles laborieuses!... Les âmes privilégiées des disciples d'Archimède, de Pythagore, de Locke, de Pope, de Newton, et de Descartes, planant au-dessus de la sphère terrestre, calculent la perfection mathématique de leur art, et se rapprochent du prototype universel et unique de toutes les beautés, de la source suprême de toute hiérarchie concordante.*

En approchant du Pont-Royal, Virginie fait remarquer au voyageur la maison du marquis de Villette, et l'appartement qu'y occupait Voltaire : grand Dieu! dit l'homme au bourdon, pourquoi faut-il que je voie consacrer le plus beau quai de Lutèce à cet apôtre de l'incrédulité, tandis qu'aucune place, aucune rue ne rappelle nos illustres modèles, Fréron, Royou, la Beaumelle et Desfontaines! — Vous en voulez donc beaucoup aux philosophes? — Si j'en veux aux philosophes, madame! Savez-vous ce que c'est qu'un philosophe? *Son ton sentencieux, son air d'importance le*

rendent odieux à notre simplicité et à notre fran-
chise; son front étroit et comprimé annonce l'obsti-
nation et l'esprit de système; ses yeux faux ont
quelque chose d'inquiet comme ceux d'une bête
sauvage... Telle est la laideur de l'homme quand
il est resté seul avec son corps, et qu'il renonce à
son âme : tel est le philosophe. Après cette vigoureuse imprécation, le pieux voyageur tombe dans
l'abattement : *cependant chaque flot qui poussait*
le batelet vers le saint rivage, emportait une de
ses peines, lorsque le ciel se couvre de nuages, le
vent d'ouest s'élève, et le fleuve agité fatigue les
rameurs. *Ce jour, né du sein des tempêtes, s'écrie*
le pélerin, *ne laisse tomber sur mon front que*
des soucis, des regrets, et des cheveux blancs....
voyez, l'orage se forme, il menace, il approche.
Dieu appelle le tonnerre, et le tonnerre tremblant
lui répond : Me voici...... Les chérubins roulent
leurs ailes impétueuses, et allument la fureur de
leurs yeux.

On relâche à Auteuil, on y déjeune dévotement,
c'est-à-dire bien. On se rembarque, et l'on aperçoit déjà, dans le parc de Saint-Cloud, *la lanterne de*
Démosthènes. Contemplez, dit l'homme aux co-
quilles, *contemplez cette architecture grecque,*
enchantée comme les Oasis, magique comme les
histoires contées sous la tente. Enfin, on découvre
le Calvaire. *La voilà, s'écrie-t-il, cette terre tra-*
vaillée par les miracles !.... Le désert paraît en-
core muet de douleur; l'on dirait qu'il n'a osé

rompre le silence depuis qu'il a entendu la voix
de l'Éternel.

On débarque à Suresne, on passe près du cimetière. Un moment, dit le voyageur très-chrétien,
permettez-moi de visiter cet asile de la mort : *Qu'un*
cimetière a de charmes ! quelle diversité de mœurs
et de vertus l'on aperçoit là d'un coup d'œil ! et
ces vertus, tempérées par la mort comme ces vins
généreux que l'on mêle avec une divinité sobre,
n'offusquent point les regards des vivans. A peine
est-il entré dans ce champ du repos et de l'égalité, il fait un faux pas, et se donne une entorse :
on le soutient ; mais il boite, et il craint de ne
pouvoir continuer son voyage. O ciel ! dit-il, *serai-*
je donc privé de voir cette terre antique retentis-
sante de la voix des siècles et des traditions de
l'histoire ? ne pourrai-je contempler ce désert qui
semble respirer encore la grandeur de Jéhova et
les épouvantemens de la mort ? Pour dissiper ses
craintes, on lui amène un âne qui doit le porter
au Calvaire. Le saint homme le refuse d'abord :
Convient-il à un pauvre pécheur comme moi, dit-il,
ignoré des grands, rejeté comme les balayures du
monde, de paraître dans le saint lieu, sur la même
monture qui porta le Sauveur ? On réussit pourtant
à vaincre ses scrupules, et l'on place sur l'âne *les*
balayures du monde.

J'ai oublié de rappeler à mes lecteurs que toutes
les phrases imprimées ici en *italiques*, sont fidèlement extraites de deux ouvrages fameux, avec citation du volume et de la page ; qu'ils se le tiennent

donc pour dit, et qu'ils admirent, sous peine d'être
taxés par les journalistes de la secte, de partialité,
de méchanceté, d'impiété ou de stupidité. Reve-
nons à l'Itinéraire.

Le pélerin découvre à soixante-treize mètres du
cimetière, et à l'orient du clocher de Suresne, le
tombeau de saint Cucuphin ; puis il arrive enfin
au sommet de la montagne : il s'y prosterne, il visite toutes les chapelles, et il répète à toutes le même
acte de piété ; car la variété est son moindre défaut.

Quand il eut satisfait aux besoins de son cœur,
on lui fit admirer la vue dont on jouit sur cette
montagne : *Voyez*, lui disait-on, *ces buissons par-
fumés qui se dessinent dans les vallons comme
des ruisseaux de fleurs, et remplacent la fraîcheur
des eaux par celles des ombres. Oui*, répondit-il ;
*mais je vois aussi le désert qui se glisse, comme
un ennemi, dans la vaste plaine ; il pousse ses
sables en longs serpens d'or, et dessine au sein
de la fécondité des méandres stériles.*

Comme les voyageurs redescendaient au village
d'Asnières, un jokei vint à leur rencontre, et leur
apprit que Saint-Géran les attendait à dîner dans
une maison de campagne, où il avait amené une
dame fort curieuse de connaître le célèbre pélerin.
Est-elle jeune et jolie, demanda Virginie ? Ni l'un
ni l'autre, répondit le jokei ; elle se nomme madame Bélise, comtesse de Mascarillis, et l'on dit
qu'elle fait des livres.

Je n'ai plus le temps de suivre l'anonyme dans

sa plaisante relation ; et je regrette beaucoup de ne
pouvoir transcrire le beau dialogue, ou plutôt la
belle scène du pélerin et de la comtesse de Mascarillis : c'est un assaut d'esprit du nouveau genre,
exprimé dans la nouvelle langue ; on n'entend pas
trop ce qu'ils disent, mais on devine que cela est
beau, et l'on en trouve la preuve dans des citations
respectables. Voici la fin de ce colloque · « *Vents
du milieu du jour*, dit le pélerin, *soufflez dans les
mandragores..... Ma bien-aimée, ouvrez-moi vos
portes de cèdre, mes cheveux sont mouillés de la
rosée de la nuit. Que votre main gauche soutienne
ma tête..... Mettez-moi comme un sceau sur votre
cœur.* » La comtesse transportée lui répond : Ah !
viens sur mon cœur, comme un sceau ; et la scène
finit, ou plutôt elle commence.

Si quelque lecteur chagrin me reprochait d'avoir
consacré tant de lignes à une petite brochure, je
lui répondrais qu'il se trompe, puisque cette brochure ne doit pas être considérée comme un jeu
de l'imagination, un fruit du caprice ou de la ma-
lignité. Ce petit livre est l'essence, l'élixir de dix
ou douze livres fameux ; il contient les passages les
plus saillans et les plus admirables de deux ouvrages qui ont fait retentir les deux trompettes de
la Renommée, qui ont fait gémir les presses de la
capitale, et dont les exemplaires se sont répandus
sur le Parnasse consterné, comme des nuages de
sauterelles se répandent sur les champs de la Syrie.
Si des journalistes ont loué vingt fois les livres dont

cette brochure est un extrait ; s'ils ont pu prononcer anathème contre les lecteurs qui ne les ont point admirés, pouvais-je traiter avec moins d'égards le petit volume qui contient tout l'esprit de tant de volumes ?

J'ai commencé par déclamer contre le mauvais goût, j'en conviens ; mais je suis journaliste, et partant obligé de parler le vieux langage, et de prêcher la vieille doctrine. Qu'on n'aille pas conclure de là que je n'admire pas les *balayures du monde*, *les épouvantemens de la mort*, et *les mousses qui emballent d'inégaux décombres dans leur bourre élastique ;* on se tromperait étrangement. A la vérité, je n'admire encore que secrètement toutes ces belles choses, mais j'espère qu'un jour je pourrai les louer hautement et publiquement. Je tiens note des ouvrages qui offrent des beautés de ce genre : quand ils seront en pluralité, je me déclarerai prudemment leur panégyriste. L'usage fait tout. Après tant de modes qui ont régné en France, peut-être adoptera-t-on celle de parler sans s'entendre ; alors nous brûlerons ce que nous avons admiré, nous admirerons ce que nous devrions brûler. Cette révolution n'est point impossible ; de sévères critiques ont déjà préconisé les chefs-d'œuvre de la nouvelle langue française ; que dis-je ? les portes de l'Institut se sont ouvertes pour les nouveaux prophètes. Comment oserai-je m'élever contre le jugement de quarante beaux esprits, moi qui ne suis qu'une balayure du monde ?

A Dieu ne plaise! Je fais des vœux pour la nouvelle secte, je souhaite que tous les néophytes obtiennent des fauteuils; nous recommencerons un nouveau *moyen âge*, et l'Académie sera régénérée.

L'ÉTRANGÈRE;

Par M. le Vicomte D'ARLINCOURT.

Je suis assez barbare pour être parvenu à la fin de l'année 1824, sans avoir lu aucun des chefs-d'œuvre de M. le vicomte d'Arlincourt; aussi *l'Étrangère* a-t-elle vivement excité ma curiosité, et je n'ai pas été trop effrayé par une préface de quarante-huit pages, préface d'éditeur, dit-on, et je le crois facilement! mais quel éditeur et quelle préface! C'est sur cette partie du livre que je commencerai mon examen.

Autrefois les écrivains les plus illustres, et même ceux de la caste privilégiée, se donnaient là peine de faire leurs *Préfaces*, leurs *Avant-propos*, et même de simples *Avertissemens*. Maintenant, l'auteur dramatique, le poète, le romancier ont des éditeurs qui se gardent bien d'être responsables, mais qui vantent la marchandise avec une rare impudence, et quelquefois si maladroitement, qu'ils en dégoûtent les acheteurs.

14.

Qu'un gentilhomme qui veut bien déroger jusqu'à faire un livre, charge son secrétaire ou son valet de chambre d'y coudre une préface, cela est tout simple ; il me semble entendre une noble accouchée qui dit à ses femmes : « Prenez cet enfant, faites-le baptiser, donnez-lui une nourrice ; je ne m'en mêle plus ; c'est bien assez d'avoir daigné le faire. » Mais des auteurs plébéiens, des philosophes, et voire des libéraux, ont aussi leurs éditeurs. Or, qu'est-ce que c'est que l'éditeur d'un auteur vivant ? C'est le meilleur ami de l'auteur, il en est inséparable ; c'est un autre lui-même : Pylade n'a pas été plus fidèle à Oreste, l'écho n'est pas plus obéissant à la voix qui le frappe, que l'éditeur à l'amour-propre de l'auteur chéri. Et quel style que celui d'un éditeur quand il décrit les merveilles de son Sosie ! Quels poumons quand il en parle ! les *prœcones* de l'ancienne Rome étaient des muets en comparaison.

Ces réflexions, qui seront justifiées, m'en ont suggéré une autre que l'on peut considérer comme une conséquence des premières : c'est que l'abandon, vrai ou simulé, que les auteurs font de leurs préfaces à un éditeur anonyme, pseudonyme ou imaginaire, pourrait bien avoir toute autre cause que l'insouciance ou la modestie : c'est ce dont le lecteur va juger.

Pour louer plus adroitement, l'éditeur de l'*É-trangère* donne d'abord des éloges modérés à M. le vicomte d'Arlincourt : il se contente, par

exemple, de dire que *le Solitaire eut une destinée
étonnante.....* Les journaux retentirent d'éloges :
*ils admirèrent la pureté du style, l'élégance des
phrases, la force des caractères, la grâce des
images et la vigueur des pensées;* ce fut UN CRI GÉ-
NÉRAL D'ADMIRATION, *non-seulement en France,
mais en Europe.* Je connais tel auteur qui serait
très-satisfait de ce grain d'encens, et même ne le
respirerait pas sans rougir; mais l'éditeur n'en est
qu'à son début; quand il sera un peu échauffé,
nous lui entendrons dire que *son auteur possède
tout ce qui fait vivre les ouvrages, c'est-à-dire
l'imagination, la hardiesse, la chaleur, l'invention surtout; que tous les arts, la peinture, la
sculpture, la poésie, la musique, les mécaniques,
la gravure, la lithographie,* etc., etc.... (car il y a
deux et cætera), *ont reproduit les différentes scènes
dramatiques dont abondent ses productions; la
mode y a pris ses couleurs, et la marine a donné
à ses bâtimens les noms des héros de M. d'Arlincourt.* Quoi! la marine aussi! l'on pourra donc
renouveler l'heureux calembour que l'on a fait
quand on a jeté toute une littérature à la mer, et
dire que les livres de M. d'Arlincourt sont *ad
usum delphini.* Mais continuons : lecteur, si vous
n'en croyez pas l'éditeur véridique, allez dans
toutes les librairies étrangères, ou plutôt venez
chez M. Béchet; *vous y verrez les ouvrages de
M. d'Arlincourt, en anglais, en allemand, en
italien, en espagnol, en hollandais, en danois,*

*en portugais, en polonais, en suédois, en russe,
et même en grec.* Voilà bien onze langues : ah !
que ne suis-je assez bon latiniste pour compléter
la douzaine ! Mais je n'ai pas fini : dans un journal
anglais, *le Renégat est sans modèle, et peut-être
sans pareil... C'est bien là l'ouvrage d'un homme
de génie.* Dans un autre, *le Renégat est un des
meilleurs livres que la France ait produits.* Notez
qu'on ne dit pas un des meilleurs romans, mais
un des meilleurs *livres.* Trois autres Anglais chantent les louanges du *Renégat ;* mais leurs éloges
sont trop longs. Je passe à *Ipsiboë,* qui égale les
chefs-d'œuvre de Walter-Scott, puis à *la Caro-
léide, extraordinaire production,* qui a fait dire
*aux juges les plus éclairés que M. le vicomte
d'Arlincourt avait donné un poëme épique à la
France.*

Après cette kirielle dont je n'offre ici qu'un
faible extrait, l'éditeur, tout essoufflé, s'écrie naïvement : « Je m'arrête. » Eh ! où voulait-il aller,
le brave homme ? Fallait-il prendre Homère par la
barbe et lui dire :

Tyran, descends du trône et fais place à ton maître !

La modération du *je m'arrête,* me rappelle une
ancienne comédie, la première de M. Desfontaines, auteur de tant de jolis opéras comiques et
vaudevilles. Elle est intitulée : *le Philosophe prétendu.* Dans une scène fort plaisante, dont je don-
nerai la substance en prose, parce que je cite de

mémoire, le valet Pasquin se vante d'avoir inspiré
à une dame beaucoup d'amour pour son maître,
par le portrait qu'il lui en a fait ; je vous répéterais
bien ces éloges, ajoute-t-il, *mais votre humilité*....
Dis toujours, répond le philosophe ; alors Pasquin cite une des vertus, puis deux, puis trois,
puis quatre, et à chacune le philosophe lui dit :
Après ; ensuite. Pasquin reprend la liste des perfections ; c'est un esprit admirable, une grande
âme, une science profonde,.... et toujours on l'excite à continuer la nomenclature ; enfin le pauvre
valet, aussi essoufflé que notre éditeur, s'arrête
aussi et dit à son maître :

> Ensuite ! après ! Monsieur, en voilà bien de reste,
> Et cela n'est pas mal pour un homme modeste.

Quelque ridicules que soient ces louanges im-
modérées, je n'y aurais pas insisté aussi long-
temps, si l'éditeur n'avait pas voulu s'ériger en
professeur, faire une poétique à sa manière, et
préconiser les principes de la nouvelle école. C'est
là qu'est le danger, car, du reste, l'éditeur fait son
métier. Mais ces *dix éditions*, rapidement écoulées, ces *traductions en onze langues*, ces éloges
des journaux étrangers, peuvent fasciner les yeux
des jeunes gens, et leur faire voir le beau et le bon
partout où est la vogue. Réussir est toujours le but
principal, et j'avoue que le succès est une grande
autorité ; mais donne-t-il le droit de bouleverser
toute la littérature, et de proclamer une nouvelle

poétique où les défauts de l'auteur sont présentés comme des beautés du premier ordre, et comme des exemples à imiter? C'est précisément ce qu'a fait l'éditeur de *l'Étrangère*.

Si M. d'Arlincourt donne carrière à son imagination, et prend l'étrangeté pour l'originalité, l'officieux éditeur nous dit : « Les pensées neuves et les images hardies qui sont semées dans les ouvrages de M. d'Arlincourt, sont principalement ce qui lui a attiré les sarcasmes de ses détracteurs. « *Du simple! du naturel!* »—s'écrient-ils ; c'est-à-dire : « *Du commun et du médiocre!* » Voilà donc le simple et le naturel synonymes du commun et du médiocre ; et notre La Fontaine a été bien sottement nommé l'*inimitable*, puisque, par la définition de l'éditeur, il est le plus commun et le plus médiocre des poètes, comme il en est le plus simple et le plus naturel.

Mais si M. le vicomte d'Arlincourt rentre un moment dans la bonne voie, s'il met un frein à son ardeur fougueuse, alors la poétique de l'éditeur prescrit des préceptes diamétralement opposés. Le contempteur du simple et du naturel, l'ennemi des règles et d'Aristote nous dira : « *L'extrême simplicité* de l'action, le peu d'événemens, *l'unité constante du lieu*, la marche rapide du sujet, sont tout-à-fait du *goût antique*. » Ainsi, la chose qui était médiocre par cela seul qu'elle était simple, devient excellente quand elle est d'une *extrême simplicité!* Ainsi, Horace et Boileau ne seront que des radoteurs quand M. d'Arlincourt fera des folies, et ils deviendront les régulateurs du goût lorsque M. le vicomte daignera rester sage. Mais, qu'importe cette contradiction? L'éditeur a compté sur des lecteurs bénévoles qui ne s'aviseraient jamais de comparer la page VIII à la page XXIX, et qui n'apercevraient pas une si lourde bévue.

Qui le croirait? l'éditeur s'appuie sur l'autorité de madame de Staël, et je suis forcé de convenir que la citation est juste. Cette femme célèbre a réellement eu le malheur d'écrire la phrase suivante : « Il est des littérateurs qui veulent nous persuader que le bon goût consiste dans un style exact, mais commun, servant à revêtir des idées plus communes encore. » Non, madame, non, jamais littérateur n'a dit que le bon goût consistât ni dans un style commun, ni dans des idées communes. Tous les littérateurs ont voulu un style exact et correct, mais non pas commun, des idées justes, mais non pas communes; tous se seraient crus offensés si on les avait loués d'être communs dans leurs idées comme dans leur style. Personne n'a donc avancé la proposition que vous réfutez bien inutilement, et une dame qui pouvait lutter avec les meilleurs esprits de son temps, n'aurait pas dû se créer d'absurdes adversaires pour en triompher avec plus de facilité.

Mais supposons que des littérateurs aient pu dire une pareille sottise, et que madame de Staël ait eu raison de mépriser la simplicité et l'exactitude, l'éditeur en aura-t-il plus beau jeu? Madame de Staël, au moins, a toujours soutenu la même thèse, et si l'éditeur a bien fait de blâmer la simplicité d'après madame de Staël, comment s'excusera-t-il d'avoir vanté l'*extrême simplicité*, contrairement au vœu de madame de Staël? Quoi! M. l'éditeur, vous invoquez une divinité pour lui être infidèle!

Tout le monde devine le motif de ces déclamations, de ces contradictions, de cette mobilité de principes et de cet amour pour une nouvelle littérature quelle qu'elle soit; si pourtant quelqu'un l'ignorait encore, le voici : l'écrivain qui n'a point de style, déclare que le style est une superfluité, et que la pensée est tout; celui qui n'a point fait d'études, affecte de regarder l'instruction comme le partage des hommes médiocres, et place le génie dans une présomptueuse ignorance; celui qui n'est pas assez riche pour être simple impunément, se charge d'oripeaux et se croit magnifique; celui qui ne peut ni sentir les beautés de Racine ni connaître celles de Virgile, dit que Racine est froid et Virgile ennuyeux; celui qui n'a pas la force de s'élever sur le double mont, se place sur la butte Montmartre, y proclame une nouvelle littérature, y fonde une nouvelle école, et ses disciples émerveillés *arrectis auribus adstant*; celui..... mais c'en est bien assez, et de tout temps les pauvres ont médit des riches.

L'éditeur se plaint beaucoup des petits journaux;

n'ayant pas sous les yeux les pièces du procès, je
n'ai point d'avis à donner ; mais s'il est vrai que de
prétendus critiques aient pris des phrases dans différens paragraphes, et les aient réunies comme faisant partie d'un même contexte, afin de présenter
une ridicule disparate et l'attribuer à M. d'Arlincourt, non-seulement l'indignation de l'éditeur est
légitime, mais je ne conçois pas pourquoi il a l'indulgence de ne pas même désigner le coupable ; et
s'il est assez modéré pour ne pas se venger d'un
trait aussi noir, comment ne s'est-il pas aperçu que
cet acte malhonnête ne doit point rejaillir sur les
journalistes qui n'ont rien de pareil à se reprocher ?
M. le vicomte d'Arlincourt fût-il encore au-dessus
des éloges de l'éditeur, serait-ce un crime que de
ne pas aimer ses romans ? Pourquoi donc cette vé-
hémence ? Pourquoi vouloir imposer l'admiration ?
Pourquoi surtout se plaindre si maladroitement ?
Oui, maladroitement ; et en voici la preuve dans
la page xv de la préface, où je lis :

« Mais quand s'apercevront-ils donc que plus
ils s'acharnent *contre* un écrivain aimé de toutes
les nations, plus ils accroissent sa célébrité.....? »
et vous vous plaignez de cela, M. l'éditeur! L'injustice des critiques a poussé jusqu'à Saint-Péters-
bourg, une gloire qui se serait peut-être consumée
dans Paris, et vous ne remerciez pas des ennemis
si bienfaisans! Est-ce la réputation de votre auteur
qui vous touche ? Mais vous avouez qu'elle s'est
accrue par les critiques mêmes. Est-ce de l'or qu'il

vous faut? mais vous en avez plein dix éditions. Et les malins, que diront-ils? « On se fâche, mauvais signe. Les affaires ne vont pas si bien qu'on le dit : qui perd pèche. Ces plaintes ont un son métallique. »

Qu'a produit ce panégyrique infecté du plus grossier encens, par lequel on a voulu, selon une expression délicatement romantique, faire *mousser* les romans de M. d'Arlincourt? Il m'a fait hésiter à en entreprendre la lecture. Indigné de ce qu'on me mettait le pouce sur la gorge pour me forcer à crier *vivat!* je conçus la plus mauvaise opinion de l'ouvrage qui était entre mes mains ; les critiques les plus malveillantes me paraissaient justifiées ; je m'attendais à trouver un style ridiculement emphatique, des inversions bizarres, du pathos au lieu de noblesse, du brillanté pour de l'élégance, de l'extravagance pour de l'originalité. J'aurais eu tort, mais ce tort devait peser tout entier sur la conscience de l'éditeur. Et, en effet, jamais auteur vivant ne fut aussi outrageusement loué dans ses propres livres ; et même un mort, tant soit peu modeste, sortirait de son tombeau pour punir le traître qui lui aurait joué un pareil tour.

J'étais dans ces mauvaises dispositions lorsqu'il m'est tombé dans la pensée que M. le vicomte d'Arlincourt pouvait bien n'avoir pas plus lu la préface de son livre que certain archevêque n'avait lu son mandement. Je saisis avidement cette idée si conforme à l'opinion que je me faisais d'un homme considéré, d'un gentilhomme plein d'honneur et incapable de se prêter au charlatanisme de la librairie. Cette supposition d'ailleurs avait le fait même pour garant de sa possibilité. On sait que l'un de nos poètes les plus distingués a failli perdre presque tout le fruit d'un long travail pour avoir adopté une malheureuse préface, sans prendre la précaution de la lire. Cet exemple qui confirmait mes soupçons, me rendit le courage d'aborder *l'Étrangère*, et j'en fus récompensé par le plaisir que j'éprouvai à perdre une grande partie des préventions que j'avais conçues contre elle. Je déclare ici que cet ouvrage de M. le vicomte d'Arlincourt est certainement celui d'un homme de beaucoup d'esprit, et que les hommes les plus difficiles peuvent en entreprendre la lecture sans craindre ni l'ennui, ni la fatigue. La fable et les situations n'ont pas toute la vraisemblance désirable, mais la chaleur et l'intérêt qui y dominent, sans faire excuser ce défaut, le dissimulent assez bien. Quelques-uns des caractères sont outrés, les deux principaux surtout; et, en général, M. le vicomte d'Arlincourt pèche par excès. Il en est de même de son style. Il paraît avoir dédaigné le précepte de la Corinne Thébaine : il renverse souvent le sac, au lieu de semer avec la main; cependant il offre en compensation de l'imagination, de l'élégance, de la vivacité et de la grâce. Quant aux inversions ridicules dont on lui a tant fait de reproches, il faut que l'accusation soit fausse, ou que M. le vicomte se soit complètement amendé, car je n'en ai pas trouvé trace dans son livre ; loin d'en abuser, il n'en a pas même usé autant que l'ont fait des écrivains très-recommandables.

Je n'immolerai pas tous les romanciers aux pieds de la statue de M. d'Arlincourt ; je n'emboucherai pas la trompette pour le proclamer vainqueur de tous les romanciers passés, présens et futurs ; mais je vais exposer les défauts que j'ai cru remarquer dans *l'Étrangère*, avec tous les égards que l'on doit à un homme d'un vrai talent, même quand il s'égare.

Pour être sûr de mon impartialité, j'ai arraché la malheureuse préface ; car si elle se représentait encore, je ne répondrais plus de rien.

On sait que le roi de France Philippe II, surnommé *Auguste,* répudia sa femme Ingelburge, ou Isamberge, comme il plaît à M. d'Arlincourt de la nommer, et que le monarque épousa la belle Agnès de Méranie, princesse du sang de Charlemagne. Sur les plaintes du roi de Danemarck, père d'Ingelburge, le pape ordonna qu'une assemblée d'évêques déciderait de la légitimité des motifs allégués par Philippe pour casser son mariage ; et ces motifs étaient sa parenté, à un degré prohibé, avec la princesse de Danemarck. La décision des évêques fut conforme aux vœux du roi de France. Mais, Célestin étant mort, Innocent III prétendit que son prédécesseur *avait été trompé ;* il convoqua un autre concile, qui, sans égard pour

l'autorité du premier, ni pour l'infaillibilité d'un
pape, annula le divorce, condamna Philippe à
renvoyer Agnès, à rappeler Ingelburge, et à lui
rendre tons ses droits au lit comme au trône du
monarque. Philippe voulut résister, mais l'excom-
munication lui ayant fait courir le danger de perdre
sa couronne, il fut contraint de quitter, *invitus in-
vitam*, la belle Agnès de Méranie, qu'il aimait avec
passion, et, ce qui dut lui paraître plus dur encore,
de reprendre cette Ingelburge qu'il haïssait de tout
son cœur. Agnès ne survécut pas long-temps à sa
déposition. Telle était alors la dépendance des rois
chrétiens, qui, depuis, se sont un peu émancipés;
et tel est le fait historique sur lequel M. le vicomte
d'Arlincourt a fondé son nouveau roman. En
voici l'analyse :

Toute l'action est renfermée dans un espace assez
étroit de l'ancien comté de Nantes, sur les bords
d'un grand lac et dans une île de ce lac, où était
situé le château du seigneur de Montolin. Je ferai
d'abord observer que le lieu est bien choisi pour
une action romanesque : ce lac de Montolin, que
M. d'Arlincourt nomme *immense*, est sans doute
le lac de Grand-Lieu, qui se trouve en effet dans
l'ancien comté de Nantes, au pays de *Rais* ou
Retz, non loin des bords de la mer, et sur les con-
fins du Bas-Poitou. Il n'est peut-être pas dans toute
la France un coin de terre dont on raconte plus
d'histoires merveilleuses : on vous y parle d'une
grande ville occupant très-anciennement l'espace

que les eaux ont envahi, et l'on assure que, par une punition du ciel, cette ville s'est engloutie et a été remplacée par un lac. Il y a d'assez bonnes gens dans ce pays, peu éloigné de la Vendée, pour croire que cette grande ville était la fameuse Sodome, et la preuve, ajoutent-ils très-sérieusement, est qu'à certain jour de l'année on entend des cloches sonner en carillon au fond du lac. Sodome transportée dans les Gaules, des cloches carillonnant dès le temps de Loth et d'Abraham, et sonnant au fond d'un lac, seraient des prodiges bien dignes de la Muse romantique ; mais il faut avouer que, malgré la tentation, M. d'Arlincourt a été sage ; s'il ne s'est pas toujours renfermé dans les limites du vraisemblable, il est au moins resté dans le domaine du possible ; il ne parle ni de Sodome, ni de ses cloches, et il se contente de dire qu'une grande ville a disparu sous les eaux : je ne suis pas même bien sûr que son lac soit celui de Grand-Lieu, mais comme je n'en connais point d'autre, dans le comté de Nantes, qui soit aussi grand et aussi près de la mer, je m'en tiens à ma conjecture.

Or, il advint, au commencement du treizième siècle, que le comte Arthur de Ravenstel, âgé de vingt ans, et beau comme Adonis, sortit pour la première fois de son château, où il avait été soigneusement renfermé, selon les dernières volontés de son père qui avait fixé cette époque pour lui donner la liberté de courir le monde. La nature

avait prodigué tous ses dons à ce jeune homme, et
le ciel l'avait doué de toutes les vertus ; mais, malheureusement, il avait eu pour précepteur un vilain
philosophe nommé Olburge qui, en cultivant uniquement l'esprit de son élève, avait négligé les
qualités du cœur, et lui avait inspiré une sorte
d'indifférence pour les vérités religieuses. Laissons
un moment parler M. d'Arlincourt qui peint ainsi
le caractère moral de son jeune héros :

« Il n'avait encore vécu qu'avec son cœur, et
poussait la passion du bien jusqu'au délire. Plaçant
les félicités humaines dans les sublimités idéales,
il cherchait en son exaltation rêveuse des biens
imaginaires entre la vie et l'éternité, des jouissances
éthérées moins pures que les plaisirs du ciel, plus
grandes que celles de la terre. Sa jeunesse contemplative s'élevait ainsi fougueuse et superbe ; sa volonté, qu'appuyaient ses vertus, avait une force
d'enthousiasme que rien ne pouvait ébranler. »

Voilà un héros dont madame de Staël aurait
rafollé. Un jeune homme qui n'a encore vécu qu'a-
vec son cœur ; des sublimités idéales ; une jeunesse
contemplative, fougueuse et superbe ! On ne résiste
pas à de pareilles expressions ; et les disciples de
Kant seront émerveillés de la grande découverte
d'une région placée entre la vie et l'éternité : c'est
bien autre chose que *l'espace et le temps*. Mais
voyons ce que fit ce jeune enthousiaste :

Il allait faire sa première visite au sire de Montolin, son parent, et administrateur des biens

immenses du comté de Ravenstel. Le premier objet
qui frappe et attriste les regards d'Arthur, est le
fort de Karency où Agnès de Méranie, veuve avant
la mort de son époux, regrette son beau roi, et
peut-être encore plus la couronne. Arthur soupire,
puis s'embarque sur le lac. Il regardait avec assez
d'indifférence les embarcations pavoisées et brillantes qui l'accompagnaient, quand il aperçut un
bateau bien simple qui voguait en sens contraire à
tous les autres. C'en est assez pour piquer la curiosité d'Arthur ; il fait ramer vers cette barque, et
dans le peu de temps qu'il en faut pour la croiser,
il y jette un coup d'œil rapide, et y voit une de ces
figures qui décident en un moment du destin d'un
jeune fou. Il rêvait déjà ces *jouissances éthérées*,
ces *sublimités idéales* qui planent entre la vie et
l'éternité, lorsqu'il entendit crier : « Malheur! malheur au castel de Montolin! Ce bateau porte *l'E-
trangère* ; malheur à nous, nous l'avons vue! »
Que signifient ces cris étranges? On répond que
l'Etrangère est proscrite, qu'elle est en horreur
au ciel et à la terre, et que sa présence est toujours le signal d'une calamité. Arthur, agité par
le contraste d'un amour qui était déjà violent,
et de l'horreur que l'objet de sa passion inspire
à tout le monde, arrive au château, peu disposé
à se réjouir de la brillante réception qu'on lui
fait.

Le sire de Montolin préférait les jouissances
positives aux jouissances éthérées, et il voulait ma-

rier sa fille Izolette au riche et puissant comte de Ravenstel. Pour y parvenir, il avait séduit la cupidité du philosophe Olburge qui avait une grande influence sur l'esprit de son élève. Arthur voit Izolette : jamais plus d'attraits, plus de grâces, plus d'amabilité ne s'offrirent aux regards d'un mortel; mais Izolette plaît à tout le monde, tout le monde en fait l'éloge, elle n'est redoutée, elle n'est haïe de personne; c'est un grand tort pour un amant romantique, et quoiqu'elle chante à merveille, quoiqu'elle danse à ravir, quoiqu'elle monte à cheval comme une Clorinde ou une Bradamante, quoiqu'elle soit aussi bonne que belle, Arthur n'est point ému, et son cœur reste froid quand ses yeux et son esprit sont dans l'admiration.

Il ne parle donc pas de mariage, au grand déplaisir d'Izolette, qui aimerait beaucoup un petit mari comme Arthur, et du sire de Montolin, qui n'entend rien aux sublimités idéales. Triste et silencieux, il fait de longues promenades aux environs du lac, sans égard pour Izolette, qui fait ce qu'elle peut pour le retenir au château. Dans une de ces excursions, il s'introduit au fort de Karency, dans l'espoir d'y voir Agnès; il y arrive au moment où l'ex-reine y revient d'une promenade qu'elle a faite dans un char escorté d'un grand nombre de chevaliers. Le voile qui la couvre toujours, et ne permet à personne de contempler ses traits, se dérange par hasard, et Arthur voit encore une figure céleste....., mais ce n'est point l'Étrangère;

Arthur n'a point senti l'étincelle électrique, et il n'éprouve que de la pitié.

Ne pouvant enfin supporter le tourment d'aimer toujours une inconnue dont tout le monde lui fait un portrait affreux, il dirige ses pas vers la petite maison blanche et isolée, où l'Etrangère n'a que la jeune servante Nicette pour charmer sa solitude. Je n'entreprendrai pas de peindre la situation des deux personnages, ni d'analyser la scène passionnée de la maison blanche. Je dirai seulement que l'E-trangère ne laisse aucun espoir au malheureux Arthur, et qu'elle dit d'elle-même qu'elle est mau-dite, qu'elle est proscrite, qu'elle porte malheur à tout le monde, et que cependant elle n'a aucun crime à se reprocher ; je passerai également une autre scène où Arthur, rencontrant l'Etrangère près d'une fontaine mystérieuse, en reçoit un verre d'eau qu'il boit, non pas à sa santé, mais en disant d'un ton solennel : « *Etrangère, à toi pour la vie!* »

Il est plus que temps d'arriver au nœud du drame. Parmi les seigneurs qui se trouvaient à Montolin, on remarquait un baron de Valde-bourg ; il pourrait se nommer l'Étranger, car il est aussi inconnu que *l'Étrangère;* et, sans savoir qui elle est, il habite, comme elle, une maison si-tuée au bord du lac. Ce baron a l'air si franc, si noble et si aimable, qu'Arthur l'a pris en affection. Il lui confie son amour pour *l'Étrangère;* mais le baron l'en détourne, et lui fait observer qu'une haine aussi générale que celle dont cette femme est l'objet suppose quelque motif légitime. Arthur est inébranlable, et il offre au baron de le conduire à la *maison blanche*, afin qu'il puisse juger par lui-même si cette inconnue mérite le mépris ou l'amour de ceux qui la connaissent. Valdebourg accepte; ils arrivent chez l'Étrangère. Mais quel est l'étonnement du comte de Ravenstel, quand il voit cette femme et Valdebourg courir l'un vers l'autre, s'embrasser avec tendresse, et se féliciter mutuellement du hasard qui les rassemble! Ici, le lecteur attend une explication; mais M. d'Arlincourt me défend de la donner; car il faut qu'Arthur soit jaloux, et que cette jalousie amène une catastrophe.

On sent déjà quelle doit être la fureur d'un homme dont la jeunesse était *fougueuse et superbe*. N'ayant pu savoir pourquoi l'Étrangère et le baron s'embrassaient de si bon cœur, lorsqu'il croyait qu'ils ne se connaissaient pas, il vient un soir à la maison blanche, il demande à la petite servante si sa maîtresse est seule; Nicette, qui n'entend malice à rien, répond qu'elle est avec le baron de Valdebourg. O rage! ô désespoir! Arthur se tapit près de la porte, et aussitôt que le baron est sorti, il court sur ses traces, lui crie de s'arrêter et de se mettre en défense; Valdebourg veut le calmer, et peut-être lui dire son secret, mais le furieux Arthur n'entend rien, et il parle d'assassiner si on refuse de se battre. Le baron est forcé de tirer l'épée, il blesse son adversaire qui n'en devient

que plus ardent; enfin Valdebourg reçoit un coup
mortel, il tombe dans son sang, et roule jusque
dans le lac où il disparaît. Cependant les cris d'Arthur ont fait accourir l'Étrangère avec un flambeau;
elle voit Ravenstel dans une attitude effrayante,
elle glisse sur le sang qui a été versé, elle apprend
que Valdebourg blessé à mort est enseveli dans le
lac, elle s'écrie : « Mon frère! » et Arthur connaît
par ce seul mot toute l'étendue de son crime et de
sa folie.

Le bruit de ce meurtre se répand avec la rapidité dont la Renommée fait toujours usage quand
il s'agit de mauvaises nouvelles. Le prieur de Saint-
Irénée, seigneur et haut-justicier du lieu, fait citer
l'Étrangère à son tribunal. M. d'Arlincourt décrit
avec beaucoup de soin et de pompe ce jugement
solennel. Mais, chose étrange! le prieur, qui cependant est un honnête homme, permet que l'accusée soit conduite, devant qui? devant l'infâme
Olburge son accusateur, devant Olburge qui a juré
sa perte, parce que sa cupidité est intéressée au
mariage d'Arthur et d'Izolette. Il n'y a qu'un romancier romantique qui puisse se faire une idée
pareille de la justice. Mais voici bien autre chose.
L'accusée s'est déclarée innocente, mais elle a
refusé de nommer le meurtrier; elle est donc au
moins complice, et *le prieur va prononcer le jugement*, lorsque la jeune Nicette se précipite dans
la salle et présente aux juges un billet par lequel
Agnès de Méranie demande que partout où l'Étran-

gère se présentera, son existence, ses secrets et son infortune soient respectés.

Malgré cette recommandation, il y a crime ; la justice doit être satisfaite, *et le prieur va prononcer le jugement;* mais un autre incident l'arrête : un religieux de l'abbaye entre, et présente un parchemin roulé ; c'est un ordre du roi Philippe-Auguste, qui commande à toutes les autorités du royaume de respecter et de protéger l'Étrangère. Mais Olbürge ne se tient pas pour battu : il fait observer que le décret royal est d'une date antérieure au crime, et que le roi n'a sûrement pas prétendu arrêter le cours de la justice. Le procès recommence donc, *et le prieur va prononcer le jugement,* lorsqu'un tapage affreux se fait entendre, et l'on voit entrer le jeune comte de Ravenstel, qui se déclare meurtrier, et veut disculper l'Étrangère. Mais l'enragé Olburge dispute même contre son élève ; il demande qu'on fasse éloigner Arthur, dont le délire, dit-il, est évident, ce qui paraît assez vraisemblable. Ainsi, le pauvre prieur, qui doit être un peu fatigué, *va donc enfin prononcer le jugement.....* Non, il ne le prononcera pas, car une quatrième apparition le lui refoule jusqu'au fond de la bouche : un voile se lève et l'on voit un fantôme dont l'aspect glace tous les spectateurs : c'est le baron, c'est Valdebourg lui-même qui vient dire qu'il n'est pas mort, que le prétendu assassinat n'est qu'un duel, et que l'Étrangère est innocente. Le prieur ne prononcera donc pas le jugement.

Le noble Arthur, dont la blessure est loin d'être
guérie, se met en devoir de rendre une visite au
baron, qui est plus malade encore, et veut lui
demander pardon du grand coup d'épée qu'il lui
a donné. Mais, sur le seuil de la porte, il trouve
le prieur qui lui en défend l'entrée ; et le fougueux
jeune homme, après avoir crié, tempêté, et, je
crois même, blasphémé, se résigne, à condition
que la sœur de Valdebourg, c'est-à-dire l'Étrangère, viendra causer avec lui à la belle étoile. Cette
scène de nuit est encore plus éthérée, plus idéale,
que toutes les précédentes. Cependant, tel est
l'ascendant de cette femme mystérieuse sur le
pauvre Ravenstel, qu'elle obtient de lui le serment d'obéir à l'ordre qu'elle lui donnera. Il jure
sans hésiter ; et alors l'Étrangère lui dit, d'un ton
d'oracle : « ARTHUR, ÉPOUSEZ IZOLETTE, » puis
elle disparaît à ses yeux.

Le comte de Ravenstel est tant soit peu incré-
dule, grâce aux soins du mécréant Olburge ; et
cependant il périrait plutôt que de manquer à son
serment. Il déclare donc qu'il épouse Izolette, et
l'on se hâte de faire la noce, pour profiter d'un
moment lucide. Vous avez vu, dans l'histoire romaine, ces malheureux rois, chargés de fers,
qu'un insolent triomphateur traînait attachés à son
char : c'est la parfaite image du pauvre Arthur,
chargé de ses habits de noce, et suivant, tête bais-
sée, le cortége nuptial. Il a exigé, comme condition *sine quâ non*, que l'Étrangère se trouverait

à l'église. Elle y est en effet, couverte du long voile, sous lequel elle cache toujours son visage; mais Ravenstel a su la reconnaître. On peut se figurer l'état dans lequel se trouve Izolette, qui voit son mari si triste, et celui de ce mari qui va prononcer un vœu si contraire à celui qu'il a fait près de la fontaine mystérieuse. Un calme sinistre précède le moment décisif; Arthur s'avance à l'autel; mais, aussitôt qu'il a prononcé le *oui* fatal, il s'échappe, comme le taureau manqué par la hache du sacrificateur; il saisit, non pas sa femme, mais l'Étrangère, l'entraîne par les corridors, et je ne sais dans quel lieu secret de l'abbaye, lui dit *qu'il veut la posséder en dépit de la terre et des cieux;* et l'Étrangère a beau lui faire observer que ce n'est point ainsi qu'il doit consommer son mariage, il répond par des gestes si expressifs, que *la statue de la Vierge a paru trembler sur son piédestal, et l'Ange des chastes amours s'est voilé de ses ailes blanches.*

Cependant la foule est accourue, et elle devait arriver plutôt, car la scène a été longue; l'Étrangère est secourue et sauvée, mais elle n'a plus de voile, et dès qu'elle est reconnue par l'un des témoins, celui-ci s'écrie : « Juste ciel! *la* ******* *en ces lieux.* » On sait donc quelle est l'Étrangère, mais je ne veux pas jouer au libraire le mauvais tour de dire le mot de l'énigme; et le lecteur voudra bien se donner la peine de chercher dans le roman quels sont les noms auxquels j'ai substitué des astérisques.

Je dirai donc succinctement que la blessure mal fermée de Ravenstel, ses fureurs, et sa confusion du crime qu'il a voulu commettre, le conduisent au tombeau. La tendre et passive Izolette et la ci-devant Étrangère assistent à son lit de mort; mais cette Étrangère, qui ne lui avait jamais donné d'espoir, qui lui avait même ordonné d'en épouser une autre, ne peut plus contenir l'amour qu'elle éprouve lorsqu'elle le voit près d'expirer, et peut-être depuis qu'il lui a donné une si belle preuve de tendresse dans le couvent de Saint-Irénée; elle devient aussi folle que lui; elle va jusqu'à insulter à la douleur de l'innocente Izolette, et les discours injurieux qu'elle lui adresse, signifient, en dernière analyse : «Vous n'êtes point sa femme, vous; c'est moi qui dois l'être; il n'a point voulu de vous quand vous vous offriez de si bonne volonté, et il a bien fait voir qu'il voulait de moi. » Cependant Ravenstel expire, les deux veuves se réconcilient et confondent leurs larmes; Izolette se fait religieuse, et je renvoie encore le lecteur au roman, pour y connaître la fin tragique de l'Étrangère.

Les invraisemblances dont cette fable abonde sont si choquantes, qu'on ne devrait pas s'attendre à y éprouver de l'intérêt. Une femme qui doit être toujours voilée, même dans l'intérieur du fort qu'elle habite, afin qu'on ne puisse découvrir qui elle est; une autre femme, car c'en est une autre, également voilée, inspirant de la haine ou du mépris à tout le monde, et qui, pour se réhabiliter

sans doute, va toujours courant par monts et par
vaux, et se promène seule dans les bosquets voisins du lac; le frère de celle-ci, qui va fixer sa
demeure près du même lieu, sans savoir que l'É-
trangère est sa sœur; cet étrange procès, inter-
rompu par quatre apparitions successives; un vil
accusateur qui, à la honte du bon sens, obtient le
droit de faire subir un interrogatoire à sa victime;
un sénéchal dont je n'ai point parlé, parce qu'il
est plus qu'inutile à l'action, homme d'un certain
âge, magistrat et guerrier à la fois, qui s'avise de
devenir amoureux d'Izolette au moment où elle
se marie à un autre, et qui va conter son douloureux martyre à l'époux même, et en reçoit avec
une ridicule résignation les reproches les plus durs
et les sarcasmes les plus amers; et par-dessus tout
cela, l'invraisemblance plus révoltante encore que
le lecteur découvrira quand il connaîtra le rang
et le nom de l'Étrangère; ces défauts, et de choquans anachronismes, tels qu'un *empereur d'Autriche* que l'on fait régner au commencement du
treizième siècle, et un baron du moyen âge qui
parle des *sommités sociales*, comme le font aujourd'hui les publicistes romantiques, tout cela
justifierait une critique acerbe, et ferait excuser
jusqu'à la malveillance. Il est cependant certain
que ce roman intéresse en dépit de la raison; on
ne peut s'empêcher d'y reconnaître du mouvement, des combinaisons, de la chaleur, des tableaux, des caractères, un certain prestige, de la

passion, des sentimens tendres, impétueux, exal-
tés, des situations tragiques, et une foule d'idées
qui ne sont point communes : les défauts même
y font quelquefois illusion, et, selon l'expression
du peuple, il y a un certain *frou frou*, mot ignoble
dont je me sers parce que je ne lui trouve pas
d'équivalent dans la langue; il y a enfin un vague
et un désordre qui simulent le talent de manière
à tromper le lecteur. J'ai écrit cette analyse sans
recourir au livre, preuve que je l'avais bien dans
la mémoire, ce qui ne serait certainement pas arrivé si l'ouvrage eût été totalement dépourvu de
mérite et d'intérêt.

Le style, comme je l'ai déjà dit, pèche par excès.
Le défaut d'espace m'empêche de l'examiner complètement. Je me borne à une seule observation :
on sait que les Anglais, et surtout Shakespeare,
ne se bornent pas toujours à donner au substan-
tif une épithète caractéristique; ils y joignent très-
souvent une comparaison courte qui en augmente
l'effet. Ils ne diront pas : *Homme effréné, femme
perfide*, mais *homme effréné comme la flamme
de l'incendie, femme perfide comme l'onde*; ils ne
disent pas : *Cette femme est pâle, elle est immobile*, mais *pâle comme l'albâtre des tombeaux,
immobile comme la tombe*, etc.... M. d'Arlincourt
a outré cette manière, et rarement ses comparaisons sont justes; il dira par exemple : *Naïf comme
la pensée naissante du premier homme;* et précisément le premier homme est de tous les hommes

celui auquel le mot *naïf* convient le moins, puisque
le premier homme n'a jamais été enfant, et qu'il a
reçu en naissant la *science infuse;* il pouvait donc
être très-sincère, mais non pas ce que nous enten-
dons par naïf. Un autre tort de l'auteur est d'accumuler trois comparaisons dans la même phrase,
comme dans celle-ci : *doux comme l'agneau nou-*
veau-né, paisible comme la fontaine du désert,
triste comme la cloche du soir. Tout cela n'a point
la justesse des comparaisons anglaises que j'ai citées
plus haut. D'abord tous les nouveaux-nés sont
doux, même le tigre; et il n'y a de mérite à être
doux qu'à l'âge où l'on peut ne l'être pas. Ensuite,
pourquoi la fontaine du désert serait-elle plus paisible que celle des lieux habités? Je n'en vois pas
la raison. Elle doit même faire plus de bruit,
parce que son murmure contraste avec le silence
du désert, et parce que son lit n'étant pas nettoyé,
ses flots se brisent contre le rocher, les cailloux et
les obstacles de toute espèce. Enfin, pourquoi la
cloche du soir serait-elle plus triste, si elle annonce
un baptême, ou le *salut,* ou si elle rend la sécurité au voyageur égaré dans la forêt? C'est donc le
soir qui est triste, et non pas la cloche.

Mais où vais-je m'égarer moi-même? Peut-être
la justesse d'expression est-elle un défaut dans la
nouvelle école; peut-être Boileau s'est-il trompé
quand il a dit : *Rien n'est beau que le vrai.* S'il
en est ainsi, je prie M. le vicomte d'Arlincourt de
n'avoir aucun égard à ma critique, mais de me

croire très-sincère quand j'ajoute qu'à l'exagération près, son style a de la chaleur, du coloris,
de la grâce, et qu'il est tout-à-fait exempt, au
moins dans *l'Étrangère*, des ridicules inversions
qu'on lui reproche.

PÉTRARQUE ET LAURE;

Par Mme la Comtesse de GENLIS.

LES questions qui s'agitaient dans le public
avant la première représentation de la tragédie de
Louis IX, sont presqu'identiques avec celles que
je me proposais en recevant le dernier roman de
madame de Genlis. Comment le saint roi, disait-
on là-bas, peut-il être un héros de tragédie? Comment Pétrarque, me disais-je à moi-même, peut-il
devenir un héros de roman? Les gens de goût se
demandaient au théâtre si les éminentes vertus de
Louis IX, la sainteté de ses mœurs, la sagesse de
son administration, sa malheureuse expédition d'É-
gypte, sa mort déplorable à Tunis, et plusieurs
circonstances admirables, mais peu dramatiques,
de sa vie publique ou privée, fourniraient les élémens d'une tragédie, composition dont l'essence
est le contraste violent de toutes les passions humaines. Je m'étais demandé plus d'une fois com-

ment François Pétrarque, engagé dans les ordres
sacrés, archidiacre, revêtu d'un triple canonicat,
grand latiniste, médiocre helléniste, auteur de poésies italiennes qu'il estimait peu, mais qui l'ont
immortalisé, homme pieux, plein de sagesse, de
raison, ami de la retraite et de l'étude, illustre
par ses talens et non par les événemens de sa vie,
avait pu fournir à madame de Genlis les situations, les faits extraordinaires, le pathétique, le
prestige, l'intérêt enfin que l'on cherche dans un
roman. L'auteur de la tragédie a fait ressortir l'a-
pothéose de saint Louis de ses revers et même du
malheur de sa situation; l'auteur du roman a fondé
tout l'intérêt de son récit sur l'amour de Pétrarque
pour la belle et vertueuse Laure. M. Ancelot a
donné un heureux démenti à l'espèce d'axiome
dramatique par lequel un héros tragique ne doit
être ni entièrement vicieux, ni entièrement vertueux; et pour appliquer à saint Louis la dernière
partie de ce précepte, il aurait fallu dénaturer l'histoire; madame de Genlis a osé davantage : non-
seulement elle n'a point calomnié Pétrarque en
lui prêtant des défauts dont il était exempt, mais
elle a voulu le rendre intéressant en le dépouillant
des défauts qu'il avait et dont il a fait l'aveu le plus
ingénu. Le succès a couronné l'auteur de la tragédie ; j'attends le succès du roman pour savoir de
quelles fleurs sera composée la couronne de madame de Genlis. Au reste, le parallèle entre la tragédie et le roman reviendra dans le compte que je

vais rendre, car madame de Génlis, en établissant une nouvelle doctrine sur les passions, me forcera d'examiner s'il faut totalement rejeter le précepte relatif aux qualités que l'on exige dans les héros dramatiques ou romanesques.

Un amour de vingt ans, et qui dure encore vingt-six années après la mort de celle qui l'inspiré, un amour sans espérance, même quand l'héroïne vivait, puisqu'elle était mariée et trop vertueuse pour manquer à ses devoirs; l'amour d'un abbé, d'un érudit, un amour qui n'a été traversé par aucun obstacle, puisque l'obstacle insurmontable existait avant cet amour même, un amour enfin qui ne produit que des vers, charmans à la vérité, mais retraçant toujours les mêmes idées et les mêmes images, voilà tout ce que l'histoire de Laure et de Pétrarque présentait à madame de Genlis; voilà le fonds qu'elle s'est chargée d'étendre, de féconder et d'embellir pour en faire ce que nous nommons un roman. Un romancier vulgaire aurait eu recours à la fiction; mais l'histoire est l'auxiliaire de madame de Genlis, et, dans cette dernière composition surtout, elle fournit libéralement tout ce qui peut couvrir ou dissimuler au moins la nudité du sujet.

Oh! certes, je ne renouvellerai point ici la discussion sur les romans historiques; de mille personnes qui se passionnent pour les aventures romanesques, il y en a tout au plus dix qui puissent juger à quel point l'histoire y a été suivie ou altérée; et ces dix personnes mêmes, que je suppose plus instruites, pardonnent tout à l'auteur qui sait leur plaire et les intéresser. Leur plaire, madame de Genlis en est toujours sûre, mais l'intérêt ne dépend pas absolument d'elle; et les efforts qu'elle a faits pour donner de la vie et de la chaleur à l'amour platonique de Laure et de Pétrarque, nous prouvent à quel point, cette fois, elle s'est défiée de son talent.

J'ignore absolument ce que l'auteur aurait pu faire pour donner un air romanesque à l'amour pur de Pétrarque et à la vertu angélique de Laure; il est impossible de supposer que madame de Genlis ait regardé une vertu de vingt ans et un amour de quarante comme un sujet assez romanesque par lui-même; elle ne se permet pas de ces sortes de railleries; son tort n'est point d'enlaidir ses personnages, mais de les rendre trop parfaits, témoin notre bon Henri IV, qu'elle a dépouillé de toutes ses faiblesses et de ces petits défauts qui nous le font aimer davantage, parce qu'ils semblent diminuer l'intervalle qui nous sépare de lui. Dans son dernier ouvrage, tout le monde est admirable; les trois princesses y sont éminemment vertueuses, et les trois poètes parfaitement sages. Madame de Genlis embellit tout ce qu'elle touche; et cet irrésistible penchant vers la perfection de la nature humaine fera croire à la postérité la plus reculée que l'auteur de tant de jolis romans a créé ses héros à son image. Mais, sans rechercher ce qu'elle aurait dû faire pour intéresser vivement des pêcheurs tels que nous, contentons-nous d'exposer ce qu'elle a fait pour nous forcer à l'admiration.

Je commencerai par la partie historique ; elle ne devait être qu'un accessoire dans un ouvrage de ce genre ; mais elle y surabonde tellement, qu'elle est devenue le principal, et il est aisé de voir qu'au lieu de se le reprocher, madame de Genlis s'en fait un mérite. Il y a peu de pages où l'auteur ne nous avertisse, par une citation ou par une note, que son récit est absolument conforme à la vérité de l'histoire. Mais en nous assurant qu'elle est historienfidèle, madame de Genlis l'a-t-elle été? Qu'importe, me dira-t-on, puisqu'elle écrit un roman ! Oh! cela importe beaucoup, et je prends le lecteur pour juge.

Tout est permis au romancier qui ne veut être que cela ; il peut dénaturer les faits pour les rendre plus dramatiques ; il peut modifier, selon le besoin, le caractère de ses héros pour produire des contrastes ou plus d'intérêt ; il peut rapprocher les temps et les lieux, et faire causer ensemble des personnages qui ne se sont jamais vus. On lui accorde tout, pourvu qu'il plaise, et le titre de roman fait tout excuser. Mais madame de Genlis n'est point un romancier vulgaire ; elle n'a pas besoin de ces concessions qui l'humilient ; elle les repousse avec dédain ; elle veut être historien dans toute la rigueur de l'acception, et nous faire trouver dans l'exacti-

tude historique tout le prestige et tout le charme
de la fiction. Ouvrez son Pétrarque, vous verrez
cent fois, au bas des pages, le mot *historique* écrit
en toutes lettres ; quand je dis cent fois, je ne me
sers pas d'un nom de nombre indéterminé pour
dire beaucoup ; *cent fois* est ici un nombre arith-
métique ; madame de Genlis n'a point écrit ce mot
quatre-vingt-dix-neuf fois ni cent une fois, mais
cent fois tout juste, et c'en est bien assez pour
prouver qu'elle a voulu suivre l'histoire. Ajoutez
cependant qu'elle cite encore à chaque instant et
les sonnets, et les *canzoni*, et les lettres de Pétrarque, pour nous prouver qu'elle n'imagine rien ;
et, à la page 5, elle déclare formellement que si
quelquefois elle a été historien moins fidèle, c'a
été *seulement* en parlant de la belle Laure. Tout
le reste est donc exact, ou du moins l'auteur nous
le donne pour tel ; et comme aujourd'hui nos
jeunes gens, distraits par la politique, font leurs
cours d'histoire au théâtre ou dans les romans,
comme une autorité aussi respectable que le nom
de madame de Genlis pourrait donner à la fable
tout le crédit de la vérité, il n'est pas indifférent
d'examiner si l'auteur a puisé aux bonnes sources ;
car enfin il y a histoire et histoire, et madame de
Genlis le sait très-bien.

Son Pétrarque est si parfait, qu'il atteint au beau
idéal ; il réunit tous les talens et toutes les vertus à
tous les avantages naturels ; car il est bel homme,
ce qui ne gâte jamais rien, même aux yeux de

madame de Genlis. Aucun défaut n'obscurcit, ne tempère l'éclat de tant de perfections, et son amour ne peut être considéré comme une faiblesse, puisqu'en aimant Laure, il ne se passionne que pour la vertu personnifiée. Ce Pétrarque, en un mot, est un véritable saint qui a le malheur d'être amoureux; mais cet amour est pur comme celui des anges, et il a été si fidèle, dit madame de Genlis, *qu'il n'avait pas besoin d'espérance.* Tout cela est fort beau; mais cela est-il vrai? On a dit cependant que Laure était déjà mariée quand Pétrarque l'a vue pour la première fois; que cette circonstance si décisive n'a pas empêché l'abbé Pétrarque de lui adresser ses vœux; qu'il n'a rien négligé pour lui inspirer la passion la plus vive, et pour en obtenir un *tendre retour,* expression dont les poètes connaissent parfaitement toute l'étendue. On ajoute que, dans ses sonnets, il s'est vanté d'avoir reçu des espérances; on dit enfin que pour supporter plus patiemment le poids d'une inutile constance, il s'est permis de fréquentes distractions, et s'est consolé près de quelques maîtresses qui n'étaient pas des Laure, et ne le réduisaient pas à espérer éternellement.

Quels sont les calomniateurs qui ont voulu dénicher le saint canonisé par madame de Genlis? Hélas! c'est Pétrarque lui-même qui nous a révélé son secret dans un ouvrage qu'il nommait *son Secret.* Cet écrit bizarre et plaisant se compose de trois dialogues dans lesquels saint Augustin vient

visiter Pétrarque, et lui reproche tous ses vices.
Le poète se défend avec chaleur sur les reproches
de vanité, d'avarice, d'ambition, de gourman-
dise, de colère, etc.... Mais les syllogismes du saint
l'emportent, *comme de raison,* sur ceux du faiseur de sonnets. Enfin l'évêque d'Hyppone l'attaque par l'endroit le plus sensible, le péché d'in-
continence. A ce terrible mot, Pétrarque baisse la
tête, et dit son *meâ culpâ.* Le saint lui indique la
prière, comme le remède le plus efficace contre ce
vilain mal. J'ai prié, dit Pétrarque, et toujours inutilement. Vous avez mal prié, réplique le saint, ou
vous avez prié peu sincèrement ; recommencez
donc avec plus de ferveur et surtout plus de bonne
foi. Le poète promit tout, mais nous laisse fort
inquiets sur l'accomplissement de sa promesse.
Voilà le véritable Pétrarque, et ce n'est pas pour
ternir sa réputation que je rapporte ses propres
paroles : l'humilité chrétienne, le modeste aveu de
ses fautes, le repentir sincère, sont aussi des vertus, et si madame de Genlis n'a pas cru devoir les
compter parmi celles de son héros, c'est sans doute
parce qu'étant elle-même au-dessus de toutes les
faiblesses, elle n'a pas plus besoin de repentir et
d'humilité que l'amour de Pétrarque n'avait besoin d'espérance.

Madame de Genlis n'a pas moins flatté Boccace, l'ami de Pétrarque, et, comme lui, l'un des
fondateurs de la littérature italienne. Dans ce roman, Boccace aime d'un amour bien chaste une

petite fille remplie de pudeur et d'ingénuité qu'il trouve dans une campagne solitaire, et qui est reconnue ensuite pour fille naturelle de Robert, roi de Naples. Comme l'auteur prétend ne s'être permis de fiction qu'à l'égard de Laure, dût sa modestie en murmurer, je veux prouver que son imagination n'a point été stérile, et lui restituer toute la gloire de l'invention. Cette petite fille, si pudique et si naïve, est la princesse Marie, semblable en tout à la trop célèbre Jeanne, qui régna si voluptueusement et si malheureusement après le bon roi Robert, et le lieu solitaire où Marie cachait ses charmes, était tout simplement le palais du roi de Naples. Cette Marie n'aimait pas comme Laure, et ce fut pour une autre raison que Boccace n'eut pas besoin d'espérance. L'indiscret bel esprit n'a chanté que son bonheur, tandis que Pétrarque ne soupirait que ses infortunes. Madame de Genlis nous apprend que Boccace célèbre Marie sous les noms de *Fiammetta* et de *Philicopo ;* cette note *historique* me fournit deux observations. Le nom de *Fiammetta* est véritablement celui que Boccace donne à Marie, et ce diminutif peu respectueux, agréé par la princesse, est déjà une forte présomption contre la haute vertu que lui accorde madame de Genlis. *Filicopo*, et non pas *Philicopo*, car la langue italienne n'admet pas le *ph*, est le nom de *Florio*, l'un des personnages du roman de Blanche-Fleur ; madame de Genlis voudra bien m'en croire quand j'assure que jamais

Boccace n'aurait donné à une jolie femme l'étrange nom de *Filicopo*.

Je n'ai pas encore tout dit sur cette Marie si délicatement convertie en Agnès. Madame de Genlis termine sa vingt-quatrième note historique en disant que cette Fiammetta, ou cette Marie, *est désignée dans le Dictionnaire historique sous le nom de Marie d'Aragon.* Or, cette Marie d'Aragon du Dictionnaire est atteinte et convaincue de n'avoir pas plus existé que la fameuse papesse Jeanne. C'est dommage, il faut en convenir ; une impératrice, femme d'Othon III, et brûlée vive pour avoir imité la conduite de madame Putiphar, est un trait d'histoire assez brillant pour que les romanciers en fassent une vérité ; mais malheureusement Othon III n'ayant jamais été marié, n'a pas pu faire brûler sa femme, et quand l'anecdote serait aussi vraie qu'elle est absurde, Boccace, né en 1313, n'a vraisemblablement pas été le rival d'un empereur mort au commencement du onzième siècle, et l'amant d'une femme brûlée à la fin du dixième ; tout cela est fort étranger à l'amour de Pétrarque, mais l'histoire a déjà bien assez de fables sans se charger encore des notes historiques de madame de Genlis.

Puisque l'érudition de l'auteur m'a conduit en Aragon, il faut que j'y cherche querelle à un Henri, *roi d'Aragon,* que madame de Genlis fait historiquement venir au secours du jeune Conradin. Je sais qu'un Henri, prince de Castille, a combattu contre Charles d'Anjou à Tagliacozzo, que madame de Genlis nomme plus agréablement *le champ du lis*; mais aucun roi d'Aragon ne s'est nommé Henri, et le prince qui occupait le trône à cette époque se nommait Pierre. L'auteur ne se contente pas de cette substitution de nom; pour punir la cruauté de Charles d'Anjou, il fait livrer, près de Naples, une grande bataille dans laquelle Charles eut peur, et s'est enfui avec toute son armée. Comme je lis peu de notes historiques, je ne connais, après le massacre de Sicile, d'autre combat que deux batailles navales, dans lesquelles les vaisseaux de Charles furent brûlés. Ce prince, impatient de terminer la guerre, fit porter un cartel, non pas à Henri, mais à Pierre d'Aragon, et lui proposa de décider par un duel, près de Bordeaux, la grande question de la légitimité. Pierre accepta le défi, mais il n'eut garde de se rendre à Bordeaux, où Charles se trouva tout seul sur le champ de bataille. C'était donc bien assez de nous peindre Charles comme un homme cruel, ce qui est vrai, sans en faire encore un poltron, tandis que c'est son rival qui l'était.

J'ai dit que madame de Genlis embellit tout ce qu'elle touche, et pour le prouver, il suffit de citer les moindres circonstances de son roman. Voulant être historien fidèle (et j'ai fait voir comment elle l'a été), elle n'a pas même osé négliger un mal de jambe survenu à son héros; mais admirez combien ce mal de jambe est devenu gracieux et poétique

sous la plume enchanteresse de madame de Genlis!
L'histoire me dit sèchement que Pétrarque, voya-
eant avec un de ses amis, reçut au genou le plus
rude coup de pied de cheval, et qu'il en fut long-
temps malade. Ce n'est pas tout : la jambe était
pour Pétrarque ce que le talon était pour Achille;
car, une autre fois, un énorme in-folio des œuvres
de Cicéron, relié en bois, avec fermoirs de métal,
lui tomba sur la jambe, et le mit en tel danger
qu'il fut menacé de l'amputation. Mais que faire
de l'ignoble coup de pied de cheval, ou du lourd
in-folio? Parlera-t-on de l'épiderme, du périoste,
de la rotule, du tibia ou du péroné? L'esprit et le
goût se jouent de ces difficultés qui n'arrêtent que
les écrivains médiocres. Pétrarque voit un laurier,
arbre consacré au dieu des vers, arbre heureux
dont Laure porte le nom, ou plutôt qui porte le
nom de Laure; il veut en saisir une branche, il
glisse; il se blesse à la jambe; et voilà comment
un mal de jambe devient élégant et produit une
situation.

A la bonne heure! c'est ainsi qu'il est permis
d'enjoliver l'histoire; mais quand on s'est vanté
d'y être rigoureusement fidèle, il ne faut pas inter-
vertir les événemens historiques, et placer son héros
dans de fausses positions; en dissimulant les di-
gnités ecclésiastiques de Pétrarque, en le faisant
rentrer dans ses biens avant la mort de sa vertueuse
amie, en plaçant les amours de Laure et de Pétrarque avant le mariage de cette belle avec Hugues

de Sade, en faisant mourir de Sade avant sa femme, et en montrant comme prochain le mariage de Laure avec Pétrarque, en faisant arriver enfin dans l'église de Sainte-Claire d'Avignon, le pauvre Pétrarque qui vient pour se marier et qui voit enterrer sa prétendue, on présente, je l'avoue, des faits plus romanesques et plus intéressans, mais il ne faut pas les nommer historiques. Il ne faut pas même s'en rapporter à Villaret, qui a débité beaucoup de fables sur Laure de Noves, ni à Fleury, quand il nous dit (Histoire Ecclésiastique) que le pape Benoît XII a voulu marier Laure à Pétrarque. Malgré le respect que je dois à ce grave auteur, je ne croirai jamais qu'un pape ait ordonné un divorce pour marier un chanoine. Il y a plus : Laure avait trente-cinq ans à l'époque où l'on suppose cette détermination du pape ; il y avait quinze ans qu'elle était mariée, et elle avait eu onze enfans. Madame de Genlis a fort adroitement esquivé cette dernière circonstance, et je l'en approuve grandement, car une mère de onze enfans, amoureuse d'un archidiacre, serait une plaisante héroïne. Disons donc que rien ne prouve l'amour de Laure pour Pétrarque, et que la calomnie a toujours tenté inutilement de le persuader. Si Pétrarque s'est vanté d'avoir reçu de légères faveurs, et conçu de grandes espérances, ne voyons dans ses *canzoni* et dans ses sonnets que des licences poétiques ou les illusions d'un amant. Il est possible cependant que Laure, toujours sage, et ferme dans son devoir,

ait été flattée de l'amour de Pétrarque, et n'ait pas
voulu rebuter trop durement l'amant illustre à qui
elle devait tant de célébrité.

Je pourrais faire bien d'autres remarques sur
l'exactitude de madame de Genlis, et multiplier
mes observations comme elle a prodigué le mot
historique ; mais je termine une nomenclature
importune pour aborder une discussion d'un intérêt plus général.

J'ai parlé de la tragédie de Louis IX, dans laquelle le saint roi, exempt de toute faiblesse et de
toute passion vicieuse, est néanmoins un personnage tragique. J'ai laissé entrevoir qu'une heureuse
exception ne devait pas détruire la règle ; et une
règle prescrite par les grands écrivains de l'antiquité, une règle respectée par Racine, qui est
très-certainement notre maître, ne doit pas être
légèrement abandonnée. Elle veut que le héros
d'un drame ait toujours quelque imperfection, ou
quelque faiblesse qui le rapproche de la nature
humaine ; et, en effet, un être d'une nature angélique nous humilierait plus qu'il ne nous intéresserait. Racine a invoqué ce principe pour se justifier d'avoir donné de l'amour à Hippolyte, et il
ne l'a pas violé dans la plus parfaite de ses tragédies, car il l'a nommée Athalie, et non point Joad,
ni Joas. Le Polyeucte de Corneille n'y contrevient
pas davantage, car ce héros chrétien joint à la plus
sublime vertu l'excès du zèle qui est un défaut,
même selon la religion, et une imprudence qui

pouvait être dangereuse. Le rédacteur qui a si bien rendu compte de la représentation de Louis IX, a pris le soin de faire observer que l'auteur de cette tragédie avait groupé des figures passionnées autour de la figure calme du saint roi. C'est donc là une compensation, et non pas une contravention à la règle, qui sera toujours fort bonne à suivre quand on voudra produire un intérêt puissant.

Ce qui est vrai du drame est à plus forte raison vrai pour le roman ; et saint Louis, qui peut être un héros de tragédie, comme le succès l'a prouvé, figurerait fort mal dans une composition romanesque.

Cependant, madame de Genlis établit une théorie où elle outre encore le principe opposé à celui des anciens ; et, ce qu'il y a de plus singulier, c'est qu'elle se fonde sur le témoignage des anciens pour les contredire. A la vérité, elle n'y parle que des femmes, et il est tout naturel qu'elle veuille donner la perfection à son sexe ; mais on n'a pas fait deux poétiques différentes pour les héros et les héroïnes : en montrant des femmes parfaites au milieu d'hommes vicieux, ce serait livrer des anges à des diables, ce qui arrive quelquefois, mais ce qui n'est pas de règle. Observons, en passant, que madame de Genlis n'a pas, dans son roman, l'heureuse compensation qui anime la tragédie de Louis IX ; le sage Pétrarque et la sage Laure y sont entourés du sage Boccace, l'auteur du Décaméron! de la sage Marie, de la sage et fière comtesse de

Foix, du sage troubadour Roger de Machault, et
de quelques ecclésiastiques bien plus sages encore.
Ainsi, le contraste n'existe qu'entre une grande
sagesse et une sagesse incroyable. Mais voyons la
théorie littéraire, et morale de madame de Genlis.

Dans un dialogue entre Pétrarque et son ami
Lello, qu'il nomme Lelius, je lis : « Les anciens
qui, en général, *ont un sentiment si délicat des
convenances,* n'ont jamais représenté des femmes
intéressantes et passionnées, que lorsqu'elles ont
été inspirées et guidées par la tendresse filiale ou
maternelle, l'affection conjugale et l'amour de la
patrie. Tels sont, dans la Fable et dans l'Histoire,
les beaux caractères d'Artémise, de Pénélope,
d'Arrie, d'Andromaque, etc..... » Didon, que l'on
objecte à Pétrarque, ne l'embarrasse point, et il
donne cette mauvaise raison que Didon et le prince
troyen, libres l'un et l'autre, ne dépendaient que
d'eux-mêmes, et que Didon abandonnée pouvait
être mise au nombre des épouses malheureuses.
Je ne chercherai pas dans les œuvres italiennes
de Pétrarque, et moins encore dans ses œuvres
latines, vingt fois plus volumineuses, pour savoir
s'il a réellement tenu ce langage, mais je puis en
faire honneur à madame de Genlis qui l'approuve
et le paraphrase en ces termes : « Les modernes,
dans ces derniers temps, ont inventé pour les
femmes l'amour humble et soumis : cet amour
dans les femmes est non-seulement contraire à
toutes les idées chevaleresques, mais *on n'en trouve*

point d'exemple dans l'antiquité et dans l'admirable littérature française du dix-septième siècle; des amantes suppliantes offriront toujours un tableau révoltant, même dramatiquement, parce que des personnages avilis ne sont supportables dans aucun genre, etc........ » Voilà donc d'une part les femmes passionnées qui ne peuvent être intéressantes, si leur passion n'a pas une vertu pour cause, et les anciens *n'en ont jamais représenté de telles.* D'un autre côté, les amantes suppliantes ne peuvent intéresser, et ni les anciens, ni les écrivains du dix-septième siècle n'en ont fourni aucun exemple. Il faudrait donc en conclure que l'intérêt est incompatible avec une telle faiblesse ; et, par conséquent, que les héros des deux sexes seront d'autant plus intéressans qu'ils seront plus parfaits, ce qui détruirait la règle des anciens sur les personnages tragiques.

Pour faire crouler l'échafaudage de cette doctrine, je ne suis embarrassé que sur le choix des instrumens que me fournissent et les anciens et les écrivains de notre grand siècle. D'abord cette Didon, que l'on excuse parce que, dit-on, *elle ne dépendait que d'elle-même*, n'était passionnée ni par l'amour filial, maternel ou conjugal, ni par celui de la patrie ; elle est amoureuse, et c'est tout. D'ailleurs elle n'était pas libre, comme on le prétend ; elle avait fait un serment terrible : elle consentait à être frappée de la foudre si elle le violait, et le serment était très-respecté chez *les Païens.* Virgile

qui, comme ancien, avait *un sentiment si délicat
des convenances,* n'a donc pas voulu nous intéresser à l'amour de Didon. En ce cas il s'est étrangement trompé ; car si son quatrième livre n'est pas
le plus parfait, il est certainement le plus intéressant de l'Enéide. Maintenant, si madame de Genlis
se donne la peine de lire l'histoire de Rhodes et le
discours de Démosthène sur la liberté des Rho-
diens, elle perdra beaucoup de sa grande estime
pour cette Artémise qui a fait construire un si magnifique tombeau. Si elle veut ensuite se rappeler
l'Andromaque d'Euripide, elle reconnaîtra que
cette veuve n'a pas toujours été fidèle à l'ombre
d'Hector, et que l'auteur grec la rend intéressante,
quoiqu'il la présente avec un fils qu'elle a de Pyrrhus. Je pourrais citer bien d'autres exemples ;
mais le défaut d'espace me force à discuter rapidement la seconde proposition, c'est-à-dire celle
des *amantes suppliantes,* qui ne peuvent pas
intéresser. La Phèdre de Racine est tellement intéressante, qu'on lui a reproché de l'être trop. Il
me semble cependant qu'elle dit à OEnone :

> Va trouver de ma part ce jeune ambitieux.
> . . . .
> Presse, pleure, gémis, peins-lui Phèdre mourante ;
> Ne rougis pas de prendre une voix suppliante ;
> Je t'avouerai de tout, etc. . . . . . .

Racine compte, ce me semble, pour quelque chose
dans cette admirable littérature qui, selon madame

de Genlis, n'offre pas une seule amante suppliante.
Voyons si nous en trouverons encore une chez les
anciens qui ont un sentiment si délicat des convenances. Je puis citer du latin, car madame de
Genlis en cite elle-même. Eh bien! cette Didon,
qui inspire aussi quelque intérêt, s'exprime absolument comme Phèdre :

I, soror, atque hostem supplex affare superbum!

Elle fait bien plus ou bien pis : elle n'ose pas demander que son amant reste toujours près d'elle,
mais seulement quelques jours de plus, *tempus
inane,* jusqu'à ce qu'elle se soit habituée à souffrir.
Voulons-nous maintenant consulter Catulle, qui
est un peu plus ancien que Virgile, écoutons son
Ariane, qui n'est pas trop vertueuse, puisqu'elle
a quitté père et mère pour suivre son amant : « Si
tu ne voulais pas te marier, lui dit-elle, ne pou-
» vais-tu pas me conduire dans ton palais? »

Quæ tibi jucundo famularer serva labore,
Candida permulcens liquidis vestiga lymphis,
Purpureâve tuum consternens veste cubile.

Nous autres modernes, que madame de Genlis désigne comme inventeurs des amantes passionnées
et suppliantes, oserions-nous jamais présenter une
femme, que dis-je? une princesse qui consent à
n'être pas l'épouse de son amant, et qui s'abaisse
jusqu'à vouloir être sa servante, à faire son lit et
à lui laver les pieds? C'est cependant un ancien

qui nous a laissé ce tableau, et je n'entends dire à personne qu'Ariane ne soit pas intéressante. Concluons de tout ceci que nous nous intéresserons toujours à de grands malheurs, aux passions qui supposent une grande sensibilité, et même aux crimes produits par ces passions, quand la peine égalera la faute. Les anciens l'ont reconnu comme les écrivains du dix-septième siècle; et, comme ils devaient prendre leurs modèles dans la nature humaine, toujours un peu corrompue, ils ont senti qu'un héros parfait serait hors de l'humanité, et n'intéresserait pas.

Ils ont donc prédit, sans s'en douter, que le roman de Pétrarque et Laure serait très-froid et très-peu intéressant; et si quelques pages cependant échappent à la rigueur de cet arrêt, cette exception est encore une confirmation de la règle, puisque l'épisode de Conradin, seule partie de l'ouvrage qui touche et intéresse, est celle où les grandes passions s'agitent, et où la monotonie de la perfection morale ne réduit pas le lecteur à une froide admiration.

Si pourtant cette dernière composition d'une femme célèbre partageait l'heureuse destinée de ses autres ouvrages, ce succès, quelque brillant qu'il puisse être, ne me donnera point un démenti. Sans être présomptueuse, madame de Genlis pourra l'attribuer à sa réputation littéraire et à la curiosité qu'inspire tout ce qui sort de sa plume. Ce succès serait même justifié, du moins en partie, par le mérite du style : toujours pur, exact, élégant et naturel, il ressemble aux personnages de ce roman, il n'a aucun défaut; et ici la perfection ne nuit pas à l'intérêt. Comme les anciens, madame de Genlis a le sentiment délicat des convenances, et, sous le rapport du style, ses ouvrages ne seraient pas déplacés dans l'admirable littérature du dix-septième siècle. Mais il faut opter entre l'histoire et le roman, car en puisant des deux mains dans les deux sources, on ressemble au dramaturge qui marche d'un pied mal assuré entre la tragédie et la comédie.

MYSTÈRES SUR MYSTÈRES,

ou

LES ONZE CHEVALIERS,

HISTOIRE MERVEILLEUSE.

LE titre de ce roman indique parfaitement bien son genre; en effet, si l'histoire n'en est pas merveilleuse, l'auteur n'a rien négligé pour qu'elle le fût. Il nous serait très-difficile de le suivre dans le labyrinthe où il s'engage; et nous avouons franchement qu'aucun des quatre volumes n'a laissé dans notre mémoire des traits assez marqués pour

qu'ils y restassent vingt-quatre heures après la lecture. Ce n'est pas sans doute la faute de l'auteur,
car si son roman était le premier de ce genre, il
pourrait bien être une merveille; ce n'est pas non
plus notre faute, car si nous sommes blasés, c'est
pour avoir trop vu de merveilles de cette espèce.
Il faut en accuser les fées, les génies et les sorciers
de tous les âges, qui ont considérablement usé
notre terreur et notre pitié; il faut s'en prendre
surtout à madame Radcliffe et au terrible *Moine*
qui sont le *nec plus ultrà* de ce genre de littérature, et qui ont fixé les limites du roman noir,
comme Homère a posé les colonnes d'Hercule dans
l'empire de l'épopée.

Nous ne savons ce qu'on doit le plus admirer
de l'extrême confiance des auteurs de romans, ou
de l'étonnante constance de leurs lecteurs. La vie
d'un patriarche serait insuffisante pour lire tout
ce que l'on a écrit dans le genre merveilleux. Les
Arabes, les Persans, les chroniqueurs-romanciers
de Charlemagne, les Italiens, les Espagnols, les
Français, ont bien dû épuiser la matière, si elle
n'est pas inépuisable. Ces ouvrages devraient donc
être dans un grand discrédit; mais Boileau l'a dit :

> L'auteur trouve toujours, quoi qu'on en puisse dire,
> Des marchands pour les vendre...................

Le bon ton actuel nous obligeant à être plus polis
que n'était Boileau, nous n'achèverons pas l'hémistiche.

17.

Quoique le roman que nous annonçons ait deux titres au frontispice, il en a un troisième en tête de chaque page. Ce titre est *Rodolphe* : c'est le héros de l'action. Ce Rodolphe, comme il est d'usage, ne connaît pas ses parens; il sait, ou il croit seulement que Noradin les a fait périr : il combat ce Noradin, et il va le pourfendre; mais un génie malfaisant lui dérobe sa victime; et ce qu'il y a de plus désespérant pour un Français, Rodolphe est condamné à être poltron jusqu'à ce qu'il ait mis fin à certaine aventure mystérieuse. L'action se passe dans le siècle de Charlemagne : ce qui paraîtra singulier, c'est que les Français de ce temps, qui étaient de bons Welches, sont, dans le roman des gens de très-bon ton, déjeûnant avec du café et du chocolat, et se comportant avec les dames comme les élégans et les petits-maîtres d'aujourd'hui.

Rodolphe, poltron, s'enfuit dans la cabane d'un pêcheur qui demeure sur le golfe Persique : il envoie un commissionnaire en Palestine; cela est tout simple, il n'y a que trois cents lieues; on lui rapporte des diamans. Il prend le chemin d'Ispahan, tremblant au bruit d'une feuille, et destiné cependant à exécuter les plus grandes entreprises. Il arrive chez un sage; il y a des sages partout : la Calprenède en a mis un dans sa Cassandre, et beaucoup de Parisiens ont en cela imité l'auteur gascon. Le sage meurt : Rodolphe est conduit par une biche blanche dans le palais de la Discrétion; il y trouve

une belle dame entourée d'une foule de femmes
qui n'ont pas parlé depuis cinq ans! Qu'on dise,
après cela, qu'il n'y a rien de nouveau sous le soleil, depuis le règne de Salomon! Notre héros est
poltron, mais il n'est pas timide avec les femmes ;
il veut brusquer l'aventure : son audace est bientôt
punie ; car il se voit assailli par onze chevaliers qui,
quoique bien morts, ont la faculté de vivre deux
heures dans les vingt-quatre, et de *remourir* chaque
jour à deux heures après minuit. Rodolphe apprend
que sa dame est enchantée, et que, pour la soustraire au charme, il doit combattre un énorme
géant. C'en est déjà trop pour un homme qui a
perdu le courage ; mais ce n'est pas tout : pour
vaincre le géant, il faut qu'il enlève une pierre
d'aimant qui est dans l'aire d'un aigle, près de
Drontheim en Norwège. Il part pour remplir le
serment qu'il a fait à sa dame de l'aimer toujours,
et de la délivrer. Il n'a garde d'affronter le géant,
qui loge dans une tour près du palais de la Discrétion ; aussi entre-t-il dans un souterrain obscur
qui doit le conduire hors de l'enceinte redoutable :
il trouve dans ce souterrain cinq cents squelettes
qui marchent, vont, viennent et le caressent. Rien
au monde de plus poli que ces squelettes : l'un
d'eux embrasse ses genoux ; l'autre ramasse un petit
écureuil, et le baise : ce qui forme assurément une
image fort gracieuse ; enfin notre héros qui meurt
de peur, *mais que la vertu soutient*, sort de cette
caverne et rend la liberté aux squelettes, qui se

changent aussitôt en écureuils, et grimpent sur les arbres avec une agilité surprenante.

Rodolphe arrive à Ispahan. La reine de Perse le voit à la mosquée ; elle en devient folle. Un médecin, ami de cette reine, comme Bonneau était *ami du prince*, s'offre à être l'honnête intermédiaire entre cette princesse et notre héros. Rodolphe n'a jamais rien vu de si beau que Zulima : c'est le nom de la souveraine ; mais il a juré d'être fidèle à la dame de la Discrétion : il se laisse cependant conduire par le médecin dans un boudoir voluptueux. La reine se faisant attendre, notre chevalier trahit son serment avec une suivante ; et quand Zulima paraît, il n'a que de la vertu à opposer à l'amour de cette princesse. Celle-ci n'entend pas raillerie : elle ne donne au chevalier discourtois que deux partis à prendre, ou de répondre à son ardeur, ou d'aller se faire tuer dans une tour dont elle lui présente la clef. Rodolphe choisit la mort. (Voilà ce que c'est que de causer avec les suivantes!) Il est saisi par des muets, et précipité du haut de la tour, qui fort heureusement n'a que douze cents pieds d'élévation.

J'oubliais le plus beau et le plus merveilleux. Si Rodolphe a contre lui le géant Nomogorod et le sorcier Astarban, il a comme anges tutélaires le génie Alcindor et le négromancien Alfibras ; la partie est au moins égale ; mais ce qui fait toujours pencher la balance en faveur du Français, ce sont deux chevaliers champenois, qui, après être morts,

suivent notre aventurier, et se changent, selon les
occurences, en chevaux, en chiens, en tigres, en
poissons, en éléphans, en rennes, en serpens et
en casoars. Ces deux Champenois, chevaux et
chiens, sont devenus cygnes quand on a précipité
Rodolphe du haut de la tour : ils l'ont soutenu,
porté dans une prairie ; et reprenant la forme che-
valine, ils le conduisent vers le Pont-Euxin. Le
héros a aussi pour compagnon un certain Félix,
auvergnat, qui se change en écureuil quand il lui
plaît, et qui, quoique muet, s'informe admirablement de tout dans la route, et en rend compte
à son maître.

Notre chevalier en délivre d'autres, et fait toujours, sans courage, des actions qui en exigent
beaucoup. Il ne fait qu'un pas d'Azof à Bielgorod,
et de Bielgorod à Dantzick. Il s'embarque, essuie
une tempête, est sauvé par ses chiens changés en
gros poissons. Il arrive en Danemarck, et y devient
amoureux d'une Sophie, pour laquelle il oublie
la dame de la Discrétion. Son infidélité ne le rend
pas tout-à-fait parjure ; il veut au moins remplir la
moitié de son serment, qui est de délivrer sa dame.
Il part à cheval de Copenhague pour la Norwège
(apparemment qu'il n'y avait pas de mer dans ce
temps-là qui séparât les possessions danoises) ; et
après avoir passé quelques jours dans une caverne
de voleurs, où il triomphe en tremblant, il arrive
chez le négromancien Alfibras, qui est le plus laid
et le meilleur des sorciers.

Avant tout, il faut qu'il possède l'anneau de son père, enterré près de Jérusalem. Ce n'est qu'une bagatelle : les Champenois, devenus casoars, l'y transportent en trois ou quatre heures. Il va droit au tombeau de son père, y rencontre après minuit le soudan Noradin, qui se promène près des cercueils; ce qui est très-naturel, il le tue, s'empare de l'anneau, et retourne en Norwège par la même voiture.

Alfibras le conduit près du pôle ; on gravit une énorme montagne couverte de glaces, à l'aide des Champenois, qui sont devenus d'abord rennes, puis ours blancs ; et Rodolphe enlève la pierre d'aimant qui était dans le nid de l'aigle, à la barbe du sorcier Astarban, qui n'a pas la force de se défendre contre un poltron.

Rodolphe recouvre sa valeur. Ferme dans son amour pour Sophie, il veut l'épouser malgré son serment. Cette jeune fille, qui est la douceur et l'ingénuité même, voyant que sa beauté va rendre son amant parjure, et l'empêchera d'accomplir ses hautes destinées ; cette Sophie, ou plutôt cet ange plein de candeur et de modestie, saisit un poignard et se le plonge bravement dans le cœur; ce qui nous a paru l'endroit le plus vraisemblable du roman. On jette l'amant désespéré dans un char; les chiens-casoars le transportent dans le palais de la Discrétion. Il y traite fort mal la dame, et y pleure Sophie. Cependant l'honneur le pousse à terminer sa noble entreprise ; il tue le géant Nomogorod, désenchante la dame, rend la forme humaine aux écureuils ci-devant squelettes, et la faculté de parler aux femmes qui avaient gardé le silence depuis cinq ans. L'auteur avoue que dans le moment il se fit un grand bruit : sa réflexion nous rappelle un passage de Plutarque. Ce biographe nous dit que dans une assemblée des Achéens, le peuple criait si fort, que des corbeaux tombèrent morts dans l'arène où ces crieurs étaient réunis ; et cependant les Achéens n'étaient pas muets depuis cinq années : ainsi notre roman n'offre rien ici qui ne soit fondé sur la saine raison.

Ce n'est pas tout : la dame de la Discrétion se trouve être une comtesse de Hainault ; il faut lui rendre ses Etats ; il n'y a pas loin du golfe Persique aux côtes de Flandre ; on y débarque, on bat les ennemis, qui ne sont que des hommes : cela est bien aisé quand on a vaincu des géans et des sorciers. Dans un de ces combats la comtesse de Hainault court le danger d'être prise, lorsqu'un jeune inconnu s'élance, saisit la comtesse *d'un bras vigoureux*, l'enlève de dessus son palefroi, la place sur le sien, et la délivre. Quel est ce jeune héros, beau comme Adonis, et fort comme Hercule ? O surprise ! ô miracle du dieu des romans ! C'est Sophie, oui, la tendre Sophie qui s'était percé le cœur, et qui n'en est pas morte. Rodolphe, comme on s'en doute, ne veut pas d'autre femme ; et, par un nouveau bonheur, il se trouve que la

comtesse de Hainault est sa mère, et qu'il est dé-
gagé de ses anciens sermens.

Tel est le plan en racourci de ce roman, que
nous avons lu tout entier ; ce qui prouve que nous
n'avons pas perdu notre courage comme le chevalier Rodolphe. Nous souhaitons que le lecteur
ait celui de nous imiter, et ce sera bien plus méri-
toire, car il n'y est pas forcé comme nous. Au reste,
il faut dire que la langue et les mœurs y sont res-
pectées ; que le style, toujours facile, y est parfois
agréable ; et si cette *histoire merveilleuse* ne nous
a pas vivement émus, il faut s'en prendre à toutes
les merveilles de nos jours, dont l'abondance
nous a rendus très-peu sensibles à ce genre de
beautés.

LE PETIT CARILLONNEUR ;

Par M. Ducray-Duminil.

CEUX qui lisent beaucoup de romans doivent
aisément s'apercevoir des variations que ce genre
a éprouvées depuis deux siècles. Autrefois, un
roman était un long et important ouvrage ; les
acteurs y étaient si nombreux, leurs aventures si
compliquées, si multipliées, les interruptions ou
suspensions si fréquentes dans les récits, que le

lecteur n'aurait jamais pu en suivre le fil, s'il
n'avait eu sous les yeux une liste des personnages,
avec les différens noms vrais ou supposés qu'ils
portent dans le cours de l'histoire. Les *Désespérés*,
le *Caloandre*, et quelques autres, nous offrent
des exemples de cette complication vraiment étonnante, qui suppose dans un auteur le talent de
nouer une intrigue, ou plutôt de conduire de front
un grand nombre d'intrigues qui se croisent, se
mêlent, tiennent sans cesse le lecteur en inquiétude, et finissent souvent par l'impatienter. La
Calprenède est le plus habile de tous les romanciers, si l'habileté consiste à multiplier les ressorts,
à entremêler les fils des diverses intrigues, et à
terminer toutes les aventures par un dénoûment
qui résoud toutes les difficultés. Sa Cassandre est
un chef-d'œuvre en ce genre ; et quoiqu'on soit
souvent tenté de penser comme Boileau sur le
talent de l'auteur, on ne peut s'empêcher d'admirer l'art singulier qu'il mettait à ourdir une
trame dont les fils paraissaient entrelacés d'une
manière inextricable. On doit aussi observer que
le roman historique n'est pas d'une invention nouvelle ; car, dans plusieurs de ces romans anciens,
les principaux traits d'histoire sont fidèlement con-
servés. Quant à leur complication, elle était commune aux poètes et aux romanciers ; en effet, on
trouve dans le Roland furieux, dans le Richardet,
et d'autres, cette manière piquante et difficile de
conduire plusieurs intrigues à la fois ; de quitter

une aventure pour en commencer une autre, et de laisser toujours le héros dans une situation d'où le lecteur craint qu'il ne puisse se tirer.

On abandonna bientôt ces grandes combinaisons, soit que le goût des lecteurs ait changé, soit, ce qui est plus vraisemblable, que cette manière d'écrire les romans ait paru trop pénible et trop difficile. On présenta des actions plus simples, quelquefois une action unique ; les incidens, les épisodes y furent rares, et l'imagination cessa d'être l'une des premières qualités du romancier ; mais en revanche, on analysa les passions, les sentimens, les sensations, et l'on écrivit les romans comme Marivaux a fait des comédies. Quelques auteurs privilégiés ont peint la société, les mœurs, les caractères, et l'ont fait avec un talent qui a placé le roman au rang des ouvrages de génie ; mais ces auteurs sont en petit nombre ; et quand on a nommé Cervantes, Le Sage, Richardson, on n'ose presque en citer d'autres, dans la crainte d'être obligé de descendre à des noms trop indignes de figurer à côté des premiers.

On peut raisonnablement croire que, depuis vingt ans, le métier de romancier est devenu beaucoup moins difficile ; car jamais les ouvrages de ce genre n'ont été aussi nombreux ; nous avons presque autant d'auteurs de romans que d'auteurs de mélodrames. Les femmes, aujourd'hui, y ont une supériorité décidée ; ce qui semble prouver que la manière de les écrire n'est plus celle des Cervantes et des Richardson. Pour ne pas entrer dans toutes les ramifications de ce genre, il me semble que l'on peut diviser en deux classes tous les romans que nous voyons éclore depuis quelques années : ceux où l'on emploie les moyens surnaturels, et ceux où l'auteur se renferme dans le cercle des événemens vraisemblables ou possibles. Les premiers ont eu une très-grande vogue, et l'auraient encore s'ils n'avaient pas été discrédités par des auteurs sans imagination et sans talent, qui ont cru que des revenans et des fantômes suffisaient pour faire réussir une fable aussi mal conçue que mal écrite. Grâce à la faiblesse des hommes, ce genre plaira toujours quand un auteur habile daignera le traiter. On a beau rire et se moquer des fées, des enchanteurs, des sorciers, des revenans, on s'amuse des récits où ils figurent : il est même dans ce siècle de philosophie, bien des esprits forts qui ne sont pas très-fermes dans leur incrédulité ; et plus d'un pourrait dire, comme un homme d'esprit que j'ai connu : « Je ne crois pas aux revenans, mais je les crains. »

Le plaisir que l'on prend aux récits les plus insensés, tels que les contes des fées, les histoires de revenans, de chevalerie errante, provient d'une espèce de doute si elles sont fausses, et souvent d'un secret désir qu'elles soient vraies. Cette réflexion est de la Mothe le Vayer, qui n'était certainement ni superstitieux ni crédule. Mais ce qui prouve combien ce genre a de charmes pour la plupart des lecteurs, c'est que les romanciers mêmes qui n'admettent que les événemens vraisemblables ou possibles, prennent le plus grand soin de les faire ressembler à ceux des romans où les démons et les revenans jouent les plus grands rôles.

La lecture du roman que j'annonce m'a prouvé que l'auteur avait eu cette intention. Il voulait vivement intéresser le lecteur, et cependant ne lui présenter que des événemens naturels; il voulait frapper, effrayer même l'imagination, et cependant n'employer que des moyens avoués par la raison, et conséquemment vraisemblables. Ce succès est devenu difficile à obtenir depuis que nous avons été blasés par les romans *à grands moyens*. Richardson doit paraître fort ennuyeux à ceux qui aiment madame Radcliffe, comme le Misanthrope paraît insipide aux amateurs du mélodrame. M. Ducray-Duminil a bien senti cette vérité: pour plaire à des lecteurs accoutumés au fracas, il a rempli son roman d'événemens extraordinaires; mais pour ne pas déplaire aux lecteurs raisonnables il a eu soin de rendre tous ces événemens naturels, et assez vraisemblables pour qu'on ne puisse lui en contester la possibilité. A chaque instant on croit qu'il va se jeter dans la région des fables et des prestiges, et à chaque instant il vous ramène à la vraisemblance par une explication simple, claire, et souvent inattendue. *Le Petit Carillonneur* est un titre modeste qui n'annonce pas de grands mouvemens, des aventures étonnantes;

mais il donne beaucoup plus qu'il ne promet, et il est peu de romans qui offrent une complication d'événemens aussi nombreux, aussi extraordinaires et aussi imprévus.

Un enfant de deux ans et demi est abandonné aux Champs-Élysées ; recueilli par un ménétrier, il est confié à des personnes pauvres qui l'élèvent, et lui font croire qu'il est leur fils. Des papiers trouvés sur lui, ne donnent que des renseignemens insuffisans sur sa naissance. Ses parens adoptifs lui apprennent à jouer des airs sur un petit carillon portatif. Avec ce talent, l'enfant excite l'intérêt des Parisiens, et les dons pleuvent de toutes parts. Il n'est bientôt plus question que du Petit Carillonneur. Plusieurs personnes le remarquent, et paraissent douter qu'il soit le fils de celui qui l'a élevé. Son nom de Dominique, qu'on lui a donné parce qu'on l'a trouvé sur ses papiers, devient tour-à-tour pour lui un sujet d'espérance et de terreur. Plusieurs inconnus effraient sa prétendue mère par les questions qu'ils lui font. Dominique est envoyé chez un curé de village qui a soin de son éducation, et qui emploie le jeune homme à carillonner dans le clocher de la paroisse. Il est bientôt connu du seigneur, sur qui le nom de Dominique produit une impression d'étonnement mêlée d'effroi. Un autre seigneur s'en étonne, et s'en effraie de même. Ce nom, enfin, cause sur la plupart de ceux qui l'entendent le même effet que celui d'*il Bondoçani* dans l'opéra du *Calife*. Une famille riche s'offre comme protectrice du jeune homme ; une autre famille non moins riche et puissante lui tend des piéges, et paraît en vouloir à sa vie ; mais telles sont les apparences, que ni lui, ni ses véritables amis ne peuvent démêler de quel côté sont les dangers, de quel côté sont les secours. Les personnages qui cherchent à attirer Dominique, se détestent mutuellement, et ont tous de grands remords, de grands secrets ; ce qui jette sur leurs actions un voile mystérieux qui ne se lève qu'au dénoûment. Dans les châteaux qu'ils habitent, il se passe des choses si extraordinaires, que l'on se croit sans cesse dans le pays des revenans et des fantômes. Dominique, continuellement ballotté par la crainte et l'espérance, se jette souvent entre les bras de ses ennemis, croyant y trouver un asile ; à chaque instant on croit qu'il va périr, à chaque instant l'art du romancier le tire des dangers qui paraissaient inévitables. Les événemens se multiplient, se pressent avec une grande rapidité, et cependant le mystère de sa naissance ne se dévoile pas. Ce n'est qu'après de longues inquiétudes, de longues souffrances et les plus étonnantes aventures que tout se découvre, et que s'opère la réunion de tous les personnages qui avaient été dispersés et divisés depuis le commencement du récit.

Il y a beaucoup d'intérêt dans ce roman ; l'auteur y sait habilement suspendre et retarder le dénoûment, que l'on croit deviner et saisir à chaque

chapitre. Cet artifice force en quelque sorte à continuer la lecture sans interruption; et quand on
quitte un volume, on se hâte de prendre l'autre,
parce qu'on croit toujours que l'on y va trouver
le mot de l'énigme. Ce qui étonne davantage, c'est
que l'auteur a su y soutenir et augmenter l'intérêt,
sans avoir recours aux épisodes, et sans entremêler
les aventures de son héros de récits étrangers. Il
y est constamment question du Petit Carillonneur;
on y suit toujours Dominique, et tous les autres
personnages ont avec lui un rapport direct et nécessaire, que le lecteur aperçoit sans cesse, mais
dont il ne peut jamais deviner la nature.

L'ouvrage est écrit avec clarté et rapidité. M. Ducray-Duminil a préféré l'action aux réflexions; il
ne disserte jamais, et l'on voit qu'il évite avec soin
tout ce qui peut retarder la marche de son roman.
Plusieurs caractères sont bien tracés; quelques-
uns ont trop de ressemblance entre eux. Les événemens y sont peut-être aussi un peu trop multipliés : son héros est quelquefois sauvé d'un danger
par un moyen qui tient du miracle, bien qu'il soit
strictement possible : il est aussi fort étonnant que
ce Dominique se trouve toujours, par hasard, avec
des gens qui le connaissent ou cherchent à le connaître, et qui aient intérêt à le perdre ou à le
sauver; on peut enfin ajouter que son action,
quoique naturelle, ressemble souvent au merveilleux. Mais j'oublie que je critique ce qui doit
précisément faire le grand succès du Petit Caril-

lonneur ; et si M. Ducray-Duminil avait eu la maladresse d'éviter les défauts que je lui reproche, son roman aurait paru froid à ceux qui ne peuvent se passer de spectres et de fantômes. L'auteur ne leur donne jamais la satisfaction de leur présenter de véritables revenans ; mais il les leur fait espérer sans cesse, et c'est encore un art dont il faut lui savoir gré.

Pour moi, je le louerai plus franchement d'avoir su jeter dans son récit des détails vrais et agréables, et surtout d'avoir toujours respecté les mœurs, quoique son sujet lui fournît souvent l'occasion séduisante d'être moins honnête et moins réservé.

RAYMOND ;

PAR M. LOUIS-AIMÉ MARTIN.

Suivi de plusieurs fragmens tirés des Tableaux et Beautés pittoresques de la nature, ouvrage inédit du même auteur.

DEUX sortes d'ouvrages plaisent aux journalistes : ceux qui sont très-bons et ceux qui sont très-mauvais. Les premiers favorisent leur paresse ; plus ils citent, plus ils contentent le lecteur ; et le peu qu'ils mettent de leur propre fonds dans un article de ce genre ne leur attire jamais d'ennemis, parce qu'ils n'ont que des éloges à donner. Les livres ridicules n'ont guère moins d'agrément à nos yeux ; la critique alors devient pour nous un amusement, et elle n'amuse pas moins le lecteur : ici, comme dans le premier cas, nous n'avons qu'à citer ; l'auteur fait tous les frais de nos articles, c'est lui qui nous rend plaisans, sans que nous ayons l'intention de l'être ; c'est lui qui nous donne de l'esprit, quoiqu'il n'en ait pas mis dans son ouvrage. Si je pousse la franchise plus loin, j'ajouterai que les gens du monde sont toujours de notre avis quand nous tenons la férule, mais qu'ils nous regardent dédaigneusement quand nous prenons l'encensoir. Ils paraissent être persuadés que leurs contemporains ne peuvent rien produire de bon, et ils nous croient sur parole chaque fois que nous disons : Cela est mauvais.

Deux sortes d'ouvrages nous déplaisent et nous embarrassent : ce sont d'abord ceux qui présentent tous les caractères de la médiocrité. Malgré Boileau, nous ne pouvons les traiter comme s'ils étaient mauvais. Le pire et le médiocre peuvent se rapprocher dans un auteur mort ; mais on doit de la politesse aux auteurs vivans. Par une loi de cette politesse, le médiocre est considéré comme bon, le bon comme excellent, et nous n'avons pas d'épithètes assez magnifiques à donner aux excellentes productions. Il est vrai que nous éprouvons rarement cet embarras, et nous aurions tort de nous en plaindre. Le médiocre nous met donc

dans la dure nécessité de distribuer alternativement de petites louanges et de petits reproches,
mélange qui ne plaît point au lecteur, et trahit la
gêne que nous éprouvons entre la politesse et la
vérité.

Mais nous sommes quelquefois soumis à une
épreuve bien plus difficile : c'est lorsqu'il nous
tombe entre les mains un livre essentiellement
mauvais, où nous sommes cependant obligés de
reconnaître autant d'esprit et de talent qu'il en
aurait fallu pour composer un bon ouvrage. Dans
une pareille lecture, notre raison et notre goût
sont continuellement intéressés et choqués tout
ensemble ; voulons-nous approuver ? d'énormes
fautes repoussent et condamnent la louange que
nous laissions échapper de notre plume ; voulons-
nous blâmer ? des pages écrites avec une élégance
et une pureté remarquables font expirer le reproche, et nous laissent dans l'indécision. Quelquefois même ce qui révolte le plus notre esprit
est justifié par une intention louable ; et quelque
parti que nous prenions dans cette circonstance
difficile, nous sommes infailliblement blâmés ou
par ceux qui ne jugent qu'avec leur goût, ou par
ceux qui ne s'attachent qu'à la morale.

L'étendue que je viens de donner à ces considérations sur les mauvais ouvrages des gens d'esprit, a déjà fait deviner que je range le Raymond
de M. Martin dans cette dernière classe. Eh! que
pourrais-je dire d'un récit qui n'a du roman que

lés défauts du genre, sans les compenser par le moindre intérêt, par un peu d'amusement, sans exciter la curiosité du lecteur, sans même lui laisser le courage d'achever une lecture qui devient une tâche si pénible, que le devoir seul est capable de s'en acquitter? D'un autre côté, ne serais-je pas injuste de ranger dans la classe des mauvais écrivains l'auteur qui a du style, de la grâce et de l'élégance, chaque fois qu'il écrit d'inspiration et qu'il n'imite pas; l'auteur qui a des connaissances très-étendues et très-variées; l'homme enfin qui, pénétré des vérités de la religion et de la morale, ne trace pas un tableau sans y placer la Providence, n'écrit pas une phrase sans la rapporter à Dieu, ne dit pas un mot qui ne soit un hommage à la religion? Je ne vois qu'un seul moyen de concilier les sensations que font naître les honnêtes déclamations de M. Martin : c'est d'exprimer notre profonde estime pour l'homme, et d'attendre qu'il ait fait un bon ouvrage pour estimer l'écrivain.

L'analyse de Raymond n'est pas difficile à faire; il n'y a pas de nœuds inextricables dans ce roman, qui est *tout d'une venue.* En voici le fond :

Ce Raymond est un vieillard aveugle comme le Chactas d'Atala, et beau parleur comme lui; il veut guérir un petit garçon de l'envie de courir la pretentaine, et il lui raconte comment il a eu lui-même autrefois cette inquiétude, ce désir vague et irréfléchi qui nous inspire du dégoût pour la maison paternelle. Raymond pouvait commencer son

épopée au moment où il forma le projet de courir
le monde, car ce n'est que là qu'il entre dans son
sujet; mais, depuis Nestor, tous les vieillards aiment à parler; et le bon Raymond ne le cède sur
ce point ni à l'amant d'Atala, ni au roi de Pylos. Il
commence le récit de ses aventures dès son enfance
et ses premières amours; il déroule sur ce sujet
une suite de tableaux gracieux, qui ressemblent un
peu à ceux de *Paul et Virginie;* mais je n'ose dire
avec quelle différence. Il raconte donc comment il
a aimé une jolie petite voisine; comment il a été
jaloux; comment il a conçu de la haine pour un
certain Albert, qui était le meilleur garçon de toute
la Provence, qui ne haïssait personne, et qui était
capable d'aimer même un rival heureux. Il dit comment il lui est survenu une envie irrésistible de
voyager, et il la confie à un jeune pêcheur qui pro-
menait sa barque sur le lac des Cygnes. « Pauvre
» Raymond, répond ce jeune homme *plein de*
» *candeur,* comment es-tu assez aveugle pour ne
» pas voir la passion qui t'égare? qu'iras-tu cher-
» cher sur des plages lointaines?..... » Je fais cette
petite citation pour prouver que, dans ce roman,
tous les personnages, jusqu'aux pêcheurs, connaissent le style fleuri et les expressions figurées.
O combien les pêcheurs de la Rapée diffèrent de
ceux de la Provence! Pour le malheur de Raymond, arrive un nouveau personnage, nommé
Fernand, véritable juif-errant, qui n'est jamais
bien que là où il n'est pas, qui a déjà parcouru

toute l'Amérique, et qui va y retourner, parce qu'il s'y est ennuyé à périr. Le sort en est jeté, Raymond veut l'accompagner, et le barbare quitte brusquement la jolie petite chaumière, les jolis petits coteaux, les jolis petits ruisseaux, le beau lac des Cygnes, le jeune pêcheur qui parle si bien, le bon Albert qui aime tout le monde, et la jolie petite voisine qui allait si joliment observer comment les oiseaux font leurs nids. Les deux hypocondriaques s'embarquent à Marseille, dans l'intention d'aller en Amérique prendre service à l'armée de Washington. Dans cette longue traversée, ils ne voient rien de remarquable que des troupes d'hirondelles, de lavandières et de corneilles, *qui fendent un azur sans nuages. En les voyant seules sur cet abîme immense, livrées à la merci des vents et des flots*, Raymond exprime d'une manière touchante sa tendre sollicitude pour les corneilles, qui dans ce moment sans doute n'abattaient pas des noix.

En moins de six semaines ils arrivent, et jettent l'ancre *à l'embouchure d'un grand fleuve.* Pourquoi ne pas le nommer? Depuis la rivière de Savanah jusqu'au Saint-Laurent, tous les fleuves des États-Unis ont un nom; mais M. Martin aime tant à laisser du vague dans ses récits, qu'il ne désigne aucune rivière, aucune ville, aucune contrée, et pas même la bataille dans laquelle Raymond a le bras cassé et les yeux crevés d'un coup de feu. Avant de se faire soldats, les deux voya-

geurs vont se promener au-delà des monts Allé-
ganys. Ils ont dû rencontrer bien des villes, des
bourgs, des habitations depuis le bord de la mer
Atlantique jusqu'à ces montagnes ; mais des mélancoliques n'aiment pas la population ; ils fuient
les hommes, et se plaisent à écouter *le bruit sublime des fleuves impétueux qui se répandent au
milieu des vastes solitudes* (p. 82). *L'aspect de
ces vastes solitudes a quelque chose d'imposant
qui porte à la méditation* (p. 85). *N'est-ce pas
dans ces vastes solitudes que doivent naître des
nations fières et puissantes qui régneront à leur
tour sur l'univers?* (même page.) Je ne crois pas ;
une vaste solitude ne produit point de nation capable de subjuguer l'univers. Quoi qu'il en soit,
cette promenade de quatre ou cinq cents lieues ne
rend pas Fernand plus gai ; il a beau *s'enfoncer
dans ces immenses solitudes* (p. 87), il n'en est
pas plus réjoui ; mais pour changer de situation,
et varier des sensations qui pourraient devenir mo-
notones, les deux héros *reprennent leur marche
dans ces vastes solitudes* (p. 100). Ils promènent
leurs regards sur *ces vastes solitudes* (même page),
et ils arrivent enfin à l'armée, où ils entendent
avec douleur *une harmonie guerrière au milieu
d'une antique solitude* (p. 104). On se bat ; Raymond devient aveugle et manchot ; Fernand meurt ;
Raymond est secouru par une bonne femme ; il
guérit tant bien que mal, et retourne dans sa patrie, n'emportant du Nouveau-Monde qu'une

branche de catalpa; il arrive en Provence, où il
retrouve *des solitudes*, tant l'auteur est fidèle à la
règle de l'unité; *le calme s'étend sur la solitude*
(p. 149); le souvenir de Raymond vient charmer
la solitude (p. 155), et l'on fait *répéter son nom*
à ces solitudes de la Provence (p. 157). Voilà,
j'espère, un roman dont la contexture ne fatiguera
pas la sagacité du lecteur, mais qui pourra bien
lasser sa patience.

Ce *Raymond* est suivi de plusieurs fragmens
intitulés : *Tableaux des Beautés pittoresques de*
la Nature; ils sont très-supérieurs au roman
qui les précède. L'auteur y développe ses connaissances en botanique et en histoire naturelle; ses
descriptions ont de la grâce et de la justesse, et il
les varie d'une manière très-agréable. Ce n'est pas
qu'ici, comme dans le roman, on ne remarque
de l'affectation et un goût décidé pour les grands
mots; mais ces défauts sont en partie couverts, ou
du moins excusés par une douceur et une élégance
de style qui contrastent vivement avec le mauvais
goût qui règne en plusieurs endroits.

M. Martin rapporte tout à la religion et à la
Providence. S'il contemple la mer, c'est la Providence qui agite et calme les flots; s'il examine un
insecte, il y voit encore Dieu et la Providence;
une fleur, un moucheron, un singe lui fournissent
des argumens pour combattre les athées, les impies, les philosophes. Ces dissertations de M. Martin m'ont rappelé l'Histoire des Empereurs, par

Le Nain de Tillemont; cet honnête janséniste ne peut raconter le plus petit fait sans y mettre Dieu et la Providence entre deux parenthèses. Si Tibère est cruel et dissimulé, il nous explique comment Dieu l'a voulu; si Trajan est juste et humain, il nous dit pourquoi Dieu n'a pas permis que cet honnête homme fût chrétien; quand les chrétiens commettent des crimes, Dieu a voulu qu'ils faillissent pour avoir cédé à l'orgueil; s'ils sont vaincus dans une bataille, Dieu a eu ses raisons pour ordonner leur défaite; s'ils sont vainqueurs, Dieu a de nouveaux motifs pour les faire triompher. Tout homme religieux sait qu'il n'arrive rien dans l'univers sans que Dieu le permette; mais répéter cette vérité à chaque instant, est fort ridicule et même fort dangereux, quand on veut tout expliquer.

Ce que j'ai dit de Le Nain de Tillemont, je l'applique à M. Martin, qui traite l'histoire naturelle comme le premier écrit l'histoire. A chaque page, il s'efforce de défendre la religion, que personne n'attaque; car il faut observer que l'irréligion est non-seulement un vice, mais même un ridicule aujourd'hui, et dans aucun temps peut-être on n'a moins parlé ou écrit en faveur de l'impiété. M. Martin doit être bien persuadé que nous n'avons pas besoin des preuves qu'il tire de l'aile d'un papillon ou de l'antenne d'un insecte : si, après dix-huit siècles, la religion n'était pas prouvée, elle courrait le risque de ne l'être jamais aux yeux des incrédules. Il est sans doute très-louable d'être pieux ; il est même très-permis d'être dévot, si c'est de bonne foi ; mais l'affectation est un défaut jusque dans les bonnes choses ; et la religion même a dû apprendre à M. Martin qu'il faut *sapere ad sobrietatem*, maxime qui elle-même est pleine de sagesse.

D'ailleurs, il arrive souvent qu'en voulant tout prouver et tout expliquer, on fournit des armes aux incrédules, lors même qu'on veut les combattre. Par exemple, M. Martin nous fait voir la Providence dans les moucherons qui naissent par milliers pour être dévorés par les petits oiseaux. Voilà bien un raisonnement d'oiseau ; mais si les moucherons savaient faire des livres, que ne répondraient-ils pas à M. Martin ? Il dit ailleurs que la nature prend soin des espèces, et néglige les individus : voilà donc dans l'univers un autre régulateur que Dieu ; et la nature ici est opposée à la Providence, qui doit sa protection à l'individu comme à l'espèce. Que d'observations de ce genre n'aurais-je pas à faire sur ce livre, si je ne me lassais de chagriner un auteur qui joint d'excellentes intentions à un talent réel, et qui n'a besoin que de réfléchir quelque temps pour produire un bon ouvrage.

ANASTASE,

OU MÉMOIRES D'UN GREC,

ÉCRITS A LA FIN DU DIX-HUITIÈME SIÈCLE;

Traduits de l'anglais par l'auteur de *Londres en* 1819.

LES romanciers modernes m'avaient dégoûté des romans ; j'avais été si souvent dupe d'une réputation éphémère, j'avais vu tant de chefs-d'œuvre du genre figurer parmi les livres au rabais ; sur les quais et sur les boulevards, que j'avais résolu de n'ouvrir un roman que quand sa renommée se soutiendrait au moins pendant trois semaines. Quels que fussent le titre et la forme de ces ouvrages, il me semblait toujours lire la même histoire : de petites amourettes bien fades que l'on donnait pour du sentiment, une déclamation langoureuse, décorée du beau nom de mélancolie, des tracasseries qui passaient pour de l'intrigue, des caricatures présentées comme des caractères, un jargon métaphysique vanté comme un style original, des réflexions communes et prolixes, prouvant, disait-on, la plus profonde connaissance du cœur humain, voilà ce que je trouvais dans la plupart de ces livres, dans quelques-uns même de ceux qui étaient restés quinze jours dans le salon avant de perdre leurs feuillets dans l'antichambre. Les romans de la Germanie ne m'ont pas plus émerveillé ; j'y apercevais bien une certaine originalité, mais que l'on exagère ; un naturel qui mérite quelquefois un tout autre nom ; mais la surabondance et la longueur des détails me rebutaient sans cesse, et je me suis écrié plus d'une fois : la vie est trop courte pour qu'on emploie quatre pages à décrire des pantoufles et un bonnet de nuit. Un autre défaut me choquait dans nos romans de bon ton ; à l'exemple du beau monde qui transporte Paris à la campagne, nos romanciers placent la Chaussée-d'Antin dans toutes les contrées de l'Europe ; c'est seulement pour la forme que leurs héros voyagent ; on les retrouve tous les soirs dans leur hôtel ; c'est aussi pour la forme qu'ils datent leurs lettres de Naples, de Vienne ou de Constantinople, et quand ils causent sur les bords du Danube ou du Borysthène, il me semble les voir assis sur les chaises du boulevard de Gand. Dieu sait comme ils arrangent la géographie et l'histoire ; comme ils décrivent les sites, comme ils peignent les mœurs des peuples, comme ils jugent les gouvernemens ! je crois souvent entendre ce Gascon qui ne s'était arrêté à Venise *que pour changer de chevaux*, je crois lire M. Dorat de Cubières qui, en trois jours, faisait passer un vaisseau de l'Archipel grec dans la mer des Indes.

Cette prévention, que j'avais conçue contre les romans, a cédé à la réputation de celui que j'annonce. On m'a demandé si souvent : Avez-vous lu Anastase? que je me suis cru obligé de le lire. J'ai d'abord été agréablement surpris de ne trouver ni dédicace, ni préface, ni avertissement, ni avant-propos, ni préliminaire d'auteur, de traducteur ou d'éditeur; car les moindres rapsodies ont tout cela, sans compter les notes, surnotes et notices; et je n'ai pas tardé à reconnaître que l'auteur n'avait pas besoin de se mettre à genoux dans une humble préface pour se concilier l'attention et l'intérêt du lecteur.

Cet ouvrage est bien un roman, car il est impossible qu'un seul homme ait éprouvé en très-peu de temps un si grand nombre d'événemens, de vicissitudes et de traverses; mais ce livre a toute la vraisemblance de l'histoire par la vérité des tableaux, la peinture des mœurs, la description des lieux, la connaissance des costumes et des usages qu'il offre avec une scrupuleuse exactitude. Il semble que l'auteur ait *vécu* long-temps dans tous les pays où il transporte son héros, et cependant le théâtre de ses aventures est d'une immense surface, puisqu'il s'étend depuis les frontières de la Moldavie, au nord, jusqu'à Bagdad et Assouan, au sud-est et au sud. Une énumération de toutes les provinces, de toutes les villes que parcourt notre aventurier grec, des mers ou des fleuves sur lesquels il navigue, des montagnes qu'il franchit, des déserts qu'il traverse, serait une géographie complète du vaste empire ottoman, et pour analyser convenablement la vie d'Anastase, pour indiquer toutes les scènes où il a joué un rôle brillant ou odieux, toutes les circonstances dans lesquelles il a fait de belles actions ou des sottises, les époques où il s'est montré vertueux, et celles où il a été un homme à pendre, il faudrait copier le livre tout entier. Je me borne donc à dire ici qu'Anastase est né dans l'île de Scio, d'une famille chrétienne; que, cédant à l'impulsion d'un caractère indocile et à un fol amour de l'indépendance, il quitte ses parens presque au sortir de l'enfance; qu'il est pris par un corsaire, repris par les Turcs, et réduit en esclavage; qu'il combat avec bravoure dans la Morée, qu'il obtient sa liberté; qu'il vient à Constantinople, où il fait plusieurs mauvais métiers pour vivre; que, risquant d'être assommé pour une fredaine un peu forte, il se fait musulman; qu'il s'embarque pour l'Égypte, qu'il y passe par tous les grades de la milice, qu'il parvient à être aga et gouverneur d'une province; qu'il a des rapports avec des personnages qui sont connus des Français, tels que Djezzar-Pacha, Mourad-bey, etc.; que, dans les troubles de l'Égypte, il perd son gouvernement, et s'enfuit en Arabie; qu'il visite la Mecque et Médine, la Syrie, la Caramanie, Damas, Halep, Smyrne, etc...; que dans cette dernière ville il a une fort vilaine aventure qui néanmoins forme un épisode fort intéressant; qu'il

revient à Constantinople, qu'il va servir le hospodar de Valachie, qu'il fait la guerre aux Autrichiens
en Transylvanie; qu'il revient à Constantinople
quand le hospodar son protecteur est étranglé;
qu'il part pour Bagdad; qu'il déserte et passe chez
les Arabes; qu'il se marie à la fille d'un chef; qu'il
est obligé de fuir après la mort de sa femme; qu'il
vole des pierreries pour une somme considérable;
qu'il revient à Smyrne pour y chercher un enfant
qu'il a eu d'une malheureuse femme, victime de
ses mauvais traitemens; que ne l'ayant pas trouvé,
il retourne en Égypte, où il le reconnaît et l'enlève;
qu'il revient à résipiscence et à la religion chrétienne; qu'il forme le projet d'aller vivre et mourir
en Autriche; qu'il arrive à Trieste où il perd son
fils; qu'il s'arrête dans la Carinthie où il achète une
maison, et qu'il y meurt. J'ai oublié sans doute un
très-grand nombre d'événemens; tels qu'un séjour
au bagne de Constantinople, quelques hommes
tués, une bourse demandée sur un grand chemin
d'une manière un peu pressante, et d'autres es-
piégleries de ce genre; mais j'en ai dit assez pour
faire pressentir la variété des aventures et des tableaux. Un homme né avec des sentimens d'honneur et entraîné dans le crime par un enchaîne-
ment de circonstances qu'il n'a pu maîtriser, paraît
être un sujet peu favorable à la morale, quand on
le considère superficiellement; mais pour peu
qu'on l'approfondisse, on y puise des leçons utiles
et les conseils les plus salutaires. Si Anastase est

souvent forcé de commettre une action honteuse ou criminelle pour se soustraire au plus grand danger, cette nécessité, dont il se fait une excuse dans la chaleur de la passion, est toujours causée par une autre action coupable qu'il a commise très-volontairement. Il en résulte donc cette moralité importante que la pente du crime est glissante et rapide, et que l'on doit frémir du premier, ne fût-ce que par la crainte de ne pouvoir plus s'arrêter. N'oublions pas d'ailleurs que les malheurs d'Anastase proviennent tous de cette indocilité, de ce délire d'indépendance dont il s'enorgueillissait, et qui l'ont conduit à la servitude, à la honte et au remords. Il me semble que cette morale n'est pas à dédaigner dans le siècle où nous vivons.

Quelque rapide que soit le récit de ces aventures, le narrateur s'arrête quelquefois pour réfléchir; mais ces réflexions sont toujours instructives; contrairement à l'usage des romanciers vulgaires qui se croient des Charron ou des Montaigne, quand ils ont placé à chaque page des lieux communs de morale et de philosophie. Nous parlons des Grecs modernes comme d'un peuple dégénéré et réduit à la dernière abjection; voici ce qu'en dit l'auteur d'*Anastase*, qui les connaît parfaitement : « Les Grecs peuvent paraître changés d'après le reflet des objets qui les environne; mais ils sont au fond encore les mêmes aujourd'hui qu'ils étaient du temps de Périclès. La crédulité, l'inconstance, la soif des distinctions, qui formaient, dans les temps

les plus reculés, la base du caractère grec, la forment encore aujourd'hui, et la formeront toujours.
Les anciens Grecs croyaient aux oracles et aux
prodiges ; les Grecs modernes croient aux sortiléges
et aux amulettes. Les anciens Grecs portaient de
riches offrandes aux pieds de leurs divinités, pour
en obtenir des succès dans la guerre, la prééminence dans la paix ; les Grecs modernes suspendent
de vieilles loques autour des reliques de leurs saints,
pour en obtenir la guérison d'une fièvre, ou les
bonnes grâces d'une maîtresse. Les premiers étaient
zélés patriotes chez eux et déliés courtisans en Perse ;
les seconds bravent les Turcs dans le district de
Maïna, et leur font la cour au Fanar. »

Voici d'autres traits de leur caractère : Un bey
était arrivé à la petite île de Serfo (vraisemblablement la Sériphe des anciens), pour y recevoir les
contributions. Toute la population de l'île vint
l'implorer de ne pas exiger une somme qu'ils étaient
hors d'état de payer. Le bey leur répondit d'un
air sentimental qu'il prenait part à leur affliction ;
mais qu'il exécutait des ordres sévères, et qu'il
serait obligé de leur faire administrer la baston-
nade, ce qui ne les dispenserait pas de donner
leur argent. Toute la troupe fit entendre, à ces
mots, les plus tristes lamentations, se retira et
revint ensuite, apportant la moitié de la somme
demandée, et protestant qu'ils ne pourraient donner davantage, quand on les pilerait dans un mor-
tier. Le bey s'apprêtait à tenir sa promesse, lorsque

les Grecs poussèrent de grands cris, et deman-
dèrent un répit de quelques minutes. Ce peu de
temps suffit pour leur faire trouver la somme ; ils
la payèrent en sanglottant, et ils se retiraient d'un
air morne et pensif, quand le hasard leur fit rencontrer des gens qui revenaient d'une noce, et
marchaient au son des instrumens. Les affligés
s'arrêtent, leur tristesse s'évanouit, et ils se mettent à danser la *romaïca* avec les gens de la noce.
Le bey était à sa fenêtre, et les voyant sitôt con-
solés, il dit à un capucin qui était près de lui :
« Voyez, mon père ; cette canaille se lamente ; je
les fais bâtonner, et les voilà qui chantent et qui
dansent. »

Anastase rencontre à Smyrne un Italien qui,
plein d'enthousiasme pour la révolution française,
voulait régénérer la Grèce et l'Ionie. « Ecoutez-
moi, dit-il à notre Grec, le temps est arrivé où les
monumens chancelans, élevés autrefois par l'ignorance, la superstition et la crédulité, vont couvrir
la terre de leurs débris..... Quittez cette terre d'op-
pression et d'esclavage ; rendez-vous sur les rives
de la Seine, où l'on a vu luire l'heureuse aurore
d'une révolution qui doit renverser tous les trônes.
Sur ce grand théâtre où se réunissent de toutes les
parties du globe les amis de l'égalité et les ennemis
des rois, votre rôle est déjà marqué. Présentez-
vous-y comme le représentant de la Grèce en deuil ;
montrez à la France des milliers de descendans
des Cimons et des Miltiades, qui lèvent vers elle

des mains suppliantes. Vous avez un extérieur avantageux, de vigoureux poumons ; faites-vous faire un costume d'après les dessins de l'inimitable David, prenez du sublime Talma quelques attitudes républicaines, et vous serez accueilli par la Convention comme le digne descendant d'Harmodius ou d'Aristogiton. » Anastase fut tenté un instant de suivre ce conseil, mais l'Italien régénérateur était un escroc qui disparut de Smyrne, et Anastase resta sujet d'un despote au lieu de devenir un Brutus français.

Les lecteurs instruits remarqueront surtout dans cet ouvrage les détails aussi curieux que vrais sur les mœurs des Turs et des Grecs à Constantinople, l'organisation ou plutôt la désorganisation des armées ottomanes, le portrait d'un hospodar de Valachie, celui d'un petit-maître turc, le tableau du gouvernement anarchique des beys en Egypte, le voyage dans le centre de l'Arabie chez les Wahabis, des réflexions très-critiques, mais très-justes, sur la conduite des ambassadeurs chrétiens à la Sublime-Porte, et la description de la guerre civile au Caire, où Hassan-Bey se signala par des actes de courage qui tiennent du merveilleux. Les amateurs de romans y trouveront des aventures à foison, et l'épisode touchant de la belle Euphrosine ; auxquels cependant ils reprocheront peut-être un peu trop de vraisemblance, qualité qui est devenue un défaut depuis que nous sommes si éclairés.

Aujourd'hui que nous avons tant d'amour pour la nature, et que nous travaillons sans cesse à dé-

molir l'édifice de la société, je crois ne pouvoir
pas mieux terminer cet article que par les réflexions
d'un Provençal, négociant à Halep, auquel on
parlait d'un jeune homme que l'on désignait comme
un *enfant de la nature*, « Enfant de la nature!
s'écrie le Provençal ; pas plus que vous ou moi,
ou des olives farcies. S'il était enfant de la nature,
il faudrait le fuir comme la peste. Que font les
hommes les plus voisins de l'état de nature? Ils
mangent leurs ennemis, font l'amour à leurs maîtresses à coups de bâton, tuent leurs femmes quand
ils en sont las, et enterrent l'enfant vivant avec la
mère qui a cessé de vivre. Excepté ces monstres,
tous les hommes sont enfans de l'art. L'art commence avec la raison ; et le premier qui a fait usage
de cette faculté du cerveau, ne fût-ce que pour
creuser une coupe, ou pour faire une pointe à
un bâton, a dit adieu pour toujours à la simple
nature, et a fort bien fait d'en agir ainsi. » Cette
boutade du Provençal n'empêchera pas nos philosophes de vanter la nature et ses charmes, nos
romanciers de faire des tableaux de nature dans des
jardins sablés, ornés de ruines bâties à grands frais,
et de ponts jetés sur des rivières sans eau, nos
musiciens de faire parler le langage de la nature à
des princesses d'opéra, et nos ex-républicains de
soutenir que la nature établit partout l'égalité,
tandis qu'elle a fait naître les négresses d'Angola
et les blanches de la Circassie, les nains lapons et
les géans des terres magellaniques.

LES VOYAGES DE KANG-HI,

OU LES NOUVELLES LETTRES CHINOISES;

Par M. de Lévis.

L'auteur a fondé son ouvrage sur une double fiction : la première lui donne les moyens de comparer les mœurs de deux peuples placés aux extrémités de l'ancien monde, quoiqu'à peu près sous le même climat; la seconde lui permet de se représenter, comme déjà opérés, les changemens que doivent probablement amener les découvertes que l'on a faites dans les arts et les sciences. L'une de ces fictions a déjà été employée dans un grand nombre de romans philosophiques, où des Persans, des Turcs, des Péruviens, voyagent en France pour faire la critique de nos mœurs et de nos usages; l'autre a donné un air d'originalité à un livre bizarre, où l'un de nos philosophes anticipe de sept ou huit cents ans sur l'avenir, pour mieux dénigrer le temps présent.

Si le lecteur s'en tient à ce premier énoncé, M. de Lévis lui paraîtra n'être qu'un imitateur; mais dès les premières pages, on s'apercevra que les *Voyages de Kang-Hi* n'ont rien de commun avec les différens ouvrages que je viens de désigner.

Rien n'était plus facile que de se porter à huit siècles en avant : l'instruction, l'esprit, la raison même, ne sont d'aucun secours quand il s'agit de prédire les événemens de si loin ; l'auteur peut alors se donner carrière : personne ne le contredira ; il fera des *utopies*, des *régénérations* tout à son aise ; on le lira comme on lit les contes des fées, *l'Histoire des Sévarambes*, *les Hommes volans de Wilkins*, ou *les Voyages de Gulliver*.

D'un autre côté, l'on peut très-bien écrire à Paris des lettres péruviennes qui n'ont rien de commun avec le Pérou, ou des lettres chinoises qui, comme celles d'Argens, traitent du jansénisme ou de la bulle *Unigenitus*. Nous savons trop que tous ces ouvrages, malgré leurs noms étrangers, ne sont qu'une critique plus ou moins fine, plus ou moins inutile de nos vices et de nos folies ; mais les ouvrages passent, et nos folies restent.

M. de Lévis n'a point eu la prétention de réformer le genre humain : il n'est donc pas de la nouvelle école philosophique ; il ne perd pas son temps à nous peindre le bonheur dont on jouirait sur la terre si les hommes étaient tous parfaits ; mais il s'occupe des moyens de procurer la plus grande somme de bonheur possible aux hommes tels qu'ils sont et tels qu'ils seront toujours. Il sait ce qu'on doit penser de la perfectibilité morale à l'infini, et ce que vaut la rude épreuve qu'on en a faite. Les

déclamations sur les passions humaines peuvent
être éloquentes, mais elles sont impuissantes; les
tentatives pour corriger nos vices et nos défauts
peuvent être ingénieuses, mais elles sont inutiles.
L'expérience, dit l'auteur, a prouvé qu'en morale,
comme en médecine, les panacées sont des chimères.

Les lettres contenues dans ces deux volumes
sont datées de l'année 1910. Les lecteurs superfi-
ciels croiront qu'anticiper d'un siècle ou de quatre,
est une fiction du même genre; mais la réflexion
fera bientôt sentir l'énorme différence qui existe
entre ces deux suppositions. Dans la dernière, il
suffit de rêver agréablement; dans la première, il
faut que tous les événemens, les faits, les tableaux,
aient un rapport, non-seulement possible, mais
vraisemblable avec tout ce que nous voyons aujourd'hui. Il faut qu'en physique, en morale, en
politique, l'auteur ne suppose rien que ce que l'on
peut raisonnablement conjecturer : on sent combien cette tâche était difficile à remplir d'une manière satisfaisante. Il ne faut cependant pas conclure de tout ceci qu'il arrivera dans un siècle tout
ce que le Chinois Kang-Hi voit en France. M. de
Lévis ne se donne pas pour prophète, et il a encore moins la prétention de fixer l'époque des événemens qu'il suppose. Il a déjà dit dans un autre
ouvrage : « Les événemens prévus par les bons es-
» prits ne manquent guère d'arriver; mais la fortune
» se réserve deux secrets : l'époque et les moyens. »

Au reste, nous verrons bientôt quel est le but de sa fiction, but qui serait également atteint quand bien même aucune de ses conjectures ne se vérifierait.

Quant au personnage auquel M. de Lévis a donné la préférence pour lui faire observer la France dans le vingtième siècle, on se tromperait fort si l'on pensait que l'auteur en a fait un Chinois par pur caprice, ou dans la seule vue de présenter un titre bizarre. Tout ce que l'on a jamais écrit sur la Chine a été mis à contribution dans ces deux petits volumes; la nomenclature des ouvrages où M. de Lévis a puisé des notions sur cette contrée, offre seule une table assez étendue : ainsi, quelques bonnes observations, quelques faits intéressans, sont ici le fruit d'une immense lecture. Jamais occasion ne fut plus favorable pour présenter une opinion modérée sur cet antique et vaste Empire : on l'a tant vanté, on le rabaisse tant aujourd'hui, qu'après avoir lu d'énormes volumes et consulté de nombreux voyageurs, nous en sommes encore à nous demander ce que c'est que la Chine?

Il ne faut pas croire que le Chinois Kang-Hi ne vienne en France que pour s'y moquer de nos usages, pour y médire de nos femmes, pour y blâmer nos édifices, nos vêtemens, nos ridicules; il y vient pour observer et décrire ce qu'il observe. La critique de ce qui existait ne se trouve que dans la comparaison avec ce qui existe à l'époque où il voyage. Elle n'y est donc qu'implicitement exprimée ; manière adroite qui, sans choquer personne, offre le conseil ou le précepte sous le voile agréable de la narration. Pour me faire mieux entendre, je comparerai l'auteur à un cultivateur qui, au lieu de gourmander les jardiniers et les gens de la campagne, leur présenterait des arbres chargés de plus beaux fruits, et des champs plus fertiles ; le précepte y aurait d'autant plus de force qu'il serait renfermé dans l'exemple même, et il n'humilierait personne parce qu'il n'affecterait pas l'air de supériorité et l'orgueil du réformateur.

Les hommes en général n'adoptent que fort lentement les changemens et les améliorations le plus évidemment utiles. Pour supposer accompli, dans l'espace d'un siècle, tout ce que l'on peut espérer dans un avenir indéfini, l'auteur a été obligé de recourir à une nouvelle fiction. Elle n'est cependant pas tout-à-fait chimérique, puisqu'elle est fondée sur le calcul. La fameuse comète de 1680, est revenue à l'époque fixée par les astronomes ; elle a passé assez loin de la terre pour ne pas influer sur son mouvement, mais assez près cependant pour causer une de ces marées prodigieuses et irrégulières qui produisent de si funestes effets. L'occident de l'Europe a surtout souffert de cette catastrophe ; mais à quelque chose malheur est bon : les édifices renversés ont été reconstruits plus solidement, les villes ont été rétablies sur un plan mieux entendu, et la nécessité enfin a fait faire en peu d'années ce que les meilleures lois, les plus sages réglemens n'auraient pu opérer qu'après des siècles. Telle est la supposition dont se sert M. de Lévis pour donner un nouvel aspect à la France, et y faire mettre à profit les inventions, les découvertes modernes, et les progrès que nous avons fait dans les sciences et dans les arts. Il est bon d'observer que l'auteur, obligé de détruire pour réédifier, n'imagine pas une révolution morale, mais physique ; ainsi il ne choque aucune opinion, il ne réveille aucune passion ; la politique n'a rien à lui reprocher, et la morale rien à craindre. S'il eût fait agir les hommes, on lui aurait supposé quelque arrière-pensée, quelque intention maligne ; mais la queue d'une comète brave toute censure, et la critique est réduite à espérer que la comète n'arrivera pas.

Ce Chinois Kang-Hi ne vient en France que long-temps après le désastre, et lorsqu'il est entièrement réparé. Un seul fait exposera mieux le but de l'auteur, que toutes les observations que je pourrais faire sur le plan et la conduite de l'ouvrage. L'ouragan causé par la comète a détruit à Paris toutes les maisons bâties légèrement, et il n'y est resté debout que les édifices solides. A ce malheur s'est joint un incendie terrible causé par la chute des charpentes. Ce n'est point par caprice que M. de Lévis nous présente un tableau si peu agréable ; mais le désastre fictif amène cette utile leçon : Le souverain, instruit par le malheur, a défendu l'emploi des charpentes et du bois en général dans les constructions; la pierre y a été partout substituée; nos toits sont devenus des terrasses agréables et incombustibles; on a banni de l'habitation des hommes tout ce qui est sujet à la pourriture ou à l'incendie; on n'a songé au luxe qu'après avoir pourvu à la sûreté; et par une autre conséquence heureuse, le bois de chauffage est devenu plus abondant et moins coûteux. La mesure ordonnée par le prince avait d'abord paru tyrannique; elle devint populaire, *et les frondeurs se turent pour cette fois.*

C'est toujours en exposant un bien que l'auteur critique un mal; c'est dans la peinture de la chose améliorée que se trouve le blâme de la chose imparfaite.

Je vais maintenant suivre le voyageur chinois, en indiquant les divers objets qui s'offrent à sa vue: n'oublions pas surtout que l'auteur nous porte à un siècle en avant, et que la première lettre de Kang-Hi est datée de Marseille, le 1ᵉʳ avril 1910.

Le Chinois ne dit rien de son voyage depuis Kan-Tong jusqu'à Suez: de cette dernière ville à Alexandrie, il a vogué sur l'ancien canal des Ptolémées, rétabli dans le vingtième siècle par les Français, qui sont redevenus maîtres de l'Égypte. Le port d'Alexandrie est rempli de vaisseaux de France, d'Angleterre, d'Amérique et du *nouveau royaume du Bosphore.* La navigation, par le moyen des felouques, s'est beaucoup perfectionnée; aux ramés on a substitué des moyens mécaniques d'une grande puissance, et l'on a inventé, ou plutôt renouvelé l'usage des *vaisseaux insubmersibles*.

Le long du Rhône, un canal parallèle à ce fleuve, conduit paisiblement le voyageur à Lyon : on est étonné de voir un canal à côté d'un fleuve ; mais l'étonnement cesse pour ceux qui savent combien le Rhône, peu facile à descendre, malgré sa rapidité, offre à le remonter une difficulté presque insurmontable. Les ateliers de Lyon excitent la surprise et l'admiration du Chinois : il compare et discute les avantages de nos procédés et de ceux de son pays, et il n'hésite pas à nous accorder une très-grande supériorité. J'ai déjà dit qu'une révolution physique avait détruit la presque totalité des édifices de Paris, et que cette capitale avait été reconstruite avec plus de solidité, et une magnificence dont les embellissemens actuels présentent déjà l'image. Les Tuileries, qui avaient peu souffert, ont été restaurées. On a sacrifié, quoiqu'à regret, le chef-d'œuvre de Le Nôtre, et ce qui était le jardin forme la cour et l'avant-cour du palais. Le jardin, dessiné à la manière chinoise, a été transporté entre les Tuileries et le Louvre, et sa nouvelle forme a été le seul moyen de dissimuler le défaut de parallélisme entre ces deux monumens.

La ville de Saint-Denis a été réunie à la capitale ; la rue qui y conduit en ligne droite commence à la porte septentrionale du Louvre ; une autre rue, ou plutôt la même, puisqu'elle n'est qu'une con-

tinuité de la première; part de la porte méridionale, et aboutit à l'*Observatoire*. Saint-Denis ren-
fermant toujours les tombeaux des monarques, et
l'Observatoire servant toujours à la noble étude de
l'astronomie, le prince, du haut du Louvre, voit
d'un côté le chemin de la mort, et de l'autre, celui
de l'immortalité : image philosophique qui peut
influer sur l'emploi qu'il doit faire de sa puissance.

Les églises ont été construites sur le plan des
amphithéâtres romains, et l'autel y occupe l'un des
foyers de l'ellipse. Par cette disposition, le prêtre
qui officie est également vu de tous les assistans,
qui, se voyant tous eux-mêmes sans obstacles, sont
plus disposés au recueillement ou plus obligés à
paraître modestes, que sous ces voûtes obscures
de nos temples où l'on s'occupe souvent de tout
autre chose que de son salut.

Le Chinois a amené avec lui en France sa femme
Tai-Na. Les usages des Parisiennes doivent lui paraître fort étranges, et leur comparaison avec ceux
de la Chine est aussi plaisante qu'agréable pour
le lecteur. Tai-Na est fort jolie; sa figure et ses
grâces font une sensation si vive, qu'il n'est plus
question que d'elle dans la capitale. Ses habits deviennent à la mode, et le désir d'en avoir de pareils
saisit nos dames si subitement qu'on les lui emprunte de toutes parts pour les faire servir de modèle : Tai-Na les prête tous successivement; de
sorte qu'il ne lui en reste plus qu'un, lorsque l'une
des plus fidèles esclaves de la mode vient le lui

demander avec un ton à la fois si humble et si
impérieux, si tendre et si exigeant, que la bonne
Chinoise se dépouille de ce dernier voile, et reste
dans son lit jusqu'à ce qu'on lui renvoie de quoi
se couvrir : on voit par là que l'auteur n'a pas
tout changé, et que la queue d'une comète ne peut
rien sur les caractères.

C'est ici que commence la conversation française *mise en partition;* je veux laisser au lecteur
le plaisir de la lire dans l'ouvrage même : je ferai
seulement observer que contrairement à la loi du
diapason, c'est une femme qui fait *la basse* dans
cet *ensemble;* et c'est bien une basse continue,
car elle va jusqu'à la fin, tout d'un trait, sans
s'interrompre de la valeur d'un *demi-soupir.*

Je ne dirai rien de la belle dissertation d'un
membre de l'académie celtique; c'est aux Bas-
Bretons à l'apprécier : elle est suivie d'un Mémoire
fort curieux sur les *causes de la population de la
Chine,* et M. de Lévis y prouve que s'il sait plaisanter agréablement, il sait quand il faut s'occuper
d'objets graves et utiles, et développer une érudition peu commune.

On arrive ensuite à une petite intrigue dont le
fond paraît léger, mais qui suffit pour faire connaître les mœurs, et mettre en jeu les caractères.
Voici un trait pris sur plusieurs : Le Chinois,
étonné de l'indifférence réciproque qui existe entre
une fort jolie femme et son mari, écrit à celui-ci
une lettre fort originale, où il lui demande de lui

céder cette moitié dont il semble faire peu de cas,
et qu'il se propose, lui Chinois, de traiter d'une
toute autre manière.

A l'action succèdent de nouvelles observations.
Le palais de Saint-Germain est redevenu la demeure du prince; on ne suit plus, pour y arriver,
la chaussée qui se courbe entre les coteaux et la
Seine, mais une superbe route y conduit en ligne
droite; s'élevant peu à peu au-dessus de la plaine,
elle aboutit à un pont monumental, semblable à
celui du *Gard*, et, par une pente insensible, porte
le voyageur jusqu'au niveau du palais. Aux miracles de l'architecture se joignent ceux de la physique et de la chimie : ici l'on trouve des *para-
grêles*, là des machines *eudiométriques*, partout
des moyens de multiplier ou d'augmenter les plaisirs, de diminuer ou d'adoucir les peines de cette
vie. La France n'aura plus rien à envier à l'ancienne Rome; elle aura des monumens dignes de
la plus grande des nations, des amphithéâtres, des
théâtres versatiles, des naumachies; et rivalisant
en ce point avec l'antiquité, elle la surpassera de
beaucoup dans les arts et dans les sciences, par
mille procédés inconnus aux anciens. Cependant,
en perfectionnant les choses, l'auteur ne touche
point aux hommes; il ne fait pas de nous un peuple
de sages, et il ne lui prend pas envie de nous donner des magistrats, des nobles, des soldats, des
bourgeois et des paysans philosophes; ainsi, en se
portant à un siècle en avant, M. de Lévis ne s'est

pas mis, en morale, *à la hauteur* du siècle dernier.

Je ne puis qu'indiquer la description d'une fête impériale chinoise, plus extraordinaire que la fameuse *pompe de Ptolémée-Philadelphe;* la lettre où le Chinois juge fort bien deux de nos femmes auteurs les plus célèbres; une bonne critique de nos journaux; un modèle de journal pour l'année 1910, où, parmi les livres annoncés, on trouve une dissertation sur *l'analyse chimique de la pensée;* une longue et plaisante dispute sur la Chine, entre deux savans qui, comme les autres, ne veulent pas s'entendre; enfin, un mémoire sur la révolution de l'Inde anglaise. Partout on trouvera de la variété, une critique fine, une érudition fort étendue, des pensées justes et souvent profondes, des tableaux agréables; et comme le lecteur veut sans doute avoir quelques notions sur le style, je vais lui en donner un échantillon.

Kang-Hi se trouve à un dîner de gens d'esprit, et un beau parleur essaie d'établir d'étranges paradoxes. L'un des convives dit alors au Chinois : « Cet homme est doué d'une imagination brillante, il écrit bien, il a des connaissances aussi variées qu'étendues; c'est dommage qu'il aime tant les paradoxes, et encore plus, qu'il ait *l'esprit faux.* — Il me fut impossible, dit le Chinois, de ne pas interrompre mon ami pour lui demander ce que signifiait cette singulière alliance de deux mots qui semblent si peu faits l'un pour l'autre. Je croyais que chez tous les peuples on entendait

par *esprit* la faculté de découvrir des vérités sublimes, de démêler l'erreur, et surtout de tirer de
la réflexion et de l'expérience des leçons utiles,
des conséquences salutaires, et des règles de conduite. — Je ne sais pas s'il en est ainsi dans les
autres pays, mais en France nous disons que ceux
qui font des découvertes importantes ont du *génie*,
que ceux qui comprennent aisément ont de *l'intelligence* : cacher ses sentimens avec adresse, c'est
avoir de la *finesse* (et c'est surtout le partage des
femmes); deviner ceux des autres, c'est avoir de
la *pénétration;* saisir le véritable point de la difficulté ; ce qui donne le meilleur moyen de la
vaincre, c'est avoir du *discernement;* tirer le meilleur parti des circonstances, et savoir s'y accomo-
der, c'est avoir de la *raison.* — Vous me dites bien
ce qui n'est pas, suivant vous, de l'*esprit*, mais
dites-moi donc..... — Je vous entends, vous vou-
driez une définition : si j'en connaissais une bonne,
je vous la donnerais ; mais comme il n'en existe
pas, je vais tâcher de vous faire comprendre l'idée
que nous attachons à ce mot. Nous appelons *esprit*
une certaine vivacité d'intelligence qui permet de
saisir des rapports éloignés entre les divers objets;
et *saillie*, l'expression inattendue de cette faculté;
mais elle est tellement indépendante du jugement,
et même du bon sens, que l'on dit très-commu-
nément : cet homme a beaucoup d'esprit, mais c'est
un fou; tel autre parle bien, mais il ne fait que des
sottises. Quant aux *esprits faux*, on peut les com-

parer aux personnes louches, qui peuvent avoir la vue longue, quoiqu'elles regardent de travers. Au reste, quelque peu utile, quelque dangereux même que soit l'esprit quand il n'est pas uni à la raison, on en fait un tel cas ici, que les apparences même en sont recherchées ; aussi veut-on en mettre partout, dans les écrits, dans les discours, dans les simples conversations ; et c'est sans doute de peur d'en manquer, que tant de gens imitent les doreurs, qui trouvent le moyen de donner avec quelques parcelles d'or de l'éclat à de viles matières. »

J'aurais pu citer des passages moins métaphysiques, quelques descriptions agréables, quelques pages fleuries, légères et spirituelles, telles qu'il faut en présenter au vulgaire des lecteurs ; mais j'ai préféré cette discussion sur l'*esprit*. Il serait difficile que l'auteur qui le connaît si bien n'en eût pas beaucoup ; et comme on s'informe plutôt de l'esprit d'un écrivain que de sa raison, j'ai voulu prouver, par un même extrait, qu'il a beaucoup de l'un et de l'autre.

CONTES A MA FILLE;

Par M. J.-N. BOUILLY,

Membre de la Société philotechnique; de la Société académique des
Enfans d'Apollon, et de celle des Sciences et Arts de Tours.

« QUI de nous ne fait des contes? On en fait
» à la campagne pour charmer ses loisirs, dans
» les cercles des grandes villes pour attirer tous les
» regards, et jusque dans la captivité pour alléger
» ses fers; on en fait au vieillard qui souffre, à
» l'enfant qui pleure, au maître qui gronde, au
» créancier qui menace.... Pourquoi, me suis-je
» dit, n'en ferais-je pas à ma fille? Essayons, en
» causant avec elle, de lui sauver l'ennui de la
» réprimande, la honte du reproche, la douleur
» du repentir; essayons de former, sans qu'elle s'en
» aperçoive, ses goûts, ses habitudes, son esprit
» et son cœur. Le maître qui veut instruire avec
» gravité, perd souvent le fruit de ses soins; tan-
» dis que le conteur, qui dirige en cachant les rênes,
» ou en badinant avec elles, fixe l'attention, la
» captive; et par une marche détournée, dont ja-
» mais l'élève ne s'effarouche, il parvient à préve-
» nir un vice, à corriger un défaut, à signaler un
» ridicule. »

Ce début de l'*Introduction* expose parfaitement l'intention de l'auteur ; tout ce qu'on vient de lire est très-bien justifié par les contes qui remplissent ces deux volumes. Le ton de vérité qui règne dans presque tous, et qui les ferait prendre pour des anecdotes, cache beaucoup mieux l'austérité de la leçon, que si l'auteur les avait puisés dans la région des fables. La simplicité du récit, la vraisemblance des situations, empêchent la jeune personne qui les lit ou qui les écoute, de s'apercevoir que chaque trait y est un reproche, chaque moralité un précepte. Parmi ces contes, destinés aux jeunes demoiselles, il y en a beaucoup qui amuseront les grandes personnes, et feront même sourire les vieillards. Quant aux créanciers, à qui l'auteur dit aussi que l'on fait des contes, je doute qu'il y soient fort sensibles ; mais si M. Bouilly avait quelque chose à démêler avec cette espèce de gens, ses contes lui seraient encore fort utiles, car je suis sûr qu'ils se vendront fort bien.

Quand on considère le cercle étroit dans lequel le conteur s'est renfermé ; quand on pense à toutes les ressources dont il lui a fallu se priver, à tous les moyens de plaire dont il n'a pu faire usage, on est étonné que son imagination lui ait fourni un si grand nombre de tableaux, et qu'il ait pu aussi heureusement en varier les formes. On estime bien mieux ce qu'il a fait, quand on songe à ce qu'il n'a pu faire. Non-seulement il devait s'astreindre à la plus rigoureuse décence, mais il fallait même ex-

clure l'amour sous quelqu'aspect qu'il se présentât;
et cependant, comment faire des contes sans amour?
Cela est impossible, diront les dames : je me contenterai de dire que cela était difficile. Les contes
des fées et des génies, que l'on met entre les mains
des jeunes filles, n'ont pas, à beaucoup près,
autant de sévérité : on y voit toujours une princesse belle comme le jour, dont un prince charmant est éperdûment amoureux; et les jeunes filles,
qui se croient aussi belles que ces princesses, rêvent
sans cesse au prince charmant. M. Bouilly a chassé
de ses contes l'amour, les fées, les enchanteurs et
les génies. Il a pensé, avec raison, que le premier
venait assez tôt, et que les autres n'étaient propres
qu'à rendre l'esprit faux, à inspirer de vaines terreurs, ou à égarer l'imagination. Il a choisi ses
événemens dans l'ordre naturel des choses, ses
situations dans la société habituelle, et ses personnages parmi les élèves même qu'il voulait instruire en amusant.

Le défaut le plus ordinaire des jeunes filles, de
celles surtout qui sont nées dans l'opulence, est
une sotte vanité, une fierté ridicule, que les mères
n'autorisent que trop souvent par leur exemple,
et que quelques-unes même regardent comme une
qualité estimable. Ce vice, car c'en est un, est aussi
celui que l'auteur semble s'être plus appliqué à
corriger. Il combat la vanité par le ridicule, et l'orgueil par l'humiliation; c'était le moyen le plus sûr.

Les contes qui attaquent ce travers sont peut-être les plus jolis du Recueil. Dans *le Cabriolet versé*, l'on verra une petite personne bien fière, bien dédaigneuse, parée avec magnificence, obligée, par un salutaire accident, à s'établir dans la charrette d'un pauvre marchand de légumes, traînée par trois ânes en arbalète, et à faire, en ce bel équipage, son entrée triomphante dans la cour d'un château, où elle est accueillie par des éclats de rire, et des railleries plus piquantes pour elle que ne le sont les sifflets pour un auteur dramatique.

Dans *le Fauteuil du Grand-Père*, la fierté de la jeune Alphonsine reçoit une leçon touchante qui doit la corriger, si elle n'est pas incorrigible. *La Robe brodée* offre une moralité du même genre. Dans *le Cachemire*, une demoiselle habituée à ne juger du mérite que par les dehors, et à calculer ses égards sur la valeur des habits, éprouve l'humiliation d'avoir fait une impolitesse grave à un homme du plus haut rang, tandis qu'elle a prodigué les attentions les plus délicates et les marques de respect à une femme de chambre revêtue des habits de sa maîtresse. Ce conte est l'un des plus agréables ; mais il ne s'applique pas seulement aux jeunes filles : je ne sais pas même s'il existe sur la terre un seul homme absolument exempt de ce défaut, et entièrement inaccessible au prestige des formes extérieures. Moquons-nous de la petite fille qui juge des hommes par leurs habits, elle se moquera de nous à son tour. Mais parmi tous les

contes qui ont pour objet de corriger, ou au moins
de ridiculiser la vanité des jeunes personnes ; il
n'en est pas de plus plaisant que *la Petite Bibliothèque vivante*. Mélanie, fille d'un homme de lettres
distingué, est d'une pédanterie insupportable ; elle
veut toujours dominer dans la conversation, et elle
y répète avec un babil intarissable tout ce qu'elle
a lu ou entendu, entassant les choses les plus dis-
parates, sans discernement comme sans retenue.
Son affectation à vanter les talens de son père, et
à dénigrer tous les autres écrivains, a déjà eu des
suites désagréables qui n'ont pu cependant la corriger. Ce que M. Bouilly dit ici des filles des gens
de lettres, conviendrait également bien à leurs
femmes et à celles des artistes ; plusieurs d'entre elles
ont diminué l'estime que l'on doit à leurs maris,
par le faste des éloges qu'elles ne cessent de leur
donner en public, et par la manière impertinente
dont elles parlent de ceux qui les égalent, ou même
qui les surpassent. Que produisent cette jactance
et ces clameurs ? Elles abaissent d'abord celui
qu'elles veulent élever ; et comme une grande vanité suppose toujours un petit esprit, les personnes
dont on fatigue les oreilles par les éloges empha-
tiques du grand homme, se disent tout bas : Mais
s'il a tant d'esprit et de goût, comment a-t-il choisi
une femme aussi ridicule ? J'ai eu l'occasion plus
d'une fois de faire cette réflexion, et je la donne ici
telle qu'elle m'est survenue. Retournons maintenant à la petite pédante. Son père, lassé de ses

sottises et des désagrémens qu'elles lui causaient,
imagina un moyen plaisant de la mettre à la raison.
Un jour, il affecta de répéter une phrase latine qui
signifiait : *Je suis une sotte ridicule*, mais à laquelle il donna un autre sens. La fille savante lui
demande où il a lu cette belle maxime, et le père
répond froidement : Dans *l'Art poétique de Cicéron.* La pédante s'approprie bien vîte cette richesse
littéraire ; et le lendemain, à un grand dîner où
elle se trouve avec de véritables savans et des
femmes d'esprit, elle saisit la première occasion, et
débite d'un air doctoral le bel apophthegme qu'elle
répétait tout bas depuis une heure, dans la crainte
de l'oublier. On devine l'effet qu'il produisit. Les
éclats de rire ne la déconcertent point : ne pouvant
imaginer que son père ait voulu lui jouer un pareil tour, elle redit la phrase fatale, cite l'Art poétique de Cicéron, prouve plus que jamais qu'elle
est une sotte ridicule, et apprend enfin qu'elle en
a fait l'aveu sans s'en douter.

*Le Sansonnet, le Petit Chien noir, les Papil-
lottes, les Souliers verts, les Sœurs de lait,* sont
faits pour corriger les jeunes personnes de la du-
reté, de l'égoïsme et de l'impertinence : les divers
genres d'humiliation que l'auteur fait subir aux
coupables, cachent sous des formes plaisantes une
leçon sévère et utile. La curiosité et l'indiscrétion
trouvent leur châtiment dans *le Petit Savoyard, le
Danger d'écouter aux portes* et *le Testament;* la
bienfaisance reçoit sa récompense dans *le Bal*

manqué et *la Pièce d'or*, et la médisance est cruellement punie dans *le Peigne parlant*.

Parmi les Contes à ma Fille, il en est plusieurs
qui, par l'intérêt du sujet et le piquant des situations, pourraient être transportés au théâtre. Je ne
doute pas que quelqu'auteur ne s'en empare comme
d'une bonne prise, et M. Bouilly lui-même leur
en donnera peut-être l'exemple. *Les Roses de
M. de Malesherbes, la Pièce d'or*, et surtout *la Petite Gouvernante*, ne demanderaient pas un grand
effort d'imagination pour être converties en opéras
comiques ou en vaudevilles fort agréables.

CONSEILS A MA FILLE;

Par M. J.-N. BOUILLY, Membre de la Société philotechnique, etc.

> *Vis consilii expers mole ruit suâ.* —
> HORACE.
> La force sans conseil se détruit d'elle-même.

J'AI annoncé les *Contes à ma Fille*, du même
auteur, j'en ai prédit le succès; mon opinion a été
complètement justifiée; mais ce succès a tellement
surpassé ce que j'attendais de l'ouvrage, quelque
agréable qu'il me parût, que je ne dois pas trop
me prévaloir de ma prédiction. La vogue d'un livre
n'est pas toujours proportionnée à son mérite;

elle n'est pas même toujours en rapport avec sa réputation. Il y a des ouvrages très-estimés qu'on ne lit guère ; en tout genre il y a des renommées stériles. Ce n'est donc point parce que les *Contes à ma Fille* se sont rapidement répandus dans le public que je me félicite d'en avoir fait l'éloge, mais parce que ce succès, prolongé pendant trois ans, dure encore aujourd'hui, et ne semble pas devoir finir de sitôt. Tel est le bonheur des ouvrages bien faits qui peuvent entrer dans un système d'éducation ; on les regarde d'abord comme utiles, et l'on finit par les croire nécessaires ; ils se répandent, de proche en proche, jusqu'aux extrémités de l'Empire, et ils commencent leur réputation dans une ville lorsqu'ils sont déjà anciens dans une autre.

M. Bouilly n'a pas manqué de suivre le riche filon que lui présentait une mine aussi productive ; mais il a senti combien il est difficile de donner à un ouvrage heureux une *suite* aussi heureuse. Il s'est donc bien gardé d'annoncer un second livre de contes ; il quitte l'adolescence pour la jeunesse ; il prend les sujets de ses narrations dans des anecdotes véritables ; il y attache des moralités plus importantes ; et il répand surtout assez d'agrément dans le récit, pour que les jeunes têtes ne soient pas trop effarouchées de l'austérité des leçons.

« Ma fille, dit-il dans son introduction, ce n'est » point avec des contes que je puis maintenant » fixer ton attention, étendre tes idées, et charmer » les momens que nous passons ensemble. Quand

» on voit luire, comme toi, son seizième printemps;
» le cœur ne se nourrit plus de chimères; il lui faut
» un aliment plus réel; et la fiction, sous quelque
» forme qu'elle paraisse, a moins d'attraits à ton
» âge que la simple vérité. Je te préviens donc, ma
» Flavie, que ce sont des *conseils* qui vont suc-
» céder à ces *contes* que le public a daigné cou-
» ronner de son suffrage, etc. etc... »

Je ne suis pas très-persuadé que le cœur d'une
demoiselle de seize ans ne se nourrit plus de chimères; j'ai le malheur de croire, au contraire,
qu'on s'en nourrit toute sa vie; je ne suis pas plus
d'accord avec l'auteur, quand il dit qu'à seize ans
les contes ne peuvent plus fixer l'attention. Jeunes
ou vieux, nous aimons les contes; et il n'est peut-
être pas une demoiselle, même majeure, qui ne
soit souvent tentée de dire, comme certaine sul-
tane : Ma chère sœur, si vous ne dormez pas,
dites-nous un de ces jolis contes que vous savez.
Mais je ne veux point chicaner M. Bouilly sur la
manière dont il a cru devoir justifier le titre un
peu sévère de *Conseils à ma Fille*. Nous allons
voir d'ailleurs qu'il n'a pas renoncé aux contes
aussi formellement qu'il semble le dire dans sa
préface.

Il faut l'avouer, les Conseils ne se présentent
pas d'aussi bonne grâce. Les mamans, je n'en
doute pas, préféreront ce titre; mais les demoiselles, en ouvrant le livre, ne souriront pas aussi
agréablement qu'elles l'ont fait en recevant les

Contes. Qu'elles se rassurent cependant, qu'elles acceptent le livre sans hésiter ; je vais leur faire une confidence qui les réconciliera bientôt avec le titre : c'est que le donneur de conseils est en même temps le faiseur de contes, et il conte encore en donnant des conseils. Maintenant je suis sûr que la jeune demoiselle va lire avec beaucoup de docilité, et la maman va s'écrier : Voyez l'aimable fille ; elle reçoit les conseils comme si c'étaient des contes!

Le premier volume contient, 1° *Les Oiseaux de madame Helvétius :* cette anecdote est une heureuse transition entre le premier et le second ouvrage de M. Bouilly. Il n'a pas voulu quitter les petites demoiselles sans leur dire un adieu ; et *les Oiseaux de madame Helvétius* contiennent des détails qui, très-propres à intéresser les grandes personnes, sont cependant de nature à plaire beaucoup à celles qui sortent de l'enfance. Il s'agit d'un moineau fort bien élevé, que la piété filiale est parvenue à instruire au point de lui faire porter de petits billets et d'en rapporter les réponses. On assure que ce fait, très-singulier, est néanmoins très-véritable. 2° *La Robe feuille-morte de madame Cottin :* ce conte, qui offre une situation vraiment dramatique et adroitement prolongée, attaque le ridicule des jeunes personnes qui jugent du mérite d'après l'enveloppe qui le couvre ; ce travers n'est pas spécialement celui des jeunes filles : hommes et femmes de tout âge et de tout rang pourraient faire leur profit de la moralité contenue

dans cette anecdote ; mais ils s'amuseront de l'historiette, et ils continueront à juger des gens par
l'habit. Cette anecdote offre d'ailleurs un éloge
aussi juste qu'agréable du caractère et des talens
de madame Cottin. 3° *Les Nuances de l'âge :* on
y trouve une excellente morale ; l'auteur y prouve
que le ton et les manières qui plaisent dans une
personne très-jeune, deviennent choquans et même
dangereux dans un âge plus avancé. 4° *La romance
de Daleyrac :* on voit ici un caractère original,
peut-être même un peu bizarre ; c'est un militaire
qui adore tellement sa femme, que, l'ayant perdue, il ne peut plus voir sa fille, également chérie,
parce que la figure et les grâces de cet aimable
enfant lui retracent trop fidèlement l'image de
l'épouse qui n'est plus. Le portrait vivant d'une
morte est pour lui un supplice plutôt qu'une con-
solation. Une romance de Daleyrac produit une
révolution dans son cœur, et il finit par pleurer
avec sa fille au lieu de la repousser. L'éloge de
Daleyrac se trouve naturellement placé dans le
récit ; ceux qui ont connu la personne et qui appré-
cient le talent de ce compositeur, ne trouveront
pas que M. Bouilly ait exagéré la louange. 5° *Le
petit Dîner :* leçon donnée à une demoiselle qui,
devenue riche, et placée dans une sphère plus éle-
vée, emploie tous les petits subterfuges de l'orgueil
déguisé pour se débarrasser d'une intime amie qui
a eu le tort impardonnable, je l'avoue, de ne pas
faire une brillante fortune. Ce conte va plaire à

tout le monde, et ne corrigera personne. 6° *Le charme de la voix* : celui-ci n'est guère susceptible d'être brièvement analysé. Il s'y agit d'un jeune militaire qui veut choisir une épouse ; plusieurs portraits passent sous ses yeux........ Mais le titre me paraît peu juste ; le charme de la voix n'entre dans l'action que comme une petite cause. 7° *Le premier pas dans le monde* : anecdote qui se termine par un événement tragique, et qui offre tous les caractères de la vérité. La sotte fierté, les inconséquences d'une demoiselle, d'ailleurs fort aimable, occasionnent un duel où périt un jeune homme qui jouit de l'estime générale. Cette catastrophe fait prendre en aversion la beauté fatale qui l'a causée ; et la nouvelle Hélène est obligée de s'expatrier pour échapper à la honte dont on l'accable. En lisant ce récit plein d'intérêt, je tremblais que l'auteur ne le terminât par ce qu'on appelle un dénoûment *heureux ;* il a fort sagement préféré le plus heureux pour le goût et pour la morale. 8° *Les Tablettes de Florian* : une jeune personne a la manie du bel-esprit, cela n'est point extraordinaire ; cette ambition lui fait faire une grosse sottise, cela n'est pas plus étonnant ; mais c'est un bel-esprit, c'est Florian qui l'a corrigée ; voilà un dénoûment auquel on ne s'attendait pas. 9° *Les trois Genres :* il y a dans cette anecdote, très-vraie pour le fond et pour les détails, des objets et des événemens trop multipliés pour que je puisse les réduire à un petit nombre de termes. Elle est une

des plus agréables du recueil, et je n'y trouve rien
à reprendre que le titre. D'abord, il n'est pas juste,
parce que l'une des trois héroïnes ne s'applique à
rien, et ce n'est pas un genre que de les négliger
tous; en second lieu, de ces trois genres, qui devraient concourir à l'action, un seul y est utile;
troisièmement, l'intérêt y change tellement de nature vers le milieu de la narration, que les trois
genres sont même oubliés par le lecteur; et pour
dernière raison, le titre établit dans la fable une
duplicité d'action qui n'y existe pas en effet. 10°
Enfin, *la Manie des Romans* : c'est une petite
comédie à laquelle il ne manque que la forme du
dialogue; caractères variés et plaisans, situations
analogues au sujet, nœud bien serré, dénoûment
très-dramatique, où tous les personnages font tableau, telles sont les qualités de cette histoire, vraie
ou supposée, qui excède cependant un peu les dimensions d'un conte; et mon observation est bien
plus juste si nous l'appelons un *conseil.*

Je n'ai parlé que du premier volume; le second
contient : 1° *La Quête au bal.* Un évêque de Marseille, qui depuis a été cher aux Parisiens sous un
titre plus éminent, se présente dans un bal donné
par le commandant de la place, et y fait faire une
quête destinée à réparer un grand malheur : telle
est l'anecdote. Ce que l'auteur y ajoute rend plus
piquant encore et plus agréable ce trait déjà fort
extraordinaire; l'étonnement du cocher et des gens
de l'évêque, lorsque ce prélat leur ordonne de le

conduire dans la maison où l'on donne le bal, forme une scène plaisante sans charge et sans invraisemblance. La surprise des danseurs n'est pas moindre; et la manière dont l'évêque se conduit dans ce lieu destiné au plaisir, fait chérir sa bienfaisance et admirer son courage, sans rien diminuer du respect que l'on doit à son caractère. L'estampe qui précède ce conte anecdotique fait trop voir le dénoûment, et fait perdre au lecteur l'intérêt de curiosité; mais, d'un autre côté, la démarche du prélat, toute louable qu'elle est, avait peut-être besoin de ce moyen préparatoire pour ne pas trop étonner les moralistes chagrins qui se plaisent à voir du mal partout.

2° *L'Héroïsme filial.* Ce trait historique est d'un genre très-élevé, et sort du cadre dans lequel l'auteur a renfermé ses autres contes. Fort heureusement pour nous, nous n'avons plus besoin que nos jeunes demoiselles fassent preuve d'un héroïsme martial; mais la piété filiale peut inspirer le plus grand courage partout ailleurs que dans une ville prise d'assaut; et en lisant ce fragment de l'histoire de Lorraine, le lecteur se rappelle, avec un plaisir mêlé d'admiration, le dévoûment héroïque dont tant de jeunes personnes ont donné des exemples si touchans à l'époque déplorable d'une histoire plus récente.

3° *Les Présomptions.* Ce conte, entièrement comique, est très-bien placé après l'anecdote précédente pour varier les sensations du lecteur. Une jeune personne a poussé les présomptions de l'orgueil aussi loin qu'elles peuvent aller. Elle croit que tous les hommes sont épris de ses charmes, et que toutes les femmes sont jalouses de sa supériorité : cette persuasion, qui se fortifie en elle tous les jours, lui fait faire mille folies plaisamment ridicules. L'auteur la corrige, un peu vite et un peu trop doucement peut-être ; mais il y a tant de franchise, tant de candeur même dans l'orgueil de la demoiselle, que l'on ne désespère jamais de sa conversion, et que l'on sait gré à M. Bouilly de ne l'avoir point opérée par des moyens violens.

4° *Les Sœurs de la Charité.* Une princesse que, par respect, l'auteur ne nomme point, est désespérée d'avoir causé involontairement le malheur d'un pauvre ouvrier ; elle ne s'en rapporte point aux ordres qu'elle a donnés, ni aux bienfaits qu'elle a répandus ; elle veut s'assurer si ses intentions ont été complètement remplies. Elle se déguise en sœur de la Charité, pour porter elle-même les consolations et les secours à l'infortune. Sur ce fond, qui est très-vrai, et qui paraît bien simple, l'auteur a su répandre beaucoup d'agrément ; et, ce qui semble plus difficile, il y a mêlé ce degré de comique qui n'altère pas la noblesse du personnage principal, et qui égaie le sujet sans le rendre moins intéressant.

5° *Jenny la Bouquetière.* Une petite fille devient riche en vendant des bouquets ; du moins l'auteur, toujours décent, n'assigne que cette cause à sa for-

tune. Il lui prend fantaisie de devenir dame ; malgré ses efforts et ses longues études, elle est toujours reconnue, et le nom de Jenny vient frapper
désagréablement son oreille, lorsqu'elle croit ne
montrer que madame de Saint-Clair. Elle s'expa-
trie, reste dix ans en Pologne, et revient à Paris
sous le nom de la comtesse Floreska. Elle s'est
beaucoup perfectionnée dans l'art de l'intrigue ; et
ce qui, avant son départ, décelait une mauvaise
éducation, ne passe plus que pour un défaut d'u-
sage dans une étrangère. Elle s'introduit dans une
famille honnête, où une jeune et aimable personne
conçoit pour elle une amitié portée jusqu'à l'enthousiasme. C'est en cela seulement que ce conte
se rattache au plan de l'auteur. Il n'a certainement
pas écrit son livre pour les bouquetières, mais pour
les jeunes demoiselles qui peuvent former des liaisons choquantes ou dangereuses. C'est pour cela
sans doute qu'il a cru devoir donner à la prétendue comtesse une leçon très-sévère : elle l'est peut-
être trop ; et il y a tant d'intrigantes en tout genre,
que l'on deviendrait cruel si l'on voulait infliger à
chacune la punition qu'elle mérite.

6° *Les Dangers d'un bon mot.* Comme un bon
mot ne paraît être qu'une petite cause, et comme
cependant il peut produire les plus fâcheux effets,
M. Bouilly n'a pas mal fait de terminer d'une manière tragique cette aventure, qui n'annonce d'a-
bord rien de bien important. Ce conte ne peut être
analysé sans perdre presque tout son mérite. Il est

21.

peut-être un des plus utiles du recueil : en effet, une jeune et jolie personne, entourée de complaisans et d'adulateurs, devient facilement impertinente ; et si ses fautes rejaillissent sur ses parens, si sa famille entière risque de devenir la victime de son orgueilleuse étourderie, on ne peut employer des moyens trop forts pour extirper à temps un vice qui peut avoir de si funestes conséquences.

7° *Le Choix d'une Amie.* Si l'on ne jugeait de l'utilité de ces contes que par le plaisir qu'ils font au lecteur, celui-ci serait regardé comme le moins intéressant. Il est, en effet, aussi calme que son titre le fait présumer, et l'on n'y trouve aucune de ces situations dramatiques, aucun de ces tableaux que l'auteur a présentés, dans ceux qui en étaient susceptibles. Mais il ne faut pas oublier que ce livre est spécialement destiné aux jeunes personnes, et que *le choix d'une amie* est d'une grande importance dans un âge où l'on est si disposé à se laisser séduire par les apparences, et à concevoir un enthousiasme dangereux. Telle *amie* a souvent fait plus de tort à une femme que plusieurs amans.

8° *Le Choix d'un Epoux.* C'est ici surtout que M. Bouilly a prouvé combien la connaissance du théâtre est utile à l'écrivain qui veut présenter une action intéressante sous quelque forme que ce soit. Quatre sœurs se marient ; les trois premières n'écoutent, sur le choix d'un époux, que les conseils de l'orgueil, de l'ambition ou de la vanité : une seule fait un choix modeste et raisonnable. Les

apparences sont d'abord contre elle ; mais le sort
(qui n'est pas toujours aussi juste) la récompense
bientôt de sa modération : elle finit par devenir la
bienfaitrice des trois sœurs dont elle avait été dé-
daignée. Neuf figures différentes sont en mouvement dans ce petit tableau : elles sont toutes bien
dessinées, et le dénoûment surtout y offre une
situation vraiment théâtrale.

9° Enfin, *l'Arbre de Catinat*. L'idée de ce
conte était un problème très-difficile à résoudre.
Comment offrir aux yeux des jeunes demoiselles le
tableau de l'amour passionné ; comment surtout
le présenter de manière à le faire approuver des
institutrices les plus sévères et des mères les moins
indulgentes ? Il fallait lui donner cette couleur che-
valeresque qui en fait une vertu : il fallait, en quelque sorte, le sanctifier : c'est ce que l'auteur a exécuté avec beaucoup d'art et de bonheur. Ce n'est
pas sans raison qu'il l'a placé à la fin de son recueil ; il ne pouvait finir d'une manière plus agréable. Au reste, c'est peut-être la première fois que,
dans un livre destiné à l'éducation des jeunes personnes, on aura pu, non seulement parler de
l'amour, mais même le conseiller.

Cet ouvrage est très-bien imprimé ; et, ce qui
n'est pas indifférent pour les demoiselles, ces
contes sont accompagnés de gravures fort agréables
qui en indiquent les situations principales. On y
trouve, de plus, l'éloge de la plupart de nos artistes les plus célèbres ; et l'auteur l'y amène si

naturellement, qu'il semble n'avoir pas pu s'en dispenser.

J'aurais voulu citer quelque passage d'une certaine étendue, mais je suis forcé de me borner au trait suivant. J'ai dit qu'une grande princesse veut porter elle-même les secours et les consolations chez un malheureux ouvrier : sous le nom et les habits de la sœur Saint-Ange, et accompagnée de la sœur Agathe, elle parcourt de grand matin les rues boueuses de la capitale; ses grosses chaussures de cuir blessent ses pieds délicats, la font glisser à chaque instant et perdre l'équilibre : elle plaint de tout son cœur les malheureux piétons. « ..... Comme elle parlait ainsi, passe auprès d'elle une de ses voitures dont elle reconnaît les armes et la livrée : oh! la singulière rencontre, dit-elle en riant à la sœur Agathe; c'est mon valet de chambre qui fait le grand seigneur, et revient du bal, où sans doute il a passé la nuit. Comme elle achevait ces mots, la voiture éclabousse de la tête aux pieds l'humble sœur Saint-Ange, qui, loin de s'en fâcher, pousse un grand éclat de rire peu compatible avec l'austérité de ses vêtemens, et dont l'avertit tout bas son guide fidèle, qui ne peut s'empêcher de dire dans son extase : Quel contraste, bon Dieu! le valet de chambre revenant, sous de riches habits, d'un lieu de plaisir, éclabousse la princesse qui, sous la bure, se rend à pied dans le triste réduit de la douleur! »

Ce n'est pas la première fois, sans doute, que

la vertu a été éclaboussée par le vice, mais ce trait n'en est pas moins plaisant, et s'il n'est pas anecdotique, je sais gré à l'auteur de l'avoir imaginé. C'est ainsi que dans tous ses contes il tempère l'austérité des *Conseils* par des détails plaisans ou gracieux; il est très-beau de prêcher la bienfaisance et l'humanité, mais il n'est pas mal de faire un peu rire les jeunes demoiselles. Le rire est un excellent véhicule aux conseils de la sagesse; et si l'on estime le livre de M. Bouilly parce qu'il offre une bonne morale, on l'achète parce qu'il est amusant.

MÉMOIRES,

OU SOUVENIRS ET ANECDOTES,

Faisant partie des Œuvres de M. le Comte DE SÉGUR, ornés de son portrait et d'un *fac simile* de son écriture.

M. le comte de Ségur a fondé sa réputation littéraire sur des ouvrages plus importans, mais je doute qu'il ait jamais rien écrit de plus agréable que ses Mémoires. Je ne sais même pourquoi nous mesurons l'importance des livres sur celle du genre auquel ils appartiennent : il me semble que les

noms des écrivains doivent se classer dans notre
estime d'après le mérite individuel des ouvrages,
et non pas d'après le rang que leur catégorie occupe sur le Parnasse. Je sais que les grandes compositions historiques, philosophiques et littéraires
figurent plus noblement dans une bibliothèque,
et les Mémoires n'y sont guère considérés que
comme des œuvres fugitives ; mais si l'on recueil-
lait les suffrages des lecteurs, à scrutin secret, on
verrait souvent une énorme majorité se déclarer
pour les Mémoires spirituels et malins, où l'auteur effleure les objets sans s'y appesantir, passe
rapidement d'un sujet à un autre, nous force à
réfléchir sans nous annoncer des réflexions ; et
nous donne des leçons quelquefois sévères sous
l'apparence de l'enjoûment et de la légèreté. A cet
égard, le vœu public peut s'exprimer par ces mots :
Instruisez-moi, si vous le pouvez, mais avant tout,
amusez-moi. Les Mémoires de M. de Ségur attein-
dront l'un et l'autre but.

La curiosité du lecteur sera suffisamment excitée
quand on aura lu la page que je transcris fidèlement, et que je présente comme la meilleure annonce que l'on puisse faire de l'ouvrage : « Ma
position, dit M. de Ségur, ma naissance, mes liaisons d'amitié et de parenté avec toutes les personnes marquantes de la cour de Louis XV et de
Louis XVI, le ministère de mon père, mes voyages
en Amérique, mes négociations en Russie et en
Prusse, l'avantage d'avoir connu sous des rap-

ports d'affaires et de société Catherine II, Frédéric-le-Grand, Potemkin, Joseph II; Gustave III,
Washington, Kosciusko, Lafayette, Nassau, Mirabeau, Napoléon, ainsi que les chefs des partis
aristocratiques et démocratiques, et les plus illustres écrivains de mon temps, tout ce que j'ai vu,
fait, éprouvé et souffert pendant la révolution, ces
alternatives bizarres de bonheur et de malheur, de
crédit et de disgrâce, de jouissances et de proscrip-
tions, d'opulence et de pauvreté, tous les états
différens que le sort m'a forcé de remplir, m'ont
persuadé que cette esquisse de ma vie pourrait être
piquante et intéressante, puisque le hasard a voulu
que je fusse successivement colonel, officier-gé-
néral, voyageur, navigateur, courtisan, fils de
ministre, ambassadeur, négociateur, prisonnier,
cultivateur, soldat, électeur, poète, auteur dramatique, collaborateur de journaux, publiciste, historien, député, conseiller d'État, sénateur, académicien et pair de France. »

Est-il un Français assez barbare pour ne pas
désirer de lire les aventures d'un grand seigneur
qui a connu Catherine II et Kosciusko, Joseph II
et Mirabeau, Frédéric-le-Grand et les Jacobins,
Napoléon et la liberté? Qui pourra résister au
désir de connaître le fils de ministre devenu journaliste, le courtisan cultivateur, le général poète
et le soldat académicien? A travers toutes ces mé-
tamorphoses, un homme ordinaire acquerrait encore une grande célébrité; quel doit donc être

l'empressement des curieux, lorsque tout le monde sait que l'auteur et le héros de ces Mémoires réunit une raison profonde et une vaste instruction à l'esprit le plus délicat et à l'art d'écrire avec une rare élégance?

En rendant compte de ce livre si agréablement varié, je m'aperçois que le trop d'abondance me rend indigent. Je voudrais faire entrer ici toutes les notes que j'ai faites sur l'ouvrage, mais elles sont aussi nombreuses que les pages mêmes, et je prévois que je ne dirai rien pour avoir trop à dire. Choisirai-je le tableau de la cour de France sous la fin du règne de Louis XV, et pendant les premières années de Louis XVI? Emprunterai-je les pinceaux de M. de Ségur pour représenter la guerre d'Amérique, les folies qu'elle fit faire en France, et pour montrer cet essaim brillant de chevaliers français, pleins d'honneur et de fidélité, qui vont secourir un peuple révolté contre l'autorité légitime, et apprendre l'art de changer un royaume en république? Laissant de côté la guerre et la politique, transporterai-je mes lecteurs sous le beau ciel des Açores et dans l'île de Tercère, où M. de Ségur, M. de Lauzun, le prince de Broglie et le vicomte de Fleury, trouvèrent des hôtes joyeux, des femmes vives et jolies, des religieuses complaisantes, et un évêque qui dansait admirablement le *Fandango?* Suivrai-je l'auteur à Philadelphie, qu'il place sur la rive *est* de la Delaware, tandis qu'elle est sur la rive *ouest?* Irai-je avec lui sur la côte de l'Amé-

rique méridionale, pour lui faire observer qu'il se
trompe quand il prend le lac Maracaybo pour celui
de Valentia? ou plutôt, fatigué de si longs voyages,
m'arrêterai-je pour reprocher à M. de Ségur
d'avoir vu ces bons Américains avec des yeux
aussi complaisans que ceux de la spirituelle miss
Wright, qui a rédigé son voyage aux États-Unis
comme les généraux rédigent leurs bulletins?

Il faut pourtant que je prenne un parti, et l'impossibilité de tout embrasser me laissant la faculté
de choisir, je me jette dans la philosophie. Un
jour, au milieu d'une société, je déclarai, d'après
ma conviction intime, que la révolution française
avait tout autre cause que les écrits des philosophes.
Je me fondais sur cette vérité incontestable que
la révolution était déjà faite dans les idées et dans
les mœurs lorsqu'une ambition purement indivi-
duelle profita de ces dispositions pour renverser
un édifice qui menaçait ruine depuis long-temps ;
mais cette révolution dans les idées et dans les
mœurs était-elle due aux philosophes ? Eh ! non
sans doute, puisqu'à l'époque où la licence des
mœurs et l'incrédulité firent éruption en France,
les Jean-Jacques, les Diderot, les d'Holbach, les
encyclopédistes et les économistes étaient absolument inconnus, et n'avaient pas encore écrit une
seule ligne. Voltaire lui-même, le plus illustre,
comme le plus anciennement célèbre, ne s'était encore occupé que de la tragédie d'*OEdipe*, du poëme
de la Ligue (*la Henriade*), du *Siècle de Louis XIV*,

et de quelques ouvrages totalement inconnus à nos révolutionnaires ; et la trop fameuse *Pucelle* ne parut, bien secrètement encore et par fragmens, que dix années après la mort du Régent. L'argument était sans réplique ; c'était celui de l'agneau de la fable : *Je n'étais pas né ;* et puisque l'impiété avait été poussée jusqu'à l'athéisme avant l'apparition d'aucun écrit philosophique, il faut nécessairement conclure que l'audace des philosophes a été un effet et non pas une cause de la révolution dans les idées et dans les mœurs. Il est évident, en effet, que l'on fait les livres pour les lecteurs et non pas les lecteurs pour les livres : on ne présente pas des impiétés aux vrais croyans, et des obscénités aux personnes chastes ; ainsi, tous ceux ou toutes celles qui prétendent rejeter leurs anciennes erreurs sur les écrits des philosophes, méritent qu'on leur réponde : « Convenez au moins que les semences avaient trouvé le sol qui leur convenait, et que le terrain était bien préparé. »

Soutenir que les philosophes n'ont pu avoir aucune influence avant d'être nés ou avant d'avoir écrit, était de la niaiserie plutôt que de l'audace, et cependant je parus bien coupable et bien téméraire aux yeux de ces dévots qui pullulent aujourd'hui d'une manière effrayante, dévots sans religion, vrais renégats du jacobinisme, se repentant bien sincèrement des péchés qui ne les ont point enrichis, se couvrant du masque de Tartufe, mais conservant secrètement celui de Marat, parce qu'on

ne sait ce qui peut arriver. Je ne dispute point contre
de pareils docteurs. Quant aux vrais dévots, je n'ai
rien à craindre d'eux parce que je ne les ai point
offensés; d'ailleurs, ils s'occupent de leur salut,
ils prient pour les pécheurs, et ils ne maudissent
personne.

Lorsque j'osais déclarer que la révolution dans
les mœurs et dans les idées religieuses était fort
antérieure à nos troubles politiques, et qu'elle
avait commencé dans les hautes classes de la société, c'est-à-dire dans celles qui en accusent aujourd'hui les philosophes, j'étais loin de prévoir
qu'un gentilhomme de l'ancienne cour, le fils d'un
maréchal de France, lié par l'amitié ou la parenté
avec les plus illustres soutiens de la monarchie,
viendrait par ses révélations et ses aveux compléter
ma conviction, et mettre en évidence l'opinion
que je soutenais. Notez bien que M. le comte de
Ségur ne parle pas de lui seul, mais de presque
tous les seigneurs de la cour de Louis XV et de
Louis XVI, et de presque toutes les dames remarquables par leurs charmes ou leur esprit. Ainsi,
pour infirmer un pareil témoignage, il faudrait
prouver que M. le comte de Ségur a, de gaieté de
cœur, calomnié tous ses amis, ou qu'il n'a pas
connu la haute société, et qu'il a été élevé clan-
destinement chez quelque vieux philosophe.

Comme on ne me fournira pas cette preuve, je
puis hardiment citer ce noble écrivain parmi les
plus respectables que je puisse invoquer. Lisez

donc ses Mémoires, voyez quels étaient les mœurs, l'esprit, les opinions du grand monde avant la révolution. Vous y apprendrez que l'amour de la liberté avait gagné les hautes classes dans un temps où le peuple ne savait encore que haïr, mais obéir; que les grands, après avoir favorisé le progrès des lumières, s'étonnèrent de ne plus trouver un caractère aussi servile dans des hommes plus éclairés; qu'un système d'égalité s'était établi tacitement entre les différentes classes, et que les titres littéraires obtenaient, en beaucoup d'occasions, la préférence sur les titres de noblesse; qu'on accueillit avec un empressement et une faveur inexprimables les envoyés d'un peuple en insurrection contre son monarque; que ce spectacle *ravissait* les courtisans au nombre desquels se place l'auteur; *ergò habémus confitentem reum;* que les grands seigneurs, en se déclarant les champions de la liberté, finirent par s'enflammer de très-bonne foi pour elle; qu'on parlait d'indépendance dans les camps, de démocratie chez les nobles, de philosophie dans les bals, de morale dans les boudoirs; que l'on frondait les puissances de Versailles, et que l'on faisait sa cour à celles de l'*Encyclopédie;* que la galanterie, l'ambition et la philosophie étaient entremêlées et confondues, que les prélats quittaient leurs diocèses pour briguer des ministères; que les abbés faisaient des vers et des contes licencieux; que l'auteur enfin entendit avec un étonnement, sans doute mêlé d'effroi,

toute la cour applaudir avec enthousiasme, dans
la salle de spectacle du château de Versailles, ces
deux vers que je nommerais prophétiques :

> Je suis fils de Brutus, et je porte en mon cœur
> La liberté gravée et les rois en horreur.

Vers qui, pour le dire en passant, ne sont pas
trop bons, et n'ont pu être applaudis que pour la
pensée.

Quel effet les citations que je viens de faire ne
produiraient-elles pas sur le lecteur, si je ne les
avais pas prises çà et là dans différens paragraphes,
et si je les avais présentées avec tous les développemens qui leur donnent, dans l'ouvrage, tant de
force et tant d'éclat !

Mais on insiste, et ceux qui ont de bonnes raisons pour rejeter leurs propres fautes sur les philosophes, ne manqueront pas d'affirmer que ce
délire des courtisans, que le déréglement de mœurs
et d'opinions qui s'était répandu dans les hautes
classes, n'étaient eux-mêmes que des effets déplora-
bles de la nouvelle philosophie. Bien loin d'affaiblir
l'objection, je vais la fortifier, en avouant que
quelques phrases de M. de Ségur semblent favoriser cette idée qui m'est contraire. Il dit, en effet,
que les écrits philosophiques étaient avidement re-
cherchés par les grands seigneurs; il ajoute même
ces mots remarquables : « Nous préférions un mot
d'éloges de d'Alembert, de Didérot, à la faveur
la plus signalée d'un prince. »

Pour détruire ce raisonnement, tout spécieux qu'il est, il me suffirait peut-être de faire observer que les grands seigneurs et les grandes dames qui caressaient les philosophes et lisaient avidement leurs écrits, n'étaient pas trop pénétrés de respect pour la majesté royale, pour les mœurs et pour la religion ; et je pourrais comparer ces grands, pervertis par les philosophes, aux femmes qui se plaignent d'un séducteur quand elles ont sollicité la séduction ; mais j'ai un moyen plus sûr de démontrer que les philosophes n'ont fait que suivre le torrent, et profiter d'une révolution déjà faite. Je prie donc le lecteur de vouloir bien remonter par la pensée jusqu'aux premières années du dix-huitième siècle, temps où nos plus audacieux philosophes étaient encore au berceau, et y contempler ce tableau des funérailles de Louis XIV, tracé par un écrivain dont le royalisme n'est pas plus contesté que le talent.

Funérailles de Louis-le-Grand : « Jamais » spectacle ne fut plus indigne de son objet, ou » plutôt n'en fut une profanation plus révoltante : » ce monarque fut inhumé au milieu des cris d'une » insolente allégresse..... Cette pompe fut mal ordonnée, mal conduite...... Le corps de Louis XIV » fut porté à Saint-Denis, et son cœur fut déposé » dans l'église des Jésuites, suivant ses dernières » volontés. L'affluence fut prodigieuse sur le passage du convoi ; le peuple, *comme la cour,* s'était » rangé du parti du duc d'Orléans, et se faisait

» une vive image des plaisirs qui allaient succéder
» aux malheurs et à la sombre sévérité de la vieil-
» lesse de Louis XIV. Dix années de souffrances et
» de contrainte étaient tout ce qu'il se rappelait du
» règne le plus brillant de la monarchie. Jamais
» un passé plus glorieux n'excita moins de sou-
» venirs.... *Le nom du père le Tellier était chargé*
» *de malédictions.* On se répandait dans les guin-
» guettes établies sur le chemin de Saint-Denis,
» on buvait, on chantait, on se livrait à des trans-
» ports indécens, tels qu'on les eût à peine permis
» dans un jour destiné à l'allégresse. Des vaude-
» villes licencieux volaient de bouche en bouche ;
» le nom de Louis et celui de madame de Main-
» tenon y étaient souillés d'opprobre. Partout où
» s'avançait le char funèbre, on entendait redou-
» bler les cris et les chants de cette grossière ivresse.
» Les restes de Louis XIV, insultés en 1715, fu-
» rent exhumés en 1793 avec tous ceux de nos rois.
» *La monarchie avait déjà reçu quelque atteinte*
» *le jour où le deuil d'un tel monarque fut profané.* »
Telle est la description fidèle du grand scandale
donné le 9 septembre 1715 ; telle est l'image des
sentimens et des passions qui animaient tout le
peuple dans ce jour qui aurait dû s'obscurcir d'une
tristesse religieuse ; et cependant alors la religion
était triomphante , les jésuites dominaient, nulle
concession n'était faite aux protestans, aucun écrit
philosophique n'insultait à la religion du Christ ni
à la majesté royale. J.-J. Rousseau n'avait alors

que trois ans, Diderot n'en avait que deux, et Voltaire écrivait sa Henriade qui n'est certainement ni impie ni anti-monarchique, et il s'occupait d'élever un monument immortel à la gloire de ce roi dont on outrageait la mémoire. Dites donc maintenant que ce sont les philosophes qui ont instruit le peuple à insulter les rois.

Mais d'où venait donc cette joie presque féroce à la mort du plus grand de nos monarques? La cause de ce scandale est évidente sans recourir à une philosophie qui n'existait pas encore. Une compression de dix années avait condamné le peuple au silence, et ce peuple était français; les jésuites étaient puissans et inquisiteurs, comme ils le seront partout où ils domineront; les finances étaient en mauvais état, et le fisc devenait plus exigeant à mesure que le peuple devenait plus pauvre; la religion était sombre et farouche; un voile monacal était répandu sur toute la France qu'il attristait, et, pendant dix années, on avait imposé la contrainte de l'hypocrisie à la nation la plus gaie, qui pousse quelquefois la franchise jusqu'à l'indiscrétion. La mort du grand roi relâcha tous les ressorts, le caractère national se redressa; et, comme toute réaction est égale à l'action, la liberté s'éleva jusqu'à la licence, comme la piété était descendue jusqu'au bigotisme. Les philosophes survinrent; ils furent hommes de leur siècle, et ils firent des livres tels que les désiraient les lecteurs de leur temps. Voilà leur tort; mais ne les accusons pas des nôtres, et n'imitons pas les Juifs, qui se croyaient bien purs quand ils avaient chargé un malheureux bouc de leurs iniquités, et l'avaient chassé dans le désert.

Lisons donc les Mémoires de M. de Ségur, sachons-lui gré de la franchise de ses aveux, et ne lui reprochons pas de s'être passionné pour les insurgés américains et pour les philosophes, quand nous voyons que les courtisans de Louis XIV ont manqué de respect envers le roi qui a porté la gloire de la France à un si haut degré.

LES SOUVENIRS PROPHÉTIQUES

D'UNE SIBYLLE

SUR LES CAUSES SECRÈTES DE SON ARRESTATION,

LE 11 DÉCEMBRE 1809;

Par Mlle M.-A. LENORMAND.

QUOIQUE la politique ait envahi le domaine des Muses, quoiqu'elle occupe toutes les trompettes de la Renommée, il faut bien aujourd'hui qu'elle m'accorde une place dans ses éphémérides; ce n'est plus avec timidité que je la réclame : j'ai des droits que le plus grave publiciste et le plus dédaigneux diplomate seront forcés de respecter ; j'annonce une sorcière ; et le pouvoir surnaturel est fort au-dessus de ces puissances terrestres qui s'agitent sur un petit globe où elles doivent rester si peu de temps.

Que mademoiselle Lenormand ne s'effarouche pas trop du nom de sorcière ; il n'est pas de fort bon goût, j'en conviens ; mais j'ai fait d'inutiles efforts pour lui trouver un titre plus honorable. Je n'ai pu lui assigner un rang parmi les prophètes, ni même la compter au nombre des Sibylles : je n'ai lu nulle part qu'un prophète ait *fait tourner le sas* pour nous dévoiler l'avenir, ou qu'il ait brûlé trois poils arrachés à la queue d'un chat noir, ou qu'il ait consulté le cœur palpitant de la poule noire qui n'a jamais pondu. Virgile ne nous dit point que la Sibylle de Cumes ait fait la *grande patience*, ou qu'elle se soit barbouillée de marc de café pour connaître les destins du fils d'Anchise. Mais mademoiselle Lenormand possède toute l'encyclopédie du diable : elle connaît et pratique la géomancie, la pyromancie, la nécromancie, la chiromancie, la téphramancie, la lampadomancie et la libanomancie ; elle fait, avec une force de génie incroyable, la conjuration du blanc d'œuf, celle du plomb fondu, des tarots, des fragmens de miroir cassé et des cendres jetées au vent ; elle commande à Béelzébuth, à Leviathan, à Béhémoth qu'elle écrit Bémoth, et au terrible Mahhazael : elle est donc sorcière dans toute l'étendue du

terme; et si le fameux de Lancre, cet honnête
conseiller au parlement de Bordeaux, l'avait ren-
contrée jadis à Biaritz ou à Orthez, il l'aurait fait
brûler, accompagnée de plusieurs autres, après lui
avoir fait confesser toutes les belles choses qu'elle
aurait vues au sabbat.

La prétendue Sibylle de la rue de Tournon est
beaucoup trop modeste : elle ne veut rester sur la
terre que pendant vingt-quatre lustres et un peu
moins d'une olympiade, c'est-à-dire près de cent
vingt-quatre ans, si je sais bien compter. Eh quoi!
nous la perdrions si tôt! J'espère que cette fois
au moins elle n'aura pas dit la vérité : hélas! que
feraient nos jolies femmes qui lui ont voué une
confiance sans bornes, et à qui elle promet une
jeunesse éternelle? Que diraient les agens de la
police qui se sont fait une douce habitude de voir
la Sibylle arriver en prison trois ou quatre fois par
année? Que deviendraient les Jacobins endurcis
dont elle sait amollir le cœur, et qu'elle fait pleurer
à chaudes larmes en leur montrant un brelan de
rois? Non, mademoiselle Lenormand ne mourra
pas si jeune; le fameux comte de Saint-Germain a
reparu quatre fois sur la scène du monde ; Héro-
dote, qui n'a jamais menti, nous assure qu'un
Aristée de Proconèse est mort et ressuscité trois
fois : pourquoi donc le diable emporterait-il notre
Sibylle après cent vingt-quatre ans, période qui
peut être à peine considérée comme l'adolescence
d'une sorcière?

Buonaparte et sa première épouse sont les deux grands pivots sur lesquels roule le grand œuvre de la Sibylle. La bonne, l'intéressante Joséphine se faisait souvent tirer les cartes : elle y croyait; n'en soyons point surpris, toute femme sensible aime à croire, et je connais bien des hommes qui sont femmes sous ce rapport, sans avoir beaucoup de sensibilité. Eh! comment la bonne Joséphine n'aurait-elle pas admiré le profond savoir de celle dont toutes les prophéties s'accomplissaient, et qui, long-temps d'avance, avait vu le *fatal divorce* dans un neuf de pique? Mais, le dirai-je! pourra-t-on se le persuader? cette Joséphine, cette épouse d'un si puissant monarque, était sans cesse obligée de supplier le préfet de police pour tirer la Sibylle de prison, et douze jours de suite l'inflexible magistrat résistait aux intercessions de la souveraine. Quel est donc le pouvoir de cette police qui ne se laisse point éblouir par l'éclat du trône, et qui ose retenir entre quatre murailles celle qui commande à Béhémoth, à Mahhazael et à Béelzébuth !

Mademoiselle Lenormand, quoique protégée et protectrice de l'impératrice Joséphine, a toujours été une royaliste incorruptible. Il est vrai qu'elle n'a imprimé qu'en 1814; mais si elle dit toujours la vérité, même en parlant de l'avenir, il faut la croire à plus forte raison quand elle parle du passé. D'ailleurs, elle a toujours eu chez elle les portraits des princes de la maison de Bourbon ; et elle avait lu dès long-temps dans le livre des destins que cette illustre famille serait réintégrée dans ses droits en l'année 1814. Cependant, la même prophétesse a tiré les cartes pour Napoléon ; elle lui a fait présenter un horoscope dont il a frémi, et elle s'écrie : *Que de générations existeraient encore, si, pour sa propre sûreté, il eût fait cesser l'effusion du sang!* Je supplie la Pythonisse de la rue de Tournon de m'expliquer comment elle concilie la possibilité de maintenir Buonaparte sur le trône avec l'infaillible restauration des Lis, qu'elle avait prédite cinq ans auparavant. Quant aux générations dont elle regrette la perte, comment peut-on s'étonner de ces grands désastres, quand on voit au même instant le passé, le présent et l'avenir, et quand on sait que tout est coordonné dans l'univers? Mademoiselle Lenormand est philosophe ; elle n'ignore point que la destruction est dans le plan de la nature comme la reproduction. A côté de l'espèce qui pullule, elle a placé l'espèce qui dévore. La population du genre humain a aussi ses limites; et quand elle devient excessive, il survient infailliblement un tremblement de terre, une peste ou un grand homme qui décime les vivans et rétablit l'équilibre. Comment donc la nouvelle Sibylle a-t-elle pu s'étonner des malheurs qui étaient une suite inévitable de ses prédictions?

Mais voici une difficulté bien plus épineuse : dans un interrogatoire prêté par mademoiselle Lenormand à la Préfecture de police, l'infaillible Sibylle annonce à haute et intelligible voix la révo-

lution du 31 mars 1814. Or, cet interrogatoire est
du 12 décembre 1809, c'est-à-dire, quatre ans,
trois mois et dix-neuf jours avant l'événement prédit. Malheur à celui qui douterait de la réalité de
cette prédiction ! La preuve en est soigneusement
conservée dans les bureaux de la Préfecture ; mais
voyons comment on peut accorder cette prophétie
avec une autre révélation de la Sibylle. Dans l'été
de 1814, la sorcière de la rue de Tournon projette
et exécute un voyage aérien : elle s'élève au-dessus
des nuages ; elle voit les cités disparaître, et les
montagnes s'humilier sous ses pieds ; elle plane
quelque temps sur la capitale du monde chrétien ;
puis, apercevant l'île d'Elbe, elle s'abat tout-à-coup
sur le manoir de Buonaparte,

> Comme un puissant faucon
> Vole de loin sur un tendre pigeon.

Armée du talisman qui lui a été remis par la Sy-
bylle de Cumes, elle se présente devant le modeste
palais du fier empereur, et les portes s'ouvrent en
obéissant au pouvoir magique, comme la porte
d'Antonia devant le myrte d'argent du terrible
Ambrosio. A l'aspect de la Sibylle le héros tremble ;
l'inexorable prêtresse de Béelzébuth lui déroule la
liste de ses crimes et de ses fautes, ce qui est bien
pis ; Buonaparte frémit, gémit, se confesse, fait un
acte de contrition, et profère enfin ces paroles remarquables : « *Je fais des vœux* BIEN SINCÈRES
pour le bonheur de MON ROI *et celui de la France.* »

O Sibylle, vous qui, en 1809, avez vu si clairement ce qui devait arriver en 1814, comment, en 1814, n'avez-vous pas deviné l'équipée de 1815? Vos yeux d'aigle ont découvert les événemens de quatre années, et tout-à-coup vous n'y voyez goutte quand il s'agit de quelques mois : n'êtes-vous donc sorcière que dans les prisons de la Préfecture, ou n'avez-vous qu'un génie intermittent? J'ai lu quelque part que dans certain temps de l'année, les Fées perdaient toute leur puissance, et qu'elles se changeaient en oies, en carpes ou en grenouilles. Quelle était votre métamorphose quand vous avez cru que Buonaparte faisait des vœux pour *son roi* et des vœux *bien sincères?* Voilà une lacune à remplir dans les livres sibyllins de la rue de Tournon. Songez-y bien : vous êtes décréditée à jamais si vous ne réparez cet échec. Nos duchesses et nos couturières ne vous porteront plus leurs offrandes; vous ne convertirez plus de Jacobins ; vous ne donnerez plus de ternes à la marchande qui pille le comptoir pour mettre à la loterie ; l'as de pique même perdra toute son influence en vos mains; vous ne préleverez plus d'impôt sur la crédulité des adeptes ; et, vous le savez, quelque sorcière que l'on soit, on ne vit pas de *l'air du temps.* Hâtez-vous donc ; appelez votre teinturier, fabriquez un nouveau volume, prédisez que Buonaparte est entré en France au 1er mars 1815, qu'il a succombé au 18 juin, et qu'il est parti pour Sainte-Hélène : vous trouverez encore des gens qui vous admireront ; et, après tout, cette prophétie vaudra bien toutes celles que vous avez faites : il n'est jamais trop tard pour prédire, puisqu'il ne s'agit que d'antidater les oracles.

Maintenant que je me suis acquitté de la tâche pénible de critique, je me félicite de n'avoir plus que des éloges à donner à mademoiselle Lenormand ; je ne ferai pas *la patience*, mais je la souhaiterai à mes lecteurs : ils ne trouveront pas ce jeu de mots trop mauvais quand ils se rappelleront que les oracles des Sibylles sont de véritables calembours, aussi respectables que leurs prophéties.

Si les détracteurs du temps présent, si les apôtres de l'Obscurantisme et les chevaliers de l'Éteignoir voulaient contester encore les immenses progrès que nous avons faits dans la philosophie et dans les hautes sciences, le livre de mademoiselle Lenormand suffirait pour les confondre. Quel espace nous avons franchi depuis un quart de siècle ! Quel beau cercle nous avons parcouru ! Après avoir brisé le joug politique, après avoir secoué les superstitions religieuses et les préjugés de la morale, après avoir bâti des temples à la seule *raison*, peuple souverain, peuple conquérant, malheureux et glorieux, nous sommes arrivés à ce but des idées libérales, à ce comble de la philosophie, de savoir tirer les cartes, et d'interroger l'avenir dans le blanc d'œuf et le marc de café ! Quelle sera l'admiration de ces honnêtes étrangers, qui ont eu la politesse de nous faire deux visites un peu longues,

quand ils verront paraître sur l'horizon littéraire
le gros livre d'une tireuse de cartes, dans un temps
où toutes les Muses se taisent et se cachent dans
les roseaux du Permesse? Frappés de l'éclat de nos
lumières, enviant peut-être les heureux fruits de
nos conceptions audacieuses, ils ne nous quitte-
ront pas, j'espère, sans un secret désir de nous
imiter.

Il faut le dire, il faut le confesser : l'esprit humain, qui, dans la recherche de la vérité, croit
suivre une ligne droite, ne décrit en effet qu'une
courbe rentrante, et après bien des aberrations,
il revient toujours au point d'où il était parti. Nous
avons fait l'essai de notre philosophie avec Voltaire,
Rousseau, Helvétius; ces écrivains nous parurent
bientôt trop timides; Diderot et le baron d'Holbach nous ouvraient une plus vaste carrière : nous
nous y jetâmes, et nous devançâmes bientôt les
Spinosa et les Hobbes. Là, nous étions parvenus
à l'extrémité d'un grand axe de notre orbite, et,
pour achever notre révolution sidérale, nous avons
traversé la région des *illuminés*, celle des *protubé-
rances cérébrales*, les prophéties des somnambules
magnétiques, les prédictions de Mathieu Laens-
berg et celles de mademoiselle Lenormand, qui,
par une heureuse transition, nous ramène aux
Galigaï, aux la Brosse, aux Gauric, aux Indagine,
aux Nostradamus, et à la philosophie du moyen
âge. Toutes ces doctrines ont trouvé de vrais
croyans, d'ardens prosélytes; et aujourd'hui les

adeptes sont si nombreux, que j'en suis effrayé.
Ce n'est donc pas faute de foi que nous sommes
devenus philosophes, et l'Europe nous calomnie
quand elle nous accuse d'être incrédules. Sous ce
rapport, les modernes ne le cèdent point aux anciens : la Sibylle de la Préfecture de police peut
défier celles de Cumes et de Tibur ; l'oracle de la
rue de Tournon est aussi sûr que celui de Calchas ;
et la poule noire de mademoiselle Lenormand vaut
bien les poulets sacrés des Romains. Honneur
donc à la poule noire qui fait de si beaux miracles,
et qui me fournit une transition dont j'avais si grand
besoin !

Tous les charlatans ont les attestations de ceux
qu'ils ont guéris, tous les faiseurs de prodiges ont
des témoins prêts à jurer, mais mademoiselle Lenormand est la seule sorcière qui offre des preuves
authentiques. Des agens de la police viennent-ils
la saisir ? Sans s'étonner de leur apparition, elle
leur montre les cartes qui la lui annonçaient. Dans
un interrogatoire, on lui fait cette objection : « Vous
» qui dites la vérité aux autres, ne deviez-vous pas
» la prévoir ? » « Elle m'était connue, répond-elle ;
» mon horoscope est dans l'un de mes cartons ;
» vous pouvez vous en assurer. » On lève les scellés :
ô surprise ! tout y est prévu, tout est annoncé ;
l'époque même en est précise. Deux préfets de
police connaissent, et admirent sans doute, le
savoir prophétique de mademoiselle Lenormand.
Elle prédit que, le 16 décembre, « une œuvre

» d'iniquité sera consommée » ; et le 16 décembre
Napoléon divorce. Le préfet, dans une autre occasion, fait un outrage à la Sibylle, et ose prononcer
cer trois arrestations successives contre la protégée
de Béelzébuth; mais quel fut son effroi quand la
nouvelle Médée, ayant ouvert son grimoire, dé-
clara froidement que ce magistrat n'avait plus que
onze lunes à remplir ses fonctions? Dans le temps,
enfin, où Buonaparte ne connaissait encore que
les caresses de la Fortune, dans le temps où il rêvait la monarchie universelle, et où l'on cherchait
dans l'Olympe une place qui fût digne de lui, une
voix surnaturelle se fit entendre à mademoiselle
Lenormand, et cette voix disait : « *En* 1814, *le
coq chantera, et les nobles Lis refleuriront dans
les Gaules.* » La Sibylle fut même plus savante que
le diable ; car elle désigne le 31 mars, tandis que
le démon n'avait prévu que l'année : puis, vantons
bien notre supériorité sur les femmes! Voilà des
faits clairs, précis, incontestables; ils sont consi-
gnés dans les archives de la Préfecture, comme
l'annoncent les notes des pages 49 et 51 : or, mes
lecteurs savent qu'on ne plaisante point avec la
police; ils doivent donc considérer les oracles de
la rue de Tournon comme ce qu'il y a de plus
certain dans le monde, après les prédictions de
l'almanach de Liége, la prévision des somnambules
et les nouvelles des journaux.

Jusqu'ici, je n'ai loué mademoiselle Lenormand
que sous le rapport du génie prophétique; quelles

couleurs emprunterai-je pour peindre sa bonté,
sa générosité, sa prudence et sa philantropie? Tous
les malheureux sont admis au sanctuaire de la Sibylle, sans distinction de rang, d'état, de religion
ou d'opinion. Après avoir consolé une impératrice,
une financière et une actrice, elle n'a pas dédaigné
de tirer les cartes pour la femme de chambre et la
portière, dans les temps heureux où les portières
et les femmes de chambre pouvaient devenir duchesses sans être fort jolies. Le soldat qui venait
d'être fait caporal, lui demandait quand il serait
maréchal de France, et le sous-lieutenant s'infor-
mait s'il y avait encore quelque trône vacant sur
lequel il pût s'asseoir. Elle a fait l'horoscope de
Robespierre, des royalistes, des buonapartistes,
des républicains, des indifférens; tous ont été satisfaits de ses réponses; et, comme Titus, elle se
serait désolée si elle avait passé un seul jour sans
faire des heureux. Elle avait même l'art de concilier
les extrêmes; car, dans le moment où elle prédisait
à Buonaparte que sa gloire et sa puissance s'éten-
draient jusqu'à la *grande muraille*, et qu'il serait
l'homme unique, elle annonçait déjà la restauration des Lis et le retour des Bourbons. Quelle
impartialité! Semblable au nautonnier du Styx,
mademoiselle Lenormand reçoit dans sa barque
le monarque et le goujat, pouvu qu'ils présentent
la pièce de monnaie; et, supérieure à toutes les
tracasseries de ce bas monde, elle ne fait aucune
différence entre le royaliste pur et le plus fougueux

jacobin. Son désintéressement n'est pas moins admirable : appelée chez l'ambassadeur de Perse, elle y dit des choses si étonnantes, que Son Excellence émerveillée, lui présenta une magnifique tabatière, non pour lui en faire le cadeau, mais pour lui permettre d'y plonger ses doigts de Sibylle ; et cette prise de tabac diplomatique parut à mademoiselle Lenormand une faveur plus précieuse que n'eût été le don de la boîte même. Personne enfin ne sera étonné de la grande réputation de notre prophétesse, quand on saura que des prêtres, oui des prêtres, sont allés la consulter pour savoir si le Saint-Père rentrerait dans la capitale du monde chrétien. Il faut, je l'avoue, que cette assertion soit consignée dans un interrogatoire prêté à la Préfecture de police, pour qu'on ose y croire. Je la mets donc sur la conscience de mademoiselle Lenormand ; et il me paraîtra toujours fort singulier que des prêtres consultent le diable pour savoir ce que deviendra le pape.

Quand même la vénération pour un si profond savoir, et l'admiration pour tant de vertus, ne placeraient pas mademoiselle Lenormand au-dessus de toutes les sorcières de la terre de Labourd et des bergers de la Brie, la reconnaissance lui ferait d'innombrables prosélytes. Elle a sauvé la vie à d'honnêtes jacobins et à d'imprudens royalistes, en prévoyant, long-temps d'avance, les dangers qui les menaçaient, et en leur donnant des conseils sages qui leur faisaient éviter les malheurs

prédits. Ces conseils de mademoiselle Lenormand
ont sans doute produit un grand bien, puisqu'elle
le dit naïvement; mais ils embarrassent ma raison,
et confondent ma logique. Je la prie donc de vouloir bien réfuter un petit dilemme que je soumets
à sa haute sagacité, et dont la solution m'est impossible. Un dilemme bien fait réduit au silence le
logicien le plus habile; mais une Sibylle est bien
supérieure à la raison et au bon sens. Voici cette
objection que je propose, non-seulement aux
tireuses de cartes, mais à toutes les bonnes gens
qui ont l'espoir de connaître l'avenir : De deux
choses l'une, ou la série des événemens futurs est
irrévocablement fixée par le destin, ou notre prudence peut en modifier l'ordre et la nature. Dans
le premier cas, le destin est une véritable fatalité
contre laquelle échouent la prudence et le génie
des hommes; dans le second cas, la destinée n'est
que conditionnelle, puisque notre conduite peut
là modifier ou la changer entièrement. Si la destinée est conditionnelle, comment peut-on prédire
des événemens que notre imprudence ou notre
sagesse peuvent changer immédiatement après la
prédiction? Si, au contraire, la nature et l'ordre
des événemens futurs sont immuablement fixés, à
quoi nous serviraient les calculs de la prudence et
les conseils de mademoiselle Lenormand? Les esprits forts me trouveront bien ridicule d'employer
la logique en pareille circonstance; mais ceux qui
riront le plus de ma bonhomie, seront peut-être

ceux mêmes qui, dans des conjonctures difficiles, vont secrètement à la rue de Tournon, et se laissent doucement persuader par la Sibylle dont ils se moquent en public. Ah! qu'ils ne rougissent pas d'une faiblesse qu'ils partagent avec tant d'illustres personnages. Le fameux Kotzbuë faisait tous les jours la *grande patience* pour apprendre quand il sortirait des déserts de la Sibérie. Si le malheur et les chagrins ont cette influence sur les esprits les plus forts, comme le dit cet auteur dramatique, que d'hommes depuis vingt-cinq années ont dû se prosterner aux pieds de mademoiselle Lenormand!

J'ai fait, ce me semble, un assez bel éloge de la Sibylle, et cependant il s'en faut bien que j'aie exposé tous ses titres à la gloire et à notre admiration. Je n'ai parlé ni de ses connaissances en physique, ni de son immense érudition, ni de son mérite littéraire. Mes lecteurs se doutent bien qu'un volume de six cents pages n'est pas entièrement consacré au blanc d'œuf et à l'as de pique. Je vais tâcher de donner une idée de ce chef-d'œuvre qui nous promet une dixième Muse; et, comme la triple Hécate règne alternativement dans le ciel, sur la terre et dans les enfers, on reconnaîtra que mademoiselle Lenormand peut briller tour-à-tour sur le Parnasse, à la rue de Tournon et dans les prisons de la Préfecture de police.

Il est temps, ce me semble, d'expliquer *les causes secrètes* de l'arrestation qui nous a procuré un si énorme volume. Les voici telles que j'ai pu les deviner par la lecture de l'ouvrage. Si l'on en croit la Sybille, l'ancien gouvernement attachait une grande importance à connaître les niais de toutes les classes qui allaient se faire tirer les cartes, et qui consultaient la sorcière pour savoir si le redoutable empereur avait encore une longue carrière à parcourir. Mademoiselle Lenormand affirme qu'elle n'a jamais trahi la confiance des adeptes, et qu'elle a toujours résisté avec un courage héroïque aux menaces et aux séductions de la police. Je n'ai garde d'en douter, mais j'admire la générosité de cette police, qui, malgré l'opiniâtreté de la devineresse, lui a témoigné la plus grande bienveillance ; lui a réservé un joli petit appartement à la Préfecture, et lui a donné pour valet de chambre un monsieur Vautour, parrain du sergent Eustache Vautour, célèbre dans les annales de Bellone. Passons maintenant au mérite littéraire du gros livre.

Il a de l'esprit comme un diable, est un de ces dictons populaires par lequel on exprime le *non plus ultrà* des facultés intellectuelles : j'espérais en faire l'application aux *Souvenirs prophétiques*, mais un autre proverbe m'embarrassait. Les anciens faiseurs d'opéras nous ont présenté les génies, les magiciens et les enchanteurs d'une manière si ridicule, que, pour exprimer le dernier degré de la sottise, on disait : *Bête comme un génie.* En comparant les deux formules proverbiales, on reconnaît que le teinturier de mademoiselle Le-

normand s'est tenu à une égale distance des deux
extrémités. Il est loin d'être bête comme un génie,
mais on ne peut pas dire qu'il ait de l'esprit comme
un diable. Il est cependant bien certain que ce teinturier est un démon; mais, qu'il se nomme Ma-
hazael, ou Béhémoth, ou Béelzébuth, je déclare,
à mes risques et périls, que le diable n'est pas un
écrivain du premier ordre. Je ne me dissimule pas
les dangers auxquels je m'expose en critiquant le
prince des ténèbres; on ne sait où l'on peut aller,
et j'admire la prudence de cette bonne femme,
qui, offrant un cierge à saint Michel, présentait
en même temps une chandelle au démon; mais
l'impartialité d'un journaliste doit être au-dessus
des terreurs de l'enfer, et j'aurai le courage d'apprécier à sa juste valeur le grimoire de mademoiselle Lenormand.

Les préceptes littéraires peuvent se réduire à
deux principaux, qui comprennent implicitement
tous les autres. Le lecteur le plus difficile ne peut
exiger que deux choses, instruction ou amusement; l'auteur qui réunit ces deux mérites obtient
le prix de son art, et nous n'avons pas le droit de
nous plaindre quand l'écrivain a rempli seulement
l'une de ces deux conditions. Le livre de mademoiselle Lenormand ne nous apprend absolument
rien, pas même à tirer les cartes, car elle ne nous
dit pas comment il faut s'y prendre. Ses songes
merveilleux, ses enchantemens, ses conjurations,
ne sont point neufs. On a vu bien autre chose dans

les quinzième et seizième siècles : madame Radcliffe
et M. Lewis ont fait des romans fantasmagoriques,
mais ils y ont jeté de l'intérêt, ce que mademoiselle
Lenormand a totalement négligé. Ses anecdotes sur
Buonaparte n'ont rien de piquant. Les reproches
qu'elle lui fait ne touchent guère le lecteur, quand
il sait que la Sibylle a, dans un autre temps, flatté
le héros, et lui a prédit qu'il serait *l'homme unique*.
Les malédictions ne devraient être permises qu'à
ceux qui n'ont pas prodigué l'adulation. On s'a-
perçoit d'ailleurs que la sorcière, en égratignant
l'empereur tombé, fait encore patte de velours,
comme si elle prévoyait qu'il doit revenir de l'île
d'Elbe ; et c'est en cela que mademoiselle Lenormand me paraît avoir eu des pressentimens de
l'avenir. Mais je suis certain que le démon allon-
gera la griffe, quand il saura que l'astre de Buonaparte est éclipsé sans retour. Les détails que la Sibylle nous donne sur l'impératrice Joséphine ne
sont pas plus intéressans : elle était bonne, bien
des gens le savaient. Elle n'avait aucune autorité ;
tout le monde le voyait. Elle était malheureuse,
quoique souveraine en apparence ; on s'en doutait.
Si le trône héréditaire n'exempte ni des chagrins,
ni des peines les plus cruelles, ni des malheurs les
plus affreux, un trône *impromptu* doit être un véritable enfer ; et si la bonne Joséphine a commis
quelque gros péché, je suis loin de désespérer de
son salut, elle a tout expié en portant un diadème
qui flattait sa vanité, mais qui devait lui causer un

violent mal de tête. Quoi! une impératrice se fait
tirer les cartes! Eh! pourquoi non? Cela prouve
seulement que les grands chagrins, comme le dit
M. Kotzebuë, nous donnent un grand penchant à
la crédulité; car, dans tout le cours de sa vie, l'é-
pouse de Buonaparte avait été plus philosophe.

Le démon qui inspirait mademoiselle Lenormand, n'ayant rien à nous apprendre, devait au
moins nous amuser; nous avons un *Diable boiteux*
fort plaisant, un *Diable amoureux* très-agréable;
mais un diable ennuyeux ne réussira jamais à Paris.
Si l'ennui était au nombre des peines de l'enfer,
nos jolies femmes prendraient un peu plus soin de
leur salut : nous avons d'ailleurs tant d'écrivains
qui possèdent cette diablerie, que mademoiselle
Lenormand n'aurait pas dû chercher son teinturier
en enfer.

Sous le rapport de l'érudition, le livre est beaucoup plus recommandable; deux cent quarante-
huit notes, dont quelques-unes sont d'une longueur énorme, sont reléguées à la fin du volume,
et en forment plus de la moitié. On y trouve
quelque chose de plus substantiel que dans le texte,
car ce sont des pages arrachées à différens ouvrages
estimés, à des dictionnaires historiques, et à d'autres compilations. Ce travail prouve sans réplique
que mademoiselle Lénormand sait lire, puisqu'elle
sait copier, et il y a bien des sorcières qui n'ont
pas cet avantage. Quelques-unes de ces notes sont
piquantes et curieuses, et elles ont toutes le mé-

rite , si c'en est un, de former un corps de preuves
en faveur de la magie , des prédictions, des tireuses de cartes et de la sorcellerie. Je n'en citerai
qu'une seule, qui est tout entière de la main de
La Harpe , et que j'abrégerai autant qu'il me sera
possible.

La Harpe, lorsqu'il eut abjuré la philosophie,
se jeta dans une dévotion aussi fervente que son
impiété avait été audacieuse. Il voulait faire sonner
toutes les cloches , dans un temps où elles avaient
été fondues pour faire de mauvaise monnaie. Il ne
se rappelait qu'avec une contrition mêlée d'effroi,
les blasphèmes qu'il avait proférés et les pages coupables qu'il avait écrites, ce qui ne l'empêchait
pas de laisser réimprimer des ouvrages peu ortho-
doxes qui démentaient sa dévotion, mais qui flat-
taient son orgueil. Dans un de ses accès de repentir,
il raconte et affirme l'étrange anecdote que voici :

Au commencement de 1788 , il dînait chez un
très-grand seigneur, son confrère à l'académie,
avec des gens de cour, des gens de robe , des gens
de lettres , tous gens de beaucoup d'esprit, comme
on le verra ci-après. Les vins généreux chatouillant
les fibres des cerveaux, on se permit tout ce qui
pouvait faire rire, et l'on devint furieusement philosophe. Après des contes libertins et passablement
impies , lus par Champfort , on poussa la noble liberté de penser jusqu'à réciter ces deux beaux vers :

> Et des boyaux du dernier prêtre
> Serrez le cou du dernier roi.

Vers qui furent admirés par tous les convives, La Harpe y compris. Un seul des dîneurs gardait le silence, ou n'ouvrait la bouche que pour faire tomber une épigramme sur le délire philosophique. C'était Cazotte qui, interrogé sur les motifs de son opposition, répondit en ces termes :

« Messieurs, soyez satisfaits; vous verrez cette grande et sublime révolution que vous désirez tant...... Vous, M. de Condorcet, vous expirerez étendu sur le pavé d'un cachot; vous mourrez du poison que vous aurez pris pour vous dérober au bourreau; vous serez condamné au nom de la liberté, de la philosophie, et sous le règne de la Raison, qui alors aura des temples. — Par ma foi, dit Champfort, vous ne serez pas prêtre de ces temples-là. — Je l'espère, reprend Cazotte; mais vous, M. de Champfort, qui en serez un, et très-digne de l'être, vous vous couperez les veines de vingt-deux coups de rasoir, et pourtant vous n'en mourrez que quelques mois après. Vous, M. Vicq-d'Azyr, vous ne vous ouvrirez pas les veines vous-même, mais vous les ferez ouvrir six fois dans un jour, et vous mourrez dans la nuit.... Vous, M. de Nicolaï, vous mourrez sur l'échafaud ; M. Bailly sur l'échafaud; M. Roucher sur l'échafaud.—Nous serons donc subjugués par les Tartares? — Point du tout. Vous serez alors gouvernés par la seule philosophie; ceux qui vous traiteront ainsi auront sans cesse dans la bouche les mêmes phrases que vous débitez depuis une heure.... Six ans ne seront pas écoulés que tout ce que je vous dis ne soit accompli. » Madame la duchesse de G....., qui était de ce beau dîner, s'étant félicitée de ce que les femmes ne sont pour rien dans les révolutions, le cruel prophète lui répliqua : « Vous, madame la duchesse, vous serez conduite à l'échafaud, et vous et beaucoup d'autres dames avec vous, et de plus grandes dames que vous, dans la charrette du bourreau, et les mains liées derrière le dos. — Vous verrez qu'il ne nous laissera pas un confesseur. — Non, Madame, le dernier supplicié à qui l'on en accordera un, sera le...... » Quand il eut nommé cette auguste victime, un grand bruit s'éleva dans l'assemblée des philosophes; le maître de la maison manifesta son mécontentement, mais l'imperturbable Cazotte fit sa révérence, et sortit.

Telle est la prophétie que La Harpe rapporte, et qu'il garantit dans tous ses détails, en disant : *Il me semble que c'était hier.* Je crois bien, et le lecteur croira comme moi que Cazotte, homme d'un bon esprit, a prévu, long-temps avant la révolution, une partie des maux que devaient causer l'audace de la pensée, la licence des mœurs et l'oubli de tous les devoirs; mais qu'il ait prédit les vingt-deux coups de rasoir de Champfort, la mort violente de tous les convives, avec tous les affreux détails dont je n'ai transcrit qu'une faible partie, c'est ce qui n'appartient qu'à mademoiselle Lenormand, et ce qui doit inspirer la même confiance que toutes les prophéties de cette Sibylle. Que conclure donc de ce récit si dévotement certifié? C'est que La Harpe savait très-bien mentir, même après sa conversion.

En voilà bien assez sur les Souvenirs prophétiques de mademoiselle Lenormand ; si mes réflexions lui déplaisent, comme je le crains, je lui offre un moyen sûr de me confondre et de me ranger au nombre de ses plus fidèles adeptes. Au lieu de nous prédire ce qui est arrivé, au lieu de renvoyer les incrédules aux archives de la Préfecture de police, qu'elle nous annonce dès à présent ce qui doit arriver en 1816 ; qu'elle nous dise si l'île de Sainte-Hélène sera le tombeau de *l'homme unique,* si le fléau de la guerre se lassera de désoler la triste Europe, si la cession des Florides ne sera pas la cause d'une rupture entre une grande puissance et les habitans d'un grand territoire.; si le Bosphore de Thrace....., mais je m'aperçois que la contagion me gagne, et j'ai écrit assez de folies sans y ajouter le ridicule d'en prédire.

LA SIBYLLE

AU CONGRÉS D'AIX-LA-CHAPELLE,

Suivi d'un Coup-d'œil sur celui de Carlsbad, avec des Notes
politiques, historiques, philosophiques, cabalistiques, etc...

Par Mlle LENORMAND.

Et vous aussi, mademoiselle Lenormand, vous
faites de la politique! et vous aussi, vous endoc-
trinez les rois, et vous réglez les destinées des
peuples! Ah! ne prenez pas mon étonnement pour
un reproche. Quand je compare vos écrits à ceux
de nos régénérateurs, je suis forcé de reconnaître
que, sous le rapport du génie, de l'instruction,
de la profondeur des idées et de l'excellence des
principes, leur exemple vous donne incontestablement le droit de politiquer. Les oracles de vos
tarots sont infaillibles comme les conjectures de
ces grands publicistes; les anciens valets qui veulent nous apprendre à être libres, ne valent certainement pas les bons valets de votre jeu de cartes;
vous traitez avec plus d'égards votre roi de carreau
que ces messieurs ne traitent les souverains de
l'Europe; votre grimoire n'est pas plus ténébreux
que les écrits de nos grands hommes; le hibou

qui préside au boudoir des sorcières, vaut bien la
chouette de Minerve. Faites donc de la politique,
mademoiselle Lenormand, tout vous y autorise ;
et, en mettant un impôt sur les niais dont vous
vous moquez en secret, vous compléterez l'analogie qui existe entre vous et nos sorciers politiques.

Mais votre dernier ouvrage se présente à mes
yeux sous deux faces différentes : peu satisfaite du
titre de prophétesse, vous devenez littérateur et
poète : vous êtes ambitieuse, mademoiselle Lenormand ; prenez-y garde. Inaccessible à la critique
lorsque vous conférez avec le diable, votre invio-
labilité s'évanouit quand vous rimez en dépit d'A-
pollon. Je sais que le diable est très-libéral, qu'il
nous fait de magnifiques promesses, et qu'il nous
montre le bonheur universel dans la confusion et
le désordre. Apollon, au contraire, est ami de
l'ordre et de la paix ; c'est un *ultrà*, bien méconnu, je l'avoue, bien méprisé dans ce siècle ;
mais puisque vous voyagez dans son empire, sou-
mettez-vous à ses lois. Dites donc à votre teinturier, à votre collaborateur ou à vous-même que,
grâce aux progrès des lumières, on peut se permettre tout aujourd'hui, à l'exception d'un vers
alexandrin de treize syllabes, ou d'un vers hexamètre qui pèche contre la *quantité*. Les idées libérales se sont arrêtées-là. Les esprits forts en
murmurent, j'en conviens, mais, quoique de
mauvais grâce, ils obéissent ; et les grenouilles qui

coassent au pied du Parnasse, n'ont pu encore y monter.

Rassurez-vous cependant; je vais me débarrasser de votre littérature et de votre poésie, pour n'avoir plus que des éloges à donner à la Sibylle de la rue de Tournon. Commencer par la critique et finir par la louange, n'est pas la méthode la plus usitée; le fatal *mais* des journalistes a toujours passé pour une transition désagréable, et plus on emmielle les bords du vase, plus la potion paraît amère. J'intervertis cet ordre parce que vous êtes femme, et que je suis poli.

Dites d'abord à votre copiste, à votre imprimeur ou à votre prote, qu'un vers hexamètre ne peut pas commencer par le mot *tenet,* ni par la conjonction *et* suivie d'une voyelle; dites-leur aussi qu'il ne faut pas écrire *mutto* pour *multos;* mais en rétablissant le vers et demi que vous empruntez à Juvénal, vous le présenterez dans cet ordre:

> . . . . *Tenet insanabile multos*
> *Scribendi cacoëthes, et ægro in corde senescit.*

Vous l'expliquerez à vos adeptes, et vous ferez votre profit de la leçon. Dites-leur encore qu'il manque un petit mot dans votre citation de Martial; dites-leur enfin qu'il y a une syllabe de trop dans ce vers du Tasse:

> *Simili a se l'abitator' producere.*

Voilà tout ce que je me permettrai sur vos écarts en langue étrangère.

Je serai plus sévère sur le français. On ne fait pas de la poésie avec un jeu de cartes, et la plus heureuse conjonction du roi et de la dame de cœur par l'as de pique n'autorise pas des vers tels que ceux-ci :

> Qu'un véritable ami est une douce chose !....
> Voit-on des conquérans, des envieux, des avares....
> Mes vifs regrets sont des applaudissemens.... etc....

Les *hiatus* ne sont pas encore devenus légitimes; des vers de treize et de onze syllabes sont trop libéraux, et *le gai disparate* que je rencontre ailleurs, n'est français pour aucun parti. Mais au lieu de multiplier des exemples de ce genre, je me hâte de transcrire un quatrain, sans fautes, que j'extrais de la pièce adressée à l'empereur de Russie :

> Le czar, par ses bienfaits, ménage ses amis,
> Et sait, par sa douceur, calmer ses ennemis;
> Il voudrait élever Rome et la Germanie,
> Et cimenter en France une heureuse harmonie.

Je m'estime heureux de pouvoir affirmer que si ces vers n'étaient pas plats, ils seraient irréprochables. Passons maintenant aux éloges.

Horace a beau dire :

> *Tu ne quæsieris; scire nefas, quem mihi, quem tibi*
> *Finem di dederint,* etc....

Mademoiselle Lenormand, qui transcrit naïvement cette maxime, n'en continue pas moins *sa*

grande patience et *sa grande cabale*, et ses pro-
digieux succès sont un des meilleurs argumens en
faveur de la perfectibilité de l'esprit humain et de
la supériorité du siècle. Dans l'avenir le plus reculé,
le temps où nous vivons sera cité comme l'apogée
des lumières ; on ne saura plus qu'il a existé chez
nous un Bossuet, un Corneille, un Molière, un
Racine, etc........ Mais deux choses surnageront
au fleuve d'oubli, et suffiront à notre gloire : ce
sont les idées libérales et le jeu de cartes de mademoiselle Lenormand. Les somnambules lisaient
aussi dans l'avenir, et ils n'y ont pas vu la chute de
leur doctrine ; mais la Sibylle de la rue de Tournon, infaillible comme le destin, n'a jamais fait
une prédiction fausse, n'a point rendu d'oracle
qui ne se soit accompli : pour elle l'avenir n'est
qu'un éternel présent. Il est sans doute encore
un grand nombre d'incrédules aux yeux desquels
notre Sibylle n'est qu'une nouvelle Cassandre ;
mais je vais confondre leur scepticisme, ou faire
éclater leur mauvaise foi.

En 1814 (notez l'époque), mademoiselle Lenormand a publié *les Souvenirs prophétiques d'une
Sibylle*, ouvrage immortel dont l'édition est peut-
être encore aussi intacte que l'infaillibilité de la
Pythonisse. Elle y déroulait la série des événemens futurs, elle nous faisait part d'un voyage,
en esprit, qu'elle avait fait à l'île d'Elbe, et d'une
longue conversation qu'elle avait eue avec l'homme
aux abeilles. Ce magnifique dialogue tiendrait beau-

coup trop de place dans cet ouvrage, mais j'ai aussi mes souvenirs, et je suis certain de transcrire fidèlement les phrases suivantes, fermement et distinctement articulées par Buonaparte : « *Mon suc-* » *cesseur au trône est mon roi légitime....* Certes, » je m'honorerai aux yeux de mes contemporains, » si, en restant le sujet fidèle de Louis XVIII, » je prouve à l'Univers que Napoléon a pu com- » mettre des crimes que sa politique lui comman- » dait alors, mais que, rivalisant *de zèle et d'amour* » *pour l'auguste famille de Bourbon,* il veut » prouver désormais par sa conduite et par des » actions grandes et généreuses, que s'il se laissa » entraîner hors des limites que prescrit la sagesse, » *il convient noblement de ses torts,* et voudrait les » réparer..... *Je fais des vœux bien sincères pour* » *le bonheur de* MON ROI *et celui de la France.* »

Eh bien ! que diront les esprits forts ? Tout cela n'était-il pas écrit en 1814 ? Le 20 mars 1815 n'a-t-il pas accompli ponctuellement cette touchante prophétie ? Celui qui avouait ses torts à l'île d'Elbe, n'est-il pas venu faire son acte de contrition à Paris ? Allez donc, fidèles adeptes, bravez les railleries des incrédules, obstruez la rue de Tournon, prosternez-vous devant les tarots, et priez mademoiselle Lenormand de faire un voyage à Sainte-Hélène. En attendant, je vais dire quelques mots du voyage à Aix-la-Chapelle.

Hélas ! rien n'est parfait en ce monde : l'esprit prophétique même a ses éclipses et ses intermittences; mademoiselle Lenormand, qui voit tout, n'avait pas prévu qu'elle serait arrêtée à Hertain, qu'elle serait prise pour une contrebandière, et que ses effets seraient saisis. Elle aurait bien voulu nous dérober cette page de son histoire; mais un voyageur indiscret nous a révélé la déconvenue de la Sibylle. Elle en a pâli, et craignant que sa réputation d'infaillibilité ne reçût quelque atteinte de ce petit incident, elle a exhalé toute sa fureur dans un beau chapitre et dans une longue note qui sera une note d'infamie pour l'indigne calomniateur. Que mademoiselle Lenormand est admirable quand elle se fâche! la belle colère! Rendons-lui justice toutefois; elle convient du fait avec une candeur virginale; ses grosses caisses, sa pendule, ses montres, ses tabatières, ses cachets, son grimoire, tout a été réellement saisi; mais le méchant nouvelliste donne cinquante ans à la Sibylle, voilà l'horreur! Voilà le juste motif d'une haine éternelle. Cinquante ans à une femme qui ne compte que *cinq lustres et une olympiade!* Voilà pourtant ce que nous vaut la liberté de la presse!

Ce désappointement n'a pas empêché notre savante de dédier son nouveau livre à LL. AA. RR. le prince et la princesse d'Orange, et de les montrer comme des *Numa qui accordent une juste liberté aux écrivains*, trait d'érudition admirable, car je défie l'Institut de me prouver que Numa ait jamais établi une censure pour les ouvrages imprimés.

Dès les premières pages, la Sibylle se jette dans la politique, et voici la fin d'un petit colloque entre un Français et un Anglais: « Notre gouvernement représentatif, dit le premier, est bien fortement établi. *Une Charte que l'on respecte*, c'est mademoiselle Lenormand qui souligne; *des ministres qui inspirent toute confiance; des institutions libérales, et en harmonie avec les lumières du siècle.* » Oui, répond l'Anglais: « Voilà vos hommes à grands projets, *goddam!* avec d'aussi honnêtes gens, votre patrie sera encore une fois sauvée!!!!! » La maligne Sibylle ne nous dit pas ici pour qui elle penche; on voit qu'elle veut tirer les cartes pour tout le monde. Plus loin, elle se trouve dans un cercle où l'on glosait fort librement sur la Charte; mademoiselle Lenormand, qui n'entend pas raillerie sur ce point, répond aux disputeurs par cette phrase remarquable: « *Eh! qu'importe; après le naufrage, de quel bois est la planche qui vous a sauvés!* » Qui le croirait? Ces belles paroles furent perdues, et les mauvaises têtes voulurent encore examiner *de quel bois était la planche.*

En prophétisant sur le Congrès de Carlsbad, elle affirme que *dix-huit propositions seront censurées et même écartées; mais que dix-neuf seront adoptées, et recevront leur exécution..... Certains ministériels réclament faiblement une juste liberté;* cela veut dire, selon mademoiselle Lenormand, qu'ils faisaient des vœux secrets pour que les maîtres du monde leur permissent *de dorer à l'avenir les*

*fers pompeux qu'ils distribuent si généreusement
à leurs amis et à leurs ennemis.*

J'ai déjà présenté le tableau de l'Europe politique, peint par mademoiselle Lenormand, et je
l'ai mis en regard avec la fresque peinte à la grosse
brosse par M. de Pradt. Je n'ai fait alors aucune
réflexion, bien certain que les connaisseurs préfé-
raient le pastel de la Sibylle à la croûte du prélat.
Mais aujourd'hui je voudrais bien savoir ce qu'elle
a voulu dire par le Danois qui brûle de renouer
la partie, par le Suédois qui doit regarder son jeu,
il en est temps, et surtout par le Suisse qu'elle ai-
dera de ses conseils, *quand le vent d'Occident
sera levé.* Pour la Suisse, le vent d'Occident est
celui de la France ; ce vent se lèvera donc ? Que
soufflera-t-il, et quand soufflera-t-il ? Prenez-y
garde, mademoiselle Lenormand : vous parlez latin ;
hé bien, vous connaissez le proverbe *Ne sutor
ultra crepidam*; nous avons assez d'*ultra* de cette
espèce ; prenez donc vos cartes, et tenez-vous-y.

Le conseil fait effet sur la Pythonisse ; *si trop
d'ardeur la fait sortir des bornes, elle y rentre
aussitôt*, et je la vois s'armer de la baguette de
Néper. Ce baron de Néper, l'inventeur des loga-
rithmes, cet homme qui a triplé la vie des savans
en abrégeant leurs calculs, ne se doutait guère qu'il
serait aussi célèbre à la rue de Tournon qu'à l'Institut ; mais la science est bonne à tout. Avec la
précieuse baguette, notre magicienne sort de la
ville de Mons, par un temps sombre ; elle entre

dans une chapelle obscure, et tout-à-coup elle
voit paraître devant elle un inconnu qu'elle nomme
un nouveau Jonas. Je n'étais pas sans inquiétude
en voyant Jonas devant mademoiselle Lenormand;
mais je me rassurai quand ce personnage mystérieux, prosterné au pied de l'autel, ouvrit la bouche
et prononça cette prophétie : « O Europe ! tu fus
» la patrie des grands hommes, tu l'es encore ;
» mais en 1899, tu perdras un si beau titre : oui,
» l'homme blanc deviendra noir, et l'homme noir
» sera le dernier habitant du globe. » N'est-ce pas
ce même Jonas qui inspirait M. de Pradt quand
ce dernier nous annonçait un bouleversement
général, et souhaitait de revenir en ce monde pour
admirer cette belle révolution ? Nous serons donc
noirs dans quatre-vingt-dix-neuf ans : il me
semble que cela commence dès aujourd'hui.

Une seconde prédiction nous annonce que de
1820 à 1824, la ville d'Aix-la-Chapelle nous offrira
une autre réunion des souverains; que les années
1828, 1838 et surtout 1878, seront remarquables
par un congrès universel de tous les princes et de
tous les représentans des peuples de la terre. Hé
quoi! il y aura donc encore des princes en 1878!
Je demande pardon à mademoiselle Lenormand,
je la croyais *libérale*.

La troisième et dernière prédiction est épou-
vantable. La Sibylle voit sur le bord de la Newa
*un chameau dans l'attitude du départ, et tourné
vers l'antique Byzance*. Tout le reste du livre et

24.

les belles gravures dont il est orné sont consacrées
à la grande révolution qui va chasser le Turc de
l'Europe, et que les vertus du sultan Mahmouth
retardent pour quelque temps. Il faut cependant
que l'on se hâte, car je suis certain que le chameau, fût-il né dans la Bactriane, ne s'amuse point
sur les bords de la Newa. Le résultat de ce grand
désastre sera d'établir une seule religion, un seul
culte en Europe. La prudente Sibylle ne s'explique pas sur cette religion, et ne la nomme point;
elle veut tirer les cartes pour tout le monde.

MÉMOIRES D'UN SOT,

Contenant des niaiseries historiques, révolutionnaires et diplomatiques,
recueillies sans ordre et sans goût; avec cette épigraphe :

> Dans ce siècle éclairé, le sage est importun;
> On a beaucoup d'esprit, et pas le sens commun,
> A tout détruire encor quand cet esprit s'apprête,
> Je rends grâces au ciel de m'avoir fait si bête.

Si l'auteur est modeste dans son titre, il l'est beaucoup moins dans son épigraphe, et après s'être déclaré sot, il affiche la prétention d'être bête. Fiez-
vous donc à la modestie des auteurs ! A-t-il voulu
embarrasser la critique ? Je le croirais ; et, en effet,
nous devons à une bête des ménagemens que nous

ne sommes jamais forcé d'avoir pour un sot. Quoi qu'il soit, l'anonyme s'attend sans doute à recevoir un démenti; mais, pour lui apprendre à être clair, je laisserai la chose dans le doute, et le lecteur décidera s'il faut s'en tenir au titre ou à l'épigraphe. Les vers que je viens de transcrire prouvent d'abord que cet écrivain n'est pas poète, ce qui ne serait cependant pas impossible : on nous a dit presque autant de sottises en vers qu'en prose; mais le plus petit rimeur d'athénée serait effrayé d'un hémistiche tel que *dans ce siècle éclairé, quant cet esprit s'apprête.* Il y a grande apparence que notre auteur n'a fait que quatre vers dans sa vie, et ça été pour rendre grâces au ciel de lui avoir donné tout l'esprit qu'il faut pour en faire de pareils. Cherchons donc dans la prose; elle nous découvrira peut-être le nom d'un écrivain si ingénu.

On voit d'abord que cet homme extraordinaire fit ses études à Chaumont : il avait un camarade de classe bien plus sot que lui sans doute ; car ayant un thème qui commençait par cette phrase, *un lion étendu sur l'arène,* il la traduisit par ces mots : *Leo projectus in reginam.* Cette anecdote ne justifie pas mal l'aveu des *niaiseries* annoncées dans le titre de l'ouvrage : mais ne nous décourageons pas; les chefs-d'œuvre même commencent modestement : poursuivons. L'intérêt s'accroît d'une manière sensible : j'apprends que notre auteur est fils d'un maître de poste; qu'il a suivi le torrent de la révolution; qu'il a été initié dans les grands mystères; qu'il a été juge au tribunal de cassation; qu'il a été ministre de la république en Hollande; et qu'il se nomme L. D. L. Or, j'ai deviné que la ville où il est né est Langres; c'est donc le citoyen L. de Langres, qui a été ministre de la république en Hollande, et M. L. de Langres qui, désabusé aujourd'hui des folies révolutionnaires, consent à passer pour une bête ou pour un sot *ad libitum*, et nous fait par-ci par-là de fort bonnes révélations. Je sais bien son nom; il l'a voilé de manière à me le faire reconnaître; car Galatée a beau se cacher, *se cupit antè videri*. Voltaire, qui connaissait bien les auteurs, leur fait dire en chorus :

O Renommée! ô puissante déesse !
Par charité, parlez un peu de nous.

Or, pour qu'on parlât, il fallait qu'ils se cachassent comme M. L. de Langres, et qu'en restant anonymes ils désignassent leur père, leur ville natale, leurs emplois et leurs actes les plus remarquables. Maintenant que j'ai tout lu, je lève le doute que j'ai laissé subsister jusqu'ici; je déclare que M. L. de Langres n'est ni un sot, ni une bête, mais un homme d'esprit qui a eu la bêtise de croire à la république, et qui a fait des sottises en conséquence.

Ce brave homme n'était pas né pour être républicain; il a fallu toute la puissance de l'exemple et tout le pathos révolutionnaire pour le séduire; voyez avec quelle candeur il parle de ses honneurs civiques et des complices de sa gloire : « Est-ce qu'il n'y a pas eu un moment, dit-il, où nos républicains m'ont fait croire à leur républicanisme ? J'en vis beaucoup à mon arrivée au tribunal de cassation ; c'était une rigidité de principes, une persévérance, une ferveur dans la chose, une exaltation si bien soutenue, qu'il s'en fallait peu, qu'au sujet de cette république, on ne lût dans ma cervelle comme sur toutes les portes : *une et impérissable.* Si quelqu'un avait pu me persuader, c'eût été le bon A......; des mœurs simples, du talent, juge intègre et sans esprit de parti, de la probité, peu d'ambition ; il me disait avec douleur : *Mon cher ami, la fin de la république sera pour moi un coup de pistolet.* La fin de la république est arrivée, et j'ai vu le bon A...... suspendre une petite croix à sa boutonnière, et ne pas lâcher la détente du pistolet....... Comme Lacédémone, la France a eu ses Thermopyles : Napoléon paraît, et pour nos jureurs voilà les fourches Caudines. Quelle pitié, mon Dieu ! tous ces gens si droits se plient en deux, tendent le dos, et, sans pudeur, se laissent inonder d'une pluie de crachats, de rubans, de duchés, de comtés, de dotations, de majorats. La France est épuisée pour eux ; pour eux l'Europe est en feu, le globe ébranlé. — Mais si la manne vous fût aussi tombée du ciel ? — Eh bien ! la manne ! ne l'ai-je pas dit ? J'aurais ouvert la bouche comme tant d'Israélites ; mais je n'étais pas républicain, moi, et ne le serai jamais. »

Voilà les aveux du juge ; voyons ceux du ministre de la république : « Quand, à La Haie, je
descendis en ma qualité d'ambassadeur, à l'hôtel
de France, tous les commensaux m'appelèrent *citoyen ministre*. Ce mot de ministre me chatouilla
étrangement ; mais le lendemain, ayant eu affaire
à des Hollandais, ils me donnèrent tous de l'*excellence* ; je me rengorgeai. Le surlendemain, le car-
rossier et le tailleur s'étant présentés pour prendre
mes ordres, me flanquèrent du *monseigneur*. Pour
le coup, ma pauvre tête n'y tint pas, et ces braves
gens n'avaient pas les talons tournés que je ne me
sentis pas d'aise, et que je m'en frottai les mains. »
C'est en expiation de ces faiblesses que l'ex-citoyen
a pris le singulier titre qui figure à la tête de ces Mémoires. Je crois néanmoins qu'il peut en prendre
un plus honnête ; sa conversion me paraît sincère,
et sa contrition est touchante : il y a cependant un
flanquèrent qui sent encore un peu le ministre de
la république ; mais aussi la manne n'est pas tombée sur M. L. de Langres, quoiqu'il ait ouvert la
bouche ; un crachat, un cordon, et surtout une
dotation, auraient sans doute épuré son style.

Il n'est pas aisé de décider s'il n'y a pas eu encore plus de ridicule que d'atrocité dans notre révolution. Oh ! sans doute, tant que le drame a
duré, nous n'avions guère envie de rire, et le ridicule même nous paraissait affreux ; mais aujour-
d'hui que le temps, ce grand consolateur, a épaissi
le voile dont il couvre nos infortunes, nous pou-

vons considérer nos sottises avec une liberté d'esprit qui nous en fera voir toute l'étendue. Les hommes, en général, se repentent plus sincèrement de s'être donné un ridicule que d'avoir commis une méchanceté, et un livre qui nous présenterait le tableau fidèle des absurdités, des sottises, des bassesses, des ridicules révolutionnaires, serait peut-être plus utile que celui où la plus haute éloquence tonnerait contre nos fureurs et nos crimes : il nous inspirerait une honte plus salutaire, et nous préserverait mieux de la rechute. Sous ce rapport, l'ouvrage que j'annonce mérite d'être distingué : il est rempli d'anecdotes très-curieuses, dont la plupart sont inconnues, de faits singuliers et de révélations précieuses. La part peu brillante que l'auteur a eue dans tous ces événemens, l'humble aveu de ses erreurs, et l'absence de toute apologie nous ôtent le prétexte de suspecter sa franchise. Nous ne pouvons regarder comme des mensonges les assertions dont il ne résulte aucun avantage pour l'auteur ; il était en position de voir les choses de près, il les raconte avec une naïveté rare, il nomme ou désigne clairement les personnages, et il ajoute quelquefois : *cet homme vit encore ;* ainsi il est difficile de croire que l'ex-ministre de la république ait voulu nous tromper.

Chacun des cinquante chapitres que renferme son livre contient une historiette ou plaisante, ou touchante, ou piquante par sa singularité. J'indiquerai surtout celles qui ont pour titre : *La Mort* de Danton, le Roulement, Il n'est pas tué, c'est pour demain, le Crucifix, et l'Homme de paille ; comme des anecdotes fort extraordinaires dont les intéressés ne manqueront pas de contester l'authenticité, mais qui ont au moins une grande vraisemblance. Ce qu'il y a de certain, c'est que les faits rapportés par M. L. de Langres s'accordent parfaitement avec le caractère connu des personnages qui y sont compromis. Ah! si tous nos ci-devant maîtres faisaient, comme notre auteur, une confession générale, nous serions préservés de révolutions pour bien des siècles! Voici quelques traits choisis parmi ceux qui peuvent trouver place ici.

Malgré son patriotisme, M. L. de Langres ne s'était pas élevé à la hauteur des *frères et amis*, et il ne tarda pas à ressentir lui-même cette terreur qu'il avait peut-être voulu inspirer aux aristocrates. Forcé de fuir la capitale, il alla se réfugier à Villeneuve-le-Roi, nommée alors Villeneuve-sur-Yonne. Le tableau d'une seule ville à cette époque est le tableau de toute la France. A son arrivée, notre fugitif eut l'occasion d'apprécier la justice républicaine. Treize cordonniers venaient d'être traînés au tribunal révolutionnaire ; nous étions assurés de leur innocence, dit M. L. de Langres, mais la Raison, qui était alors la grande déesse, répondait qu'il ne s'agissait pas de savoir s'ils étaient innocens, mais qu'il fallait patriotiquement tuer des cordonniers pour faire voir aux soldats que s'ils allaient pieds nus ce n'était point la faute du gouvernement.

Qui le croirait? Malgré ce raisonnement si lumineux, des habitans de Villeneuve s'obstinèrent à intercéder en faveur des cordonniers; mais le comité *de Sûreté générale* leur envoya l'un de ces hommes purs, dont la haute sagesse annonce la régénération des peuples, et dont l'éloquence atteste le progrès des lumières. Ce Brutus arrive à Villeneuve, entre au club, précipite de la tribune le Cicéron qui l'occupait, et prononce ce discours : « Villeneuviers, je viens vous mettre au pas. Le » premier ami de Pitt et de Cobourg qui me tombe » sous la patte, je lui grimpe le casaquin, je lui » travaille les côtelettes, et je vous lui f... des » manchettes. » Remercions M. L. de Langres de nous avoir conservé le nom d'un tel orateur : *Il se nomme Truchot, il fait encore danser des chiens sur le boulevard.* Et la manne n'est pas tombée sur ce grand citoyen! Il n'a eu ni cordon, ni dotation! L'anecdote suivante prouvera que la révolution ne pouvait être retardée, puisqu'à la fin du dix-huitième siècle le progrès des lumières était parvenu à ce point où il est impossible que les peuples ne s'affranchissent pas d'un joug odieux. La Commune de Paris venait de faire passer à tous les districts de la république une instruction fraternelle, tendante à faire reconnaître les *suspects.* On disait dans cette instruction qu'il existait encore des *pierres d'achoppement;* et à ces mots, les administrateurs éclairés de Villeneuve-sur-Yonne restent bouche béante, les yeux fixés au plafond,

cherchant à deviner le sens de ces paroles mystérieuses. Enfin, l'un d'eux, perruquier de son métier, s'écrie : J'ai votre affaire. Il se rappelait que
dans un faubourg, vivait un maçon nommé Choppement; il y court, et ne se sent pas d'aise quand
il lit sur la porte le prénom et le nom de *Pierre
Choppement.* Le voilà, dit-il, ce suspect que, par
erreur, on nomme Achoppement. Notre maçon
est saisi, emballé, et envoyé à Fouquier-Tinville.
Le pauvre homme eut bien peur; mais, chose admirable! il ne fut pas guillotiné. Puis, dites encore
qu'il n'y avait point de justice au tribunal révolutionnaire.

Je ne voulais pas m'occuper ici du fameux *roulement,* mais le fait est trop curieux pour qu'il me
soit permis de le dérober à mes lecteurs. Il m'en
coûte beaucoup, sans doute, de ternir la gloire
de l'un de nos plus illustres républicains; mais il
faut que justice se fasse; et toute usurpation doit
être punie. Qui n'a pas entendu parler du célèbre
Santerre et de son héroïsme? Eh bien! ne voilà-
t-il pas que M. L. de Langres vient de lui ravir sa
couronne civique pour la restituer au citoyen qui
la mérite et qui vit encore? A peine la tête royale
était-elle tombée sur l'échafaud, l'homme *qui vit
encore* accourut vers les commissaires de la Convention, et leur dit : « Savez-vous qu'il a voulu
parler au peuple; que cet imbécile de Santerre a
perdu la tête et le laissait faire, et que si je n'avais
commandé un roulement de tambours, je ne sais

ce qui serait arrivé? » Pauvre Santerre ! *Sic transit gloria mundi!*

Voici une autre anecdote que je laisserai conter à l'auteur, en l'abrégeant ; il s'agit de la mort de Pichegru : « Il fut décidé qu'on l'étranglerait, et qu'on ferait courir le bruit qu'il s'était étranglé lui-même avec sa cravate, au moyen d'un morceau de bois qui aurait servi de tourniquet pour la serrer. On fit choix de quelques compères pour répandre ce mensonge. Un homme connu, qui alors était en place, et qui, depuis, s'est fait une singulière célébrité, était du nombre de ces compères, et il lui avait été confié que l'exécution aurait lieu cette nuit même. En conséquence, le lendemain, dès neuf heures du matin, il était à son poste, c'est-à-dire dans une salle du Palais de Justice, où il expliquait aux passans qui s'amassaient autour de lui, comment Pichegru *s'était* suicidé, lorsqu'au fort de ses explications un autre affidé, arrivant trop tard sans doute, se hâta de le tirer à quartier, lui disant : *Taisez-vous donc, il n'est pas tué, ce n'est que pour demain.* »

Je n'ai que trop connu les horreurs des 2 et 3 septembre 1792, mais j'ignorais le danger que Paris tout entier avait couru à la même époque. M. L. de Langres rapporte une longue révélation du fameux Arthur, l'un des Séides de Robespierre. Cette seule phrase en fera sentir l'importance : « Dans un conciliabule dont je faisais partie, il fut arrêté que dès que l'armée prussienne ne serait plus qu'à vingt lieues de Paris, la capitale serait mise à feu ; le premier, je devais donner le signal par l'embrasement de mes ateliers : mille bras étaient à mes ordres, en mille endroits à la fois la flamme eût éclaté. Cet incendie avait pour but de procurer aux agitateurs le moyen de s'échapper à la faveur de la confusion générale. »

D'autres anecdotes offrent de l'intérêt, telles que celles qui ont pour titre : *Il n'est pas minuit, le Petit Couteau, la Cabane des deux Amis, le Père Barbe, le Pauvre Billot, Un autre Loizerolles,* et surtout celle qui concerne le dauphin dans la tour du Temple. En voici enfin une que sa brièveté me permet de placer ici : Pendant son séjour à Paris, le pape Pie VII traversait un jour la grande galerie du Louvre ; deux fats crurent faire quelque chose d'admirable en se tenant debout et en ricanant quand le pontife s'approcha d'eux : *Messieurs,* leur dit Pie VII, *la bénédiction d'un vieillard n'est point à dédaigner.* Je souhaite pour les deux ricaneurs qu'ils aient senti toute la délicatesse et toute la vraie philosophie qui se trouvent dans ce mot *vieillard.*

PENSÉES, RÉFLEXIONS,

IMPATIENCES, MAXIMES, SENTENCES;

Par Hippolyte DE LIVRY.

————

M. de Livry est un particulier très-connu : son enthousiasme pour les beaux-arts, son admiration très-juste pour le grand talent de Grétry, son goût pour la musique, pour le théâtre, etc., etc....., ses lettres, son journal, ses écrits en tout genre, car il écrit beaucoup, et plusieurs autres particularités qui ne sont pas de notre ressort, l'ont rendu cé-lèbre, si ce n'est au Parnasse, au moins dans les salons, dans les théâtres, et partout où l'on s'oc-cupe des choses originales et bizarres. La plus re-marquable peut-être de ses bizarreries, est ce livre que j'annonce. Vainement M. Hippolyte de Livry dira-t-il qu'il méprise les hommes et leurs juge-mens ; il est bien certain qu'il recherche leurs suf-frages puisqu'il se fait auteur. On écrit quelquefois pour s'amuser, mais on imprime pour amuser les autres ; c'est donc pour nous amuser, pour nous plaire, ou pour arracher notre admiration, que M. de Livry nous donne un volume de pensées, et même d'*impatiences*.

Il est fâcheux qu'il n'ait pas suivi dans l'ouvrage l'ordre qu'il a mis dans son titre : le lecteur aurait eu le plaisir d'apprendre que toutes les pensées ne sont pas des sentences, et que toutes les impatiences ne sont pas des maximes ; mais comme l'auteur a tout entassé pêle-mêle, sans distinction et sans nuances, je considérerai tous ses apophthegmes sous le nom générique de pensées.

La première chose qui frappe à la lecture de ce livre, c'est que M. Hippolyte de Livry a pensé sept cent soixante-quinze fois dans sa vie. On peut raisonnablement croire que s'il avait pensé une fois de plus, il aurait eu la complaisance de nous l'apprendre ; car il ne néglige aucune de ses pensées, quelque petites, quelque communes qu'elles puissent être. Celle-ci, qui est la dix-septième, compte pour une : *Je suis l'abeille de la musique;* cette autre, qui est la dix-neuvième, *l'hypocrisie est le manteau du dévot*, est sans doute du nombre des maximes ; la quarante-deuxième, que voici : *Quand on voit le monde comme il est, on ne l'aime guère,* est vraisemblablement une réflexion ; cette autre : *Quand on est propre, on évite ce qui peut salir,* peut passer pour une sentence ; et le numéro 567 est une belle et bonne impatience, car on y trouve cette phrase énergique : *Les hommes sont d'atroces coquins.*

Les pensées de M. de Livry sont distinguées par des chiffres, comme les proverbes de Salomon et les maximes de la Rochefoucauld ; mais on sait

que les maisons de Pantin et de Viroflai sont nu-
mérotées comme les arcades du Palais - Royal,
ainsi le numéro ne fait rien à l'affaire.

Je suis fort incertain de l'ordre que je dois
suivre dans les citations ; l'auteur a tellement varié
ses maximes, qu'on y trouve une belle pensée sur
l'opéra comique, après une grande pensée sur la
philosophie. Je crois cependant pouvoir réunir les
sentences qui renferment une moralité neuve et
utile au genre humain.

Le numéro 749 exprime parfaitement bien le caractère et l'opinion de l'auteur ; il méritait d'être le
premier, et ce livre ne pouvait avoir une meilleure
préface. Le voici : *Qu'il est décourageant d'écrire
quand on n'a que des hommes pour lecteurs !!!*
Dans une note, cette pensée est éclaircie ; l'auteur
y ajoute : *Si les bêtes savaient lire, j'aimerais
mieux écrire pour elles.* Qui donc lui a dit que
les bêtes ne pourraient pas le lire et même l'admirer ? Ignore-t-il que maint auteur écrit aujour-
d'hui pour ceux qui ne savent pas lire ? S'il a tant
d'envie d'écrire pour les bêtes, qu'il fasse des mélodrames, ses pensées et sentences n'y seront pas
déplacées ; dans trois pièces de ce genre il trouvera
le secret d'enchâsser ses sept cent soixante-quinze
maximes.

Le lecteur a dû remarquer les trois points d'admiration qui terminent le sept cent quarante-neu-
vième trait d'esprit de l'auteur. Il est bon de savoir
que ce nombre trois est constant dans l'ouvrage,

pour l'admiration, l'interrogation, l'interjection
ou l'exclamation. Dans une note cependant on en
trouve jusqu'à vingt-sept; mais en cela même, le
nombre trois est fidèlement observé, car vingt-
sept sont le cube de trois, comme il appert par la
démonstration suivante : 3 fois 3 font 9; 3 fois 9
font 27.

Transcrivons maintenant quelques-unes des
vérités utiles et philantropiques dont ce recueil est
rempli : *Quand on pense que Saül (le nec plus
ultrà de l'onction musicale) n'attire personne
lorsqu'on ne lui adjoint pas un ballet, comment
voir dans les hommes autre chose que des morceaux de chair, taillés en jambes, en bras, en
bouches, en nez, et fort inutilement en oreilles,
puisque grandes ou petites, ils n'en font pour l'ordinaire aucun usage?* Telle est la cinquante-
deuxième pensée de M. Hippolyte de Livry; voici
la quatre-vingt-quatorzième : *Que l'homme est
vil!!!* La quatre-vingt-quinzième : *Que l'homme
est bas!!!* La quatre-vingt-seizième : *Que l'homme
est atroce!!!* Ce qu'il y a d'admirable dans ces trois
pensées, c'est la belle simplicité qui y règne ; chacune ne renferme qu'un seul terme, et cependant
quel effort d'imagination il a fallu pour le trouver!
La cent cinquième a une tournure plus élégante :
*Ce que le cœur de l'homme recèle d'infamies
n'est pas concevable!!!* Ici l'art se laisse apercevoir, c'est dommage!

Il y a malheureusement une lacune dans la série

de ces pensées ; l'auteur aurait dû, ce me semble ; nous expliquer comment et pourquoi il a jugé à propos de faire un livre pour des morceaux de chair, taillés en jambes, en bras, en bouches et en nez ; et pourquoi il a voulu plaire et montrer son esprit aux hommes qui sont si vils, si bas, et de si atroces coquins. Je crois cependant qu'il nous a donné l'explication de cette énigme par les pensées suivantes : *Comment n'aime-t-on pas mieux lire les bons ouvrages des autres que d'en faire de mauvais ? — Il faut que l'amour-propre soit bien complaisant ; car combien y a-t-il de gens qui s'acharnent à trouver bon ce que tout le monde, excepté eux, trouve détestable ? — Il faut qu'il y ait des gens bien étrangers à tous les auteurs, pour oser l'être eux-mêmes ; car sans cela comment devant de tels colosses ne frémiraient-ils pas de leur petitesse ?* Ces trois vérités qui brillent sous les numéros 122, 123 et 600, nous apprennent que M. de Livry est un homme du monde fort étranger aux auteurs, puisqu'il ne frémit pas devant les colosses, qu'il s'acharne à trouver bon ce que tout le monde trouve détestable, et qu'au lieu de lire les bons ouvrages, il s'amuse à écrire des pensées et des maximes pour des morceaux de chair taillés en jambes et en bras.

Quelquefois les réflexions de l'auteur ont la forme de l'interrogation ; en voici une preuve : *Otez du monde les femmes, les fleurs et les chiens, qu'y reste-t-il ?* Ne peut-on pas répondre : il y res-

25.

tera M. de Livry, qui n'est ni fleur, ni chien, ni femme.

Parmi un grand nombre de pensées sur les soufflets, on remarque celle-ci, qui est une heureuse observation : Tout est de mode jusqu'à l'avilissement ; on ne saurait croire combien, depuis quelques années, *les soufflets se sont multipliés en France.* En voici une autre qui n'est pas facile à comprendre : *Dans ce monde tout est préjugés, jusqu'à l'habitude de regarder comme tels ce qui n'en est pas.* Comment se fait-il que tout soit préjugé, et qu'il y ait cependant des choses qui ne soient pas des préjugés ? L'auteur nous dira cela dans une seconde édition de ses Maximes. Le numéro 421 est encore plus énigmatique : après avoir établi la différence qui existe entre la haine et l'horreur, l'auteur dit : *La haine en veut toujours à la vie de celui qui l'excite, l'horreur exposera la sienne pour sauver celle de celui qui l'inspire.* La vie de l'horreur me paraît une expression tout-à-fait neuve ; en général, M. de Livry ne dit rien comme un autre, et j'ose affirmer que personne ne s'avisera d'écrire comme lui. Les choses les plus simples prennent sous sa plume un air d'originalité piquante : par exemple, la Rochefoucauld a dit que l'amour-propre ouvre le passage à tous les sentimens ; et M. de Livry en conclut judicieusement que *l'amour-propre est la soupape de l'âme.* L'auteur embellit tout ce qu'il emprunte : semblable à ce fameux roi de Phrygie, il transforme en

or tout ce qu'il touche. Young avait dit : Le dan-
seur, d'un pied léger, foule les cités ensevelies ; et
M. de Livry, qui connaît sans doute cette pensée
anglaise, la paraphrase de cette manière : *Les hommes ont tant d'attrait pour la danse, et si peu
d'horreur pour la mort, que je ne serais pas étonné
qu'ils finissent par construire des salles de bals
dans les cimetières.* Ce grand penseur a une grande
horreur pour le néant ; voici comment il l'exprime
dans une note où la délicatesse de l'expression le
dispute à la profondeur de l'idée : *Il est triste de
penser que quand on n'a pas rampé comme le serpent, sauté comme le crapaud, mangé comme le
cochon, trompé comme le mouchard, tué comme
le bourreau, il faille cependant devenir, comme
tous ces intéressans personnages, la pâture des
vers.*

Je croirais faire tort à M. de Livry, et lui dérober une grande partie de sa gloire, si je n'ajou-
tais que dans les sept cent soixante-quinze pensées
qui sont émanées de son cerveau, il s'en trouve de
très-philosophiques, telles que celles-ci : *Il vaut
mieux rompre sa chaîne que d'en examiner les
anneaux.* — *L'injustice produit l'indépendance ;
le rôle de victime n'est pas dans la nature.* Cette
dernière me rappelle le mot d'un Anglais qui, condamné à mort pour cause de rébellion, s'écria sur
l'échafaud : Le rôle de victime n'est pas dans la nature ; elle n'a pas fait naître des hommes avec des
éperons, et d'autres avec un mors à la bouche.

J'espère que M. de Livry se souviendra du mors
et des éperons à la seconde édition de ses Maximes.

On croyait que la Rochefoucauld avait tout dit
sur la vanité, on se trompait; car il n'avait pas fait
cette belle observation, que *la vanité se trouve
établie sur les marches du décrottoire comme sur
celles du trône.* Partout où il se rencontre avec les
anciens penseurs, il ajoute toujours à leurs sentences quelque mot énergique, ou, tout au moins,
une expression d'un goût pur et délicat.

Je ne me flatte pas d'avoir extrait tout ce qu'il
y a de bon, de neuf ou d'admirable dans ce recueil d'apophthegmes; mais le peu que j'en ai transcrit doit faire désirer de connaître le reste. Je termine par une citation qui doit servir de preuve et
de complément à mes éloges; je veux dire par une
sentence qui est sans doute la plus belle et la plus
profonde de toutes, puisqu'elle a donné lieu à la
note qui suit : « Il y a je ne sais combien d'années
» que je retenais cette pensée captive, en raison de
» l'abus qu'on a fait de sa tournure; mais sa force
» a enfin rompu les digues que je lui avais oppo-
» sées. » Quelle est donc cette grande pensée qu'on
retenait captive, et dont la force a enfin rompu
toutes les digues? La voici dans toute sa splendeur :
IL FAUT VOIR LES HOMMES POUR Y CROIRE. Le
lecteur me pardonnera de lui avoir fait attendre
ce beau trait; les choses de cette force demandent
du ménagement; une lumière aussi vive ne doit
être présentée qu'avec beaucoup de précaution. Au

reste, elle me fournit le moyen de finir d'une manière brillante, et je dirai, en imitant M. de Livry :
Il faut lire son livre pour y croire.

LA MAISON DES CHAMPS,

POÈME;

Par M. CAMPENON.

SECONDE ÉDITION.

LES beaux vers sont rares ; les amis des lettres
doivent accueillir avec joie et citer avec honneur
ceux de nos poètes qui entretiennent le feu sacré,
qui résistent aux exemples et même aux succès du
mauvais goût, qui respectent la langue et le bon
sens, qui donnent à la poésie le langage de la raison et des grâces, et qui se renferment dans les
limites du beau simple et du vrai, lorsqu'ils ne
peuvent ignorer que le faux brillant et le faux esprit sont des moyens bien plus sûrs d'obtenir les
suffrages de la multitude, et de charmer le vulgaire
des lecteurs.

Il faut avouer aussi que nous sommes devenus
bien difficiles ; nos richesses nous en ont donné le
droit. Ainsi, quand je dis que les beaux vers sont

rares, je me sers d'une expression relative, puisque c'est l'abondance même qui nous force à éco-
nomiser les éloges : c'est ainsi que les hommes
habitués au luxe de la bonne chère, ne regardent
comme véritablement bons que les mets excellens.
Les deux siècles qui viennent de s'écouler nous
ont laissé tant de modèles en tout genre, que notre
ambition littéraire paraît être satisfaite, et nous
accueillons assez froidement l'écrivain qui travaille
à augmenter nos richesses. Il est passé ce temps
où quelques vers bien tournés faisaient une réputation assez belle ; et ce qu'il y a de remarquable,
c'est que dans le siècle où les Muses françaises
brillaient avec le plus d'éclat, des poètes ont sauvé
leurs noms de l'oubli, et se sont fait une certaine
célébrité avec quelques vers agréables, quelques
pièces bien légères, que nous daignerions à peine
distinguer dans la foule si elles paraissaient à nos
yeux pour la première fois.

Il n'y a pas de doute que la Maison des Champs
n'eût été remarquée à quelque époque qu'elle eût
paru. Le style en est d'une simplicité constamment
élégante ; les vers y sont faciles, remplis d'images ;
ils conservent le ton de la poésie dans les détails
même qui semblent s'y refuser, et ils respirent cette
sensibilité douce et sans grimaces, qui fait aimer
la lecture et qui écarte l'ennui. Il ne me reste qu'à
confirmer ces éloges par des citations ; mais avant
d'en venir aux preuves, je dois parler d'un *avertissement* qui offre un fait assez curieux.

La Maison des Champs était autrefois un ouvrage beaucoup plus considérable ; divisée en
quatre chants, elle attendait, pour paraître, les
dernières corrections que l'auteur y jugeait nécessaires, lorsque M. Delille publia son Homme des
Champs, où il y avait, avec le premier poëme, un
rapport frappant d'idées, d'images, et même quelquefois d'expressions. M. Campenon était trop
modeste, ou plutôt il avait trop de talent pour ne
pas sentir le danger de lutter contre un pareil adversaire. Un homme médiocre eût risqué le combat ; mais plus on est digne de son rival, plus on
apprend à l'estimer : M. Campenon retrancha de
son poëme tout ce qui pouvait avoir quelque analogie avec l'Homme des Champs ; et sans se prévaloir de son autorité, sans déplorer vainement la
perte qu'il allait faire, il sacrifia les détails les plus
agréables, et les morceaux qui lui donnaient le
droit d'être moins modeste. Son poëme ainsi mutilé attendit trop long-temps une nouvelle ordonnance et de nouvelles liaisons. Ces retards furent
encore funestes à l'auteur, à qui maintenant je
vais laisser achever ce récit. « M. Delille, qui avait
» déjà étendu si loin ses conquêtes dans le domaine
» de la poésie pittoresque, finit par l'envahir tout
» entier, en publiant successivement ses deux
» poëmes de l'Imagination et des Trois Règnes de
» la Nature. Mes petites possessions s'étaient en
» core trouvées sous les pas du vainqueur, et
» avaient été encore ravagées par lui. Je fus réduit à

» ce coin de terre, à ce petit champ où j'ai recueilli
» et rassemblé de mon mieux les faibles débris de
» ma fortune poétique. » On ne peut pas raconter
ses malheurs avec plus de grâce et de gaieté. C'est
avec regret que je me refuse à transcrire d'autres
passages de cet avertissement, qui est plein de goût
et de raison, et dans lequel je n'ai trouvé qu'une
seule syllabe à blâmer! Une syllabe! Il faut être
bien journaliste pour reprocher une pareille faute;
mais si M. Campenon ne m'a laissé que cette petite
jouissance, des auteurs plus généreux me dédom-
mageront amplement. Quoi qu'il en soit, l'auteur
a eu tort d'écrire : « On *se* dispute d'autant plus
» qu'on a moins sujet de *se* disputer. » Quand on
fait de fort jolis vers, on doit savoir que le verbe
disputer ne devient *réciproque* que quand il est
suivi d'un régime ; on se dispute la prééminence,
un rang, un héritage ; mais quand *disputer* est pris
dans un sens absolu, indépendant, il ne doit pas
être précédé du pronom ; ainsi l'on dit : Les
hommes passent leur vie à disputer, et non pas à
se disputer.

En cherchant à éviter toute concurrence avec
M. Delille, M. Campenon s'est condamné à de
nouvelles privations, et son poëme a été réduit à
un seul chant, de quatre qu'il avait dans l'origine.
Je vais en extraire quelques tirades ; mais j'invite
mes lecteurs à faire surtout attention aux deux premiers passages que je vais transcrire, parce qu'ils
me fourniront une observation assez neuve. En

retraçant les divers plaisirs de la campagne, l'auteur s'arrête ici à considérer une volière, où, parmi
une foule d'oiseaux qui se plaisent dans un doux
esclavage , un seul regrette la liberté , et semble
regarder tristement cette plaine , ces arbres, ce ciel
vers lequel il ne lui est plus permis de s'élancer.

> Quel mal secret consume cet oiseau?
> Quel voile épais s'étend sur sa paupière?
> Il se refuse aux jeux de la volière;
> Ces fruits, ces fleurs, ce feuillage, cette eau,
> Ces chants d'amour, la paix de ces ménages,
> Rien ne l'arrache à sa sombre langueur;
> Son cœur se ferme à ces douces images,
> Et son regard fixé sur les nuages,
> Les considère avec un soin rêveur.
> De ses tourmens calmez la violence ;
> Le mal qu'il souffre est l'amour et l'absence.
> Ah! qu'on le rende à son premier lien ,
> Aux dieux des champs, aux nymphes des bocages,
> Premiers témoins de ses amours sauvages,
> Au chaste nid consacré par l'hymen !
> Qu'il parte donc ! Ouvrez-lui la volière,
> Et que votre œil, touché de ses adieux,
> De vos États voie enfin la barrière
> Se refermer sur des sujets heureux.

Je ne chicanerai point ici sur la rime faible de *lien*
avec *hymen,* et sur celle d'*adieux* avec *heureux;*
mais je passe à une autre citation du même genre:

> Quel changement! Ces fauvettes si belles
> Ont donc perdu leur souple agilité?
> Et ce moineau, qu'a-t-il fait de ses ailes?

Quel nœud l'attache au nid plus fréquenté?
S'il s'en éloigne, où donc est la puissance
Qui d'un époux y fixe la présence?
Apprenez-moi quel pouvoir révéré,
Quel noble instinct ordonne à cette mère
D'entretenir, esclave volontaire,
Au lit d'hymen le feu pur et sacré?
Maternité, ce zèle est ton partage !
Au sein de l'œuf le germe emprisonné,
Par tant de soins à la vie amené,
Au jour bientôt va s'ouvrir un passage.
Ne hâtez point ce moment fortuné;
Le temps s'approche, et la vingtième aurore
Va se lever sur l'oiseau près d'éclore;
Enfin pour lui va cesser le néant :
Il a brisé l'enveloppe légère
Qui l'entourait d'un frêle vêtement;
Il s'en dépouille avec étonnement,
Son œil redoute et cherche la lumière,
Son aile implore une aile tutélaire :
Il l'a trouvée, et son premier accent
Bénit ensemble et le jour et sa mère.

Quelques lecteurs croiront sans doute que ces
deux passages ont été choisis avec complaisance,
pour donner une idée plus favorable du talent de
l'auteur; ils se tromperaient : ces deux tirades sont
du nombre de celles que M. Campenon a retran-
chées de son poëme, et reléguées dans des notes
où il a voulu du moins faire connaître le prix du
sacrifice qu'il faisait au grand talent de M. Delille.
J'en pourrais citer une autre encore plus soignée,
mais plus longue, sur les vendanges; mais je sens,
un peu tard, que je n'ai encore rien extrait du

poëme. Les journaux qui se sont accordés à louer ce joli ouvrage, en ont extrait tant de morceaux dif- férens, que je crains de me rencontrer avec l'un ou l'autre, et je m'arrête au hasard sur celui qui offre un sujet plus neuf, et qui présentait plus de difficulté au poète ; il s'agit du système sexuel des plantes :

> Le même dieu qui plaça dans nos âmes
> Ces doux rapports des deux sexes entre eux ;
> Ces vifs désirs, ces amoureuses flammes,
> Du cœur de l'homme alimens dangereux,
> Du même feu sut animer la plante.
> Ainsi que nous, sa jeunesse bouillante
> A des penchans, des besoins, des désirs,
> Des nœuds secrets, d'ineffables plaisirs ;
> Et du printemps quand la sève l'inonde,
> L'Amour la brûle, et l'Hymen la féconde.
> Mais de ce peuple étudions les mœurs.
> Il est d'abord une tribu de fleurs,
> De la nature admirable caprice,
> Qui, résidant sur un même calice,
> D'un double sexe y goûtent les douceurs,
> Et s'unissant en couple inséparable,
> Dans les plaisirs de ce lien charmant,
> A chaque hymen réalisent la fable
> De Salmacis et de son jeune amant.
> Une autre habite une tige commune ;
> Mais des rameaux l'intervalle jaloux
> Vient séparer les vierges des époux ;
> Une autre enfin, pleurant son infortune,
> Qui la condamne à l'absence, aux regrets,
> Voit loin des fleurs où l'amante respire,
> Naître la tige où son amant soupire, etc.

Je n'ai pas besoin de faire sentir combien il était

difficile d'exprimer en vers agréables ces détails,
ces différences délicates des fleurs hermaphrodites,
monoïkes, dioïkes, qui semblent n'appartenir qu'au
langage de la science. Je terminerai cet extrait par
le tableau de ces plantes dont les sexes ne sont
pas réunis sur le même individu, telles que le pis-
tachier, le chanvre, etc., qui deviennent stériles si
le mâle et la femelle sont trop éloignés l'un de
l'autre, mais qui cependant se fécondent, par l'in-
tervention de l'air, à de très-grandes distances :

> De leur hymen si vous trompiez les feux;
> Si votre main, par une loi cruelle,
> Sur d'autres bords, loin du plant amoureux,
> Voulait porter la plante maternelle,
> Vous la verriez, victime de vos jeux,
> Se dessécher dans un mortel veuvage :
> Près d'elle en vain mille plants étrangers
> Courbent leur cime, inclinent leur feuillage;
> Indifférente à leurs soins passagers,
> La triste fleur, en son deuil solitaire,
> Repousserait leur caresse adultère.
> Mais si les vents propices à ses feux
> Jusqu'à son sein, par une heureuse haleine,
> Du jeune époux exilé de ces lieux,
> Faisaient voler la poussière lointaine,
> Son sein flétri par la stérilité,
> S'ouvrant encore à la maternité,
> Dans l'air brûlant qui la frappe au passage
> Respirerait l'amour, la volupté,
> Et saisirait dans ce vague nuage
> Le germe errant de la fécondité.

Je suis privé du plaisir de parler des notes, qui

sont curieuses par une foule de rapprochemens
heureux, et de quelques pièces fugitives fort agréables; je regrette surtout de ne pouvoir multiplier
les citations sur des objets plus variés : elles prou-
veraient mieux encore que je n'ai pu le faire, le
talent distingué de l'auteur, et son goût pur, ennemi de toute recherche et de toute affectation.

LA MORT DE HENRI IV,

Par M. J.-J. Victorin-Fabre.

Il n'est guère possible de parler de la mort de
Henri IV, sans se rappeler les longues discussions,
les soupçons odieux et les conjectures audacieuses
auxquels ce funeste événement a donné lieu. Il faut
l'avouer, les écrivains en général, aiment mieux les
faits brillans que les faits avérés. Attribuer un accident à une cause naturelle, ou plusieurs accidens à
une même cause déjà connue, leur paraît peu propre
à satisfaire l'avide curiosité du lecteur, et à frapper
son imagination toujours plus disposée à s'attacher à
ce qu'il y a de plus extraordinaire et de moins vraisemblable : mais donner les complices les plus illustres au plus obscur des scélérats; présenter une
reine faisant égorger son roi, le meilleur des rois,
son époux, le meilleur des hommes; montrer en-

fin toute une cour comme un repaire de brigands, voilà des tableaux qui excitent l'intérêt du vulgaire, qui rendent une histoire intéressante, et lui assurent un grand nombre de lecteurs. Cependant, malgré cet amour des hommes pour le merveilleux, malgré les nombreux écrits où cette question a été agitée pendant deux siècles, malgré les insinuations de Mézeray, et les Mémoires de Sully ou de ses secrétaires, aucun des accusateurs de Médicis n'a osé placer ce crime atroce dans le rang des vérités historiques. Ce n'est que dans le courant de l'année dernière que cette discussion a été renouvelée, et que des écrivains de 1807, sans doute bien plus instruits que les auteurs contemporains, ont osé nous présenter la complicité de Marie de Médicis et du duc d'Épernon, comme un fait dont il n'est pas permis de douter. Aujourd'hui encore, M. Victorin-Fabre bâtit un poëme sur cette supposition : mais il a au moins la bonne foi d'avouer dans ses notes, que l'on n'est pas fondé à considérer cette complicité comme une vérité historique. Je répondrai à tous ces auteurs qui n'osent affirmer, et qui cependant veulent persuader une atrocité de ce genre, je leur répondrai, dis-je : Prouvez, ou taisez-vous. Eh quoi ! les rois et les princes seront-ils donc privés du droit dont jouit le dernier des hommes, du droit de n'être condamnés que sur des preuves évidentes ! Les juges les plus sévères ont besoin d'une entière conviction pour déclarer infâme l'accusé le plus obscur, et même le vagabond;

et la mémoire des princes pourra être flétrie par des soupçons vagues, par des présomptions, par des bruits populaires ! Prouvez, me crient les accusateurs, que Marie est innocente ; prouvez d'abord qu'elle est coupable, leur répondrai-je : telle est la marche que suivent tous les tribunaux, et tous les hommes qui ont le sentiment de la justice.

Les auteurs qui ont traité cette question, sans en excepter Voltaire, et qui ont voulu défendre la veuve de Henri IV, me paraissent tous avoir fait une faute qui a nui au succès de leurs dissertations. Ils ont négligé de placer le lecteur dans une situation d'où il pût contempler tous les malheurs de ce règne, et juger la catastrophe qui l'a terminé : ils ont isolé le crime de Ravaillac, comme s'il était le seul attentat commis ou médité à cette funeste époque ; et par-là, ils ont empêché ceux qui les lisent de lier le dernier événement avec ceux qui l'avaient précédé, et de les attribuer tous à une même cause bien avérée, bien connue et bien historique.

Cependant tout le monde connaît le crime de Jean Châtel et de Pierre Barrière ; peu de personnes ignorent l'ingratitude et le supplice de Biron : la conspiration des comtes d'Entragues et d'Auvergne, et de la marquise de Verneuil, n'est pas moins malheureusement célèbre ; mais ce que tout le monde ne sait point également, et ce que je vais démontrer, c'est que les seize années qui se sont

écoulées entre la reddition de Paris, en 1594, et
la mort du roi, en 1610, n'ont été qu'une suite
d'attentats contre la personne du monarque, et
et qu'une suite de dangers pour cet excellent prince.
Je n'alléguerai point des bruits populaires, des
chroniques infidèles, mais des arrêts du parlement
de Paris, et des exécutions en place de Grève : ce
sont des faits tristes sans doute, mais ils sont bien
historiques ; et ils feront sentir au lecteur qu'on
n'a pas besoin d'aller chercher un assassin jusque
dans le lit du roi, puisqu'il y en avait un si grand
nombre d'armés contre lui, avant même que Médicis fût sa femme, et qu'elle pût être soupçonnée
de prendre part à ces complots. Je passerai ensuite à des preuves plus convaincantes.

En 1594, après la restauration du trône, le
lundi 4 avril, un tonnelier fut pendu pour avoir
été trouvé tenant un poignard nu, à l'hôtel de
Nemours, où était Henri IV ; et ce scélérat avoue
à l'échafaud qu'*il aurait voulu que sa dague fût
dans le cœur du roi.*

Le mardi 22 novembre de la même année,
furent pendus huit hommes qui, ayant été pris armés de poignards, et menaçant le roi, furent jugés,
convaincus par leurs propres paroles, et envoyés
à la potence *tout bottés comme ils étaient.*

Le samedi 7 janvier 1595, fut pendu le jésuite
Guignard, dont l'histoire est connue. L'Étoile rapporte qu'un homme, assistant à cette exécution,
dit à haute voix : « Il y a assez long-temps que les

jésuites sont confesseurs, il est temps qu'ils soient martyrs. »

Le mardi 10 du même mois, fut pendu le vicaire de Saint-Nicolas-des-Champs, pour avoir dit, en tenant un couteau : « Je veux faire un coup de saint Clément. »

Le mercredi 25, furent pendus en effigie, Pierre Varades, Christophe Aubry, et un troisième, tous ecclésiastiques, pour avoir excité un fanatique à assassiner le roi.

Le jeudi 2 mars, un homme de Sens, qui se faisait nommer le capitaine Merleau, fut pendu à la Grève, pour attentat contre le roi.

Le lundi 9 septembre 1596, on pendit à Meaux un Italien qui avoua avoir inventé une arbalète d'une nouvelle forme pour tuer le roi.

Le samedi 4 janvier 1597, fut pendu à la Grève un tapissier, pour avoir dit : « On m'élèvera une » pyramide, non pas comme à Châtel, qui a failli » son coup, car je ne *faudrai* pas le mien. »

Le jeudi 10 avril 1598, furent roués à la Grève, les nommés Charpentier et Desloges, pour conspiration contre le roi. Charpentier était fils du célèbre médecin de ce nom.

Le jeudi 1er avril 1599, se donna à Sainte-Geneviève, la lugubre farce de la prétendue possédée Marthe Brossier, dont l'histoire était une véritable conspiration.

Le vendredi 2 juin 1600, Nicole Mignon a été brûlée vive en place de Grève, pour s'être intro-

26.

duite, avec du poison, dans la cuisine du roi, à dessein de l'empoisonner.

Le vendredi 10 octobre 1603, fut pendu et brûlé en place de Grève, François Richard, seigneur de la Voûte, pour avoir voulu empoisonner le roi.

Le vendredi 1er octobre 1604, fut pendu à la Grève, un gentilhomme gascon, qui avait voulu tuer le roi; mais le prince en fut averti par Maurice de Nassau.

Le lundi 19 décembre 1605, un gentilhomme nommé Mérargues fut décapité en place de Grève, pour avoir conspiré contre l'État et le roi.

Le même jour, Henri IV fut attaqué sur le Pont-Neuf, à cinq heures du soir, par un homme qui tenait un poignard nu; mais le roi le fit relâcher, en disant : *Je me ferais conscience de punir un fou, dans un temps qui en est si fertile.*

Enfin, le 14 mai 1610, fut commis le dernier crime, auquel on ne peut raisonnablement attribuer d'autre cause que ce fanatisme insensé, cette aveugle fureur qui avaient inspiré tous les autres.

Si à cette dégoûtante mais utile nomenclature j'ajoute tous les coupables que le roi a fait évader, et tous ceux dont il n'a pas permis l'arrestation; si j'y joins les criminels en grand nombre contre lesquels les preuves n'ont pas été assez évidentes, ou que l'on acquittait parce qu'on était las de punir; si j'y réunis encore la conspiration d'Entragues, qui s'étendait fort loin, on sera effrayé de la multitude des conspirateurs, et l'on apprendra avec un étonnement mêlé de tristesse, que le prince le plus digne d'être adoré de son peuple, n'a pas passé une année, un jour, un moment, sans avoir à craindre le poison d'un hypocrite, ou le poignard d'un furieux.

Or, maintenant je demande à tout homme de bonne foi s'il est raisonnable d'attribuer à la reine le dernier de tant de crimes, lorsque la cause de tous les autres est si claire et si bien connue. Parmi cent coupables, on veut bien convenir que quatre-vingt-dix-neuf ont été poussés au régicide par un fanatisme aveugle et l'esprit de ligue qui a survécu à la ligue même, et l'on ne veut pas attribuer à ce même fanatisme la fureur du centième, qui a été le plus fanatique de tous, et qui, à ses projets d'assassinat mêlait les pratiques d'une dévotion minutieuse, comme le prouvent toute sa vie et tous les détails de son procès.

J'avouerai néanmoins que tout ce que je viens d'exposer n'offre qu'une considération morale ; mais cela seul devrait suffire pour détruire une accusation, qui n'est elle-même fondée que sur des conjectures beaucoup moins vraisemblables. Les accusateurs de Médicis devraient savoir qu'à présomption égale, l'innocence doit l'emporter dans l'esprit des hommes qui ont un sens droit ; l'innocence d'ailleurs se défend, et ne se prouve point : c'est le crime qu'il faut prouver, et qu'on ne doit jamais imputer sans la certitude de con-

vaincre. Mais il s'en faut bien que je sois réduit à
n'alléguer que des considérations morales et de
simples conjectures. C'est par l'histoire et par des
faits que je puis détruire les on dit, les bruits vagues
et les petites phrases équivoques, qui ont paru aux
accusateurs des preuves suffisantes pour constater
un crime qui, plus extraordinaire et plus atroce
que les autres, devait, par cela même, être plus
avéré pour qu'il fût permis d'y croire.

Je sens qu'il me convient mal d'entrer dans
cette discussion après Voltaire et tant de gens habiles qui ont déjà traité le même sujet ; mais la raison et la logique peuvent se présenter après l'esprit
et le talent ; et si la véritable éloquence consiste à
prouver, comme l'ont dit les plus grands philosophes et même les orateurs, j'aurai été assez élo-
quent si je parviens à détruire dans l'esprit de mes
lecteurs les fausses impressions qu'y ont laissées
des écrivains plus hardis que bien informés.

Les accusateurs de Marie de Médicis se fondent
sur un fait qu'ils donnent pour certain, et par
lequel ils prétendent démontrer la complicité de
cette princesse avec l'infâme Ravaillac. Le roi,
disent-ils, allait faire la guerre *à l'Espagne ;* tout
était prêt pour cette expédition ; la reine, qui était
toute espagnole dans le cœur, et poussée par un
zèle fanatique, n'ayant pu détourner Henri de son
dessein, prit le parti de le faire assassiner, pour
l'empêcher de faire la guerre à des princes catho-
liques. On donne pour preuve de cette assertion

les grands préparatifs qui se faisaient en France, tandis que l'Espagne n'en faisait aucun ; et l'on ajoute : L'Espagne n'avait pas besoin de se préparer à la guerre, puisqu'elle savait qu'un crime tramé dans le Louvre, allait la délivrer de son ennemi. Je vais démontrer historiquement qu'il y a dans l'exposé de ce prétendu fait autant de faussetés que de mots.

D'abord la guerre que méditait Henri n'était point dirigée contre l'Espagne, pas même contre la Flandre qui alors ne faisait plus partie de la monarchie espagnole, et qui avait pour souverain l'archiduc Albert qui avait épousé la princesse Isabelle-Claire-Eugénie.

La cause de cette guerre était la succession aux duchés de Clèves, de Berg et de Juliers. Jean-Guillaume, souverain de ces États, était mort sans enfans, et n'avait laissé que des sœurs mariées à différens princes qui se disputaient ce riche héritage. Les compétiteurs étaient l'électeur de Brandebourg, le duc de Neubourg, le duc des Deux-Ponts, le marquis de Burgau, le duc de Saxe et deux seigneurs français, dont l'un était le duc de Nevers et l'autre le marquis de Maulevrier. L'empereur Rodolphe convoita une si riche proie ; le nombre des prétendans lui parut favorable à son ambition, parce qu'il y a d'autant plus de troubles et d'embarras dans une affaire qu'il y a plus de parties intéressées. Il n'osa cependant s'emparer ouvertement de la succession ; mais il se servit d'un détour adroit, qui l'en aurait infailliblement rendu maître. Comme chef suprême de l'Empire, il nomma commissaire impérial l'archiduc Léopold, qui était évêque de Strasbourg et de Passau, et il lui ordonna de s'emparer des duchés en litige, pour les garder en séquestre jusqu'à ce que les prétendans eussent fait valoir leurs droits. Personne ne fut dupe de cette ruse ; et l'on sentit bien que si l'empereur avait une fois mis la main sur l'héritage, il s'en serait dessaisi le plus tard possible.

Henri IV était plus intéressé que personne à faire échouer ce projet de l'empereur. En effet, si Rodolphe était maître de Berg et de Juliers, les possessions de la maison d'Autriche s'étendaient, par une continuité non interrompue, depuis la mer du Nord jusqu'à la Méditerranée, et la France était, en quelque sorte, prisonnière au milieu d'un cercle d'ennemis. Le roi de France sentit le danger de sa situation ; il envoya le président Jeannin en Hollande, pour y inviter les états-généraux à se réunir à la France contre l'usurpation de l'empereur. Il envoya dans le même temps M. de Boissise à l'assemblée de Hall, pour y promettre un secours de dix mille hommes aux princes confédérés contre la maison d'Autriche. On ne pouvait se méprendre sur les motifs et sur le but de cette guerre, puisque l'électeur de Brandebourg et le duc de Neubourg faisaient négocier ouvertement à Paris ; et dès le 5 janvier 1610, le prince

Christian d'Anhalt était venu demander des secours
à Henri IV, pour l'électeur Palatin, l'un des confédérés.

Ce n'était donc point l'Espagne ni la Flandre
que Henri devait attaquer : aucune armée française
ne marchait ni vers les Pyrénées, ni vers la Bel-
gique ; mais elles se dirigeaient vers les duchés de
Clèves et de Juliers. Le théâtre de la guerre ne
devait être ni sur l'Èbre ni sur l'Escaut, mais sur
le Rhin. Si l'on veut de plus amples détails sur ce
fait historique, on peut consulter, entre autres
ouvrages, l'Histoire des guerres qui ont précédé
le traité de Westphalie, par le P. Bougeant. Ce
livre, écrit avec une grande clarté et une scrupuleuse exactitude, donnera sur ce point tous les
éclaircissemens que l'on peut désirer.

Mais ce qu'il y a de plus important pour la
question qui nous occupe, c'est que *la mort de
Henri IV n'empêcha point l'exécution de ses
promesses.* En effet, Marie, devenue régente, fit
partir les troupes promises, comme si le roi avait
vécu ; au lieu de 10,000 hommes stipulés dans le
traité de Hall, elle en donna 12,000, et y joignit
encore 2,000 hommes de cavalerie. Elle confia le
commandement de cette armée au maréchal de la
Châtre, qui se réunit, sous les murs de Juliers,
aux princes d'Orange et d'Anhalt. Ils firent en
commun le siége de cette ville, et la pressèrent si
vivement qu'ils la prirent en six semaines ; ils en
chassèrent le commissaire impérial, et la rendirent

aux souverains de Brandebourg et de Neubourg, qui y avaient plus de droits que les autres compétiteurs.

Or, maintenant, si Marie de Médicis avait eu tant d'horreur de cette guerre; si pour l'empêcher elle s'était portée au plus grand des crimes, aurait-elle exécuté la promesse de son mari? Devenue seule maîtresse et toute puissante en France, aurait-elle fait partir l'armée destinée à combattre l'Autriche? Y aurait-elle ajouté quatre mille hommes que le roi n'avait point promis? Si elle était toute autrichienne dans l'âme, aurait-elle permis qu'on chassât un prince autrichien d'une ville pour la livrer à un luthérien? Si elle partageait le fanatisme espagnol, aurait-elle maintenu l'alliance avec la Hollande toute protestante, pour attaquer l'empereur tout catholique? Enfin, n'aurait-elle pas cherché tous les moyens d'empêcher cette guerre, s'il était vrai que pour l'empêcher elle avait fait assassiner son mari? Je sais que l'entêtement et la mauvaise foi ne manqueront pas de sophismes pour répondre à ces questions pressantes; mais je ne vois pas ce que la raison et le bon sens pourraient y opposer.

Je passe maintenant à la mort de Henri IV et aux circonstances qui l'ont accompagnée. En 1610, Marie n'avait point encore été sacrée, et n'avait point encore fait son entrée, comme reine, dans la capitale. Elle pressait vivement le roi d'ordonner ces deux cérémonies, qu'elle regardait comme très-importantes. Henri s'y était d'abord refusé, parce que ces fêtes, disait-il, retarderaient son expédition, et lui coûteraient beaucoup d'argent dans un temps où il en avait si grand besoin. La reine insista avec tant de chaleur, qu'elle fut sacrée à Saint-Denis, le 13 mai 1610. Notez bien cette époque : Henri IV fut assassiné le lendemain du jour où Marie fut sacrée, et deux jours avant celui où elle devait faire à Paris son entrée comme souveraine.

Supposons pour un moment, car je suis loin de le penser; supposons que Marie ait conçu l'horrible dessein de faire égorger son roi, son époux, pour régner seule en France sous le titre de régente. Mais dans ce cas même, n'eût-elle pas attendu qu'elle se fût montrée au peuple comme reine ? Aurait-elle dédaigné cette solennité, cette entrée presque triomphale qu'elle avait sollicitée si vivement, qui devait la montrer aux Français dans toute sa majesté, qui plaît toujours au peuple, grand ami des processions, et qui, affermissant son autorité, était un grand acheminement à la régence? Quoi! une princesse vaine et orgueilleuse se serait privée par un crime d'une pompe utile à ses desseins, et d'un triomphe d'amour-propre que les femmes négligent toujours moins que les hommes? C'était le dimanche 16 du mois de mai, qu'elle devait paraître pour la première fois avec tout l'éclat de la souveraineté, et elle aurait renoncé à cette solennité si utile, elle qui voulait être souveraine!

Non. Si elle était incapable d'un crime si atroce,
il y a de l'infamie à l'en accuser; si elle en était
capable, elle ne l'eût pas fait commettre dans un
temps où il pouvait nuire à son ambition. La supposition que font ses accusateurs serait à peine
excusable s'il s'agissait de sauver un innocent;
combien donc ne doit-elle pas paraître odieuse
quand on ne la fait que pour le plaisir de trouver
des coupables?

Il me reste à parler du duc d'Épernon. Bien des
écrivains affirment qu'il fit lui-même arrêter Ravaillac; mais ceux qui se contentent de présomptions vagues pour accuser, veulent qu'on donne
des preuves solides quand il s'agit de défendre; je
n'insiste donc plus sur ce point. Mais ce qu'on ne
peut nier ni dissimuler, c'est que d'Épernon fit
conduire et garder Ravaillac à l'hôtel de Retz, et
qu'il permit à tout le monde de le voir et de lui
parler; il le fit ensuite transférer à la Conciergerie
et placer dans la tour dite de Montgomeri, et
permit même que l'on interrogeât ce scélérat, et
qu'on lui fît toutes les questions que l'on voulait.

Ce duc d'Épernon était alors tout puissant dans
Paris; toute l'autorité lui était confiée, tout lui
obéissait, et il avait eu le pouvoir de faire environner le parlement siégeant aux Augustins, et de
le forcer à conférer la régence à Marie de Médicis.
D'Épernon représentait en quelque sorte l'image
d'un ancien maire du palais. Or, n'est-il pas bien
absurde, bien ridicule de prétendre qu'un homme

aussi puissant, s'il eût été complice, n'eût pas trouvé le moyen de faire disparaître Ravaillac, ou de le mettre hors d'état de parler? Aurait-il pris le soin de le faire garder si exactement? Aurait-il permis qu'on le vît, qu'on l'interrogeât? Aurait-il couru les risques de le réserver à un supplice où les plus horribles douleurs devaient lui arracher son secret?

On allègue l'histoire d'un prevôt des maréchaux de Pluviers, qui, ayant tenu quelques propos sur la mort du roi, fut conduit à la Conciergerie, et fut trouvé mort le lendemain dans sa prison. Mais ceux qui ont fait imprimer cette anecdote d'après L'Étoile, se sont bien gardés de transcrire ce que ce chroniqueur ajoute. S'ils avaient eu plus de bonne foi, ils n'auraient point supprimé ces lignes: *Et le lendemain tout le monde disait: Mon Dieu! que la mort de ce méchant homme vient bien à point pour M. d'Entragues, la marquise sa fille, et tous ceux de sa maison.*

Ce n'était donc pas la reine qu'on soupçonnait, mais les comtes d'Entragues et d'Auvergne, et la marquise de Verneuil qui avaient déjà conspiré contre le roi, qui en avaient été convaincus, qui avaient été condamnés à mort par le parlement, et à qui Henri IV, par une clémence qui tient de la faiblesse, et contre l'avis unanime de son conseil, avait accordé une grâce que la furieuse marquise reçut avec dédain. Mais en tronquant un passage on détourne les soupçons du lecteur, et l'on porte sur qui l'on veut l'odieux de la supposition. Cette histoire de l'homme de Pluviers sert donc au contraire à disculper Marie de Médicis ; car, comme le dit Voltaire, si la maîtresse du roi est coupable, il n'y a pas d'apparence que la reine le soit. Une reine aussi fière, aussi hautaine que Marie, se serait-elle abaissée à comploter un crime avec la femme qu'elle haïssait et qu'elle méprisait le plus ? Cette même anecdote disculpe encore d'Épernon ; car s'il a eu assez de prévoyance pour faire tuer un prisonnier, afin de l'empêcher de parler, comment a-t-il eu l'inconcevable imprudence de laisser vivre Ravaillac, bien plus important et bien plus dangereux que l'homme de Pluviers ?

M. Victorin-Fabre a pris toutes ses précautions pour n'être pas compté parmi les accusateurs de Marie de Médicis ; aucun reproche, aucun soupçon, ne sont explicitement exprimés ni dans son poëme, ni dans ses notes. Dans ces dernières même, l'auteur semble n'attribuer la mort funeste de Henri IV qu'à la maison d'Autriche, ou plutôt au conseil de Madrid. Mais si l'auteur a craint d'articuler clairement ses soupçons contre la reine, il n'a rien négligé pour les faire passer dans l'âme du lecteur ; et il y a si bien réussi, que la figure de cette princesse éclate parmi les assassins, par cela même qu'elle n'y est point vue ; et l'adresse de M. Victorin-Fabre consiste en ce qu'il fait dire à ses lecteurs ce qu'il n'a pas osé dire lui-même. Avant la catastrophe, il nous peint Marie toute brillante de

gloire, allant recevoir le diadême si long-temps attendu, et il fait un tableau poétique des préparatifs
du sacre. Après la catastrophe, Marie disparaît; il
n'est plus question d'elle, son nom même n'est
plus prononcé. Ce silence est déjà d'un augure
bien sinistre; car, après la mort du roi, quel est le
personnage principal, si ce n'est la reine? Et si elle
n'est point complice de l'assassin, pourquoi ne
point la montrer émue, effrayée, ou même simplement étonnée d'un événement qui devait être terrible, si elle ne le prévoyait pas? Rien de tout cela :
plus de Marie, plus de reine dans le poëme de
M. Victorin-Fabre; mais en revanche, le Louvre
reçoit toute l'horreur du crime; sur le Louvre
tombent tous les soupçons. Le poète dit, en parlant de Henri :

> A ses restes sanglans sur la pourpre étendus,
> Quelques faibles honneurs sont à peine rendus.
> Les regrets n'entrent point dans ce Louvre perfide.

Plus loin :

> Mais ce Louvre infidèle est muet à leur plainte.

Plus loin encore, en retraçant les regrets de Sully,
l'auteur ajoute :

> Son œil triste et sévère,
> Sur le Louvre attaché, le contemple long-temps;
> Mais par l'effroi vaincu, montrant ses cheveux blancs,
> Jeune homme, vois, dit-il, je rends grâce à mon âge.

Enfin le soupçon de Sully, sur ce *Louvre perfide*, passe dans l'âme du peuple :

> La foule se disperse et fuit de toutes parts :
> On eût dit qu'il voyait Philippe et ses cohortes,
> De leurs murs assiégés prêts à franchir les portes.

Mais qui règne dans ce Louvre? n'est-ce point Marie? Qui peut être assez puissant pour faire croire au peuple que les cohortes d'Espagne vont être introduites dans Paris? N'est-ce point la reine? A-t-on voulu parler de d'Epernon? Mais de qui tient-il son autorité si ce n'est de Médicis? Ce Louvre infidèle, ce Louvre perfide, ce Louvre qui effraie Sully, et où le peuple croit voir les satellites de Philippe, n'est donc autre chose que l'épouse de Henri IV, et c'est en effet ce que le lecteur ne devine que trop facilement. Cette réticence sur un fait aussi grave, est plus cruelle qu'une véritable accusation; car on peut réfuter un raisonnement, repousser une inculpation, mais la critique ne peut rien contre une réticence qui laisse toujours un subterfuge à l'auteur. Cependant, comme M. Victorin-Fabre a eu le soin de se montrer un peu en se cachant, je le compte, sans hésiter, parmi les accusateurs de Médicis : il est le plus dangereux de tous; parce qu'il a été le plus adroit; et la crainte qui l'empêche de s'expliquer plus clairement, prouve assez que la complicité de la reine ne lui paraît pas un fait bien certain; mais alors il aurait dû, je pense, mettre un peu moins d'art à nous en faire concevoir le soupçon. Quoi qu'il en soit, il est temps de parler de son poëme.

Un jeune auteur qui tient encore dans la main les palmes académiques, doit être un homme fort difficile à contenter. Comment recevra-t-il la critique d'un journaliste, quand il a été comblé d'éloges par un aréopage littéraire? Couronné pour sa prose, par les chanoines de la littérature, de quel œil verra-t-il un clerc obscur qui ose examiner sa poésie? Mes éloges sans doute le flatteraient peu, et par cela même, mes critiques ne doivent point l'offenser; car il serait bien injuste de me compter pour quelque chose lorsque je blâme, si l'on ne me compte pour rien lorsque j'approuve.

Le premier reproche que je crois devoir faire à M. Victorin-Fabre, est d'avoir voulu renfermer un trop grand tableau dans un trop petit cadre. Son poëme n'a guère que l'étendue d'une élégie, et cependant il veut nous y peindre une catastrophe qui a fait une si vive sensation sur toute l'Europe, et cependant son sujet est la mort funeste d'un des meilleurs rois qui ait jamais commandé aux hommes, d'un roi à la mémoire duquel nous rendons encore un hommage qui approche du culte. Il me répondra qu'il aurait pu faire une simple élégie, ou une ode qui aurait été encore plus courte; mais ces sortes de morceaux n'exigent ni préparation, ni exposition, ni narration, ni développemens, tandis qu'il faut tout cela pour intéresser dans ce que l'on nomme un poëme (1). J'insiste d'autant plus volontiers sur ce défaut, qu'il me paraît devoir servir d'excuse à tous les autres. Etait-il possible, en effet, de présenter en moins de trois cents vers, la situation de la France sous ce règne de Henri IV, l'Espagne et l'Autriche conspirant contre le prince, l'ambition réveillant le fanatisme, le fanatisme excitant Ravaillac, les préparatifs de fêtes pour Marie de Médicis, la catastrophe qui fait le sujet du poëme, la situation de la capitale après cet affreux événement, le peuple venant en foule redemander et pleurer son roi ; et enfin un épisode où Sully fait l'éloge du monarque, et jette sur le Louvre les plus tristes soupçons? La Henriade n'a guère plus de matière ; elle n'en a pas du moins une plus intéressante. Il ne faut donc pas demander à M. Victorin-Fabre ce qu'il n'a pu nous donner ; et si l'on ne peut l'accuser d'avoir mal fait, on peut seulement lui reprocher de s'être privé des moyens de bien faire.

Partout où la déclamation et la réflexion suffisent, on trouve fort peu de chose à reprendre dans ce petit poëme ; mais quand le récit devient nécessaire, la gêne que l'auteur s'est imposée le rend si sec et si laconique, que l'on croit lire le passage d'une gazette rimée et mesurée. Je vais mettre en opposition deux morceaux qui prouvent, l'un le

_____

(1) Si cette concision a été commandée par quelque programme académique, elle n'en est pas moins la cause du peu d'effet que produit la lecture de ce poëme.

talent du poëte, l'autre les fautes qu'il a faites pour
avoir voulu resserrer son sujet :

> L'astre du jour penchait sur les plaines humides :
> Aux portes du palais quatre coursiers rapides,
> Liés au même char, attendaient le héros.
> Ivrés d'un noble orgueil, fatigués du repos,
> Ils semblaient partager l'allégresse publique.
> Cependant l'assassin, assis sous le portique,
> Dans ce char vide encore où plonge son regard,
> Avait marqué de l'œil la route du poignard.

Tous ces vers sont bien, et les derniers me paraissent très-beaux. L'assassin assis sous le portique, et marquant de l'œil la route du poignard,
fait une image grande, terrible, et très-noblement
exprimée. Le lecteur craint d'arriver à la catastrophe qui doit le pénétrer d'horreur et d'effroi;
mais combien n'est-il pas étonné, quand il lit ce
récit plus digne d'une chronique que d'un poëme?

> Déjà précipité dans un étroit passage,
> Du monarque, à grand bruit, *le char* roule et s'engage;
> Le traître, au même instant, vers *le char* élancé,
> Vole, lève le fer, frappe..... Je suis blessé,
> Dit le malheureux prince; et le couteau rapide
> Replonge, et dans son cœur achève l'homicide.

Quelle sécheresse! Et c'est ainsi que M. Victorin-
Fabre nous représente l'action la plus terrible, la
plus importante, celle enfin pour laquelle il a conçu
son poëme! L'assassin assis sous le portique m'a-
vait fait frémir, et la mort cruelle du meilleur prince
me laisse froid et indifférent.

Ce n'est pas là malheureusement le seul exemple
de style haché et aride que nous offre ce petit
poëme. L'auteur n'y fait parler qu'une seule fois
Henri IV ; mais c'est d'une manière si laconique et
si obscure, qu'il vaudrait mieux l'avoir réduit au
silence :

> De sa garde suivi le monarque s'avance.
> Que ce glaive à l'Autriche annonce ma présence,
> Dit-il : vous me suivrez dans le champ des combats ;
> Mais dans Paris... rentrez.

On voit que M. Victorin-Fabre compte beaucoup
sur l'effet des trois points, car il les met partout
où il veut aller vite : ils figurent encore dans le
passage suivant, qui est un nouveau modèle de
laconisme. Le fanatisme a pris la figure de Jacques
Clément ; il présente à Ravaillac *la tête livide de
Valois* et *le couteau régicide :*

> Frappe, le ciel commande et la victime est prête :
> A ces mots de Valois il agite la tête,
> S'avance, à Ravaillac tend le poignard sacré.
> Donne, dis l'assassin ; donne, je frapperai.
> Du Dieu qui me l'envoie il remplira l'attente ;
> Ce fer ! ciel ! il échappe à ma main frémissante ;
> Il en coule du sang !... Oui, le sang doit couler.

Il y a dans ce passage des mots bien plus terribles
que dans le premier morceau que j'ai cité, et cependant que celui-ci est froid en comparaison ! La
rapidité et la chaleur ne consistent pas ici dans la

vîtesse; en poésie, on ne s'échauffe pas toujours à courir.

L'éloge de Henri IV, que l'auteur place dans la bouche de Sully, est également sec, peu digne du personnage qui le fait, et moins digne encore du prince qui en est l'objet, car il roule sur un lieu commun qui n'est point rajeuni par le style. Au lieu de le citer, je lui opposerai un autre éloge fait par un franc militaire, quelque temps après la mort de Henri IV. Henri de Rohan, indigné de voir des hommes indifférens sur cette affreuse catastrophe, s'écria : « Il faut n'être pas Français, ou regretter la perte que la France a faite de son bonheur. Je pleure en sa personne, sa courtoisie, sa familiarité, sa bonne humeur, sa douce conversation : certes, quand j'y pense, le cœur me fend. Un coup de pique donné en sa présence m'eût plus contenté que de gagner maintenant bataille ; j'eusse plus estimé une louange de lui, en ce métier, dont il était le premier maître, que toutes celles de tous les capitaines qui restent vivans. » Ceci n'est que de l'humble prose ; elle n'a rien d'académique, elle est vieille de près de deux siècles ; et cependant elle me paraît plus vraie, plus touchante, plus éloquente même et plus digne du héros, que les vers placés par M. Victorin, dans la bouche de Sully.

MARIE DE BRABANT,

POÈME EN SIX CHANTS;

Par M. Ancelot.

PHILIPPE III, fils de Saint-Louis, et que l'histoire surnomme *le Hardi*, sans qu'on sache trop
pourquoi, avait eu un fils de sa première femme;
et ce fils, nommé Louis, était en pleine adolescence, lorsque Marie de Brabant lui en donna un
second. Comme il est naturel qu'une femme préfère son propre fils à celui d'une autre femme, et
qu'une reine veuille assurer la couronne à son fils,
on craignit, pour le prince Louis, le grand ascendant que Marie de Brabant avait pris sur le cœur
et sur l'esprit de Philippe. Les grâces et la bonté
de Marie ne rassuraient pas entièrement le peuple,
toujours effrayé de ce nom de marâtre; et des
exemples nombreux ne justifiaient que trop son
appréhension. De la crainte au soupçon, l'intervalle est très-court; et le soupçon devint presque
une certitude, lorsqu'on apprit que le prince Louis
venait de mourir d'une mort prompte, et que son
corps laissait voir les traces du poison. Mille voix
s'élèvent contre la reine; et le premier ministre
de Philippe est à la tête des accusateurs.

Ce ministre était l'un de ces hommes que l'on nomme *favoris*, qui captent la bienveillance des princes en flattant leur faiblesse, étouffent en eux les nobles penchans et les pensées généreuses, leur dérobent leur autorité en feignant de les alléger du poids des affaires, et leur font croire qu'ils sont adorés, en les entourant d'une troupe mercenaire qui les fatigue par ses acclamations :

> Détestables flatteurs ! présent le plus funeste
> Que puisse faire aux rois la colère céleste !

Celui-ci se nommait Pierre La Brosse. Né dans les derniers rangs du peuple, il sut, par ses talens et par ses intrigues, pénétrer jusqu'à la cour; il fut nommé barbier du roi, et il sut plaire à saint Louis, prince trop vertueux et trop bon pour savoir lire dans l'âme d'un hypocrite. Philippe III lui continua les mêmes bontés, le combla d'honneurs, et le croyant nécessaire parce qu'il était agréable, il en fit son premier ministre, et se reposa sur lui seul de tout le fardeau du gouvernement. C'est ainsi que, deux siècles plus tard, un autre barbier devint le confident, le commensal et le ministre d'un autre roi, fort différent de saint Louis.

Il est facile de se figurer l'affreuse situation dans laquelle se trouva Philippe, qui, adorant la reine, et plein de confiance en la vertu de son ministre, vit l'objet de son amour accusé et presque convaincu d'un crime aussi horrible. La vie sans tache de Marie, sa douceur, sa bienfaisance et ses charmes n'étaient qu'une faible réfutation des preuves apparentes, mais terribles, que le scélérat La Brosse avait accumulées contre elle. Philippe douta; mais le peuple ne croit jamais qu'un prince puisse mourir comme un homme ordinaire; il regarda comme criminelle celle à qui le crime était utile, et il demanda à grands cris le jugement de la reine.

Rien dans l'histoire ne fait supposer que ce jugement ait eu lieu; mais ce funeste exemple aurait été donné sans doute, si un heureux hasard n'avait fait découvrir la perfidie de La Brosse dans une correspondance secrète qu'il entretenait avec le roi de Castille, et qui fut interceptée. L'innocence de la reine fut évidente, et la colère du peuple se tourna contre le ministre, qu'un juste arrêt fit suspendre aux fourches patibulaires.

Ce fait historique est le sujet du poëme de M. Ancelot; il n'en a rejeté aucune circonstance. L'histoire ne lui offrant ici que des situations pleines d'un intérêt dramatique, il n'a pas cru devoir l'altérer; et ce qu'il y ajoute ne fait qu'accroître cet intérêt déjà si touchant, sans rien ôter à la vraisemblance. Il présente comme constant le procès fait à la reine, et il introduit dans sa composition un personnage dont l'histoire ne parle pas, mais qui établit un heureux contraste, et oppose tout ce que l'héroïsme a de plus sublime à ce que la scélératesse a de plus odieux.

Le plan est conçu avec un art qui se dérobe sous une apparente simplicité ; et dès le début de ce drame épique, le lecteur s'attend à une grande catastrophe. En voici l'analyse très-succincte.

Tout est plongé dans la joie à la cour de France, et le palais de Vincennes retentit du bruit des clairons guerriers et des chants des troubadours. Philippe, heureux comme roi, comme époux et comme père, a donné le signal des fêtes et des plaisirs. Il doit le lendemain faire célébrer un tournois dans lequel il veut consacrer les droits de son fils Louis, en l'associant à sa puissance, et en lui faisant essayer la couronne. La nuit a couvert le palais de ses ombres, sans faire cesser les accens de la joie. Une femme inspirée se présente à la garde royale, et demande à être introduite chez la reine. A son aspect, les soldats se sentent saisis d'un respect qu'ils ne peuvent définir ; mais ils n'exaucent pas sa prière. La femme mystérieuse s'assied un moment sur la pierre, écoute le bruit des instrumens, se lève et sort en laissant échapper ces mots sinistres : « Des fêtes et la mort ! »

Cependant les fêtes continuent ; les combats avec les armes courtoises sont suivis des festins, et à ceux-ci succèdent d'autres jeux, que l'on peut regarder comme une ébauche de nos représentations théâtrales. A l'un de ces banquets où Philippe s'enivrait de son propre bonheur et de celui de son peuple, la reine était assise près du prince Louis, qui, cédant à ses caresses et à la douceur de sa voix, perdait peu à peu sa funeste prévention contre sa belle-mère, lorsqu'un grand bruit se fait entendre ; c'est l'inspirée qui paraît tout-à-coup au milieu des convives, et, fixant sur Marie ses terribles regards, lui apprend que le deuil va succéder à la joie. Philippe indigné interroge cette femme audacieuse, elle lui répond que son fils va périr ; le monarque veut repousser cet affreux présage ; mais elle lui montre le prince, et dit : « Regardes sa pâleur. » Effectivement, les yeux de Louis se ferment, ses forces l'abandonnent, et il meurt au festin même, comme un autre Britannicus.

Dès ce moment la reine, sans être encore formellement accusée, devient un objet d'effroi et presque d'horreur ; le peuple redoute jusqu'à ses bienfaits, et l'indigent même évite sa présence. L'infâme La Brosse, nommé baron de Luxeuil, a déjà versé dans le cœur du roi tous les poisons de la calomnie ; ce prince interroge Marie, qui s'évanouit en apprenant à quel horrible soupçon elle est en butte. Des chevaliers félons, corrompus par le ministre, attestent le crime de la reine, et le roi, quoiqu'il doute encore d'un tel forfait, est obligé de consentir au jugement de Marie, qu'un peuple aveuglé demande avec fureur.

C'est ici qu'il faut faire paraître le nouveau personnage si dramatiquement imaginé par le poète. Eymeri, fils vertueux du plus indigne père, avait été le confident et l'ami du prince dont on déplore la perte ; mais, plein d'amour pour la reine, et d'admiration pour ses vertus, il s'était toujours efforcé de détruire les préventions de Louis. Cette continuelle apologie d'une belle-mère déplut au prince qui exila le jeune chevalier. Celui-ci se disposait à partir pour la Terre-Sainte, lorsqu'il apprit l'accusation portée contre la reine et le danger de cette princesse ; il renonce subitement à son voyage, revient à Vincennes, et paraît brusquement aux yeux de son père épouvanté. Il prie d'abord, il conjure, il exige enfin que Luxeuil se désiste de l'accusation, mais l'inflexible scélérat livre son fils aux gardes, et le fait emprisonner.

Cependant la Cour des Pairs s'assemble avec toute la solennité qu'exige un si déplorable procès : Marie s'y défend avec la candeur et le courage de l'innocence, mais les prétendues preuves ont une telle apparence, l'affreux ministre les expose avec un art si perfide et tellement spécieux, que les juges frémissent, et l'infortuné monarque n'ose même espérer. Tout-à-coup un jeune homme s'élance au milieu de l'assemblée ; c'est Eymeri qui a su échapper à ses gardes, et qui s'écrie, en entrant : « Tremblez, la reine est innocente. C'est moi, ajoute-t-il, c'est moi qui ai commis le crime. » On veut d'abord douter de la sincérité de ses aveux, mais il les appuie d'indices si vraisemblables, qu'il est à l'instant chargé de fers, et l'innocence de la reine est proclamée.

Le baron de Luxeuil, l'indigne La Brosse, a

pris son parti. Ses projets déjoués ne lui laissent plus d'espoir que dans la fuite, et il veut la diriger vers la Castille où il doit trouver asile et protection. Au milieu de la nuit qui a suivi le jugement, il pénètre dans la prison dont sa qualité de ministre lui ouvre toujours les portes, et il entraîne son fils qui est obligé de le suivre pour ne pas livrer son père à l'échafaud. Ils partent : mais l'inspirée a les yeux ouverts sur les démarches du coupable. Elle éveille les soldats, leur indique le chemin qu'il faut suivre, fait saisir les fugitifs, et les fait conduire près du roi aux yeux duquel elle dévoile le pieux mensonge d'Eymeri, et la scélératesse de son père. Luxeuil ose encore se défendre ; mais sur l'ordre de la femme mystérieuse, on le dépouille de ses vêtemens, et on lui trouve sur la poitrine, les écrits où se déroulent toutes ses machinations. Le favori, l'homme puissant expire sur le gibet, et l'aimable Eymeri, se dérobant à cette scène d'horreur, va chercher la mort en combattant les infidèles, et il a le bonheur de la trouver.

Cette faible analyse suffit pour faire concevoir tout le parti que le talent a pu tirer d'un pareil sujet. Dans cette nouvelle tâche, M. Ancelot n'a fait que confirmer la réputation qu'il s'est acquise à d'autres titres. Une noble simplicité, une élégance continue, la peinture des caractères et l'art de donner aux situations tout l'intérêt dont elles sont susceptibles, sont les qualités qui dominent dans ce poëme, j'allais dire dans ce drame intéressant ;

bien que le poète s'y adresse à une autre Muse,
on voit cependant que c'est à Melpomène qu'il
rend encore hommage, soit par une secrète prédilection, soit par une juste reconnaissance. Il serait,
en effet, très-facile à M. Ancelot de convertir en
tragédie ce poëme déjà si tragique. Cette observation n'a rien qui doive déplaire à l'auteur ; car on
peut considérer un poëme comme un drame ra-
conté par le poète, et la tragédie, comme un poëme
dans lequel le poète laisse parler les personnages.

Mais puisque M. Ancelot a préféré la forme
épique, je crois devoir lui faire un reproche qui
ne s'adresse point à son talent, mais à certaine in-
novation qu'il a cru pouvoir adopter, et qui me
paraît vicieuse. Quelques auteurs, car M. Ancelot
n'est pas le seul, ont cru qu'ils donneraient plus
de rapidité aux récits poétiques en y présentant les
discours dialogués sous la forme usitée dans nos
pièces de théâtre, c'est-à-dire en y plaçant *en ve-
dette* les noms des interlocuteurs, qui alors ne
seraient point compris dans la contexture du vers.
Ils ont été séduits par l'avantage d'éviter la fasti-
dieuse répétition des *dit-il* ou *dit-elle*, qui se
multiplieraient d'une manière choquante dans les
dialogues à courtes phrases. Je ne partage pas leur
opinion ou plutôt leur excuse. Cette suppression
des *dit-il* n'est un avantage que pour les poètes
médiocres qui ne savent pas varier cette forme ; et
si un homme d'un vrai talent, tel que M. Ancelot,
a fait usage de ce procédé commode, il s'y est

moins déterminé, ce me semble, par une intime conviction que par cette paresse d'esprit toujours amie de ce qui facilite le travail. Je ne me suis jamais aperçu que les récits de Virgile fussent refroidis par les *ait*, les *inquit*, les *fatur, profatur, alloquitur*, les *refert*, ou par leurs sous-entendus *hæc ad se*, *hæc contrà*, et leurs analogues. Quelque pauvre que l'on suppose notre langue, elle est encore assez féconde en tournures pour que le poète ne soit pas toujours réduit à la sécheresse du *dit-il.* D'ailleurs, quoique j'aie fait un rapprochement de l'épopée et de la tragédie, je n'ai pas prétendu que ces deux espèces de poëmes n'eussent pas leurs formes spéciales ; au contraire, plus les genres ont d'analogie, plus on doit se garder de les confondre. Par un argument *ad hominem*, on me répondra sans doute que les vieilles gens ont beaucoup d'affection pour les vieilles habitudes; je me contenterai de répondre que le mérite ne consiste pas à éviter les difficultés, mais à les vaincre. Cet appel au talent est de nature à être apprécié par M. Ancelot.

N'ayant rien de plus grave à objecter à l'auteur, ni sur son plan, ni sur l'exécution en général, je vais faire *la guerre aux mots*.

Le poète dit que le jeune Louis, abandonné à de lâches conseils,

> Avait d'une marâtre enfanté la chimère,
> Et l'ingrat repoussait une seconde mère.

Le premier de ces vers me paraît devoir être

remis sur le métier, d'abord parce qu'enfanter la chimère d'une marâtre ne signifie pas prendre sa belle-mère pour une marâtre ; en second lieu, parce que le prince, cédant à de lâches conseils, avait plutôt adopté qu'enfanté l'idée d'une marâtre; je crois, enfin, que le mot *chimère* ne signifie pas seulement *ce qui est faux*, mais ce qui est à la fois faux et invraisemblable. Or, il n'est pas invraisemblable qu'une belle-mère soit une marâtre.

De ces trois vers :

> D'un ministre abhorré le triomphe insolent,
> La mort, au sein des jeux, désignant sa victime,
> Une reine accusée et demandant son crime....

Il me semble que le dernier est incomplet; car *demander son crime* ne signifie pas, ou signifie mal *demander quel est son crime.*

En parlant de la mort du jeune prince le poète dit :

> . . . . Il va prendre sa place
> Dans ces sombres caveaux, asile du trépas,
> Près des rois ses aïeux, qui ne l'attendaient pas.

A ce dernier vers, le lecteur est tenté d'ajouter le mot *encore*, qui est un complément nécessaire de la pensée de l'auteur. L'absence de ce mot donne un autre sens à l'hémistiche : il semble que ces caveaux ne soient pas la place de Louis. Quand Lemière a dit dans sa *Veuve du Malabar* :

> . . . . Des jours remplis d'appas
> Que la nature encor ne redemandait pas,

on sent combien la suppression du mot *encor* alté=
rerait la pensée.

Je n'aime point que l'inspirée dise à la reine
qu'elle sait être innocente :

Malheureuse, il l'attend. . . . .

Reine malheureuse est noble, mais *malheureuse* a
quelque chose de choquant, parce qu'il s'applique
très-souvent au crime. Lorsque Phèdre dit :

Malheureuse, et je vis! . . . .

elle entend toute autre chose que le malheur.

Je voudrais qu'au cinquième chant, lorsque le
dénoûment est encore impossible à prévoir, la
femme inspirée ne dit pas aussi affirmativement
à la reine :

Non, tu ne mourras point.

Cela me tranquillise sur l'issue du procès; eh! pourquoi me tranquilliser, quand cette assurance diminue l'intérêt que j'éprouve?

Aux jugemens humains le Rédempteur préside :
En un pieux ivoire il semble respirer.

Comme je n'oserais jamais dire, en parlant d'un
crucifix, qu'il est un pieux argent ou un pieux
cuivre, je ne vois pas pourquoi l'ivoire, quoique
plus poétique, aurait le privilége de s'approprier
l'épithète de *pieux*.

Je me suis armé de la loupe pour apercevoir ces
taches si légères; et peut-être encore me contestera-

t-on le nom que je donne à ces passages ; mais, à tort ou à droit, je conjure M. Ancelot de faire disparaître les six vers que je vais citer, et qui ne peignent que trop bien le supplice de l'indigne ministre :

Le coupable se lève, et du chanvre honteux
Il sent avec horreur se resserrer les nœuds :
L'échafaud sous ses pieds fuit ; le bourreau s'élance,
Il pèse sur le corps qui dans l'air se balance ;
Et l'infâme gibet, durant quarante jours,
Va livrer un cadavre à la faim des vautours.

Nous avons les nerfs trop délicats et une susceptibilité trop féminine pour supporter de semblables détails ; et dans le siècle des lumières une pareille image est révoltante. Les tableaux anacréontiques de la révolution française ont tellement adouci nos mœurs, que nous ne pouvons souffrir la description des choses que nous avons pu voir. Laissons ces objets hideux au moyen âge et à la sotte antiquité. Que la Bible nous montre Aman attaché au gibet qu'il destinait à un homme vertueux, que Tibère fasse briser par le bourreau le vil instrument de ses cruautés, que l'empereur Commode livre lui-même à la fureur du peuple son ministre Cléandre, que Philippe-le-Hardi fasse pendre son premier ministre La Brosse, qu'un autre Philippe fasse suspendre son premier ministre Marigny aux fourches de Montfaucon, que Charles VIII traite avec aussi peu d'égard le fameux Olivier Le Dain, ministre de Louis XI, cette étrange sévérité peut s'excuser dans des siècles d'ignorance ; mais, grâce à la perfectibilité indéfinie de l'espèce humaine, on ne donne plus au peuple ces spectacles qui le réjouiraient peut-être un peu trop. Faire pendre un premier ministre serait de fort mauvais ton, et un poète ne doit point parler de corde quand il est question d'Excellences. Si les La Brosse, les Tristan, les Le Dain et les Doyac revenaient en ce monde, ils pourraient se dire avec sécurité : « Osons tout ; notre pis-aller sera de nous retirer au sein de nos richesses, et l'or est le meilleur des baumes pour guérir les blessures de l'orgueil. »

JENNER,

OU LE TRIOMPHE DE LA VACCINE,

EN QUATRE LIVRES ;

Par M. C. PALMÉZEAUX.

AUTREFOIS M. de Palmézeaux avait trois noms : poète léger et précieux sous celui de Dorat, philosophe hardi sous celui de Cubières, moraliste profond sous celui de Palmézeaux, il était notre *Trismégiste*, et sa gloire suffisait à trois grandes réputations. Hercule n'a tant de célébrité que parce qu'on attribue à un seul personnage les hauts faits de plusieurs héros : M. de Palmézeaux, au contraire, va, dans un seul écrivain, présenter trois grands hommes à la postérité. Que de tortures il prépare aux futurs Scaligers ! que de commentaires et de dissertations ! que de volumes pour décider si ce sont trois auteurs sous un seul nom, ou trois noms d'une même personne !

En réformant ceux de Dorat et de Cubières, M. de Palmézeaux fait preuve d'une grande modestie ; il semble condamner à l'oubli tout ce qu'il a fait sous sa triple dénomination, pour n'avouer que ce qu'il publie sous celle de Palmézeaux. Laissons-lui donc le mérite de ce sacrifice ; n'exhumons pas les nombreux enfans qu'il vient d'enterrer, et oublions avec le public les écrits de Dorat-Cubières pour ne songer qu'au poëme de M. de Palmézeaux.

Une épître *non dédicatoire* nous apprend que l'auteur avait écrit ce poëme en vers, mais qu'un médecin lui a conseillé de mettre ces vers en prose ; opération qui a paru très-facile à M. de Palmézeaux : je crois même qu'il s'était arrangé d'avance pour pouvoir leur donner l'un ou l'autre titre.

Il justifie ce changement par plusieurs raisons, dont voici la meilleure : *Nous n'avons pas un seul poëme supportable sur les sciences exactes, mais la poésie française est fort bonne pour les ouvrages didactiques.* Voilà une nouvelle difficulté qui tourmentera bien un jour les Vossius et les Saumaise ; ces savans ne comprendront pas comment une

28.

poésie bonne pour les ouvrages *didactiques*, ne vaut rien pour les *sciences*; mais il y aura bien autre chose dans ce poëme que les érudits ne comprendront pas.

Après la *non dédicace*, on trouve une *introduction* : c'est un accessoire fort rare en poésie ; mais Aristote n'a pas expressément décidé que l'épopée n'aurait point d'introduction ; et quand il l'aurait dit, M. de Palmézeaux se moque bien d'Aristote.

_ L'*invocation* fait partie de l'*introduction* : « O » vérité, s'écrie le poète, c'est toi que j'implore ; » daignes m'inspirer ; permets que j'emprunte par- » fois quelques-unes de ces fictions aimables qui » ornent, sans cependant les voiler, tes irrésistibles » attraits ! » Quelles sont ces fictions aimables? *c'est cette atteinte pestilentielle que l'on nomme* VARIOLE *ou* PETITE-VÉROLE...... Plus-loin, *des pustules enflammées qui se répandent sur toutes les parties du corps; elles sont accompagnées de démangeaisons si vives, si continuelles, que l'enfant essaie de s'en délivrer en portant ses doigts endoloris partout où ils peuvent atteindre. Le malheureux! il ne réfléchit pas que ce secours insuffisant va redoubler son supplice.* Un homme ordinaire aurait dit tout simplement : *trop gratter cuit;* mais

Il n'est pas de serpent ni de monstre odieux
Qui, par l'art embelli, ne puisse plaire aux yeux.

Après un éloge de milady Montagu qui, la pre-mière, a adopté l'inoculation et l'à portée à Constantinople, on lit avec étonnement une vive apostrophe aux hommes orgueilleux qui méprisent les animaux ; manière adroite de nous faire sentir le mérite de l'animal à qui nous devons le cowpox. « Ces rêveurs, dit M. de P..., fiers d'appartenir à l'espèce humaine, ont prétendu que notre espèce étant le chef-d'œuvre de la création, nous ne devions pas nous amalgamer avec les animaux. Que d'orgueil dans ce dilemme! » Nos logiciens auraient pris cet argument pour un *enthymème;* mais la prose poétique change la nature des choses, et l'enthymème devient dilemme sous la plume de M. de Palmézeaux. « Ce dont je suis parfaitement convaincu, ajoute-t-il, c'est que nous vivons parmi les animaux, dans les animaux et par les animaux. Hommes orgueilleux qui, sans cesse et sans mesure, colportez d'une extrémité à l'autre de cette ville immense vos idées mesquines et rétrécies, pourriez-vous jouir de ce bonheur suprême si vous étiez privés de chaussure et de vêtemens? » Il termine enfin ce paragraphe par nous rappeler que l'antiquité, plus juste et plus reconnaissante, a déifié la vache et la chèvre ; ce qui nous prouve que nous serions plus honnêtes si nous offrions de l'encens à une pauvre bête, et si nous lui adressions des cantiques avant de l'écorcher pour nous en faire des souliers ou des habits : alors nous jouirions légitimement du *bonheur suprême* de colporter nos idées mesquines et rétrécies. M. P. doit cependant se souvenir du temps où le bonheur suprême était d'aller fièrement sans souliers et sans culotte.

Tâchons maintenant de donner une idée du poëme. Le philosophe Jenner repose tranquillement sur le bord d'un clair ruisseau, quand la déesse Hygie lui apparaît sous les traits de milady Montagu. Après maints complimens, elle lui découvre le mystère de la vaccine, « Suis, dit-elle, les jeunes villageoises lorsqu'elles s'apprêtent à soulager nos modernes *Io* du superflu de leur lait, et tu seras instruit, tu connaîtras le signe du cow-pox. » Jenner obéit : « il enlève la matière épaissie que lui offre le pis des descendantes d'*Io*, et parvient à inoculer de cette manière plusieurs enfans. » Ici, le poëme s'ennoblit : « La vaccine a un plein effet, l'érosion s'opère, la dessication a lieu, la plaie se cicatrise, et les non-vaccinés sont restés dans leur état primitif. » Fier de ce succès, Jenner vole à Londres ; « à peine a-t-il foulé le sol de la capitale, qu'il se dispose à faire circuler, *par le moyen des papiers-nouvelles,* celle bien importante de sa découverte. » Cette dernière phrase va désespérer les commentateurs ; quels sont les *papiers-nouvelles* qui figurent avec tant de grâce dans ce poëme ? Celui-ci soutiendra que c'est *le Times ;* un autre y reconnaîtra le *True-Briton ;* un troisième prétendra que c'est *le Morning-Herald ;* celui-ci sera pour le *Morning-Chronicle ;* celui-là pour *le Morning-Post ;* puis ce sera *le Daily Advertiser ;* puis *le Public Ledger,* puis *le Publican's-Adver-*

tiser; puis enfin un nouveau, *le Nain de Tille-mont*, conciliera tout, en disant qu'il s'agit dans ce passage de tous les journaux, *annonces* ou *magasins* anglais, soit du matin, soit du soir, soit de la semaine.

J'arrive à un beau trait contre les journalistes : « A Londres, ainsi qu'en beaucoup d'autres pays, il existe quelques individus affamés, qui, périodiquement, alimentent le public oisif par des rapsodies de toute espèce. » Bien fou qui prendrait cette phrase pour une malice! jamais on n'a fait des journalistes un plus magnifique éloge : alimenter, quand on est riche, n'est qu'un acte de charité louable; mais *alimenter* quand on est *affamé* soi-même, est une générosité qui tient de l'héroïsme. D'ailleurs, pourrais-je nier que je donne des *rapsodies* au public, quand je parle du poëme de M. de Palmézeaux?

Les journalistes anglais n'ayant pas été payés par l'auteur, ont décrié sa découverte; ils ont conclu à ce que *cet homme fût banni et chassé de l'Empire breton;* et quand Jenner paraissait, on criait : A Bedlam! à Bedlam!

Le philosophe quitte Londres, et s'embarque pour Constantinople; il atteint le rivage d'*Asie, et mouille dans le port.* Voilà Constantinople en Asie, mais n'importe, il n'en est pas loin, et la prose poétique a ses licences. Jenner y demande des nouvelles de milady Montagu : il apprend que son souvenir est cher aux Turcs; cela lui suffit;

il se rembarque, il passe aux Dardanelles, qu'il
n'avait pas encore vues; comme s'il avait pu aller
à Constantinople par mer sans passer ce détroit.
A peine a-t-il quitté les lieux où furent Sestos et
Abydos, que son navire se trouve à l'entrée de la
mer des Indes.

J'ai laissé d'autres difficultés à résoudre aux savans des siècles à venir; mais celle-ci occupe trop
mon esprit, je m'y arrête. Je prie donc mon illustre
confrère, M. Malte-Brun, de m'expliquer comment
un vaisseau peut se trouver à la mer des Indes au
sortir des Dardanelles. J'y vois, à bon marché,
quatre mille lieues pour un navire; et si je pre-
nais un compas, j'en trouverais davantage, surtout
quand il s'agit d'aller jusqu'aux rives du Gange.

Quoi qu'il en soit, Jenner quitte son vaisseau,
se joint à une caravane, et il arrive dans l'Inde, à
Ischu, *où l'on parle la langue franque.* A-t-il
suivi la route d'Alexandre, celle de Tamerlan
quand il eut vaincu Bajazet, ou celle des armées
romaines qui, d'Antioche, remontaient en Ar-
ménie pour descendre par la Mésopotamie? je
l'ignore : en dix lignes, l'auteur décrit ce voyage.
Ah! que je plains les géographes de l'an 2440!

Dans la bourgade où le philosophe arrive, deux
jeunes amans languissaient à faire pitié. On ne
voulait pas les unir, parce qu'ils n'avaient pas eu
la petite-vérole. Jenner les vaccine : ils se marient,
et par reconnaissance, ils lui jurent de le suivre
jusqu'au bout de l'univers.

Je n'ai encore parlé que de choses très-vrai-
semblables ; en voici de merveilleuses : Le Fanatisme rugit dans son antre ; il tient un beau discours
à l'Ignorance et à la Superstition, puis il appelle
la Rage, et leur annonce qu'il va descendre au
Ténare. Près d'y entrer, il rencontre la Fraude et
l'Astuce ; cette dernière lui dit : « Quel besoin as-tu
des secours de l'Enfer? Ne peux-tu pas, avec notre
aide, décevoir jusqu'à l'Éternel lui-même? » Décevoir l'Éternel! quelle belle conception! L'Astuce parle long-temps, puis s'interrompt en disant
avec noblesse : « Mais, j'aperçois la Ruse ; son
secours peut nous être utile. » Ce beau cortége arrive au trône de l'Éternel ; nouveau discours bien
fin et bien rusé, comme on se l'imagine ; la Vérité
répond et plaide bien. Dieu, qui n'est pas déçu
comme l'Astuce l'espérait, ordonne que l'archange
Michel fasse une descente et vue de lieux, et aille
juger ce procès. Michel *voile sa divinité, le costume le plus modeste l'a remplacée,* c'est-à-dire
qu'il se met en frac et en chapeau rond, et il
s'assujétit aux formalités d'usage. Bref, il assemble prêtres et médecins ; et, après quelques
débats, la vaccine est adoptée à l'unanimité, hors
une seule voix, qui est celle du docteur Mawe.

Pendant ce temps, Jenner a passé des bords du
Gange dans l'*Hyémen* (comme l'écrit M. de Palmézeaux), et y guérit un scheick d'une indigestion :
un docteur turc, ennemi de la vaccine, intrigue
tant qu'il le fait condamner à mort. Mais que fais-je?

j'oublie un trait admirable. Quand le vieil Arabe
fait à Jenner des objections contre la vaccine, et
lui demande comment il conciliera ces difficultés,
le philosophe répond : « Très-facilement : le virus
génissin se communique par le contact, et pour
une fois seulement à ceux qui sont chargés de
traire les Io » ; ce que l'Arabe conçoit parfaitement.
Cependant Jenner, qui ne veut pas être empalé,
s'enfuit dans l'Inde. Il est venu en quinze lignes
des bords du Gange dans l'Yémen ; il ne lui en
faut que quatre pour passer de Sana à Cambaie :
cela est fort ; mais quand on fuit le pal, on doit
aller bien vîte.

Jenner donne partout des preuves de bienfaisance ; puis enfin, il revient en Angleterre. Dans
le trajet, il essuie une tempête : c'est la seule de ce
poëme, mais elle est magnifique. Virgile fait quelquefois monter la mer jusqu'aux astres ; *sidera
lambit :* M. de Palmézeaux n'a pas cru que la prose
pût se permettre cette hyperbole ; il se contente de
dire *la lame surpassait les plus hautes montagnes du pays de Galles,* ce qui fait sept à huit
cents toises : c'est une misère sans doute en comparaison des astres ; mais il faut être juste, ce sont
toujours de fort belles vagues.

J'ai fini, et j'en suis bien satisfait. Je demande
pardon à mes lecteurs de les *alimenter* si miséra-
blement ; mais des *individus affamés* ne peuvent
pas servir des mets bien délicats. Je vais cependant leur offrir une vérité ; c'est toujours quelque

chose : il faut que la vaccine repose sur des bases
bien solides, puisqu'elle résiste au poëme et aux
éloges de M. de Palmézeaux.

NOUVEL ART POÉTIQUE,

POÈME;

Par M. VIOLLET-LE-DUC.

LORSQUE j'écrivais trois longs articles sur une
tragédie allemande fort mal habillée à la française,
lorsque je faisais tous mes efforts pour réfuter les
sophismes du faux esprit et les argumens du mauvais goût, j'étais loin d'imaginer que j'allais recevoir un petit poëme plein de finesse, de grâce et
de malice, où l'auteur, sous le voile de l'ironie,
défendrait la bonne cause plus efficacement et surtout plus agréablement que je n'ai pu le faire. Il
faut avouer que l'auteur du *Nouvel Art poétique*
est dans une situation plus heureuse que moi :
quoiqu'il attaque, lui seul, l'innombrable phalange des mauvais écrivains, il n'est obligé d'en
nommer aucun, ni même de désigner un seul
ouvrage; et quand il lance sur la masse une foule
de traits légers, mais piquans, chacun des auteurs
assaillis peut dire : Ce n'est pas sur moi qu'il a tiré.

Il n'en est pas de même d'un critique : il faut qu'il
dise son opinion sur un ouvrage, sur l'ouvrage
d'un homme vivant qui veut être loué plus qu'un
autre, plus que tous les autres ; d'un homme qui
a des *tenans et aboutissans*, qui a fait des lectures en société, qui a été proclamé *sublime*, ou
tout au moins *charmant;* qui sera peu flatté de
nos éloges, parce qu'ils n'égaleront pas ses prétentions ; qui nous haïra pour nos critiques, parce
qu'elles lui paraîtront d'affreuses calomnies. Ce qui
peut nous arriver de plus heureux dans ce cas,
c'est d'être accusé d'ignorance et de sottise ; mais
ce qu'il y a de cruel, c'est qu'en nous refusant
l'esprit de juger, on nous accorde l'esprit d'être
méchans, pour se réserver le droit de nous haïr.
Ainsi, à chaque mauvais ouvrage que nous rece-
vons, nous pouvons dire : Voilà un ennemi de
plus.

L'auteur du *Nouvel Art poétique* ne se fera
point d'ennemis, quoique, par son talent, il soit
bien digne d'en avoir ; avec un goût excellent, il
feint d'être l'apôtre du mauvais goût, et il fait
l'éloge de l'ignorance avec une érudition peu commune : il est même possible que plusieurs auteurs
se méprennent sur son intention ; car il présente
une poétique très-conforme à la mode, et il expose
en théorie ce que la plupart de nos écrivains ont
dès long-temps mis en pratique. Voici l'un des
conseils qu'il donne dans sa préface aux nombreux
suppôts de nos coteries littéraires : « Une des choses

» qui contribuera le plus à votre gloire, c'est de
» n'estimer que vous, et de vous mettre, sans
» façon, au-dessus de tous ces hommes fameux
» qu'on a la vieille habitude d'admirer. » Dans les
vers suivans, s'il ne prescrit pas le moyen de bien
faire, il indique au moins celui de réussir :

> Il ne sont plus ces temps où les fils d'Apollon,
> Traçant sur le Parnasse un pénible sillon,
> Faisaient de l'art d'écrire un dur apprentissage !
> Les malheureux ! courbés sous un long esclavage,
> Par un travail sans fin achetaient à grand prix
> L'honneur d'être loués par quelques beaux-esprits ;
> Maintenant, sans travail, sans efforts et sans veilles,
> Un auteur chaque jour enfante des merveilles ;
> Son génie inspiré, bravant d'antiques lois,
> Lui dicte ses écrits sans règle ni sans choix,
> C'est ce dernier parti, croyez-moi, qu'il faut suivre.

Plus loin :

> Mais pour vous faire un nom avoué de Minerve,
> Suivez aveuglément l'élan de votre verve ;
> Méprisez les devoirs que Boileau vous prescrit ;
> De ces vieux préjugés, dégagez votre esprit.
> . . . .
> Choisissez des amis dont la douce indulgence
> Goûte de vos écrits l'heureuse négligence ;
> Donnez-leur un beau jour, pour vous encourager,
> Avec un dîner fin, tous vos vers à juger.

Autre leçon bien plus importante :

> Voulez-vous du public arracher les suffrages ?
> De mots retentissans ornez tous vos ouvrages ;
> Enrichissez la langue, et, sans vous rebuter,
> S'il vous manque des mots, sachez les inventer.

Enfin, voici l'essentiel :

> Ayez de ces amis aux épaules puissantes,
> A la voix de Stentor, aux mains retentissantes ;
> Qu'au théâtre, à la ville, et partout l'univers,
> Ils vantent votre esprit, et soutiennent vos vers.

Ces amis *aux mains retentissantes* ont fourni à l'auteur une note que je crois devoir étendre, parce que l'abus qu'elle signale devient scandaleux, et le danger qui en résulte pour l'art dramatique est plus imminent et plus grand qu'on ne pense. Voici un fragment de la note : « Cette méthode se » propage comme tout ce qui est beau et bon. » Dorat, dit-on, en est l'inventeur ; on prétend » même que ses succès le ruinèrent. Les applaudis- » semens sont une nouvelle branche de commerce » offerte à l'industrie, et qui fait exister deux cents » individus à Paris....... Ce qu'il y a de consolant, » c'est que quelques auteurs scrupuleux, dont la » conscience timorée leur reprochait cet innocent » manége, ont été bientôt forcés d'y avoir re- » cours....... »

Long-temps avant Dorat, la cabale avait élevé Scudéry au-dessus de Corneille, Pradon au-dessus de Racine, et avait désigné Molière comme *un grand maître en fait de sottises ;* ce n'est donc point Dorat qui est l'inventeur de ce nouveau moyen de parvenir : il n'y a pas même très-long-temps que cette méthode a été réduite en art, et que l'on connaît à fond la théorie des succès. Avant et pendant la révolution, les tailleurs et les garçons perruquiers étaient les protecteurs des ouvrages dramatiques. Le tailleur de Poinsinet, fort inquiet sur un habit que cet auteur lui avait commandé, assistait à la première représentation de Tom-Jones, et à chaque décharge d'applaudissemens, il demandait à son garçon : Couperai-je? Ce mot le fit prendre pour un coupeur de bourses, et il allait être arrêté, quand on reconnut qu'il n'avait été question que de couper un habit.

Les garçons perruquiers étaient encore de meilleurs auxiliaires ; outre qu'ils ont, en général, du caquet, et cet esprit que donne *l'usage du grand monde*, leurs mains présentent une surface plus lisse, plus polie, et les *claques* qui en résultent ont un son plus brillant, plus moelleux : ce sont les claques de bon ton ; tandis que les métiers lourds et grossiers n'apportent au secours de l'auteur que des mains dures et calleuses, de véritables battoirs, qui assourdissent les oreilles délicates, et ne semblent destinées par la nature qu'à faire réussir des mélodrames.

Mais malgré la protection intéressée des tailleurs et les brillans efforts des perruquiers, l'art de réussir était encore dans l'enfance, et Thalie attendait un grand homme qui établît l'ordre dans son temple, et régularisât les transports de ses fidèles sectateurs : ce grand homme a paru ; il a donné un code de lois à la cabale, il a fixé ses attributions, il a réglé les impôts à prélever sur les auteurs et acteurs, il a morigéné le public, il a

établi un bureau d'assurance contre les chutes, il a
fondé un hôpital pour les braves qui auraient perdu
une main à la bataille, et il a institué une école où
l'on instruit des élèves au grand art d'applaudir.
C'était assez pour la gloire, mais pas assez pour le
profit. Il faut que tout le monde vive, et il serait
bien injuste surtout de laisser mourir de faim les
hommes généreux qui donnent aux auteurs l'immortalité. Le grand homme a songé à tout : il a
établi une bourse pour son commerce, et en attendant que ses finances lui donnent le moyen de faire
construire un édifice, il a placé cette bourse dramatique dans un café, près d'un très-grand théâtre
de la capitale : c'est là que les billets *gratis* se vendent et s'achètent selon le cours qui est déterminé
par l'influence de l'affiche ; c'est là que le mérite
des auteurs et des acteurs est à la hausse et à la
baisse ; c'est là que Molière vaut dix sous de moins
que Marivaux, que l'ariette l'emporte sur la scène,
et le rigaudon sur l'ariette ; c'est là que l'on trouve
des mains officieuses pour servir ses amis, des
sifflets pour nuire à ses rivaux ; c'est là, enfin, ce
qu'on peut nommer le *perron* de Thalie.

Le prince de la cabale est aussi bon politique
que sage administrateur ; pour ne pas effaroucher
ce peuple d'auteurs qu'il voulait asservir, il a
d'abord imposé de légers tributs : quatre-vingts
billets ont été pendant long-temps le taux d'un
succès honnête. De ces quatre-vingts billets, il en
envoyait soixante *sur la place*, les vingt autres

étaient distribués aux applaudisseurs ; et comme chacun d'eux claquait comme quatre, le chef remplissait ses engagemens sans oublier son bénéfice. Mais quand son établissement a été consolidé, quand il été bien reconnu que sans lui un succès était impossible, ses vues se sont agrandies, ses prétentions se sont accrues comme son importance, et le prix des succès est devenu si exorbitant, qu'un auteur triomphant peut dire, comme Pyrrhus : Encore deux victoires pareilles, et je suis ruiné ! Cependant il a fallu s'y soumettre ; la chute est certaine si l'on néglige ou si l'on dédaigne les secours du grand-maître ; il peut disposer des sifflets comme des applaudissemens, et couvrir de honte l'auteur qu'il a couvert de gloire ; il a, comme Jupiter, deux tonneaux d'où découlent les biens et les maux, qu'il peut, à volonté, répandre sur les auteurs.

Et qu'on ne dise pas que le public n'est point dupe de ces succès achetés. Quelque goût que l'on ait, jamais on n'est entièrement inaccessible aux impressions de la multitude ; la pièce la mieux faite nous paraîtra froide si nous y voyons le public indifférent, et l'ouvrage médiocre nous semblera presque parfait, s'il paraît faire une vive sensation sur les spectateurs ; quelque bonne opinion que nous ayons de notre judiciaire, nous nous en défions un peu quand nous nous trouvons en opposition avec le grand nombre. Supposons, d'ailleurs, que le spectateur sache toujours distinguer le succès payé du succès franc : Paris est si grand, que la pièce applaudie et prônée, a obtenu dix belles représentations avant que tout le monde ait pu la voir et juger son mérite.

Les auteurs financiers ajoutent encore des moyens extraordinaires à ceux que leur fournit la phalange du grand-maître ; ils accaparent trente, quarante, cinquante loges, tandis que les *claqueurs* soudoyés envahissent les bancs du parterre. C'est alors que la pièce *va aux nues.* Le bruit de cette artillerie est si formidable, les coups sont si pressés, si multipliés, les échos des loges répondent si puissamment aux acclamations du parterre, l'auteur est appelé avec un tel vacarme, son nom accueilli avec tant d'enthousiasme, que les spectateurs sortent tout éblouis de sa gloire et tout épouvantés de son mérite.

Il arrive cependant quelquefois qu'un succès trop brillant équivaut à une chute. Si l'auteur Crésus a méprisé le précepte de la sagesse, si, au lieu de semer avec la main, il a renversé le sac au premier pas, comme il n'est ni facile ni avantageux d'acheter tous les jours et les loges et le parterre, dès qu'il cesse d'employer les grands moyens, les loges offrent un vide affreux, la salle est déserte, la phalange du grand-maître bâille au lieu d'applaudir; les acteurs, effrayés de ce silence et glacés par la froideur du public, laissent baisser leur talent au niveau de la pièce, et le nom de l'auteur, sa gloire, son ouvrage, sont ensevelis dans un même tombeau.

Ce qu'il y a d'original dans ce petit poëme, c'est qu'il est toujours vrai, quoique toujours ironique. L'auteur y donne, en se jouant, des préceptes qu'il ne faut pas suivre, et y retrace très-sérieusement les mauvais principes que l'on suit : en vantant le mauvais goût, il donne une très-juste idée du goût à la mode : en conseillant aux auteurs d'abandonner l'étude pour se jeter dans l'intrigue et dans les coteries, il a l'air d'être novateur, et il n'est qu'historien ; tout ce qu'il conseille est déjà fait. Son poëme offre une autre singularité : en vous enseignant à faire de mauvais ouvrages, il vous fournit très-réellement les moyens de réussir ; et si le poëme de Boileau peut se nommer l'Art de bien écrire, celui de M. Le Duc peut être appelé l'Art des Succès. On pourrait cependant faire un reproche à ce nouveau législateur du Parnasse : Despréaux a fait d'excellens vers pour nous apprendre à les faire bons ; mais M. Le Duc, en nous conseillant de suivre le mauvais goût, n'a pas jugé à propos de joindre l'exemple au précepte ; il écrit trop bien pour réussir. Voici des vers qu'il adresse aux poètes dramatiques, et où le style offre une contradiction choquante avec les principes de l'auteur :

Melpomène, jadis, scrupuleuse, craintive,
Dirigeait avec art sa voix mâle ou plaintive ;
Fière, majestueuse, elle ne faisait choix
Que d'un héros couvert de la pourpre des rois :
Il fallait que, tombé sous le sort implacable,
Le malheureux ne fût innocent ni coupable,

Qu'au récit de ses maux habilement tracé,
Sans le secours des yeux on eût le cœur glacé.
Racine, après Corneille, imitant d'anciens guides,
Suivit avec respect ces préceptes timides.
Voltaire vint ensuite, et sut s'en affranchir;
D'un bien qu'on dédaignait il voulut s'enrichir.
On le vit le premier sur la scène tragique,
Aux Français étonnés parler métaphysique;
Il régenta les rois; jusque sur leurs autels
Il dévoila les dieux aux regards des mortels;
Et s'écartant enfin de la route tracée,
Il prêtait aux héros son goût et sa pensée, etc.

Voilà l'historique; voici le conseil:

Du théâtre français agrandissez l'arène,
Aidés de Shakespeare, ensanglantez la scène;
Et pour mieux transporter un public effrayé,
Faites naître l'horreur au lieu de la pitié.
. . . .
On dit que sur le Pinde, un beau jour Apollon,
Fixant de chaque Muse et les droits et le nom,
Cacha les traits malins de la vive Thalie
Sous un masque qu'il prit des mains de la Folie;
Il voulut, l'astreignant à de bizarres lois,
Que son abord fût noble et comique à la fois;
Que sa plume hardie, avec sel et malice,
Peignît le ridicule et dévoilât le vice.
Molière, parmi nous, fut le seul qui suivit
Le sentier trop glissant qu'Apollon prescrivit;
Observant les défauts, l'esprit, le caractère,
Il fit des mœurs du siècle une étude sévère;
Vingt ans sur le théâtre, et la férule en main,
Il donna des leçons à tout le genre humain.
Aujourd'hui de ses vers les gothiques merveilles,
De nos chastes beautés offensent les oreilles:

Évitez son cynisme et sa basse gaieté ;
Que le bon ton par vous soit toujours respecté ;
Qu'en dépit d'Aristote, ennoblissant Thalie,
Vos vers peignent toujours la nature embellie ;
Et, pour mieux amener un dénoûment heureux,
Montrez jusqu'aux valets nobles et généreux.
Ces rares sentimens dont le théâtre abonde,
Remplacent les vertus qui manquent dans le monde.

Ces derniers vers sont bien impertinens, car ils sont fort jolis et fort justes. Cependant on ne peut disconvenir que M. Le Duc n'ait parfaitement tracé la route des succès ; mais tous ces préceptes sont encore insuffisans, si l'on n'y joint les grands moyens dont j'ai parlé. Fissiez-vous une comédie plus tumultueuse qu'un mélodrame ; y eussiez-vous entassé une foule d'incidens heureux et d'agréables épisodes ; votre style fût-il plus sucré que les devises de la rue des Lombards ; eussiez-vous rassemblé toutes les bouquetières de Paris pour faire tomber sur le public une pluie de roses et de boutons ; *l'aurore, le zéphir, le silence, le murmure, le ruisseau, le feuillage,* se trouvassent-ils ensemble dans chacun de vos madrigaux ; *la mélancolie, la nature, la sensibilité, la bienfaisance,* prissent-elles le soin d'attendrir chacun de vos hémistiches ; fussiez-vous enfin l'antipode de Molière, vous n'avez rien à espérer si vous n'appelez à votre secours ces hommes *aux épaules puissantes, à la voix de Stentor, aux mains retentissantes,* et si le grand-maître de la cabale n'a pas assuré votre succès.

Il est temps de vous faire connaître cet homme

auquel toutes les puissances théâtrales paient un
magnifique tribut. Allez à l'un des grands théâtres,
un jour de première représentation, et surtout ar-
rivez de bonne heure. Voyez-vous ces trois groupes
qui occupent la moitié du parterre? C'est l'armée
du grand-maître; le centre est le corps le plus
nombreux, composé des plus braves, des plus
aguerris, des mieux armés : c'est la grosse infan-
terie, c'est le corps des *boplites*, c'est la phalange
macédonienne, c'est la dixième légion de César.
Les deux ailes, appuyées au massif des loges, ne
craignent pas d'être tournées ; les troupes légères
sur les flancs, quelques tirailleurs dans le parquet,
le corps de réserve dans la première galerie, mettent
l'armée à l'abri de toute surprise. L'auteur, en in-
génieur habile, seconde puissamment les dispositions du général; des batteries masquées sont pla-
cées dans les loges, et attendent pour tonner, que
l'ennemi se soit avancé imprudemment, ou qu'il
ait fait plier le corps de bataille. Alexandre à Ar-
belles, Scipion à Zama, César à Pharsale, Condé
à Rocroi, Villars à Denain, n'ont pas mieux pris
leurs mesures, n'ont pas montré une plus profonde
science que le grand-maître de la cabale.

Avant que l'action commence, les troupes légères préludent par quelques coups de sifflet : ruse
admirable qui trompe l'ennemi, et qui doublera
l'éclat de la victoire. En effet, quelle gloire pour
le vainqueur quand ceux qui paraissaient être venus dans des intentions hostiles, lui rendront les

armes, et se rangeront sous ses drapeaux! Les
bonnes gens ne manqueront pas de s'écrier : Ah!
que c'est beau! Ceux mêmes qui voulaient siffler
ont été focés d'applaudir!

Mais dans cette armée redoutable, quel poste a
choisi le grand-maître? Toujours au centre, toujours à la tête des braves, toujours perpendiculai-
rement sous le lustre, dont la couronne radieuse
est déjà un brillant présage de son triomphe. Placé
en avant de sa troupe comme l'*ante signanus* des
Romains, ou à la droite comme le *flügelmann* des
Allemands, d'un geste il dirige tous les mouvemens
de l'armée, d'un coup d'œil il décide les décharges
d'applaudissemens. Et ne croyez pas que son génie
se concentre dans cette tactique vulgaire, et que
ses fonctions se bornent à ce travail mécanique ; il
exerce son empire sur les passions, les sentimens
et les affections, comme sur le goût du public.
Aussi bon mime que les Italiens qui chantent la
Bourbonnaise dans les carrefours de Paris, le grand-
maître sait pleurer *à chaudes larmes* et rire à gorge
déployée. On dit que des actrices célèbres lui ont
enseigné ce bel art : art admirable de pleurer quand
on voudrait rire, et de rire lorsqu'on s'ennuie.

Son goût n'est pas moins étonnant que son
adresse, et il connaît parfaitement les endroits où
il doit faire feu de peloton, feu de file, feu sur
toute la ligne, ou décharge de toute l'artillerie. Il
y a toujours dans une pièce des mots magiques qui
séduisent les oreilles des bonnes gens, des pointes

brillantes qui éblouissent les yeux des sots ; chacun de ces mots est une réplique pour les applaudissemens. Le nombre des *claques* est réglé par un tarif fait avec soin ; *l'aurore, le zéphir, le murmure, le feuillage*, ont chacun une décharge ; *la nature, la sensibilité*, en ont deux, et *la bienfaisance* en a trois. L'entrée et la sortie des acteurs protégés, la fin de chaque tirade, les phrases adroitement jetées au public, reçoivent des salves mieux nourries ; à la fin de chaque acte il y a bouquet d'artifice, et à la fin de la pièce explosion de volcan.

Malheur au téméraire, malheur au pédant admirateur de Molière, qui oserait troubler ce concert de louanges ! Si l'un des spectateurs s'avise d'élever le moindre doute sur l'excellence de l'ouvrage, des cris perçans se font entendre ; on lui adresse rudement une foule de mots énergiques, parmi lesquels ceux de *coquin, polisson, à la porte !* sont les seules expressions honnêtes ; et les cabaleurs, en chorus, ne cessent de répéter : à bas la cabale ! Souvent même ils ne se bornent point à des cris : les pieds, les poings et les bâtons décident du succès du combat ; et si l'auteur triomphant ne laisse pas des morts sur le champ de bataille, il peut au moins donner la liste des blessés.

Ce n'est point seulement contre les ennemis que le grand-maître dirige les efforts de ses sicaires ; il attaque aussi les indifférens, d'après cette belle maxime : *Ce qui n'est pas pour nous est contre nous*, ou parce que la loi de Solon défend à tout

citoyen de rester neutre quand deux factions s'é-
lèvent dans l'Etat. C'est alors surtout que brille le
talent du grand homme dont j'entreprends le panégyrique : quand il s'est mis en tête de faire applaudir une tirade, vainement vos mains voudront
rester oisives; un feu de file s'établit sur toute la
ligne, et dure jusqu'à ce que, de guerre lasse, vous
ayez donné un signe bruyant d'approbation. Non,
jamais Thalie n'a eu de plus fiers satellites; jamais
les petits ouvrages n'ont eu de plus grands protecteurs; jamais manœuvres, à Paris, n'ont mieux
gagné leur argent.

Hélas! je ne suis pas venu dans le bon temps :
j'ai aussi porté quelques faibles offrandes dans les
petits temples de Thalie, j'ai aussi fait quelques
vers sucrés et musqués, j'ai aussi couru après l'esprit que je ne rencontrais pas souvent, j'étais bien
digne de réussir dans les règles du Nouvel Art poétique; mais le grand-maître n'avait point encore
fondé son établissement, mais j'ignorais alors la
théorie des succès, et mes auxiliaires n'étaient que
des troupes levées à la hâte, sans tactique et sans
courage : non, je ne suis pas venu dans le bon
temps. Si cependant Apollon daigne m'aider à produire quelque chef-d'œuvre dramatique, car maintenant tout est chef-d'œuvre; je jure que le grand-
maître aura mon premier hommage et la meilleure
part de mon succès : on ne peut payer trop cher
une gloire si belle, si durable et si légitime.

Mon intention était de parler *des billets donnés*

qui se vendent, et des entrées *gratis* qui s'achètent,
mais je me tairai sur ce chapitre délicat. Les billets
donnés qui s'achètent, les billets *payables* qui ne
se paient pas, sont un mystère qui ne doit point
être dévoilé aux yeux des profanes, et quand un
décret a supprimé les billets *gratis,* il n'est pas aisé
de deviner comment il existe un bureau, une
bourse, un perron où les billets *gratis* sont à la
hausse et à la baisse.

Quant aux autres moyens de réussir, je renverrai
le lecteur au *Nouvel Art poétique,* qui, au surplus,
sera bientôt dans les mains de tout le monde, et
qui est une des plus jolies plaisanteries que l'on ait
faite depuis long-temps.

Ce poëme, qui renferme moins de cinq cents
vers, ouvre une vaste carrière à la réflexion, à la
critique, et même à la plaisanterie, et il m'a offert
l'occasion de m'élever contre le brigandage qui
s'exerce depuis quelque temps dans nos salles de
spectacle. Je dis *brigandage,* et je ne trouve pas
l'expression trop forte ; car je ne connais rien de
plus vil, de plus bas, de plus odieux qu'une troupe
de misérables qui, pour quelque argent, s'engagent
à faire tomber ou réussir les pièces de théâtre ; qui
jurent de siffler ou d'applaudir celle qu'ils ne connaissent point encore, et qu'ils ne connaîtront pas
même après l'avoir vue ; qui troublent le repos et
les plaisirs du public par leurs vociférations ; qui
menacent, outragent et frappent même quiconque
n'obéit pas à leur goût mercenaire, et qui sans

doute étoufferaient un auteur comme un ouvrage,
si la police ne prenait pas plus soin des hommes
que des comédies.

Le ton trop peu grave que j'ai pris aura pu faire
croire que le mal n'est pas bien grand, et l'on aura
pris le tableau que j'ai fait pour une de ces plaisanteries dont on cherche quelquefois à égayer un
journal : il est vrai que je n'ai pu m'empêcher de
rire d'une chose si ridicule ; mais après avoir joué
le rôle de Démocrite, je suis forcé de me jeter dans
le sérieux. Je ne puis songer sans indignation à
quel degré d'avilissement les coteries et les cabales
vont faire descendre un art qui fait les délices des
Français, et qui contribue si puissamment à la
gloire littéraire de notre nation.

Non certainement, je n'ai point plaisanté, quoique j'aie cru devoir prendre le ton du *Nouvel Art
poétique :* tout ce que j'ai dit est malheureusement
trop vrai ; et le trafic honteux des billets que l'on
nomme *donnés,* et l'impôt levé par la cabale sur
les auteurs et les acteurs, et les menaces du sifflet
si l'on ne veut pas payer les applaudissemens, et
cette canaille stipendiée, qui emploie les cris, les
poings et le bâton pour déterminer un succès ou
une chute, et ce café où l'on vend les billets *gratis,*
tout ce que j'ai écrit enfin sur cet abus est de la
plus exacte vérité. J'espère que le désordre sera
bientôt porté à un tel point, que les plus aveugles
seront forcés de le voir, et les plus indifférens de
s'y opposer, si *les plus intéressés* ne sont point as-

sez protégés et assez puissans pour le maintenir, à
la honte des théâtres et en dépit du public.

Le scandale est si général à cet égard, qu'on peut
dire qu'il n'existe plus ; car il n'y a plus de honte
quand tout le monde est coupable. Les auteurs qui
ont le plus de talent vous avoueront la dure nécessité où ils sont réduits de payer des applaudisseurs
qui deviendraient des ennemis si l'on trompait leur
avarice ; d'autres auteurs ne font aucune difficulté
de parler des *amis* qu'ils ont placés dans le parterre ou dans les loges ; d'autres exposent avec complaisance le plan de la bataille qu'ils ont livrée au
public, et font, en riant, l'énumération des groupes
qui ont fait leur devoir, et de ceux qui ont *mal travaillé;* d'autres encore se plaignent ou se vantent
de l'argent que leur a coûté leur succès ; quelques-
uns mêmes s'annoncent comme membres prépon-
dérans d'une grande coterie , pour frapper de terreur leurs concurrens, et inspirer du respect aux
comédiens ; ceux-ci vont jusqu'à nous donner la
liste des femmes qui courent en cabriolet pour leur
accaparer des suffrages , et ceux-là enfin menacent
leurs rivaux du courroux de la coterie et de la
haine de la présidente : c'est ainsi qu'une querelle
de coulisses nous découvre souvent les secrets des
ménages.

Il est temps que ce désordre cesse. Les auteurs
doivent désirer qu'on le réprime : ceux qui ont un
grand talent, parce qu'ils n'ambitionnent que des
succès honorables ; et ceux même qui ont un talent

médiocre, parce qu'il est dur de payer cher un succès qui n'honore plus. Les acteurs n'y sont pas
moins intéressés · autrefois la durée et l'éclat des
applaudissemens donnaient la mesure de leur mérite ; aujourd'hui il n'y a plus de mérite, puisque
tout est confondu, et que le plus mince sujet a sa
phalange de claqueurs comme le plus grand comédien. Le public surtout est en droit d'exiger une réforme ; car c'est lui qui paie, et qui souffre le plus
de cet abus. Il ne lui est plus permis d'écouter une
pièce ; il faut qu'il se laisse paisiblement assourdir
par le bruit affreux des *battoirs* ou les hurlemens
des mercenaires. On l'insulte même et on l'outrage ;
car il semble qu'on lui dise : vous avez si peu de
goût, vous avez tant d'ignorance, que vous ne jugerez d'un ouvrage que par le bruit de la représentation ; vous trouverez bon ce que nous aurons
applaudi, mauvais ce que nous aurons sifflé, et,
comme les moutons de Panurge, vous viendrez à
la file partout où nous vous conduirons.

Il y a long-temps que les honnêtes gens ont
senti cette vérité ; car on peut remarquer que le
public n'applaudit plus : il laisse ce soin aux manœuvres ; et tandis que tel groupe du parterre fait
un vacarme effroyable, tout le reste de la salle demeure dans une parfaite indifférence, ou manifeste
son ennui. Puisque le public a cessé d'applaudir,
il ne tardera pas à mépriser les applaudissemens,
et le jour n'est pas loin, peut-être, où tandis que
la cabale fera une magnifique décharge, le public

y répondra par un éclat de rire général qui décréditera les applaudissemens et affranchira les auteurs du tribut honteux qu'on leur a imposé.

Si cependant le bruit est nécessaire à un théâtre pour animer les acteurs et pour réjouir le public, on peut très-bien l'obtenir sans être forcé de le payer. Un homme d'esprit a proposé un moyen qui conciliera tout : il s'agit de faire faire une machine qui imite le bruit des applaudissemens ; le machiniste se chargera de la faire mouvoir ; il donnera quatre tours de roue à la fin de chaque acte, deux tours pour chaque scène, un tour pour chaque tirade ; les acteurs se feront donner une dose de bruit proportionnée à leur ancienneté, à leurs appointemens ou à l'importance de leurs rôles ; à la fin de chaque pièce on joindra le bruit du tonnerre et celui de la grosse caisse au bruit de la machine, et tout cela produira, je pense, un assez beau succès. Ce conseil n'est point à mépriser : si le loyer de la machine coûte quelque petite chose aux auteurs, ils ne dépenseront pas *huit cents francs* pour une première représentation ; car on dit qu'aujourd'hui l'on ne réussit pas à moins.

On demandait un jour au grand-maître de la cabale comment il avait laissé tomber la pièce d'un de ses protégés : Que voulez-vous, répondit-il, cet auteur veut réussir, et *il n'arrose pas.* Il est bon de savoir qu'*arroser* est le mot technique, qu'il représente assez bien le *pour-boire* des cochers de fiacre, le *trinck-gelt* des Allemands, et mieux en-

core la *buona mano* des Italiens. En effet, n'est-il
pas bien juste de donner la *bonne main* à un homme
qui vous a prêté des mains si secourables? Ce n'est
donc plus qu'en *arrosant* que l'on peut faire éclore
la fleur du succès; et l'auteur qui néglige d'*arroser*
doit s'attendre à voir s'élever contre lui la plus affreuse tempête, à perdre le fruit d'un long travail,
et l'espoir que lui donnait la conscience de son
talent. Voilà où les choses en sont en ce moment
dans l'empire de Thalie; je laisse juger à mes lecteurs quelle doit être, sur l'art dramatique, l'influence de cette belle méthode.

L'auteur du Nouvel Art poétique ne s'est pas
borné à signaler les vices du théâtre; il parcourt,
en se jouant, tous les genres de littérature, et ses
conseils ironiques renferment toujours une critique
fine et quelque bonne observation. Tantôt il parle
des poètes *à sentimens*, et il s'écrie:

> Je hais ces auteurs gais dont la vive folie
> Fait honte au siècle heureux de la mélancolie;
> Dont jadis les chansons et les refrains joyeux
> Dans leurs bruyans soupers égayaient nos aïeux.
> Évitez ces excès; dans vos chants érotiques,
> Soupirez la romance en vers mélancoliques, etc.

Puis passant au poëme descriptif, qui est la dernière mode du Parnasse, il dit:

> Qu'un poëme en vos mains détaillant la nature,
> En fasse à notre esprit une riche peinture:
> Faites choix d'un sujet; montrez-nous dans vos vers
> Ou la terre, ou les cieux, ou les profondes mers:

> Décrivez, décrivez, peignez, peignez sans cesse ;
> Qu'à la fin d'une image une image sé presse :
> Un insecte, une fleur, un caillou, chaque objet
> Peut d'un poëme entier vous fournir le sujet, etc.

Plus loin, il conseille d'abandonner les Grecs et les Latins pour imiter le fils de Fingal :

> D'Ossian imitons les funèbres accords,
> Célébrons le torrent, et sur ses tristes bords
> Du héros expiré montrons l'humide pierre :
> Que les vents, en tous temps, soufflent sur la bruyère ;
> De la reine des nuits que le disque argenté
> Dérobe à nos regards sa tremblante clarté. · —
> Peignons les fils du Nord, fatigués du carnage,
> Près d'un chêne embrasé, dans leur palais sauvage,
> Et savourant la bière, *au sein de leur repas*,
> Dans des crânes humains qu'abattirent leurs bras.

L'hémistiche que j'ai souligné m'a fait croire que M. Le Duc voulait aussi conseiller aux poètes de placer des chevilles dans leurs vers ; mais si telle était son intention, je lui reprocherai d'être avare d'exemples en ce genre, car les chevilles sont fort rares dans son poëme. Enfin, après avoir donné une foule de préceptes auxquels une foule d'auteurs ne manqueront pas de se conformer, il recommande surtout d'apprendre à bien lire :

> De bien lire vos vers apprenez l'artifice,
> Des poètes du jour innocent exercice.
> Sur le vers faible ou dur glissez adroitement ;
> Sachez, quand il est beau, le dire lentement.
> Pour jouir des élans de la foule étonnée,
> Voyez comme un lecteur au sein de l'Athénée,

Écoutant des *bravos* les aimables concerts,
Savoure un verre d'eau moins sucré que ses vers.

A ce joli petit poëme, qui est plus malin qu'on ne pense, l'auteur a ajouté un grand nombre de notes où il cite du grec, du latin, de l'italien, de l'espagnol, et même des vers indous; puis il ajoute plaisamment : « Qu'on ne croie pas d'ailleurs qu'il soit nécessaire de comprendre ce que l'on cite; moi, par exemple, je sais fort peu de latin, encore moins de grec; je ne le sais même pas du tout, non plus que l'espagnol, ni l'italien; à peine si je sais le français, et cependant j'ai fait un poëme, j'ai cité de toutes ces langues : maints faiseurs de vers n'en savent pas davantage, et ils passent partout pour des savans! »

M. Le Duc frappe toujours si juste, que je suis tenté de le prendre pour le déserteur d'une coterie, pour un faux-frère qui a trahi le secret, et qui révèle les mystères; il faut tout au moins que, comme Poinsinet, il ait écouté aux portes.

NOUVELLES ODES;

Par M. Victor Hugo,

Un morceau de prose, sans titre, qui précède les nouvelles odes, mais que je puis nommer sans inconvénient une préface, m'a révélé à demi les

opinions littéraires de l'auteur. Dans cet écrit,
M. V. Hugo renvoie le lecteur à une note placée
en tête de son premier recueil, et où il dit : « *Sous
le monde réel, il existe un monde idéal qui se
montre resplendissant à l'œil de ceux que des mé-
ditations graves ont accoutumé à voir dans les
choses plus que les choses.* » Nous examinerons
bientôt si la poésie doit s'occuper du monde réel
ou du monde idéal, si le monde idéal n'est pas un
monde fantastique et arbitraire que chacun peut
former ou déformer à son gré, et si les grands poètes
depuis Homère, qui est encore le premier, ont préféré les abstractions aux réalités, et les rêves de l'imagination à l'imitation de la nature réelle et sensible.

Dans le nouvel avant-propos ou la nouvelle
préface, M. V. Hugo désavoue formellement la
dénomination de *romantique* donnée à la nouvelle
école, mais il montre une grande tendance vers
la chose ; et de ce que Boileau a fait, dans une
ode, tirer le canon par *dix mille vaillans Alcides,*
il en conclut qu'on peut justifier cent autres anachronismes. C'est une erreur : dans les vers de
Boileau, Alcide ne signifie point le fils d'Alcmène,
mais il devient le surnom de tout guerrier qui réunit
une grande force à un grand courage. C'est ainsi
que nous pouvons donner le nom d'Alexandre à
un héros moderne, sans être obligés pour cela de
le revêtir de la chlamyde macédonienne et de lui
faire pencher la tête sur l'épaule.

Enfin, M. V. Hugo donne aux *hyper-critiques*

une petite leçon exprimée en ces termes : « Le vrai talent regarde avec raison les règles comme la limite qu'il ne faut jamais franchir, et non comme le sentier qu'il faut toujours suivre. » Ou cette pensée est fausse, ou je ne l'entends pas ; car il est impossible de tracer des limites sans indiquer en même temps la voie que l'on doit suivre. Cette voie sera un sentier, ou une route, ou une carrière, vous la ferez aussi grande qu'il vous plaira, elle n'en sera pas moins la zône large ou étroite que l'on doit suivre. Dire à un homme : « Vous ne dépasserez pas les frontières de France », c'est absolument comme si on lui disait : « Vous ne voyagerez qu'en France. » Ainsi, l'intervalle entre des limites qu'il ne faut pas franchir, est nécessairement l'espace dans lequel on doit se renfermer.

Je ne prétends point ici faire supporter aux lecteurs une nouvelle discussion sur le classique et le romantique, et venger les grands écrivains qui n'ont pas besoin de mon secours et qui le dédaigneraient ; mais on s'est plaint plus d'une fois de ce qu'en louant ou blâmant le genre dit *romantique*, on avait toujours négligé de le définir, et je crois pouvoir indiquer un moyen sûr de le reconnaître sous le rapport du style.

Faisons observer d'abord que les partisans du romantique condamnent et repoussent ce mot, et qu'ils ne veulent voir dans la nouvelle doctrine qu'une nouvelle littérature ou *l'expression d'une nouvelle société*. Cette définition ne déciderait rien entre les deux genres, car la littérature même du moyen âge était aussi l'expression de la société, et je ne sache pas que personne se soit avisé de l'opposer à celle du siècle d'Auguste. Dans le second siècle de l'ère chrétienne, Rome offrait une société nouvelle, et bien des gens alors faisaient en faveur de Lucain, de Sénèque et de Pline le jeune, les mêmes raisonnemens que l'on fait aujourd'hui en faveur de Shakespeare, de Calderon et de Schiller; et cependant l'école de Cicéron, de Virgile et d'Horace a prévalu sur *l'expression de la nouvelle société*, comme j'espère que les préceptes d'Horace et de Boileau prévaudront sur toute littérature romantique ou mélodramatique.

On a été jusqu'à vouloir intéresser la religion aux succès du romantique, en disant que depuis l'établissement du christianisme, le monde a besoin d'une littérature nouvelle. Racine et J.-B. Rousseau ont depuis long-temps fait sentir le vide de ce raisonnement en traitant d'une manière admirablement classique la poésie religieuse.

On a dit aussi que le classique était très-convenable quand il s'agissait de traiter des sujets antérieurs à l'ère chrétienne, mais que la nouvelle école s'appropriait beaucoup mieux aux sujets postérieurs à cette époque. Pour détruire cette distinction subtile, il suffit de faire observer que Shakespeare a été un excellent romantique dans sa tragédie de *Jules César;* Racine, un parfait classique dans le sujet moderne et récent de *Bajazet;*

et Corneille sévère observateur des unités, dans la tragédie toute chrétienne de *Polyeucte*.

‒ Le respect ou le mépris pour les règles ne nous aideraient pas mieux à distinguer les deux genres, puisque les plus ardens disciples de M. Schlegel n'osent pas avouer qu'ils ne suivent aucune règle, et que leur poétique est une anarchie littéraire.

Il n'y a donc que le style qui puisse nous fournir les moyens de tracer une ligne de démarcation, et nous faire reconnaître sur-le-champ la prédilection de l'auteur pour l'un des deux genres. C'est ici que je rappellerai la phrase déjà citée de M. V. Hugo : « *Sous le monde réel il existe un monde idéal.* » Cela est vrai, mais ce n'est qu'à travers le prisme du monde réel que nous pouvons apercevoir le monde idéal ; ce n'est qu'à l'aide des réalités que nous pouvons concevoir les abstractions. Les classiques ont bien senti cette vérité que les romantiques ne veulent point reconnaître ; les classiques se renferment dans le monde réel, les romantiques s'égarent dans le monde idéal : voilà la ligne de démarcation, voilà la véritable différence qui existe entre les deux écoles. Pour faire un choix entre ces deux systèmes, appelons à notre secours le raisonnement et les exemples.

. L'erreur des romantiques provient d'une vérité incontestable dont ils ont tiré de fausses conséquences. Ils ont dit : « Les facultés intellectuelles, les qualités et les affections morales sont d'un ordre plus noble que les facultés, les qualités, les

affections physiques : » et certainement ils ont eu
raison. Mais ils ont ajouté : « Puisque le monde
moral et intellectuel est supérieur au monde matériel, les images, les impressions qui ne peuvent être
aperçues que par l'esprit sont préférables à celles
qui tombent grossièrement sous les sens. Ainsi,
quand il s'agit de poésie, ou de tout ouvrage d'esprit et d'imagination, c'est dans le monde idéal,
et non dans le monde réel que le poète doit chercher ses inspirations, ses formes et ses couleurs. »
Cette conséquence, qui fait prévaloir les abstractions sur les réalités, a tellement égaré les romantiques, et ils en ont porté si loin les développemens,
qu'ils ont été jusqu'à mépriser toutes les formes
naturelles, et ils ont fini par dire : « *Il n'y a de
beau que ce qui n'existe pas.* »

Oh! sans doute, l'ordre moral et intellectuel est
supérieur à l'ordre physique, toutes fois qu'il s'agit
d'ouvrages d'esprit; les maladies de l'âme sont
aussi poétiques que les maladies du corps le sont
peu, et les peines, les souffrances, les angoisses
causées par les passions sont infiniment plus nobles, plus touchantes que les douleurs d'un hôpital;
mais toutes les affections morales, toutes les facultés intellectuelles ne peuvent se représenter à
l'esprit que par des images, par des expressions
empruntées au physique; les mots mêmes qui ex-
priment les abstractions sont tirés de l'ordre matériel. Certainement rien n'est plus abstrait que le
mot *âme*; mais comment vous la représenterez-

vous si vous ne lui donnez pas un corps quelconque?
ce sera une vapeur d'une extrême ténuité, ce sera
une flamme, ce sera un souffle, ou tout ce qu'il
vous plaira d'imaginer, mais ce sera quelque chose,
et les mots *âme*, *esprit*, signifient primitivement
souffle ou *vapeur*. La vertu est une abstraction
dont le mot, dans le principe, représentait la force
et la force physique ; pour vous figurer la justice
il faut imaginer une balance ou tout objet physique
analogue ; l'amour, considéré comme passion qui
augmente la chaleur naturelle, sera représenté avec
un flambeau ; il aura des flèches, s'il est question
des douleurs qu'il cause ; la beauté, pure abstraction, ne signifie rien ; pour nous en faire une idée
il faut recourir aux formes et aux couleurs ; Dieu
même, le plus pur des esprits, le plus immatériel
des êtres, ne peut devenir une image appréciable
à notre esprit que par le moyen de l'anthropomor-
phisme, ou de tout autre simulacre emprunté à la
matière. Il faut donc que les êtres les plus abstraits
prennent un corps, une figure, un visage, pour
nous donner des idées, il faut qu'ils touchent nos
sens pour arriver à notre esprit, et le monde idéal
ne peut être aperçu qu'à travers le monde réel.

Les anciens et les grands écrivains modernes
ont toujours parlé aux sens pour mieux émouvoir
l'esprit. Ils ne nous ont pas montré des *robes de
vapeur ;* ils n'ont pas donné à un dieu *le mystère*
pour *vêtement ;* il n'ont pas *traîné le passé dans
l'avenir.* Si Homère veut faire venir un dieu dans

là plaine d'Ilion, il le montre d'abord assis sur le sommet d'une montagne de la Samothrace ; puis il lui fait faire trois pas, et le dieu arrive sur le champ de bataille. Je puis me représenter ce dieu comme une figure colossale, mais analogue à la nature humaine ; je lui vois franchir en trois pas une distance de plus de vingt lieues, et je me fais une idée de sa stature et de sa force; tout cela tombe sous mes sens.

Le même poète veut-il exprimer combien Achille inspire de terreur aux Troyens, il n'emploie pas les mots *courage, valeur, héroïsme*, ou toute autre abstraction ; mais il place le guerrier thessalien sur un tertre qui domine la plaine, il lui fait pousser un cri, renforcé par la voix de Pallas, et les Troyens épouvantés courent se cacher derrière leurs murailles. J'entends ce cri, c'est celui qui, dans les combats, annonçait la mort aux soldats de Priam.

Pour donner une idée de la puissance de Jupiter, Homère ne se sert pas de *l'espace, de l'immensité, de l'infini*, mais d'une chaîne d'or à laquelle le dieu peut attacher et tenir suspendus les terres, les mers et l'univers entier.

Pour exprimer la même idée de puissance, Horace, d'après Homère, dit :

. . . . *Imperiam Iavis*
Cuncta supercilio moventis.

Voulez-vous sentir combien l'abstraction est faible

en comparaison de la réalité? substituez le mot *voluntate* à *supercilio*, et vous aurez une expression toute plate. Je ne puis, en effet, me représenter une volonté; je ne puis voir ni entendre comment cette volonté agit; mais un dieu qui prend un corps humain, et qui, par le simple mouvement de ses sourcils, fait trembler toutes les sphères célestes, est une image qui me frappe de stupeur et d'effroi. Plus la cause est petite, plus l'immensité de l'effet me saisit d'étonnement.

Virgile, dans sa belle comparaison,

Qualis populeá mœrens Philomela sub umbrá, etc.

ne fait pas de longues doléances sur la cruauté de l'oiseleur, sur le désespoir de la mère qui a perdu ses petits, mais nous lisons :

Amissos queritur fœtus quos durus arator
Observans nido implumes detruxit, etc.

Tout est physique dans cette image; je vois la main dure du paysan qui presse les petits oiseaux tout nus, *implumes*; je vois la mère elle-même *ramo sedens*, j'entends ses plaintes, *miserabile carmen*; elles retentissent à mes oreilles comme dans l'espace, *latè loca questibus implet*; et c'est par ces images naturelles et sensibles que le poète m'intéresse aux douleurs d'un oiseau.

Si dans l'admirable discours de Burrhus à Néron Racine s'est contenté de faire dire :

> . . . . . Si de vos flatteurs vous suivez la maxime,
> Il vous faudra, Seigneur, courir de crime en crime,
> Soutenir vos rigueurs par d'autres cruautés;

les mots *crime, rigueur, cruauté* n'étant que des
abstractions, et ne pouvant présenter aucune idée
formelle, l'expression aurait été faible et commune,
et le spectateur eût écouté froidement; mais l'épou-
vantable image renfermée dans ce vers :

> Et laver dans le sang vos bras ensanglantés,

me saisit par tous mes sens; je vois ces bras hideux,
je crains d'être souillé par ce sang dont il me semble
respirer la vapeur.

Sans multiplier les exemples de ce genre, qui
sont innombrables, je terminerai par une expression de la Bible, qui a paru sublime aux yeux des
païens mêmes. « Dieu dit : Que la lumière se fasse,
et la lumière fut faite. » Au lieu de ces mots : *Dieu
dit*, écrivez : *Dieu voulut*, tout le sublime s'évanouit. Le vouloir ne peut prendre aucune forme
dans mon esprit; mais *Dieu dit* me fait entendre
une voix qui a retenti dans tout l'Univers, et qui
a fait jaillir la lumière de tous côtés.

Enfin, dans les écrits les plus fantastiques, dans
les histoires des génies, des enchanteurs et dans
les contes des fées, on retrouve la preuve de la
prédominance du physique sur l'abstraction. Tou
les prodiges que les conteurs veulent opérer se
font toujours par des moyens matériels : c'est une
poudre merveilleuse, c'est un rameau de verveine,

c'est un talisman, c'est une baguette; et quoique
les auteurs de ces histoires prêtent à leurs fées ou
à leurs magiciens une puissance surnaturelle, ce
n'est jamais par la seule volonté qu'ils leur font
faire des miracles, mais toujours par le pouvoir
occulte d'un objet physique et matériel. C'est pour
cela que, pour exprimer la puissance attribuée aux
fées, nous disons *le pouvoir de la baguette*.

J'avoue qu'un point de littérature aussi important, puisqu'il fait craindre un schisme dans les
doctrines littéraires, méritait d'être traité avec plus
d'étendue et plus de méthode; mais je crois en
avoir dit assez pour faire pressentir jusqu'à quel
point j'aurais porté la démonstration, avec plus
de talent que je n'en ai, et plus d'espace qu'il ne
m'en est accordé pour une discussion de ce genre.

Terminons en récapitulant les propositions que
j'ai établies dans cet article, et que je considère
comme des vérités : 1° On ne peut pas distinguer
le classique du romantique par l'époque ancienne
ou moderne des sujets traités dans l'un ou dans
l'autre système; 2° la religion est tout-à-fait désintéressée au succès de l'une ou de l'autre école;
3° si toute littérature est l'expression de la société
au milieu de laquelle elle prend faveur, il ne s'en-
suit pas que toutes les sociétés et toutes les litté-
ratures soient égales; 4° c'est dans le style des
différens écrivains qu'il faut chercher le véritable
caractère du classique ou du romantique; 5° enfin,
la principale différence qui existe entre les deux

genres consiste en ce que les classiques prennent leurs modèles, leurs formes et leurs couleurs dans la nature, dans le monde réel et sensible, tandis que les romantiques les cherchent dans le monde idéal et fantastique ; et si les raisons que j'ai exposées plus haut sont de quelque valeur, le choix ne sera pas difficile à faire.

DE L'OPÉRA EN FRANCE ;

Par M. CASTIL—BLAZE.

CE titre, par concision, peut donner lieu à des méprises ; l'amateur qui s'y arrêterait pourrait se tromper sur l'intention de l'auteur, et supposer trop ou trop peu d'étendue à la carrière que ce musicien, homme de lettres, s'est proposé de parcourir. M. Castil-Blaze n'a point prétendu traiter de la construction d'une salle d'Opéra, ni de l'art du machiniste, ni de l'administration de ce théâtre, ni des motifs qui doivent engager le gouvernement à protéger ce genre de spectacle ; il considère uniquement la composition d'un drame lyrique, soit au théâtre de l'Opéra, soit à celui de Feydeau, et la matière est encore assez ample pour qu'on ne puisse lui reprocher de lui avoir consacré deux volumes. Choqué des faux jugemens, des erreurs

grossières et des absurdités répandus avec profusion dans les écrits des gens de lettres qui ont traité
de l'art musical sans le connaître, M. Castil-Blaze
a pensé avec raison *qu'un ouvrage sur la musique,
écrit par un musicien, devait inspirer quelque intérêt.* Les Mémoires de Grétry n'ont pas dû le
détourner de cette entreprise ; car Grétry n'a parlé
que de la musique, tandis que M. Castil-Blaze
traite de la musique en général, et ne parle pas
de la sienne.

Il ne m'est permis d'examiner qu'un petit nombre
des chapitres dont se composent ces deux volumes ;
l'auteur me fait même la défense formelle de m'en
occuper, en répétant sans cesse que les gens de
lettres, chaque fois qu'ils ont parlé de musique,
n'ont prouvé que leur ignorance et leur incapacité
de l'apprécier. Cette condamnation, reproduite
dans toutes les parties de l'ouvrage, devient ensuite le sujet d'un long chapitre où elle est motivée,
et dans lequel l'auteur s'exprime sans ménagement
sur les erreurs, les bévues, l'ignorance et l'incompétence complète des journalistes qui ont la prétention de juger la musique des opéras ; les gens
du monde sont compris dans l'anathème.

Etant si bien averti, et puni par anticipation,
je serais bien maladroit si je m'exposais à me faire
appliquer les dispositions de cet arrêt commina-
toire, et si je tentais de pénétrer des mystères in-
terdits aux profanes. Je me réduis donc à l'obéissance passive, et je reçois avec une foi implicite

tous les préceptes que l'auteur voudra prescrire, toutes les lois musicales qu'il lui plaira de promulguer. Je pousserai la déférence et la discrétion jusqu'à me refuser le plaisir de louer l'art avec lequel il expose les principes, et il en déduit les conséquences, quoique je puisse raisonnablement espérer que l'on me trouverait moins ignorant, si je ne distribuais que des éloges. Ainsi je m'interdirai, non seulement tout jugement, mais même toute réflexion sur les chapitres intitulés : *De la Musique, de la Mélodie; de l'Harmonie, de la Composition, des Voix et du Chant vocal, de l'Orchestre, du Chant instrumental, de l'Accompagnement, du Récitatif, de l'Air, du Duo, du Trio*, etc. c'est-à-dire que je me tairai sur toutes les parties de cet ouvrage où l'auteur s'est renfermé dans le cercle technique de son art ; je veux enfin forcer M. Castil-Blaze à déclarer qu'il n'a jamais trouvé un critique plus modeste et plus docile. Qu'il n'aille pas croire cependant que je fasse de nécessité vertu, et que ma docilité soit uniquement le résultat de mon impuissance. Malgré mon ignorance, que j'avoue en toute humilité; je vais lui prouver qu'il doit me savoir gré de ma modération; et les questions suivantes ne lui paraîtront pas si faciles à résoudre.

Si tous les hommes en général étaient condamnés à ne s'entretenir que des choses qu'ils savent parfaitement, que deviendrait la conversation?

L'auteur ne refuse pas à l'homme de lettres, à

l'homme du monde et aux journalistes le droit
d'exprimer la sensation qu'ils ont éprouvée à la
représentation d'un drame lyrique : mais est-il
possible d'approuver ou d'improuver sans alléguer
les raisons qui motivent l'approbation ou le mécontentement? Or, voilà ce que font les journalistes
au risque de se tromper, et ce que font les musiciens eux-mêmes, puisqu'ils ne sont nullement
d'accord sur les principes de leur art, sur leur application à un œuvre dramatique, et sur la prééminence de telle ou telle école. N'est-il pas plaisant
que les musiciens nous défendent de disputer sur
la musique, quand ils ne cessent de disputer entre
eux, et quand ils veulent établir des systèmes contradictoires? Les musiciens ont-ils été plus d'accord
sur le mérite de Gluck et de Piccini, que ne l'ont
été les gens de lettres et les gens du monde? Et
encore aujourd'hui, quand M. Castil-Blaze cite
dans presque toutes ses pages l'opéra d'*Euphrosine*,
de Méhul, comme un chef-d'œuvre admirable,
d'autres musiciens n'ont-ils pas déclaré publiquement que cette musique est déplorablement ennuyeuse? L'un d'eux ne m'a-t-il pas dit que tous
les ouvrages de Méhul étaient excellens, à l'exception d'*Euphrosine* et de *Stratonice* qui, en
effet, doivent être bien détestables, puisqu'elles
ont été composées avant l'établissement du Conservatoire! Que les journalistes aient écrit bien
des sottises sur la musique, je veux le croire ;
mais en ont-ils jamais dit d'aussi lourdes que

celles dont je viens de donner un échantillon?

Autres questions : Les arts, en général, outre leurs règles purement techniques, n'ont-ils pas des principes communs qui les régissent tous, et dont tous les hommes instruits peuvent être juges, indépendamment des règles du métier?

Si un architecte m'a bâti une maison fort belle, mais inhabitable, serai-je obligé de la trouver commode, parce que j'ignore les principes de l'architecture?

Si l'on siffle mes vers et ma pièce, serai-je admis à demander aux mécontens quels sont leurs titres à la critique, s'ils ont fait leurs *humanités,* leur *rhétorique,* et s'ils ont lu Aristote?

Si une scène de comédie était vive, agréable, amusante à la lecture, et si un magnifique trio l'a rendue longue, traînante et ennuyeuse, serai-je forcé d'aller demander à un maître en *fugue* et en *contre-point,* la permission de la trouver mauvaise?

Si, enfin, nous n'avons le droit de parler ou d'écrire que sur l'art que nous professons, ou sur lequel nous avons donné des preuves de science, pourquoi messieurs les musiciens se permettent-ils de juger les pièces, les scènes, les vers des gens de lettres? Pourquoi M. Castil-Blaze lui-même écrit-il sur les *paroles* des opéras, sur le style, sur les vers, et présente-t-il même de nouvelles règles de versification? L'adage, *ne sutor ultrà crepidam,* ne s'adresse-t-il qu'aux poètes?

De quelque manière qu'il réponde à ces questions, il sera vrai du moins que je n'ai pas franchi les limites qu'il me prescrit tandis qu'il envahit mon terrain et qu'il y élève des constructions sans exhiber ses titres de propriété. C'est donc sur mon terrain que je le combattrai; puisqu'il a voulu bloquer toute la république des lettres, je mets le *blocus* autour de l'empire de la musique; j'oppose mes ordres du conseil à ses décrets de Berlin et de Milan, et je fais main-basse sur les productions musicales qu'il répand dans mes domaines, comme il a saisi les productions littéraires qu'il déclare marchandises de contrebande. Vainqueur ou vaincu, j'aurai toujours cet avantage incontestable d'avoir respecté les conditions imposées par mon adversaire, tandis qu'il contrevient à celles mêmes qu'il a prescrites.

Examinons donc quels sont les droits de la critique sur la musique d'un opéra. Oh! sans doute, tout homme de lettres, ignorant la musique, est non seulement blâmable, mais complètement ridicule, s'il veut juger une partition, une marche d'harmonie, une modulation, et s'il parle à tort et à travers de transition, de dissonance, préparée ou sauvée, et de tout ce qui est purement technique dans une composition musicale. Le même ridicule menace le musicien qui, n'ayant pas fait d'études littéraires et dramatiques, disserte avec autant de présomption que d'ignorance sur la marche d'un drame, sur l'exposition, le nœud, la péripétie et le dénoûment, et prétend juger par les seules lumières de son goût naturel, les hardiesses de la poésie, l'art du dialogue, la légitimité d'une métaphore, d'une ellipse, d'un vers, d'une césure, d'une rime. Je suis donc parfaitement d'accord avec M. Castil-Blaze sur les torts du journaliste qui parle de ce qu'il ignore ; mais pourquoi l'auteur ne condamne-t-il pas également le musicien qui se donne le même ridicule ?

Est-il bien vrai, cependant, que les gens de lettres et les journalistes aient eu le tort que les musiciens leur reprochent avec tant d'aigreur ; et ces artistes ne se sont-ils pas mépris, ou n'ont-ils pas voulu se méprendre sur les critiques dont leur amour-propre a été blessé ? Si un journaliste déclare que la musique de tel opéra est mauvaise, le compositeur ne manquera pas de lui demander comment il peut en juger, puisque les élémens même de cet art lui sont inconnus, et l'argument paraîtra bien fort. Mais n'est-il pas évident que la condamnation porte sur la musique considérée comme partie du drame, et non sur la musique considérée comme métier ? Or, si les savans accords, si la mélodie correcte du compositeur, ont rendu le drame plus traînant, plus langoureux, au lieu de lui prêter de la chaleur et de la grâce, les gens de lettres et les gens du monde qui sont venus pour entendre une musique de scène, et non pas une symphonie embarrassée de paroles, n'ont-ils pas le droit de trouver cette musique mauvaise, quand même tous les savans du Conservatoire en auraient jugé l'harmonie excellente et la mélodie parfaite? Ainsi les reproches d'ignorance et d'incompétence, adressés aux hommes de lettres, pourraient bien n'être fondés que sur une équivoque, et la discussion ne serait qu'une dispute de mots.

' Mais les musiciens seront bien plus étonnés quand on leur démontrera qu'il y a dans la musique même (j'entends la musique dramatique) une partie dont ils ne peuvent être juges, et que le jugement appartient exclusivement aux gens de lettres et aux gens du monde qui ont du goût et de l'instruction. Voilà un paradoxe, vont dire les musiciens, j'en conviens; mais tel paradoxe n'attend qu'une preuve pour devenir une vérité. N'est-il pas vrai que, outre l'art de composer de la musique proprement dite, art sur lequel vous êtes les seuls juges compétens, vous devez encore pour être musiciens dramatiques, connaître l'art d'appliquer cette musique aux paroles, aux scènes et au drame? Qui est-ce qui sera juge de cette application? Si vous ne savez que la musique, si vous n'avez étudié ni langue poétique, ni l'art du dialogue, ni les principes de la versification, ni la *quantité*, si nécessaire à la prononciation, ni la *prosodie*, qui diffère de la *quantité*, ni la déclamation qui unit l'accent oratoire à ceux de la quantité et de la prosodie; si vous êtes aussi étrangers aux principes dramatiques que nous le sommes à ceux du contre-point et de la mélodie, quels sont

les hommes qui remarqueront avec le plus de
justesse si vous avez bien ou mal observé les âges,
les caractères, les mœurs, les conditions des personnages ; si vous avez suivi toutes les nuances de
leur langage dans les diverses situations où ils se
trouvent, si vous avez fait un faux sens par une
fausse déclamation musicale, si vous avez altéré,
dénaturé, mutilé les vers, si vous avez dépassé les
dimensions d'une scène, si vous avez été sobre
d'effets sur les passages qui sont purement accessoires, si vous avez porté toute la force de l'expression sur ceux auxquels l'intérêt du drame est confié?
Est-ce un homme de lettres ou un écolier du Conservatoire qui saura tout cela? Si vous me prouvez
que le Solfége et le Traité d'Harmonie donnent
subitement à un jeune homme une profonde connaissance de la langue, de la prosodie, de la poésie
et de l'art dramatique, je vous accorderai qu'un
homme de lettres ne peut juger aucune partie de
la musique de scène ; mais alors je conseillerai aux
musiciens de faire les poëmes eux-mêmes, car alors
ils n'auront plus besoin des poètes.

Tant que la musique aura besoin de nous pour
se faire entendre au théâtre, j'aurai incontestablement le droit de juger si elle convient à la pièce
que j'ai donnée à ce théâtre ; tant que le musicien
exigera que le poète fasse des concessions à l'art
musical, et modifie ses vers pour les rendre lyriques, j'aurai le droit d'exiger du musicien qu'il
fasse des concessions à la poésie et à la scène, et

qu'il modifie sa musique selon le sens de mes paroles, selon le caractère et les situations de mes
personnages. Ce traité synallagmatique, et dicté
par une équité rigoureuse, ne sera jamais signé
par les musiciens ; l'idée d'égalité entre le poète et
le musicien les révolte ; dans l'opéra le plus intéressant, le mieux écrit et le mieux conduit, ils ne
voient que la musique ; tout doit lui être sacrifié ;
et si à force de science et de répétitions fastidieuses;
si, pour avoir mal déclamé, mal saisi les caractères,
et mal distribué les effets, l'ouvrage déplaît au public, ce sera toujours la faute du poète, car la
musique ne peut avoir tort. Il est donné aux
hommes en général d'estimer fort peu les choses
qu'ils ignorent : voilà pourquoi les musiciens, qui
ne savent que la musique, et ils sont nombreux,
font très-peu de cas du poëme dont ils ont besoin,
et des paroles sans lesquelles leurs phrases de chant
seraient vagues et insignifiantes. Ils oublient ou
feignent d'ignorer que dans un opéra ou une comédie lyrique, la fable, le plan, la conduite,
l'agencement des scènes, les situations, les tableaux,
le dialogue, le style, le titre même de la pièce,
appartiennent en propre et exclusivement au poète;
que l'art de placer les morceaux de chant, de les
préparer, de les disposer et de les *couper* d'une
manière lyrique, lui appartient encore sans que le
musicien y soit pour une syllabe. Et ils voudraient
que tout ce travail, si nécessaire au succès, fût
bouleversé selon leur caprice pour faire valoir une

fugue, pour faire place à un énorme quatuor ou à un finale qui ne finit pas!

Ces vérités que je lance sur la foule des musiciens présomptueux ne peuvent blesser M. Castil-Blaze, ni même l'atteindre. En reconnaissant en lui un musicien homme de lettres, je me plais à déclarer que son livre, écrit d'un style très-convenable et souvent très-spirituel, est rempli de réflexions très-judicieuses sur les vices de nos théâtres lyriques, et de vues excellentes sur les moyens de les améliorer. Cet ouvrage offre de plus la preuve d'une instruction variée, et d'une foule de connaissances qui n'ont pas été puisées dans la science des accords. Cette justice que j'aime à lui rendre, me fait d'autant plus regreter qu'un esprit si éclairé et ordinairement si juste n'ait pas échappé à la malheureuse influence de l'esprit de corps et des préjugés de l'école. Veut-on savoir à quel point ces préventions peuvent offusquer la raison, altérer le jugement? A la page 48 du premier volume, l'auteur dit : « A toutes les qualités que l'on exige dans *une bonne comédie,* un opéra doit réunir *encore* des tableaux, des situations, des scènes propres à la musique. » M. Castil-Blaze exige donc d'abord une bonne comédie, ce qui n'est pas très-commun; il veut bien davantage, puisque cette bonne comédie doit avoir encore tout ce qui convient à un bon opéra, et je veux bien supposer que cela soit possible. Mais quel a été mon étonnement, lorsque, parvenu à la page 322, j'y ai lu ces autres lignes : « Il faut des chanteurs pour les théâtres lyriques, toujours des chanteurs, et *rien que des chanteurs;* ils deviendront ensuite comédiens, s'ils le peuvent. » Eh quoi! vous voulez qu'on vous fasse de bonnes comédies et même quelque chose de plus que de bonnes comédies, pour les livrer à des chanteurs qui les mutileront d'une manière révoltante, et vous espérez que les hommes capables de faire ces bonnes comédies écriront de beaux vers pour des acteurs qui ne savent lire que des notes! Prenez ce qu'on vous donnera, et soyez certain que l'auteur d'une *bonne comédie* cherchera des comédiens et non pas d'ignorans virtuoses.

M. Castil-Blaze, si délicat et si sévère sur la musique, ne sera point choqué, dit-il, si le poète fait des vers de onze ou de treize syllabes, et s'il mêle des phrases de prose rimée à des vers réguliers. Et il veut de bonnes comédies! Voilà bien les musiciens! ils sacrifieraient *le Misanthrope* à une *septième diminuée,* et *Tartufe* à une *quinte superflue.* Il dit ailleurs, *horresco referens.,* il dit : « Avec de l'esprit, du goût, du chant, de la grâce et de la vérité, on peut fort bien être applaudi à Feydeau, et sifflé par l'Europe musicale. » Dieu veuille nous donner beaucoup de musiciens assez maltraités par l'art et par la nature, pour n'avoir que du chant, de l'esprit, de la grâce et de la vérité! Nous aurons toujours assez mauvais goût en France pour les préférer aux savans sans grâce, sans chant et sans esprit.

Le véritable caractère de cet ouvrage est d'être un long panégyrique de la musique en général, et surtout de l'école de Gluck, de Mozart et du *Conservatoire* de Paris. M. Castil-Blaze ne date l'existence de la musique dramatique en France que de l'apparition des Méhul, des Chérubini, des Berton, des Boïeldieu, etc.... Selon lui, tout ce qui est antérieur n'est pas proprement de la musique. Les éloges qu'il donne à Grétry n'ayant pour objet que l'esprit, le chant et l'adresse de ce compositeur, ne sont que des précautions oratoires, prises pour ménager le mauvais goût du public ; et quand la force de la *vérité* l'affranchit du joug des bienséances, il déclare nettement que tous ces opéras, célèbres depuis trente et quarante ans, ne sont que des *pauvretés*, mot qu'il répète avec complaisance, en comprenant dans la même proscription, *et nullo discrimine*, les œuvres de Grétry, de Monsigny, de Dalayrac, et de tous les compositeurs qui nous ont charmés, avant que la science conservatorienne vînt nous étonner par la plénitude de son harmonie, le luxe de ses modulations, son système symphonique, l'éclat foudroyant de son orchestre, la sobriété de son chant, et son superbe mépris pour la poésie et pour la scène.

Il y a deux propositions distinctes dans l'opinion de l'auteur : il faut les séparer. D'abord, quoiqu'il n'ose pas le dire explicitement, il résulte de tous ses chapitres que la musique est le pre-

mier des arts, celui qui exige le plus de génie ;
qu'un grand chanteur est fort au-dessus d'un grand
comédien, et, à plus forte raison sans doute, infiniment supérieur à tous les auteurs dramatiques,
prosateurs ou poètes. Discutons ce premier point,
et nous examinerons ensuite l'excellence de la musique moderne, et la prééminence de la musique
conservatorienne, non-seulement sur celle des
Grétry, mais même sur celle des Sacchini, des Piccini et de tous les maîtres italiens.

Quoiqu'on soit naturellement porté à rire des
prétentions ridicules, il est cependant fort heureux qu'un artiste conçoive une grande estime
pour son art, qu'il le regarde comme le premier
de tous, et qu'il s'applaudisse constamment de
l'avoir préféré à tous les autres. Ce préjugé lui en
fera aimer l'étude, et cet orgueil doublera son talent en donnant plus de ressort à son imagination.
Mais si, hors de ces momens où un grand enthousiasme légitime, une grande ambition ; si, dans le
calme de la réflexion et du raisonnement, il veut
nous prouver, par des argumens en forme, cette supériorité de mérite et de génie qu'on lui permet-
tait d'espérer quand il ne le proclamait pas avec
hauteur, alors il force les hommes les plus patiens
à examiner ses titres, et la raison, renversant l'é-
difice élevé par la vanité, punit dans le logicien ce
qu'elle tolérait dans l'artiste. C'est une idée peu
sensée, c'est entreprendre une tâche fort inutile
que de vouloir établir un parallèle ou des préémi-

minences entre des choses dont la nature et les élémens ne se ressemblent point. Comparez les peintres entre eux, mais non pas les musiciens avec les peintres ; soyez le premier dans votre art, si vous le pouvez, mais ne recherchez pas si l'homme qui cultive un art différent sera plus ou moins estimé que vous. Quelles que soient vos prétentions, quel que soit votre mérite, vous ne serez jamais jugé que dans votre sphère : contentez-vous d'y briller, et gardez-vous d'en sortir. L'intelligence de l'homme se divise en un grand nombre de facultés, et jamais personne ne les a possédées toutes à un même degré de splendeur. Or, il est évident que l'art qui exige la réunion du plus grand nombre des facultés intellectuelles, est le premier des arts ; et, par une conséquence forcée, celui dans lequel on peut exceller avec un esprit très-médiocre, avec beaucoup d'ignorance, et avec une intelligence très-commune, ne peut pas aspirer au premier rang des talens, ni au premier degré de gloire. Ce principe est incontestable, et j'en laisserai faire l'application au lecteur judicieux.

Ici se présente l'occasion de relever une erreur qu'ont adoptée non-seulement les musiciens, mais la plupart des gens du monde. L'histoire ancienne nous parle souvent des prodiges opérés par la musique, et l'on considère les Orphée, les Linus, les Amphion, les Thamyris, les Tyrtée, les Terpandre, etc., comme des chanteurs dont la lyre

a fait ces miracles ; on sait aussi que l'étude de
la musique était une partie essentielle de l'éducation chez les Grecs, et que l'ignorance de cet
art était regardée comme une véritable barbarie. Les musiciens ont eu grand soin de recueillir
ces notions, et ils les ont présentées comme des
preuves de la supériorité de leur art sur tous les
autres. Il m'en coûte de détruire une si douce illusion, mais faut-il accréditer, faut-il laisser subsister une opinion absurde fondée uniquement sur
une équivoque? Avant de s'enorgueillir de ces prodiges de l'art, il fallait demander ce que les anciens entendaient par la musique, et si la seule
modulation des sons et un instrument tel que la
lyre pouvaient produire de si merveilleux effets.
Mais que ces enthousiastes cherchent d'abord ce
que le mot *musique* signifiait chez les anciens, ils
verront que c'était un terme collectif par lequel
on entendait la réunion de tous les beaux arts et
de toutes les études : « *Musicam veteres encyclo-
pœdiam dixêre, in quâ omnes sunt comprehensœ*
disciplinæ. » Le savant Budé explique ainsi ce mot :
« *Musicœ appellatione prisci humanitatem litte-
rarum significabant; recentiores verò ad numero-
rum modulationem hoc verbum transtulerunt.* »
Ce terme enfin a son étymologie dans le mot *muse*,
et il signifiait tous les arts auxquels les Muses
étaient censées présider. Ce n'étaient donc pas seulement les sons des instrumens et l'habileté des
chanteurs, mais les arts, les lettres, la poésie, la

civilisation enfin, qui adoucissaient les bêtes fé-
roces, et qui élevaient les murailles des cités. Si la
musique n'avait été que l'art de moduler des sons,
de jouer de la lyre et de la flûte, les Athéniens
n'auraient certainement pas reproché comme une
honte à un général d'armée d'ignorer la musique.
D'ailleurs, la lyre antique pouvait-elle avoir cette
puissance? Un instrument à cordes, sans manche
et sans touches, sans aucun moyen de modifier la
longueur des cordes par le *doigter*, ne pouvait pas
même servir à jouer un air. Il faut donc considérer cette lyre telle que les monumens la représentent, comme un *diapason* quadruple, formant
le *tétracorde*, et servant au chanteur à maintenir
le ton dans lequel un air était écrit.

Une dernière observation détruira mieux encore le prestige d'un préjugé si flatteur pour l'a-
mour-propre des chanteurs modernes : ces Orphée,
ces Linus, ces Tyrtée qu'ils regardent comme leurs
patrons, n'étaient pas seulement des chanteurs,
mais de grands poètes. C'est sous ce rapport que
Linus a été célébré par Homère ; Orphée est représenté comme pontife, comme législateur, comme
poète et comme chantre mélodieux ; ce qui diffère
un peu d'un ténor ou d'une basse-taille. Thamyris
fut auteur d'un poëme sur la guerre des Titans ;
Musée et Tyrtée composèrent des hymnes et des
chants guerriers en vers magnifiques ; et Terpandre,
fameux joueur de cythare, avait pris Homère pour
modèle dans ses poésies, et imitait Orphée dans

ses chants. De tous les chantres que la Grèce a presque divinisés, il n'en est pas un seul qui n'ait été poète. Il est aussi absurde de prendre au propre le mot *lyre,* que les mots *je chante* des poètes modernes ; et quand on vante la lyre d'Anacréon, messieurs les musiciens doivent croire que les vers de ce poète ont un peu plus de part à l'éloge que les airs sur lesquels on les chantait, et dont il ne reste pas une note. Si la musique, proprement dite, avait paru un art si admirable, indépendamment de la poésie, les écrivains de l'antiquité nous auraient soigneusement conservé les noms des divers artistes dont la mélodie aurait opéré tant de prodiges ; et cependant quand on nous dit que les Sophocle et les Euripide faisaient quelquefois faire la musique de leurs tragédies, on ne daigne pas même nommer les artistes auxquels ils confiaient ce soin. Concluons donc que le mot *lyre* est une expression figurée qui signifie *poésie;* que le mot *musique* s'appliquait, chez les anciens, à la réunion des beaux-arts ; que les chanteurs déifiés par l'antiquité, chantaient leurs propres vers et non pas ceux des autres ; et qu'en nous vantant les prétendus miracles de la musique ancienne, on vante les effets de la poésie unie à la musique.

L'autre question, celle de la supériorité de la musique conservatorienne sur toutes les autres musiques, ressemble à toutes ces questions complexes qui ne peuvent être résolues par oui ou par non, et qu'il faut nécessairement diviser. Le bon

esprit de M. Castil-Blaze ne l'a pas préservé de
l'erreur sur ce point, et il paraît ne s'être pas
aperçu qu'en annonçant une question, il en traite
une autre toute différente. Si son livre était intitulé : DE LA MUSIQUE, s'il n'y consacrait pas des
chapitres aux *paroles* des opéras, et s'il se bor-
nait à démontrer l'immense supériorité de la nouvelle école musicale, il me réduirait au silence le
plus absolu, car mon opinion ne serait d'aucun
poids dans une discussion de cette nature. Mais il
a fait un livre sur l'OPÉRA ; il y traite, non pas de
la musique proprement dite, mais des paroles,
des vers, des scènes, d'une pièce enfin unie à la
musique : ainsi, il ne s'agit plus d'examiner si les
conservatoriens ont fait la musique, mais si, comme
musiciens dramatiques, ils l'emportent sur les Grétry, les Dalayrac, etc...... Oh! certes, je suis très-
disposé à croire au grand mérite des Méhul, des
Chérubini, des Boïeldieu, dont la réputation n'a
pas besoin de mes éloges, et dont j'ai toujours autant estimé la personne que les talens ; je crois
même, quoique je n'en puisse juger que par instinct, que leur musique, sous le rapport de l'art,
est infiniment plus riche d'harmonie et d'effet,
bien mieux écrite et bien plus savante que celle de
Grétry et de ses imitateurs ; mais tout cela ne fait
rien à la question, car quand on traite du drame
lyrique, comme l'a fait M. Castil-Blaze, c'est la
musique la plus convenable à ce drame, c'est la
plus dramatique enfin qu'il faut préférer, puisqu'il

ne s'agit plus ici d'une symphonie ou d'un *con-
certo*. Si l'on me soutient que, quand on est grand
musicien, on est par cela seul en état de composer
un drame lyrique, je répondrai à cette absurdité
par une autre, et je dirai : Tel homme possède parfaitement les principes de sa langue et ceux de la
littérature, donc il fera quand il voudra une tragédie égale en mérite à celles de Racine. Que conclure de tout ceci? C'est que M. Blaze a bien prouvé
la supériorité de la musique conservatorienne,
comme métier, mais nullement comme musique
de scène. Il ne m'objectera pas, sans doute, que
la scène, la déclamation, la prosodie et la vérité
dramatique sont d'une petite importance dans la
composition d'un opéra ; je l'accablerais sous ses
propres paroles, car il a dit qu'un opéra doit
avoir toutes les qualités d'une *bonne comédie,* et
de plus, des situations propres à la musique. Or,
quand il s'agit de bonne comédie, le talent de
Grétry doit être compté pour beaucoup, et, sous
ce rapport, je ne connais personne qui l'ait encore égalé.

Fort heureusement M. Castil-Blaze nous fournit
le moyen de sortir de l'embarras où nous a jetés la
division de la question. J'ai déjà cité la phrase par
laquelle il déclare qu'*avec de l'esprit, du goût, du
chant, de la grâce et de la vérité, on peut être applaudi à Feydeau, et sifflé par l'Europe musicale.*
En faisant l'énumération de ces qualités si précieuses et si nécessaires à la musique, n'est-ce pas

le portrait de Grétry qu'il vient de faire ?—Laissons donc l'Europe musicale siffler le chant, le goût, la grâce et la vérité, comme nous laissons l'Allemagne siffler Racine, et contentons-nous de ces petits avantages que les gens d'esprit ne siffleront jamais.

Supposons donc, pour en finir, les trois seules choses qui puissent nous conduire à la solution de la difficulté : la première de ces suppositions est le cas où un compositeur, connaissant la scène aussi bien que Grétry, ayant autant d'esprit, de goût, de grâce et de chant que ce charmant artiste, serait encore aussi grand musicien que les Mozart et les Chérubini. Oh! très-certainement un pareil homme serait un vrai phénix, et ses partitions seraient le beau idéal ; mais j'attends que ce cas se rencontre.

La seconde supposition est celle d'un compositeur qui, ayant porté la musique au plus haut degré de perfection, connaîtrait peu la scène, la prosodie, la déclamation, et n'admettrait pas même la nécessité de faire de la musique dramatique.

La troisième, enfin, nous présente un homme peu riche d'harmonie, faisant autant de fautes de composition que Molière, et surtout Regnard, ont fait de fautes contre la langue, mais plein d'esprit, de goût, de grâce, de chant et de vérité.

Il ne s'agit pas de se décider pour le premier, puisqu'il n'existe pas encore ; mais qui choisirons-nous du second ou du troisième ? Nous sommes en France ; et jamais spectateur français, entrant

à un théâtre, ne consentira à laisser son esprit et
son bon sens à la porte. Notre choix est donc fait ;
les gens qui ont du goût, de l'esprit, et qui aiment
le chant, l'approuveront ; ceux qui préfèrent les
applaudissemens de l'Europe musicale pourront
choisir autrement, et soutenir, s'ils le veulent, que
le chant, la grâce, le goût et l'esprit n'ont rien de
commun avec la musique savante.

 Je vais tâcher d'expliquer maintenant ce que
l'on doit entendre par les adjectifs *lyriques* et *rhyth-*
més, mots qui, appliqués aux vers des opéras, ont
un sens très-différent de leur signification ordinaire, et se prennent dans une acception très-peu
connue en France, si ce n'est des musiciens. Quand
on parle de vers lyriques, les gens de lettres et les
gens du monde se représentent les odes, les can-
tates de Rousseau, les chœurs d'*Athalie* et d'*Esther,*
et, dans un genre moins élevé, nos chansons et nos
romances. Oh! sans doute, poétiquement parlant,
tout cela est lyrique, mais ne l'est point du tout
dans le sens du langage musical. Des milliers de
chansons charmantes que nous possédons, il n'y
en a pas une qui ne révoltât un Italien par la manière barbare dont le chant leur est appliqué. Ce,
n'est point aux musiciens qu'il faut s'en prendre
puisqu'ils n'ont pu faire ce qui était impossible ; le
reproche tombe tout entier sur les poètes, qui,
n'ayant aucune connaissance du rhythme, mettent
les musiciens à la torture, et les placent entre
deux écueils contre l'un desquels il faut néces-

sairement qu'ils échouent, puisque l'absence du rhythme dans les paroles les force ou à détruire le rhythme musical, l'un des plus grands charmes de la musique, ou à mutiler les vers en les prosodiant d'une manière vicieuse. Aucun poète du siècle de Louis XIV, ni du siècle suivant, n'a eu l'idée du rhythme dans l'acception musicale, et cette ignorance est la première cause de l'infériorité de notre chant comparé à celui des Italiens. Nos *dilettanti* français ne manquent pas d'attribuer le plaisir qu'ils éprouvent au théâtre de l'Opéra-Buffa, à la musique italienne elle-même ; elle y est sans doute pour beaucoup, mais il faut bien qu'il y ait une autre cause, puisque la musique des Sacchini, des Piccini et des Paësiello, appliquée à des paroles françaises, a perdu une partie de ce charme si séduisant. C'est donc à la langue qu'il faut s'en prendre ? Non ; c'est à l'absence du rhythme, presque inconnu des poètes français, et toujours parfaitement observé par les poètes italiens, même les plus médiocres.

Il y a plus de vingt-cinq ans que Framery a tenté de nous faire connaître le rhythme, et nous a prédit que nous ne pourrions jamais rivaliser avec les Italiens sous le rapport du chant, tant que nous resterions dans l'ignorance sur cette partie si nécessaire de la poésie lyrique. La brochure de Framery fut estimée des musiciens, négligée par les poètes ; et ne fut pas comprise par les gens du monde. Quinze ans plus tard, M. Scopa écrivit en français un ouvrage parfaitement raisonné, dans lequel il reproduisit, développa et confirma les principes de Framery, qu'il ne connaissait pas, mais qui sont familiers à tous les Italiens. Malheureusement ce livre, composé de deux gros volumes, fut peu lu ; et la matière qu'il traitait étant toute nouvelle en France, on loua beaucoup M. Scopa, mais on ne fit rien de ce qu'il conseillait. Le peu de lecteurs qu'il obtint furent même très-étonnés d'entendre dire à un Italien que la langue française est très-lyrique, propre au chant, ce qu'il démontrait à merveille ; et que l'infériorité de cette langue, relativement à l'italienne, ne provenait que de la négligence ou de l'ignorance de nos poètes qui ne connaissent pas le rhythme, ou refusent de s'y astreindre en écrivant les paroles de leurs opéras. Marmontel a fait quelques essais de ces vers rhythmés dans *Zémire et Azor*, et dans les corrections de l'opéra d'*Atys;* mais il s'est bientôt lassé d'un travail pénible que l'on n'apprécie point en France par la longue habitude qu'on y a d'entendre écorcher les paroles sans en être choqué. Quelques autres auteurs, en petit nombre, ont aussi essayé d'introduire à notre scène ce procédé si nécessaire à la perfection de la mélodie ; mais les oreilles françaises n'y ont fait aucune attention, tandis que les dernières classes du peuple, en Italie, ne pourraient supporter un chant qui n'aurait pas cette précieuse qualité. Ces opéras-bouffes dont nous nous moquons, et dont les paroles sont en effet si triviales, et quelquefois si grossières, sous

le rapport du style et de la versification, ont cependant le mérite essentiel d'offrir des vers rhythmés et très-favorables à la musique ; et quand nos
prétendus amateurs attribuent uniquement à la
langue italienne cette parfaite concordance entre
les mots et les sons, ils ne se doutent pas que ces
paroles, toutes ridicules qu'elles sont par le sens,
ont été disposées méthodiquement et avec beaucoup d'art pour servir d'appui au rhythme musical.

Aujourd'hui M. Castil-Blaze se plaint avec beaucoup de raison de l'imperfection de nos vers prétendus lyriques, et les chapitres où il examine
cette partie constituante de tout opéra, sont aussi
bien pensés que bien écrits. Nos auteurs, dit-il, se
contentent de compter les syllabes, et croient avoir
fait des vers lyriques lorsqu'ils ont complété le
nombre requis. Or, ce nombre requis est loin de
suffire, puisque vingt vers de huit syllabes peuvent
forcer le musicien à faire vingt phrases de chant
très-différentes, s'il veut être fidèle à la prosodie.
Cependant M. Castil-Blaze, en demandant des
vers rhythmés, et en donnant de grands éloges au
petit nombre de ceux qui ont cette qualité dans
quelques-uns de nos opéras comiques, n'explique
point ce qu'il faut entendre par ce rhythme poé-
tico-musical ; il a cru sans doute que tout le monde
devait le savoir, et en cela il est dans l'erreur. C'est
une doctrine toute nouvelle chez nous, et la longueur des détails que je viens d'accumuler a été
nécessaire pour préparer cette explication assez

difficile. Tâchons donc de réparer l'omission de
M. Castil-Blaze, et de dire ce que c'est que le
rhythme. Malgré la sécheresse de ces détails, j'ose
affirmer qu'ils ne seront pas inutiles aux amateurs
d'opéras ; car si j'ai le bonheur de me faire comprendre, je leur fournirai les moyens de mieux
apprécier la musique de scène.

Tout le monde sait que le rhythme est une partie
essentielle de la musique ; mais tout le monde ne
sait pas ce que c'est que le rhythme. La plupart
des gens de lettres, et même des savans, le confondent avec la mesure, comme quand ils disent :
Rhythme du vers alexandrin, rhythme du vers de
dix syllabes. Une observation bien simple va détruire cette erreur grossière : De cent morceaux
de musique écrits, par exemple, dans la mesure
à deux temps, il n'y en a pas deux qui aient le
même rhythme ; le rhythme et la mesure sont
donc deux choses très-différentes. Or, la mesure
peut être remplie par une, deux, trois, six, huit
notes ou davantage ; le nombre de ces notes dépend
de leur valeur, et quand cette valeur n'est que la
moitié, le quart ou le huitième de la mesure, il est
évident qu'il faut deux, quatre ou huit de ces valeurs pour la compléter. Si vous supposez ces valeurs répandues inégalement et sans ordre dans
une suite de mesures, vous aurez une musique
sans rhythme ; mais si les mêmes valeurs se repro-
duisent dans le même ordre et avec la même symétrie dans un grand nombre de mesures, alors vous

aurez un rhythme et un véritable chant. Ce rhythme
ou cette symétrie des valeurs a des combinaisons
inépuisables, et varie à l'infini sans que cette variété
change rien à la mesure. Il procède par deux et
deux, par trois et trois, par trois et deux, deux et
trois, trois et quatre, quatre et trois, etc........; ses
formes sont aussi nombreuses que les combinaisons des nombres. Le rhythme offre, en outre,
cette particularité que la musique ne peut exister
sans lui, tandis qu'il existe sans la musique, puisque
le seul son d'un tambour peut le représenter : il
est, en dernière analyse, ce qu'un tambour peut
jouer d'un air quelconque; et tout homme qui
veut simuler un chant connu en frappant avec ses
doigts sur une table, exprime le rhythme de ce
chant, ce qui suffit quelquefois pour le faire reconnaître.

Maintenant appliquons ces notions à l'œuvre du
poète. On sait que la musique a ses *temps forts*
et ses *temps faibles*; ses notes *d'harmonie* et ses
notes *de passage;* on sait aussi que ces notes de
passage ne sont point comprises dans l'harmonie,
et que le musicien ne peut s'y arrêter. N'est-il pas
à désirer, n'est-il pas même nécessaire à la perfection du chant, que les bonnes notes trouvent
toujours des syllabes pleines et sonores pour s'y reposer, et que les notes de passage puissent glisser
en quelque sorte sur les syllabes sourdes, faibles
et sans accent, telles que nos *e* muets, nos pro-
noms, articles et relatifs, *je, me, se, le, que,* etc.,

qui sont aussi des mots de passage sur lesquels on
ne peut s'arrêter? Or, puisque les bonnes notes
du rhythme musical ont des retours périodiques,
ne faut-il pas placer périodiquement les bonnes
syllabes qui doivent les recevoir? Si, au contraire,
vous portez la bonne syllabe tantôt à la seconde,
tantôt à la troisième, tantôt à la quatrième place,
le musicien ne pourra procéder ni par deux, ni
par trois, ni par quatre, puisque le rhythme chan-
gerait à chaque mesure, c'est-à-dire qu'il n'exis-
terait jamais. Comment font donc les compositeurs
et les chanteurs? Voilà sans doute ce que l'on va
me demander, et je réponds que l'absence du
rhythme dans les paroles force les musiciens à
l'alternative d'altérer le rhythme musical, ou de
prosodier tout de travers en coupant les mots ridiculement. Exemple : La romance *O ma tendre
Musette,* a été chantée par tout le monde, et cependant elle est, si j'ose le dire, inchantable, puisque
le rhythme musical procédant *par quatre* et plaçant
la bonne note sur la quatrième syllabe, vous force
à cette prosodie ridicule : O ma tendrê..... musette
dês, d'une vaine ês, chante son in-, etc..... et à
vous arrêter sur un *e* muet, sur un article, sur une
première syllabe qui n'a point de sens, comme *es*
et *in,* faisant attendre *pérance* et *constance* qui en
sont cruellement séparés. Mais le chanteur adroit
ne peut-il pas corriger ce défaut? Corriger? non;
il peut seulement l'escamoter, mais en altérant le
rhythme musical. Mais le compositeur ne pou-

vait-il choisir un autre rhythme? Il n'en pouvait
choisir aucun puisqu'il n'y en a pas de possible
avec de tels vers. Mais enfin un chant syllabique
n'aurait-il pas déguisé la faute? Oui, jusqu'à un
certain point, mais le chant syllabique est-il du
chant?

À la vérité, cette mauvaise prosodie, qui révol-
terait des Italiens, ne choque point les Français,
et j'ai presque la certitude qu'on se moquera des
efforts que je fais pour l'améliorer. Les gens de
lettres y font peu d'attention, et le public encore
moins. Mais, qui le croirait? Rousseau qui savait
très-bien la langue italienne, Rousseau qui, étant
poète et musicien, pouvait faire de la musique
pour ses vers ou des vers pour sa musique, a pro-
sodié son *Devin de Village* d'une manière barbare, et déclamé son chant comme l'aurait fait un
Allemand qui n'eût pas su un mot de français. Le
grand succès de cet opéra prouve que nous n'avons
pas l'oreille fort délicate, et je n'espère pas faire
comprendre la théorie du rhythme aux gens qui
applaudissent des phrases telles que celles-ci:
« Tant qu'à mon Co—lin j'ai su plaire. L'art à
— l'amour est favorable. À la — ville on est plus
aimable. Au vil—lage on sait mieux aimer. » Cet
auteur, qui n'aimait que la musique italienne, et
qui n'a fait que de la musique française, paraît ne
s'être pas aperçu du faux sens qu'offrait souvent
une mauvaise prosodie. En prenant le rhythme *de
quatre* pour le chœur : *Allons danser sous ces*

ormeaux, au lieu de chanter ce vers : *Bergers,* — *enflez vos chalumeaux*, comme je viens de l'écrire, il a fait entendre : *bergers enflés*, ce qui n'est pas mal ridicule. Dix gros volumes ne suffiraient pas pour faire remarquer toutes les fautes de ce genre qui fourmillent dans nos opéras, fautes qui appartiennent presque toutes aux poètes et rarement aux musiciens, car les artistes aiment presque toujours mieux renoncer aux charmes d'un rhythme correct que de blesser la langue, la prosodie ou le bon sens. Mais je n'ai pas tout dit sur les vers lyriques, et pour compléter le précepte, il faut parler de la césure.

Les anciens ayant une prosodie fixe et très-marquée, trouvaient un rhythme naturel dans la nature même de leurs langues. Le dactyle, l'anapeste, le spondée, le trochée, l'iambe, etc... leur donnaient le moyen de varier les mesures du vers sans en changer les valeurs. Ces langues étaient donc éminemment musicales. Les différentes parties d'un vers avaient la même somme de valeurs indépendamment du nombre des syllabes : un dactyle et un anapeste étaient égaux, et ils représentaient un spondée, puisqu'en dernière analyse, chacun des trois ne valait que deux longues; le trochée et l'iambe se ressemblaient aussi, puisqu'il est indifférent pour la somme totale que la longue soit avant la brève ou la brève avant la longue. Le vers hexamètre

Quadrupedante putrem sonitu quatit ungula campum,

qui contient dix-sept syllabes, n'est cependant pas
plus long que le vers

Exstinctum nymphœ crudeli funere Daphnim...,

qui a quatre syllabes de moins; deux musiciens
qui les chanteraient tous deux dans la mesure à
deux temps, et d'un même mouvement, finiraient
ensemble, parce que cinq spondées et un dactyle
valent autant que cinq dactyles et un spondée,
comme onze noires et deux croches sont égales à
vingt-quatre croches ou à douze noires. Les vers
lyriques des anciens, et tous leurs vers en général
offraient donc au musicien une *quantité* constante,
une prosodie fixe et une variété infinie de formes
qui n'empêchaient pas que les valeurs ne restassent
les mêmes.

Malheureusement notre langue n'a aucun de
ces précieux avantages. Notre *quantité* est vague,
notre prosodie peu marquée, et chez nous, comme
l'a dit l'abbé d'Olivet, *les syllabes se comptent et
ne se pèsent pas.* Prenons pour exemple le premier
vers de *la Henriade;* le premier hémistiche,

Je chante le héros. . . . .

me présente trois mauvaises syllabes, *je, te, le,*
tandis que le second,

. . . . Qui régna sur la France,

ne m'offre que des sons pleins. Les deux moitiés du
vers, égales en nombre de syllabes, sont donc fort

inégales en valeur, et, si j'ose le dire, en *poids*. Il
en est de même de presque tous nos vers; on en
compte les valeurs sans les peser, et un *e* muet y
tient autant de place qu'une diphtongue ou un *a*
surmonté de l'accent circonflexe. Comment donc
corriger ou dissimuler au moins ce vice de la
langue? Comment concilier cette prosodie vague
avec la musique dont les valeurs sont tellement
fixes, qu'on y tient compte de la quadruple croche,
c'est-à-dire de la soixante-quatrième partie d'une
mesure à quatre temps? Le voici :

Outre le soin de distribuer également les syllabes longues, pleines et sonores dans toutes les
parties du vers, comme je l'ai dit plus haut, il faut
encore avoir recours à l'artifice des *césures*. Notre
prosodie n'exige de césure que dans le vers alexandrin et dans celui de dix syllabes. Cela ne suffit
pas à beaucoup près. La musique marche toujours
avec un cortége, et procède avec lenteur. On ré-
citerait trois ou quatre fois les vers d'un air, pendant le temps qu'on les chante. Il faut donc offrir
des repos à la musique, qui ne peut pas toujours
courir. Il n'y a pas d'autre moyen que de lui présenter beaucoup de césures, et de placer toujours
avant chaque césure une bonne syllabe sur laquelle la bonne note puisse se reposer, et même
se prolonger en *tenue* si le musicien le juge à propos. J'ouvre un Métastate, j'y vois que les plus
petits vers sont coupés par une césure, tels que
ceux-ci qui sont de six syllabes:

> *Se resto — sul lido*
> *Se sciolgo — le vele*
> *Infido — crudele*
> *Mi sento — chiamar, etc.*

Les vers de cinq syllabes sont également césurés ; exemple :

> *Veggio — la sponda*
> *Sospiro — il lido,*
> *E pur — dall' onda*
> *Fuggir — non so , etc.*

Partout ici la seconde syllabe offre un appui à la bonne note. Dans d'autres morceaux, l'appui se trouve à la troisième où à la quatrième syllabe, et dans les grands vers la césure doit être double ou même triple. Je sais que cela est contraire à notre poésie, qui n'aime pas les vers morcelés, et qui chérit au contraire la période poétique ; mais telles sont les conditions sans lesquelles notre poésie ne s'accordera jamais avec la mélodie musicale. On n'a pas d'idée du charme que l'on éprouverait, si, par la distribution égale et périodique des syllabes sonores, et par l'heureux emploi des césures, les *temps forts* des vers lyriques tombaient toujours avec les temps forts de la mesure musicale, si le rhythme de la mélodie se mariait constamment avec le rhythme poétique, si la musique et les vers s'unissaient de manière à ne former qu'une même langue, à faire entendre une seule harmonie, à produire un seul et même effet. Il faut donc que

ces deux arts se fassent des concessions mutuelles ;
mais quand le poète, pour servir le musicien, se
livre à un travail pénible, dont on ne lui sait pas
gré, le compositeur, de son côté, ne doit pas vouloir régner en despote, et culbuter, au gré de son
caprice, l'ouvrage qui lui sert d'appui, qui lui
épargne bien des peines, et qui prête à ses chants
de nouveaux charmes.

THÉATRE DE L'OPÉRA-COMIQUE,

OU RECUEIL DES PIÈCES RESTÉES A CE THÉATRE ;

Pour faire suite aux Theâtres des auteurs du premier et du second
ordres ; avec des notices sur chaque auteur, la liste de leurs pièces,
et la date des premières représentations.

Quoique l'opéra comique soit généralement
répandu, quoiqu'il plaise au-delà de sa valeur
intrinsèque, les personnes d'un goût sévère ne
voient en lui qu'un mauvais genre, et un parasite
qui pompe les sucs destinés à alimenter le véritable théâtre de la nation. Les critiques les plus
modérés le désignent comme un genre qui ne tient
presque pas à la littérature. Ces arrêts sont bien
sévères : peut-être est-il possible de les adoucir ;
mais je ne crois pas que l'on puisse les infirmer
entièrement.

Je vais cependant essayer d'exposer tout ce qu'on peut dire de raisonnable pour ou contre l'opéra comique, considéré comme genre, et je prie le lecteur de ne point me juger sur les premières propositions que je vais énoncer ; c'est par le total de cet article, et non par quelques phrases, qu'il faut apprécier mon opinion sur cette partie agréable, mais bizarre, de l'art dramatique en général. Un autre rédacteur rend compte tous les jours des pièces de ce théâtre, sous le rapport de la représentation ; à cet égard, je ne pourrais que répéter ce qu'il a dit : Je n'envisagerai donc l'opéra comique que dans ses ressemblances et ses différences avec le théâtre français ; et, conformément à la tâche qui m'est imposée, j'aiderai le lecteur à décider si l'opéra comique mérite les honneurs de la bibliothèque, et s'il est digne de faire suite aux Théâtres du premier et du second ordres.

On lui reproche d'abord son alliance avec la musique, et les sacrifices qu'il est obligé de faire à cet art. Les partisans de l'opéra comique répondent que la tragédie, chez les anciens, était accompagnée de la musique, et n'en était pas moins estimée ; cette alliance ne pourra être regardée comme vicieuse que quand il sera démontré qu'on ne peut pas chanter de bons vers. Si la plupart des auteurs lyriques ont rendu cette opinion vraisemblable, c'est leur faute, et non celle du genre. Plusieurs vers de Quinault, de Favart, de Mar-

montel, ont prouvé le contraire ; les chœurs d'A-
thalie le prouvent encore mieux. Quant aux sacrifices que les autres font aux musiciens, c'est
encore leur faute ; Grétry et quelques auteurs ont
fait voir que la musique pouvait suivre tous les
mouvemens de la scène, et s'approcher, jusqu'à
l'illusion, de la vérité du dialogue.

On insiste : est-il rien de plus absurde, dit-on,
que de discourir, disputer, s'attrister, pleurer, et
même mourir en chantant ? Ce qui est contraire
à la nature détruit la vraisemblance, et conséquemment l'intérêt.

Voici comme on réfute toutes les parties de
cette objection : S'il est absurde de discourir, de
s'affliger et de pleurer en chantant, il n'est guère
moins ridicule de s'affliger et de pleurer en vers
de douze syllabes, coupés par un hémistiche et
terminés par une rime. S'il faut bannir des productions de l'art tout ce qui est contraire à la
nature, défendez aux héros de la scène, aux bourgeois, aux valets, aux paysans, de parler en vers ;
défendez aux sculpteurs de nous montrer des figures dont les yeux, la peau, les cheveux et les
vêtemens soient de la même couleur ; et aux gra-
veurs de nous présenter des paysages où les maisons soient noires, les eaux noires et les fleurs
noires : tout cela est contraire à la nature ; mais
chacun des arts a ses principes distincts et ses *invraisemblances convenues :* l'un n'envisage les
objets que sous le rapport des formes, l'autre sous

celui des apparences ou des couleurs; et il ne faut
jamais juger l'un par les principes de l'autre. D'ailleurs, la musique n'est pas toujours ce que vous
nommez *un chant*; à la scène, elle est *une exten-
sion de la prosodie*; et la déclamation musicale
ne diffère de la déclamation parlée qu'en ce que
la première fixe les *intonations* et les *intervalles*
d'une manière invariable, tandis que la seconde
les laisse *ad libitum.* S'affliger en chantant serait
fort ridicule; mais s'affliger et pleurer en musique
ne l'est point. La preuve que cet art n'exclut pas
le sérieux, la gravité, et même la tristesse, c'est
qu'il accompagne nos cérémonies religieuses, nos
mystères, et même nos pompes funèbres. L'autre
partie de l'objection n'est pas plus concluante;
la musique ne détruit ni la vraisemblance, ni l'intérêt, puisqu'on voit le public s'attacher à l'action
d'un drame lyrique, s'y intéresser, s'y émouvoir,
y verser des larmes, sans qu'un duo, un trio, une
romance, fassent évanouir l'illusion. Pour en finir
sur ce point, disons que toute situation comique
ou intéressante, préparée et présentée convenablement, produira le même effet, soit en musique,
soit en déclamation.

Je n'ai combattu les objections précédentes que
parce qu'elles sont anciennes; si je n'avais consulté que leur valeur, je n'en aurais pas même
parlé. Celles qui vont suivre sont d'une nature
plus grave, et les amateurs de l'opéra comique
ne les détruiront pas si facilement.

En vous accordant, leur dit-on, que la musique
soit une *langue*, qu'elle puisse exprimer toutes les
nuances de la pensée et du sentiment, qu'elle ne
nuise ni à la vraisemblance ni à l'intérêt, il faudra
toujours avouer qu'elle allège considérablement la
tâche du poète, et qu'elle lui prête des ornemens
étrangers à son art. A la comédie française, l'auteur n'a de secours à attendre que de son talent ;
seul il fait naître l'attention et l'intérêt, seul il doit
les soutenir jusqu'à la fin de l'action. Si une scène
languit, si elle se lie mal à la suivante, si le passage
d'une situation à une autre laisse une lacune, il
ne peut remplir ces vides ni par l'ariette ni par
le duo : la scène heureusement commencée doit
se terminer plus heureusement encore ; des traits
brillans ne disposent pas le spectateur à pardonner
des fautes ; il devient au contraire plus exigeant,
il veut que son plaisir s'accroisse, il demande le
mieux en applaudissant le bien. L'auteur, vers la
fin de l'ouvrage, court d'autant plus de risques,
qu'il a montré plus de talent, et il ne trouve pas
dans la musique un supplément aux forces qui
lui manquent. L'auteur lyrique, au contraire, a
toujours à ses ordres ou l'harmonie imposante,
ou la séduisante mélodie, qui déguisent ses défauts ou les font pardonner. S'agit-il de terminer
une scène ? quand il ne sait plus que dire, il fait
chanter. L'ariette fait sortir un acteur, la ritour-
nelle en fait entrer un autre : un duo donne de
la chaleur à un dialogue qui languit ; un morceau

d'ensemble développe heureusement une situation qui, sans ce secours, serait peu dramatique : la musique, enfin, tient lieu de style, de liaison, de conclusion, chaque fois que le poète se trouve embarrassé. Un opéra quelconque est donc un ouvrage infiniment plus facile à faire qu'une comédie de quelque genre que ce soit. Observez d'ailleurs que le poète lyrique emprunte les ornemens d'un art qui lui est étranger, ce qui est contraire aux règles du goût; que la musique emploie des moyens physiques pour plaire, et que les ouvrages d'esprit ne doivent être que des productions de l'esprit, sans aucun secours physique et matériel.

A tout cela, je n'ai rien à répondre. On ajoute que les bons écrivains ont dédaigné le genre de l'opéra comique, ou, s'ils l'ont traité quelquefois, ils n'y ont jamais employé qu'une faible partie de leur talent.

Tout cela est vrai; mais que veut-on dire quand on fait tous ces raisonnemens contre l'Opéra-Comique? Qu'entend-on par ce mot? Ce théâtre était originairement occupé par des bateleurs et des danseurs de corde : Le Sage, Fuzélier et d'Orneval changèrent sa destination, lui donnèrent le nom d'*Opéra-Comique,* et y firent jouer des pièces qui ressemblaient à ce que nous nommons *vaudevilles*, mais beaucoup moins régulières. Une anecdote, un à-propos, une allégorie, un simple jeu d'esprit, en faisaient tout le fonds. Les couplets y étaient, en général, piquans et bien tournés; plusieurs, ceux de Panard et de Favart, par exemple, avaient toute la perfection dont ce genre est susceptible. L'*Opéra-Comique* fut réuni à la *Comédie-Italienne*, où l'on joua des opéras d'un autre genre, d'abord parodiés de l'italien, puis avec de la musique française. Ce théâtre fit fortune ; devenu riche, il voulut être noble : aux villageois, aux artisans, on vit succéder, sur cette scène, des rois, des princes, des chevaliers. Marmontel et d'Hèle y traitèrent la *comédie en musique*, tandis que Sedaine y introduisait le *mélodrame*. Le *drame* pur s'y montra bientôt, et y fut ridiculement nommé le *grand genre ;* la tragédie même y a paru quelquefois avec une musique vigoureuse ; enfin, la comédie lyrique paraît s'y être fixée ; et, ce qu'il y a de bizarre dans toutes ces vicissitudes, c'est que ce théâtre n'a repris son nom d'*Opéra-Comique* que long-temps après que le véritable opéra comique (le vaudeville) en a été séparé et n'y a plus reparu.

Or, maintenant, est-ce aux mélodrames intéressans et mal écrits de Sedaine ; est-ce aux pièces agréablement écrites, mais un peu froides, de Favart et Marmontel ; est-ce à la comédie ou au drame lyrique, à l'opéra villageois ou à l'opéra mixte que s'adressent les reproches que l'on fait à l'opéra comique ? Je vais tâcher de tirer quelques conséquences de tous les raisonnemens contradictoires que je viens de rapporter.

Il est évident que l'opéra comique, de quelque

espèce qu'il soit, ne peut être mis en parallèle avec la véritable comédie : les meilleurs opéras comiques sont très-inférieurs, non-seulement aux chefs-d'œuvre de la scène française, mais même aux bons ouvrages du second ordre. Il ne faut cependant pas se presser de conclure qu'il ne faille pas beaucoup de talent pour traiter ce genre d'une manière convenable. Il a ses difficultés comme ses ressources ; et il sera toujours certain, quoi qu'on en dise, qu'une action comique ou intéressante, qui offre des caractères et des situations, bien exposée, bien conduite, bien intriguée, bien dénouée et ornée d'un style élégant, correct et naturel, ne peut être une production méprisable. Toutes ces qualités, sans doute, se trouvent rarement réunies dans un opéra; mais leur réunion est-elle bien commune, même dans la comédie ? Il suffit que plusieurs de ces qualités se trouvent dans un ouvrage pour qu'il ne puisse être rejeté de la littérature ; et plusieurs opéras comiques sont, à la musique près, d'agréables comédies. Il y a plus : telle comédie qui plaît aujourd'hui sur le Théâtre-Français a été lue et reçue à celui de l'Opéra-Comique. Or, n'aurait-il pas été bien ridicule de mépriser à la rue Feydeau ce qu'on estime à la rue Richelieu ?

Comme M. Nicolle, éditeur de cet ouvrage, estime assez l'opéra comique pour le placer après la bonne comédie, je n'examinerai son recueil que sous le rapport du style, partie de l'art dont on s'occupe trop peu maintenant, que les critiques daignent à peine remarquer, qui cependant fait vivre les pièces, et peut seule leur procurer les honneurs de la bibliothèque.

J'ai parlé de toutes les vicissitudes qu'a éprouvées l'Opéra-Comique, et je répète, comme une circonstance remarquable, que ce théâtre n'a repris le nom d'*Opéra-Comique* que depuis que le véritable opéra comique n'y existe plus.

M. Nicolle, en recueillant toutes les pièces qui sont restées à ce théâtre, fera successivement connaître les différens genres qui y ont prospéré tour-à-tour : il commence cette collection à la *Servante Maîtresse*, et je suis étonné qu'il n'ait pas remonté plus haut. Parmi les vrais opéras comiques, de Le Sage, de Panard, de Piron et de Favart, il en est plusieurs qui mériteraient d'être recueillis, d'abord, parce qu'ils ont créé le genre, et surtout parce que, relativement au style, ils sont très-supérieurs à la plupart de ceux qui réussissent aujourd'hui. Ils sont absolument dénués d'intérêt dramatique, je l'avoue ; mais l'esprit, la grâce, l'originalité, la perfection même qui brillent dans un grand nombre de couplets, et quelquefois dans le dialogue, feraient un contraste curieux avec les *paroles* insignifiantes, ridicules, inconcevables même, que l'on place trop souvent aujourd'hui sous la musique, et que le public écoute avec une admirable patience.

Je conseille à M. Nicolle de faire un choix de ces petites pièces qui sont les vrais opéras comiques,

et qui ont conséquemment le premier droit à figurer dans sa collection : quand on veut publier
une suite aux auteurs du premier et du second
ordres, il ne faut pas dédaigner les ouvrages qui se
recommandent par le style. Deux petits volumes
de *supplément* n'enfleront pas beaucoup un recueil si volumineux, et l'éditeur n'encourra pas le
reproche de n'avoir pas pris l'opéra comique à
son berceau.

Les trois premières pièces qui ornent cette galerie, sont *la Servante Maîtresse*, *Anette et Lubin*, et *Ninette à la Cour*. Elles sont toutes trois
si connues, qu'elles ne me laisseraient rien à dire,
si je ne croyais pas devoir à mes lecteurs quelques
explications sur les opéras que l'on nomme *parodiés*, et qui n'ont rien de commun avec ce qu'on
appelle *parodies*.

L'art de *parodier* sur la musique consiste à subs-
tituer de nouvelles paroles à celles pour lesquelles
la musique a été faite. C'est une espèce de travail
qui ne vaut pas à beaucoup près ce qu'il coûte ;
c'est un sacrifice continuel que la versification fait
à la musique. Les vers *parodiés* sont très-difficiles
à faire, et les meilleurs ne valent jamais rien. Le
lecteur s'en fera une idée quand il saura que le ver-
sificateur trouve dans ce genre de composition cent
fois plus d'entraves, de difficultés minutieuses,
que la véritable poésie n'en imposait aux Racine
et aux Boileau. Il faut qu'il possède parfaitement
la phrase musicale, qu'il trouve une idée et une

tournure analogues au caractère particulier de la phrase de chant; qu'il découpe ses vers en deux, trois et même quatre césures, pour rencontrer toujours les repos de la mélodie; qu'il choisisse non-seulement les mots matériellement convenables, mais même les syllabes, afin que la syllabe tonique d'un mot se trouve sans cesse placée sous l'une des notes de l'harmonie, et qu'il évite surtout d'attacher une bonne syllabe à une *note de passage*, comme une mauvaise syllabe à une *note harmonique*. On peut dire, enfin, que dans cette opération presque mécanique, la poésie est sur le lit de Procuste; et ce tyran lui coupe ou lui allonge les membres, selon le caprice de la musique.

La difficulté est souvent si grande, qu'elle force l'auteur en marqueterie à violer toutes les règles de la versification. S'il ne trouve pas les notes finales du chant disposées de manière à recevoir tour-à-tour la syllabe *muette* ou la syllabe *pleine*, il est forcé de placer de suite sept à huit rimes masculines ou féminines d'une nature différente; quelquefois même il fait des vers qui ne riment à rien, comme dans la poésie italienne. La longueur et la mesure de ses vers dépendant de la phrase de chant, il est obligé de les faire de toutes dimensions, et souvent de former des alliances bizarres, comme des vers de trois, cinq et sept syllabes, après ceux de quatre, six et huit. Il est aisé de voir que des vers qui ont toutes les mesures n'ont aucune mesure réelle, et qu'ils sont, à proprement parler,

de la prose, puisqu'une phrase de prose quel‑
conque a six, sept, huit, neuf, dix syllabes, plus
ou moins, et que tous ces nombres sont admis
dans les vers *parodiés*.

On m'objectera sans doute que de pareils vers
ne doivent être jugés que relativement à la mu‑
sique, j'en conviens; mais alors ne les en séparez
pas, ne me donnez pas à lire ce qui n'est pas li‑
sible. Et comment voulez-vous que je juge ces vers
relativement à la musique, lorsque cette musique
n'existe plus, ne sera jamais exécutée, et consé‑
quemment n'excusera jamais la bizarrerie désa‑
gréable de la versification?

Quelques auteurs ont surmonté ces difficultés
avec une adresse que l'on peut appeler du bon‑
heur; mais ils n'ont jamais réussi que dans de pe‑
tites parties d'un ouvrage, comme dans un couplet,
un air, ou tout au plus un duo; et encore un mu‑
sicien tel que Grétry trouverait-il bien des défauts
dans ces petits fragmens que l'on cite comme des
tours de force? Concluons donc que tout auteur
lyrique qui veut être lu, doit donner au musicien
des vers mélodieux et symétriques, mais ne doit
jamais lui sacrifier l'élégance, la raison, les règles
de la versification, ni celles de la grammaire.

Si un auteur aussi pur, aussi élégant que Fa‑
vart, a fait de très-mauvais vers en *parodiant* de
la musique, que doit-on attendre des poètes mé‑
diocres?

Quand *la Servante Maîtresse* parut, elle fut

regardée comme un chef-d'œuvre. M. Baurans, auteur de ce petit ouvrage, passa pour inventeur, parce qu'il introduisait chez nous les richesses musicales de l'Italie, et parce qu'il prouvait que la langue française peut très-bien s'allier à la mélodie. Cette pièce méritait les éloges et la reconnaissance des amateurs; mais c'est abuser de l'hyperbole que de l'appeler un chef-d'œuvre. M. Baurans a fait tout ce qui était possible; mais c'est encore bien peu pour satisfaire un homme de goût. Le vice de genre a vaincu le talent et la patience. Quel est, en effet, le lecteur un peu délicat qui prenne quelque plaisir à lire des vers tels que les suivans :

> Il faut se rendre. —
> Ah ! laisse-moi. —
> Il faut me prendre. —
> Tu rêves, je croi. —
> Reçois mon cœur et ma foi. —
> Non, je ne veux pas de toi. —
> Si, si, tu seras à moi. —
> Pour cela,
> Je pense que j'en tiens là. —
> Je suis jolie,
> Mais très-jolie,
> Au plus jolie. —
> La ralla, la ralla. —
> Rien n'efface
> Cette grâce. —
> Quelle peine !
> Quelle gêne ! —
> Il en tient, je le voi. —
> Laisse-moi :
> Non, je ne veux pas de toi.

Voilà des phrases morcelées, des mots poussés l'un au bout de l'autre avec assez d'adresse ; mais quel est le misérable genre dans lequel de pareils vers passent pour excellens ?

Favart, bien plus célèbre, a eu sans doute plus d'esprit que M. Baurans, mais il n'a pas été plus heureux en vers parodiés ; il est au moins certain que l'auteur de *la Servante Maîtresse* a beaucoup plus de naturel. Quoi qu'il en soit, je sais gré à M. Nicolle de n'avoir pas dédaigné cette pièce, dont l'auteur a naturalisé chez nous la musique italienne, nous a donné le désir de l'imiter, et a préparé à ce théâtre le règne des Grétry et des Monsigny.

Parmi les trois premiers opéras de la collection, j'aurais dû compter *la Chercheuse d'Esprit* qui est le second ; mais cet ouvrage n'est point parodié ; c'est un véritable opéra comique, dans le genre absolument de ceux que l'on joue au théâtre du Vaudeville. Dans *la Chercheuse d'Esprit*, c'est Favart qui est le véritable chercheur d'esprit, et qui le rencontre à chaque pas. Tout est esprit dans cette pastorale comique ; on en trouve jusque dans les naïvetés des personnages, et même dans les bêtises d'Alain et de Nicette. Malgré le défaut de naturel, la pièce est agréable, mais je doute qu'elle reparaisse sur nos théâtres : l'équivoque y domine d'un bout à l'autre ; et nous devinons trop bien les indécences pour pouvoir en supporter l'apparence la plus légère. Si nos arrière-petits-neveux sont moins sérieux, moins corrompus et moins décens que nous, ils riront franchement de *la Chercheuse d'Esprit*, que les jeunes filles alors ne comprendront pas assez bien pour s'en fâcher.

Annette et Lubin est connue de tout le monde. C'est encore une pastorale faite avec de l'esprit. Lubin y est un véritable philosophe, un profond moraliste; il débite des maximes qui feraient honneur au Portique et à notre Académie. Annette laisse tour-à-tour échapper des niaiseries pleines de grâce, des mots d'une grande finesse, et des pensées d'un très-grand sens. Ces deux amans, que l'auteur suppose plus innocens que ne le sont les enfans aujourd'hui, comparent avec satisfaction les plaisirs champêtres et vrais, aux faux plaisirs des messieurs de la ville. Lubin dit :

> Les grands ne sont heureux qu'en nous contrefaisant ;
> Chez eux la plus riche tenture
> Ne leur paraît un spectacle amusant,
> Qu'autant qu'elle rend bien nos champs, notre verdure...

Annette fait cette réflexion, qui n'est certes pas celle d'une bête :

> Ah ! Lubin, nous devons bien aimer nos plaisirs,
> Puisqu'il faut tant d'argent pour en avoir l'image.

Lubin, malgré son amour, veut montrer qu'il a plus d'esprit qu'une *ingénuité*. Il riposte :

> Pauvres gens ! leur grandeur ne doit pas nous tenter :
> Ils peignent nos plaisirs au lieu de les goûter.

Plus loin, on trouve ce trait :

LUBIN.

Sur nos gazons l'on sommeille
Tranquillement, et d'abord
Comme on y dort !

ANNETTE.

Comme on y veille !

A ce mot, Molière se serait écrié : Peste ! quelle
ignorante ! Au reste, il ne faut pas oublier qu'à
l'époque d'Annette et Lubin, ce théâtre se ressentait encore de son institution ; l'esprit y faisait
tous les frais : les auteurs d'opéras comiques ne
rivalisaient point encore avec la comédie, le drame
et même la tragédie ; on présentait au public des
tableaux gracieux qui n'étaient point dessinés d'a-
près les règles d'Aristote, mais on était très-sévère
sur le style. Si l'on pardonne à Favart d'avoir
montré des bergers semblables à ceux de Fonte-
nelle, on conviendra qu'à ce défaut près, il n'était
pas possible de mettre plus de grâce, plus d'esprit, plus d'agrément dans des ouvrages de ce
genre. Les vers (à l'exception de ceux qui sont
parodiés) y ont une pureté, une élégance et un
coloris que l'on retrouve rarement dans les pièces
même de la Comédie-Française. *Annette et Lubin*
a toujours plu, et plairait encore aujourd'hui, si
ce petit bijou, un peu trop brillant, était convenablement enchâssé.

Ninette à la Cour se ressent de la *parodie.* Favart a cru devoir brillanter son dialogue pour s'indemniser des mauvais vers que la musique lui avait commandés. Ninette, innocente comme Annette, a quelquefois de l'esprit comme la soubrette de la Métromanie. Si elle chante, ce sont des vers comme ceux-ci :

> A la fête du village
> La clochette fait ndi, ndi....
> En songeant à notre ménage,
> Je sens mon cœur qui tinte aussi ;
> Mon cœur bat pour mon mignon,
> Mon cœur fait un carillon, etc....

Mais quand elle parle c'est toute autre chose ; la naïveté cesse avec la musique. La petite fille dont le cœur bat *pour le mignon*, vous dit élégamment :

> C'est un bonheur que cette obscurité ;
> D'aucun soin étranger l'esprit ne s'embarrasse.

Ailleurs :

> Au milieu d'un buisson d'épines
> Naissent les roses du printemps.

Notez que c'est une métaphore. Plus loin :

> Déjà je m'aperçois, *à vous parler sans fard,*
> Qu'ici l'on ne doit rien qu'à l'art ;
> La beauté n'est qu'une peinture :
> Jusqu'aux fleurs, *tout est imposture.*

Voilà ce qu'on appelle de l'ingénuité d'opéra. Mais Favart, en payant ce tribut au goût du temps, et

à l'enfance de cet art, s'est distingué par tant de
qualités estimables ; il est si supérieur pour le style,
à ceux qui l'ont suivi, que ses pièces les plus dé-
fectueuses sont de petits chefs-d'œuvre de grâce
et de correction, si on les compare à celles de Sedaine et de quelques autres. Passons maintenant
aux pièces de ce recueil qui ne peuvent pas être
mises en parallèle avec les bons ouvrages de la
Comédie-Française, mais qui peuvent suivre modestement ce qu'on nomme la *comédie d'intrigue*.

Je commence par Sedaine qui a obtenu à l'Opéra-
Comique les plus nombreux et les plus longs succès : cet auteur, qui n'était pas homme de lettres,
n'a encore été ni bien connu, ni bien jugé ; on lui
attribue un talent qu'il n'avait pas ; on fait à peine
attention à un talent bien réel qu'il avait à un très-
haut degré, et quand on s'est moqué de son style
(à la vérité bien barbare), on se croit en droit de
mépriser ses ouvrages sous tous les rapports. L'A-
cadémie a eu grand tort de lui ouvrir ses portes ;
cet honneur était précisément celui que Sedaine
ne méritait pas, quoiqu'on lui dût beaucoup d'estime à d'autres égards. Mais quel a été l'effet de
cette réception ? Quand Sedaine n'était qu'auteur
dramatique, il passait pour l'un des hommes qui
connaissait le mieux la magie théâtrale, qui savait
le mieux plaire à la multitude, l'amuser ou l'intéresser. On ne songeait guère alors à son style ; la
vivacité et l'intérêt de ses drames ne laissaient pas
le temps de l'examiner ; mais dès qu'il fut de l'Aca-

démie, toute la France sut qu'il était un mauvais écrivain, et ce fut l'académicien que l'on jugea dès-lors au théâtre, tandis qu'auparavant on n'y avait vu que l'auteur fécond et ingénieux. L'Académie a été instituée pour la conservation, et, si j'ose le dire, pour l'épuration de la langue française ; le style doit donc être le premier mérite à ses yeux ; elle doit penser comme Boileau, que, sans la langue, l'homme de génie même n'est qu'un méchant écrivain. Et cependant cette Académie, si fière de ses prérogatives, de sa prééminence ; cette Académie, qui regardait l'opéra comique comme un genre si peu digne d'elle, a violé ses statuts au point de recevoir un auteur d'opéras comiques, et lequel encore ? Celui de tous qui écrivait le plus mal, celui qui regardait le style comme une *niaiserie*, celui enfin qui érigeait en principe le mépris pour la grammaire, pour l'élégance et pour la poésie.

Mais ne songeons plus à l'académicien, et occupons-nous de l'auteur de tant d'opéras comiques. Sedaine a fait, à ce théâtre, deux révolutions contradictoires ; et dût-on me reprocher la prétention au paradoxe, la vérité me force à dire que cet auteur a perfectionné et en même temps courrompu le genre de l'opéra comique. Avant de condamner cette contradiction apparente, qu'on me permette de la justifier en m'expliquant.

Sedaine a donné à l'opéra comique un mouvement, une chaleur, une variété de tableaux et de situations qu'on n'y connaissait point avant lui; il y a excité un intérêt qui a été souvent porté jusqu'à l'enthousiasme. En cela certainement il a agrandi la sphère de ce théâtre; mais en revanche, il en a fait disparaître la grâce, l'élégance, le style, et jusqu'à l'habitude d'y parler français; il a donc corrompu ce genre même en l'enrichissant. Il lui a fait un plus grand mal encore en y introduisant ce *comique matériel* qui frappe les yeux sans intéresser l'esprit, qui substitue un meuble à une passion, un déguisement à un caractère, les décorations aux mœurs, le mouvement physique au mouvement moral; moyen grossier qui plaît à la foule, qui a d'autant plus de charmes qu'il est plus exagéré; qui *ouvre la porte aux manœuvres*, et qui a produit le *mélodrame*.

Sedaine a donné lieu à un dicton proverbial que l'on répète tous les jours et qui manque de justesse. Je ne le combattrai que parce que des hommes d'esprit, des gens de lettres même adoptent cette espèce d'axiome dramatique. Sedaine, dit-on, écrivait fort mal, mais il *charpentait* bien. Que signifie ce mot *charpenter?* On veut dire sans doute que cet auteur traçait parfaitement le plan d'une pièce, qu'il observait très-bien les règles de l'art, qu'il conduisait son action avec méthode, que ses scènes se liaient l'une à l'autre, et que toutes les parties de son édifice dramatique étaient régulièrement coordonnées. Eh bien! tout cela est faux quand on l'applique à Sedaine. Il n'a jamais existé d'auteur

qui se soit plus moqué des règles d'Aristote. Il se
vantait même de son mépris pour ces règles qu'il
appelait des entraves. Quand même il n'aurait pas
fait connaître son opinion à cet égard, ses pièces
ne la démontraient que trop. Partout le *comique
matériel* est son principal ressort, partout le romanesque est substitué au dramatique. Il abuse
sans cesse de la maxime :

Segniùs irritant animos demissa per aures,
Quàm quæ sunt oculis subjecta.

Il a vu qu'une prison intéressait le peuple, il a
montré deux actes de prison dans le *Déserteur,*
une autre prison dans le *Comte d'Albert,* puis un
château-prison dans *Barbe-Bleue,* puis une tour-
prison dans *Richard Cœur-de-Lion,* puis deux
prisons dans *Aucassin et Nicolette.* Ici, un *enfant
trouvé* dont le père reparaît par un moyen-roma-
nesque ; là, un prisonnier qui s'échappe en se
couvrant, sur le théâtre, des habits d'un portefaix ; ailleurs, une situation touchante par elle-
même, et qui devient pathétique par la décoration;
dans une autre pièce, un cabinet où l'on entre et
dont on sort à chaque instant; toujours des ressorts
physiques, et, par cela même, bien plus puissans
sur le vulgaire des spectateurs. Ajoutez à cela qu'il
ne s'occupe jamais de liaison, que ses acteurs entrent par une coulisse, tandis que d'autres sortent,
sans que rien prépare, motive, nécessite l'entrée
de ceux-ci, ni la sortie de ceux-là ; a-t-il enfin
présenté sa situation principale, il saute à pieds

joints du nœud sur le dénoûment ; il finit une
pièce par un moyen prévu dès le commencement,
une autre par une porte que l'on fracasse, une
troisième par une forteresse que l'on prend d'assaut
en deux minutes ; une autre enfin ne se dénoue
pas du tout, et l'on est obligé de faire quarante ou
cinquante lieues pour trouver, non pas son troisième acte, mais sa suite qui n'a aucun rapport
avec le sujet. Est-ce bien là ce que l'on peut appeler
une bonne *charpente?*

On va m'accuser sans doute d'avoir voulu insulter aux mânes de Sedaine, et peut-être soup-
çonnera-t-on quelque misérable motif à la critique
que je viens de faire. Si vous lui refusez, me dira-
t-on, le style et la charpente, que lui restera-t-il,
et à quoi attribuez-vous les étonnans succès qu'ont
obtenus ses drames lyriques ?

Je pourrais sans injustice faire observer que les
drames de Sedaine ont été confiés aux deux musiciens qui ont su le mieux parler au cœur et à
l'esprit, et je le pourrais avec d'autant plus de raison que, partout où cet auteur a réussi, l'on
trouve les noms de Grétry et de Monsigny qui réclament une grosse part du succès ; mais je n'aurai
pas recours à ce moyen, et Sedaine avait person-
nellement tout ce qu'il fallait pour plaire à la multitude, l'intéresser, l'étonner et exciter son enthousiasme, indépendamment du *style* et de la
conduite, deux qualités dont le peuple en général
juge fort mal et s'inquiète fort peu.

Dans une foule de *sujets*, aucun auteur n'a jamais mieux reconnu que Sedaine, celui qui pouvait convenir au théâtre. Dans un sujet dramatique, personne n'a mieux vu que lui quel était le point qui portait l'intérêt, qui devait former la situation principale, et qu'il fallait faire ressortir aux dépens de tous les autres. Il avait le coup d'œil juste et le tact sûr quand il s'agissait de choisir entre plusieurs effets et plusieurs situations. Travaillant pour la masse, son but était d'intéresser ; il ne se trompait jamais sur le moyen, et quand il l'avait trouvé, il rejetait dédaigneusement toutes les observations, tous les conseils fondés sur la régularité, la vraisemblance ou l'habitude. Il osait tout, mais il osait heureusement. Toutes ses pièces tombaient aux premières représentations, ce qui ne les empêchait pas d'être jouées cent fois, et leur succès fatiguait la critique. Peu à peu on s'habituait à sa manière brusque, mais animée ; à son style barbare, mais plein de mots heureux ; à ses fautes grossières, mais qui produisaient des beautés inattendues. On disait : son *déserteur* est un sot, il cause avec une petite fille au lieu d'entrer chez sa maîtresse, et quand il voit cette prétendue noce, pourquoi cet homme si passionné ne va-t-il pas reprocher aux parens leur perfidie, et à Louise son infidélité ? On répondait : oui, il fait une sottise, mais l'amour lui fait perdre la tête, et quand il va être condamné à mort, on s'intéresse à son malheur, sans chercher comment il eût pu l'éviter.

34.

On reprochait à *Rose et Colas* de n'avoir point d'action ; en effet, les parens y sont d'accord, et la pièce ne se prolonge que parce qu'on veut retarder jusqu'à l'hiver le mariage convenu dès le printemps. Cela est vrai, disait-on, quand le succès fut assuré, mais pourquoi veut-on de l'action dans un drame ? n'est-ce pas pour amuser, intéresser ? et si l'on vous amuse, si l'on vous intéresse sans action, n'a-t-on pas atteint le but ? et quelle est cette pièce dont l'exposition se fait par un portefaix renversé dans la boue avec sa charge, menacé par le brutal qui l'a heurté, et sauvé par un inconnu qui protège le malheureux ? On avouait que cette manière est très-digne du mélodrame ; mais cet inconnu est le comte d'Albert qui est obligé de se cacher parce qu'un arrêt menace sa vie, qui se trahit par générosité, et va périr pour avoir été trop humain. Ce nombreux public qui ne juge que par sentiment, applaudit avec transport, et imposa silence à cet autre public qui juge par principes. Le chef-d'œuvre lyrique de Sedaine, ce fameux *Richard*, n'a pas toujours joui d'un bonheur sans mélange ; il a eu quatre dénoûmens successifs, et le public s'est fixé, non pas au meilleur, mais au plus bruyant. On reprochait à Sedaine d'avoir pris cette pièce tout entière dans un fabliau, d'y avoir aussi copié la romance : *Une fièvre brûlante*, et même les couplets du *Sultan Saladin*. Cela peut être vrai, répondait le bon bourgeois qui vient au théâtre pour s'amuser, mais je ne connaissais pas le fabliau, je ne l'aurais jamais lu, et cette pièce, au théâtre, me fait le plus grand plaisir.

Que conclure de tout ceci? que Sedaine a parfaitement connu le public, qu'il n'a jamais songé à faire une pièce régulière, mais à présenter des situations attachantes ou amusantes; qu'il y a réussi par des moyens irréguliers, mais qu'il y a réussi plus complètement et plus souvent que ses rivaux; qu'on ne doit pas le citer comme un modèle, mais que l'étude de ses pièces est cependant fort utile à ceux qui courent la même carrière, parce qu'elles offrent à la fois les exemples à suivre et les exemples à éviter; que Sedaine enfin a le malheureux avantage d'être cité comme l'introducteur du mélodrame à l'Opéra-Comique, mais qu'il y a aussi fait connaître l'art d'y présenter des situations très-dramatiques, et d'y intéresser vivement le spectateur. Vainement voudrait-on y proscrire les pièces qui s'approchent du drame proprement dit; la mode a pu les en écarter, la mode ou la nécessité les y ramènera. Une musique toujours comique aurait bientôt épuisé ses couleurs, un théâtre borné à un seul genre produirait bientôt l'ennui. La variété est le vrai moyen de toujours plaire. On sera forcé, tôt ou tard, de rappeler les pièces intéressantes, ne fût-ce que pour faire ressortir la gaieté des pièces comiques; et puisque le drame est souffert même à la Comédie-Française, pourquoi le refuserait-on à la musique qui, quoique l'on en pense, se plaît beaucoup moins à rire qu'à pleurer?

Je vais m'occuper du style des opéras comiques qui ont paru depuis la révolution opérée par Sedaine. Cet auteur tient une grande place dans l'édition de M. Nicolle; et si quelque puriste reprochait à l'éditeur d'accorder les honneurs de la bibliothèque à des ouvrages si peu littéraires, n'aurait-il pas le droit de répondre : Il n'appartient pas à un libraire d'être plus difficile que l'Académie.

L'opéra comique est à peine regardé comme une branche de la littérature; il plaît beaucoup plus qu'il n'est estimé, et ses nombreux succès ne lui donnent pas plus d'importance aux yeux des gens de lettres. Quelques personnes même poussent le mépris pour ce genre, jusqu'au ridicule. Un jour, dans une assemblée nombreuse, on faisait l'éloge de Favart; un auteur de mélodrames interrompit le panégyriste, et lui dit : « Qu'a-t-il donc fait, votre Favart? des opéras comiques, voilà tout. » Ainsi, le pauvre opéra comique est assimilé au lion mourant, et reçoit le coup de pied de l'âne.

Cette opinion est si générale, et ce genre est tombé dans un tel discrédit, que les hommes même incapables de rien faire affectent de le dédaigner. Personne n'a recherché la cause de ce mépris, et n'a pensé à en fixer l'époque. Cette recherche est cependant assez curieuse, et elle fait naître des réflexions qui s'appliquent à tous les théâtres et à toutes les espèces de drame. Ceux de mes lecteurs qui sont prévenus contre ce théâtre, et qui me reprochent de lui avoir consacré tant d'espace, peuvent néanmoins lire ce qui suit; ils y trouveront, j'espère, un intérêt plus général, et des observations relatives même à la comédie française.

Quand Sedaine fit jouer ses premiers opéras, *le Théâtre Italien* réunissait la comédie à l'opéra comique ; les pièces de Boissy, de Marivaux, d'Autreau, de Pesselier, de Romagnesi, de Riccoboni, de Dominique et autres, y alternaient avec les comédies *mêlées d'ariettes*. Plusieurs ouvrages, qui font aujourd'hui partie du répertoire utile, à la Comédie-Française, appartenaient alors au Théâtre Italien. Le public y avait donc sans cesse un point de comparaison; il était plus difficile sur le style des opéras comiques, et il n'avait pas encore adopté l'axiome que ce qui n'est pas bon à être dit est bon à être chanté. Les journalistes alors ne méprisaient point ce genre : ils le jugeaient gravement et sévèrement : une faute de langue, des vers mal tournés, une expression de mauvais goût, faisaient scandale ; et l'on pensait que si le genre ne méritait pas les honneurs d'une critique sérieuse, on devait cependant les lui accorder par respect pour la langue, pour le goût et pour le public. Dans les provinces, où l'on a conservé l'usage de jouer la comédie et l'opéra comique sur le même théâtre, le public a toujours été plus sévère qu'on ne l'était à Paris : le style y était compté pour quelque chose, et l'homme qui venait d'entendre Tartufe ou le Misanthrope, sifflait impitoyablement toute pièce où la langue et le goût étaient trop maltraités.

Les pièces de Sedaine firent, comme je l'ai dit, une étrange révolution à un théâtre où l'on estimait encore l'élégance, la pureté et les tournures agréables : des ouvrages qui offraient des qualités tout opposées, révoltèrent les spectateurs qui n'avaient point encore goûté les douceurs de la barbarie ; et les premières représentations de ces nouveaux drames ont toujours été fort orageuses. Mais l'enchanteur Sedaine employa si bien le prestige, il jeta tant d'intérêt dans ses compositions incorrectes, qu'il subjugua le public et triompha de son dégoût. On s'habitua peu à peu à préférer l'action physique à l'action morale, le mouvement brusque et rapide à la marche un peu trop lente des pièces qu'on avait vues jusqu'alors, et l'effet des tableaux accumulés aux développemens d'une scène tranquille. Sedaine, toujours blâmé, réussissait toujours ; et, comme les gens qui n'apportent au théâtre que des yeux et des oreilles sont infiniment plus nombreux que ceux qui y viennent avec du goût et de l'esprit, les romans dialogués, les pièces à processions, à prisons et à fracas, attirèrent bientôt la foule du peuple, et même les gens d'esprit qui finissent souvent par penser comme le peuple, ou au moins par le suivre. Au lieu de comparer ces nouveaux opéras comiques avec les anciens, on comparait leur effet sur la masse des spectateurs, et le parallèle était tout à l'avantage de Sedaine. Un succès qui ne faiblit point est un argument bien puissant : on finit par croire que Sedaine avait saisi le véritable genre de ce théâtre, que la *situation* y était tout, et le style un accessoire fort inutile. Ce préjugé, qui dure encore, a été poussé à tel point, que, dans les coulisses de ce théâtre, *pièce froide* et *pièce bien écrite* sont deux expressions synonymes, comme s'il fallait être barbare pour intéresser, comme si le moyen de plaire aux Français était d'écorcher la langue française.

Les partisans de Sedaine répondaient aux critiques que cet auteur n'avait sacrifié la langue et l'élégance qu'au naturel et à la vérité, qui sont bien plus importans au théâtre. Cette apologie serait insuffisante quand même elle serait vraie; mais elle est évidemment fausse. Les vers de Sedaine pèchent par la mesure, par la césure, par la rime, par défaut d'élégance et de correction; mais ils n'ont pas même l'avantage d'exprimer clairement ce que l'auteur aurait pu dire simplement en prose. La raison et le sens commun n'y sont pas moins blessés que la prosodie. Une jeune personne a-t-elle jamais dit, en parlant de son amant :

> C'est en vain que je *m'applique*
> *A n'y réfléchir jamais?*

Une princesse à qui l'on apprend que le roi, son amant, est détenu dans une tour, s'est-elle jamais écriée :

> Comment savez-vous *cette affaire?*
> Ah! grand Dieu! mon cœur se serre!

Est-ce pour être plus naturel que l'on dit :

Un bouquet qu'unit un brin d'herbe.

Le vers :

> Ce nuage n'est qu'un passage,

a-t-il acquis de la vérité pour être ridicule? l'auteur a-t-il obéi à son génie dramatique ou à la rime quand il a écrit :

> Richard, la chasse se disperse;
> Le bruit des cors, ah! comme il perce!

Théocrite, le plus naturel des poètes bucoliques, aurait-il, s'il eût écrit en français, fait des vers pareils à ceux-ci :

> Sa bouche
> Touche
> Cette quenouille
> Si joliment!
> Elle la mouille
> En la filant :
> Que je la baise !
> Et cette chaise;
> Ici tout est charmant.

Deux paysans ont-ils jamais dit :

> Fléchissons-nous? il faut fléchir.
> —Non, réfléchissons à loisir.

Par quels sophismes peut-on justifier le poète lyrique qui a fait ces quatre vers :

> Est-il rien de plus cruel?
> Venir ici : l'infidèle !
> Et de ma douleur mortelle
> Paraître jouir! O ciel!

Vantera-t-on la simplicité de ces deux autres :

> Mais ta peine *redouble*
> *Et semble s'augmenter.*

La naïveté fera-t-elle excuser la barbarie du quatrain suivant :

> Ah ! s'il est quelque péril,
> Il s'y jette, il n'est pas maître
> De n'y pas voler ; que fait-il ?
> Ah ! grands dieux ! où peut-il être ?

Le peuple même de l'âge d'or aurait-il chanté une
niaiserie semblable à celle de ce chœur :

> Vivez ensemble long-temps,
> Vous Félix, et vous Thérèse.
> Ah, grands dieux, que je suis aise !

Et que dire de ce joli reproche qu'un amant fait à
sa maîtresse :

> Des regrets, quand le dieu d'hymen
> Dès demain vous donne ma main !

Et la demoiselle répond du même style :

> Ah ! si je savais que l'hymen
> Précédât le don de ma main !

Mais que ceux qui veulent justifier Sedaine et le
désigner comme un modèle de naïveté et d'expression vraie, tâchent d'abord d'entendre, et ensuite
de m'expliquer le couplet de *Rose et Colas* :

> Il m'est cher ; vous, mon père, encor plus ;
>   Si nos jours ne coulaient ensemble,
> Ses désirs deviendraient superflus.
> Même nœud nous unit, nous rassemble,

Et nos enfans seront en moi
Pour vous la leçon la plus sûre ;
L'amour instruirait la nature
Si jamais j'oubliais sa loi.

Ce couplet est *un nœud qui unit et rassemble* tout ce qu'on peut imaginer de plus plat, de plus ridicule, et en même temps de plus recherché en poésie dramatique.

Quelques imitateurs de Sedaine n'ont fait qu'aggraver le mal ; n'ayant pas, comme lui, l'esprit de la scène, et n'écrivant guère mieux, ils ont produit des monstres qui avaient tous les défauts du modèle sans en avoir l'originalité. Est-il bien étonnant qu'on ait méprisé un genre où l'on réussissait avec de pareils moyens? Etait-il injuste de rejeter hors de la littérature des pièces écrites du style dont je viens de donner un échantillon?.

Quand le désordre cependant fut à son comble, une contre-révolution devint nécessaire. Des auteurs estimables vinrent au secours de l'Opéra-Comique, lorsqu'il luttait malheureusement contre les farces héroïques du boulevard: On vit paraître successivement le Prisonnier, Adolphe et Clara, Maison à vendre, une Heure de Mariage, etc., qui ramenaient la véritable comédie, et qui rappelaient les pièces du bon temps, telles que l'Amant Jaloux, l'Ami de la Maison, etc., etc. On fut dèslors obligé d'écrire en français, et l'on put, sans rougir, applaudir un opéra comique.

Mais pourquoi ce genre est-il resté dans le dis-

crédit où il était tombé depuis Sedaine? Pourquoi
le public éclairé le dédaigne-t-il encore depuis qu'il
a repris son ancien éclat, et qu'il a été, si j'ose le
dire, réhabilité par un grand nombre d'ouvrages
régulièrement conduits et écrits agréablement? Je
ne crains pas de le déclarer, c'est aux journaux
qu'il faut s'en prendre. Depuis plusieurs années,
les critiques ne s'occupent plus du style, qui est
la partie la plus importante en littérature, et la
seule qui fasse vivre les ouvrages. Et qu'on ne me
dise pas que l'opéra comique ne mérite pas l'honneur d'être examiné sous ce rapport. Les journalistes dont je veux parler, gardent le même silence
à l'égard de la comédie française : on donne des
analyses de pièces, on disserte sur le *sujet*, sur les
caractères; on consacre de longs paragraphes aux
comédiens, mais on ne dit pas un mot du style.
Qu'un ouvrage contienne une foule de vers bien
tournés ou ridicules, que la langue y soit outragée
ou respectée, que le style ait de l'afféterie ou de
la grâce, de la prétention ou du naturel, de l'élégance ou de la platitude, le journaliste ne daigne
pas le faire observer.

Qu'arrive-t-il de cette négligence ou de ce système? Le public ne s'attache plus qu'à *l'action*,
parce que d'abord elle est bien plus facile à juger,
et ensuite parce que les critiques semblent la désigner comme la seule partie digne de son attention.
Les auteurs eux-mêmes se lassent bientôt de rechercher un mérite que l'on paraît dédaigner; ils

ne font aucun effort pour atteindre à une perfection qui n'obtient aucun éloge ; ils ne remettent
plus leur ouvrage vingt fois sur le métier, comme
le leur conseillait Boileau ; et réduisant l'art dramatique à un simple mécanisme, ils font quatre
pièces médiocres pendant le temps qu'ils auraient
employé à polir un seul chef-d'œuvre. On ne peut
trop le répéter, c'est le style qui fait vivre les ouvrages : tout ce qui reste avec honneur au bout d'un
siècle est bien écrit. Si ce qu'on nomme la *charpente*, si les situations accumulées, si les surprises
et les coups de théâtre l'emportaient sur le style,
Ruse contre Ruse serait supérieure à *Tartufe*, et
l'Intrigue épistolaire serait fort au-dessus du *Misanthrope*. Pourquoi donc les journaux néglige-
raient-ils ce qui honore notre langue, notre théâtre
et notre nation ?

A la vérité, le Théâtre-Français a une réputation si bien établie, qu'il peut braver même l'insouciance des journalistes ; mais il n'en est pas de
même de l'Opéra-Comique. Le public se persuade
que l'on n'y critique pas le style, parce qu'il ne
mérite pas même d'être critiqué, et cette opinion
entretient et accroît encore le mépris que l'on a
pour ce genre.

TABLE DES MATIÈRES

CONTENUES DANS CE VOLUME.

LITTÉRATURE FRANÇAISE.

FIN DE LA TABLE.